文春文庫

まとい大名

山本一力

文藝春秋

まとい大名

序章

延享《えんきよう》四（一七四七）年は、年明けから世の中が騒がしかった。

元日は夜明け前から雪になった。

日本橋の老舗当主たちは、元日の六ツ半（午前七時）に師匠の庵に集い、初釜を祝うことを慣わしとした。新年初の茶席を済ませてから店に戻り、奉公人たちと元日の祝い膳に臨むのだ。

「初日の代わりに、初雪ですか」

「雪もまた、おつなものでしょう」

師匠の前に並んでいるのは、いずれも日本橋大通りに店を構える当主たちである。作法にのっとり、全員が五つ紋の紋付羽織を着用していた。

「遠州屋さんはそう言われるが……」

初雪をおつと言ったのは、鰹節問屋の遠州屋吉兵衛である。その遠州屋に向かって、煙草問屋の野島屋庄兵衛《しょうべえ》が渋い声で話しかけた。

「元日から雪の降った年は、火事が多いと言いますからな」

「わたしも同じことを、先々代から言われた覚えがある」

口を挟んだのは、小間物問屋の岡田屋太助である。居並ぶ旦那衆のなかでは最年少だが、それでもこの元日で五十路を迎えていた。

「三の酉がある年と、元日が雪で明けた年は火事が多いと、わたしは先々代から何度も言われました」

「それはそうかもしれないが」

遠州屋吉兵衛は、年下の岡田屋に向かって露骨に不機嫌な声を投げつけた。

「これから元日のめでたい初釜を祝おうというときに、なにも無粋な火事の話をすることもないだろう」

遠州屋の周りに座った旦那衆が、大きくうなずいた。なかの何人かは、火事の話を切り出した野島屋を強い目で見詰めている。

居心地のわるさを感じたのか、野島屋は空の咳払いをして庭に目を移した。雪は降り止んでいたが、元日の空には分厚い雲はかぶさったままだ。

延享四年の江戸の元日は、鈍色《にびいろ》の重たい空で明けた。

初釜の席で野島屋庄兵衛が口にした通り、一月中旬から下旬にかけて江戸では火事が続いた。が、幸いにも大火にいたることはなかった。

火の出た日には、運がよいことに風が弱く、しかもほどよく湿っていた。それに加えて、町々の火消したちは、火が出るなり命がけで火消しに当たった。

何度も火は出たが、ひとつの町を丸焼けにする程度でどの火事も湿った。

小名木川《おなぎがわ》沿いの海辺大工町では、五尺七寸（約百七十三センチ）の大柄な大工職人と、五尺一寸（約百五十五センチ）の石工とが、川を隔てた隣町の焼け跡を見詰めていた。

「よかったじゃねえか。なんとか、町ひとつ焼けただけですんだからよう」

小名木川で火はせき止められて、対岸の町にまでは燃え移らなかった。

「焼け出された向こう岸の連中には気の毒だが、まあ、そういうこった」

火事が小さく済んだことを、職人ふたりは小声で喜びあった。そのすぐあとで、大工が声を大きくした。

「おめえ、もう聞いたか」

「聞いたかって、なんのことでえ」

「じれってえ野郎だ。聞いたかっていやあ、日本左衛門《にほんざえもん》のことに決まってるだろうが」

「ああ、そのことか」

石工もすでに耳にしていたらしい。大工に向かって大きくうなずいた。

「物騒なやつが、京の都から送られてきたからよう。あいつの祟《たた》りで、妙な火事がおきなきゃあいいがって、うちの棟梁は真顔でしんぺえしているぜ」

「祟りったって……まだ、お裁きが決まったわけじゃねえだろうが」

「そいつあそうだが、どのみち市中引廻しのうえで獄門はまぬがれねえって、棟梁はそう言ってたからよ」

大工職人の目には、心配そうな色が浮かんでいる。棟梁の言葉を思い出して、火事を案じたのかもしれなかった。

日本左衛門は、本名を浜島庄兵衛という。この男は東海道筋で夜盗を働き、いっときは二百人以上の手下を擁する盗賊どもの首領となった。

若いころから、無頼・放蕩の暮らしを続けた。不行跡が目にあまり、尾州家の家臣であった父から勘当された。

勘当された後は、遠江《とおとうみ》国天竜川あたりの無頼仲間に加わった。押し込み強盗を働いたのは、仲間に加わって以後の数年でしかない。

しかし非道の限りを尽くした押し込みぶりに、公儀は激怒した。

「なんとしても、こやつを捕らえよ」

昨延享三年、公儀は強盗としては前例のない『人相書』を諸国に回し、御尋ね者とした。

『歳は二十九。丈は五尺八寸（約百七十六センチ）ほど。色白く、鼻すじ通り、顔はおもなが』

　諸国番所・奉行所に配布された人相書は、日本左衛門の男ぶりのよさを際立たせていた。追っ手をまいて京にまで逃亡したが、もはや逃げ切れぬと観念。京の町奉行所に自首し、江戸送りとなった。

「ひでえやつらしいが、滅法に丈が高くて、いい男らしいぜ」

　江戸町民は、日本左衛門の押し込み被害には遭っていない。ゆえに非道さが分からず、いい男だとはやし立てるお調子者も少なくなかった。

　この日本左衛門が京から江戸に護送されたのが、延享四年一月二十八日である。そして桜もとうに散った三月二十一日に、市中引廻しのうえで斬首された。

　仕置きの二日後、三月二十三日の夕刻七ツ半（午後五時）。大川を東に渡った深川の永代寺門前仲町に、火消しの頭取六人が集っていた。

　毎年、三月の花見を終えた十五日前後に、頭取衆の寄合を持つのが慣わしとされてきた。この時季になれば冬のこたつも仕舞われて、煮炊きのほかの火を使うことが少なくなった。それに加えて三月中旬ともなれば、春の嵐も収まり、風はそよ風に変わっている。

　火事の心配が大きく減る三月中旬は、火消し頭取が寄合を持つには、うってつけの時季だった。

ところが今年は、三月二十一日に日本左衛門の市中引廻しが行われることが、早々と決まった。残党一味の襲撃に備えて、奉行所は江戸の火消しや町鳶《まちとび》に、警護のための総動員触れを発した。

二月初旬に奉行所からのお達しを受けた町の肝煎衆も、寄合を市中引廻しのあとへと日延べした。

「なにごとも起こらずに終えられて、なによりでやした」

肝煎衆たちはつつがなく終わったことを喜び合ったあと、翌々日に今年の寄合を催すことを決めた。

「急なことだから、あたしが顔を利かせられる料亭でどうかね」

言い出したのは、本所深川十六組の総代を務める芳三郎《よしさぶろう》である。他の肝煎衆にも異存はなく、深川門前仲町での寄合が決まった。

「おとといの朝は、大変だったなあ」

「どうもお疲れさんでした」

肝煎六人は、互いに酒を酌み交わし、市中引廻しの折の労をねぎらい合った。

日本左衛門が馬に乗せられて引き出されたのは、小伝馬町牢屋敷である。途方もなく大きいこの牢屋敷は、北は神田堀に、南は小伝馬町一丁目に、東は小伝馬上町に、それぞれ高い塀で面していた。

敷地の広さは、二千六百坪余り。敷地内には囚獄石出帯刀《たてわき》の拝領屋敷も構えられていた。石出家は禄高三百俵と小禄だが、十八人いる配下の牢屋同心も囚人も、石出を『牢奉行』と呼んで畏れた。

江戸町民の治安維持には、欠かせない重要な職務である。にもかかわらず幕閣の多くの者は、牢屋敷差配の石出にあからさまなさげすみの目を向けた。そして「不浄役人」と位置づけ、登城を許さなかった。

帯刀は忸怩《じくじ》たる思いを抱えつつも、牢屋敷差配に全力を投じた。規律を乱す囚人は容赦なく責めたが、他方では囚獄の権限において、大火の際には囚人を一時放免にもした。

「石出様は、人情味にあふれたお奉行様だ」

幕閣には見下されてはいても、火消したちは石出を心底から敬った。

三月二十一日六ツ半（午前七時）に、小伝馬町牢屋敷の正門が開かれた。南に面した門で、両側には六尺棒を手にした警護役がそれぞれ三人ずつ立っていた。

「開門」

牢屋同心が大声を発すると、分厚い門のかんぬきが外された。日本左衛門の、市中引廻しの始まりである。

引廻しは、極刑に処せられる者のなかで、罪状が際立って重たい者に付加される刑罰だ。罪人を馬の鞍に縛りつけて、処刑される前に牢屋から刑場までの道々、見せしめにした。

鞍上の罪人は処刑を思い、顔はすでに生気を失くしている。見物人たちは罪を犯したあとの仕置きの怖さに、身体を震わせた。

市中引廻しは、犯罪を思いとどまらせるにおいて、まことに効き目があった。

石出帯刀は、市中引廻しの差配役である。火消しのだれもが石出を尊敬していたがゆえに、鳶たちが担う道々の警護は万全だった。

「石出様は、ほんとうに立派な牢奉行様だ」

「わしらにはほかのどのお武家様よりも、石出様が恩人だろうよ」

適宜、火消し道具の融通をしてくれる石出を、一番組頭取の富五郎が誉めた。

一番組は、い組・よ組・は組・に組・万組の五組を束ねている。配下のは組は、大伝馬町や小伝馬町も受け持っており、牢屋敷とはかかわりが深かった。

「石出様が恩人なのは間違いないが、どのお武家様よりもというのは違うだろう」

異を唱えたのは、五番組頭取の松乃助である。六人の頭取のなかで、六十二歳の松乃助は最年長者である。しかし高齢にもかかわらず、五尺六寸（約百七十センチ）の上背に恵まれた松乃助は、いまでも若い者の先に立って火事場へと駆けた。

松乃助の受け持つ五番組は、く組・や組・ま組・け組・ふ組・こ組・え組・し組・ゑ組の九組を持つ大きな組である。しかも五番組の多くは、四谷、赤坂、麹町、半蔵門外、飯倉六本木町などのように、武家屋敷が並ぶ町を担っていた。

ゆえに松乃助が口にすることには、他の頭取衆たちも一目を置いた。

「石出様よりも深い御恩のあるお武家様は、いったいだれなんでやしょう」

問いかける富五郎は、松乃助より一回り以上も年下の四十五歳である。胸の内に不満を秘めていても、松乃助にはていねいな物言いをした。

問われた松乃助は、座り直して富五郎を見詰めた。

「あのお方の名が出てこないとは、おまえもよくよく罰当たりな男だ」

強い口調でたしなめたあと、松乃助はひとりの武家の名を口にした。

「大岡越前守忠相《ただすけ》様を忘れたのか」

富五郎は、息の詰まったような顔つきになった。

「大岡様がおられたからこそ、わしらのいまがある」

重たい声で言い置いてから、松乃助は盃を干した。富五郎は両手を畳についていた。

一

享保《きようほう》八（一七二三）年八月十四日、五ツ（午前八時）。富岡八幡宮の本祭を翌日に控えた深川では、町内神輿を持つ六つの町それぞれが、朝早くから担ぎ稽古を行っていた。

佐賀町は、六基ある町内神輿のなかで、自分たちのが一番大きいというのが自慢である。縦に四本の棒を通した神輿には、一度に百人の担ぎ手が肩を入れた。

わっしょい、わっしょい。

富岡八幡宮の神輿の掛け声は、わっしょいのひと声だ。担ぎ手百人と、控えの者二百人。総勢三百人の男の掛け声が、佐賀町の原っぱに響き渡った。

すでに凄みをはらんだ仲秋の陽が、佐賀町に降り注いでいる。原っぱに生えた雑草が、男たちの掛け声で揺れた。

「だめだ、だめだ。そんな半端な声しか出せねえのか」

稽古をつけている神輿差配が、怒鳴り声をあげて動きを制した。神輿が静かになった。

「もっとしっかり担がなきゃあ、神輿が安心して肩に乗ってらんねえ。みんな、朝飯はしっかりと食ったんだろうが」

「へい」

担ぎ手の仲仕衆が棒から肩を外して声を揃えた。神輿は馬（神輿の台）に乗せられた。佐賀町は蔵の町である。荷揚げを受け持つ仲仕は、いずれ劣らぬ力自慢ばかりだ。その男たちが、差配の叱責には素直に応じている。

おとうちゃんって、すごいなあ。

稽古の様子を見ている銑太郎《せんたろう》は、まだ四歳である。その小さな子が胸を張って、神輿差配の父親を見詰めた。

銑太郎の父親徳太郎《とくたろう》は、佐賀町の鳶宿『大川亭』のかしらである。徳太郎で三代目となった大川亭は、代々が町内の火消しを受け持っていた。

三年前の享保五年に、江戸の火消しは「いろは四十七組」に区分けされた。これは、大川の西側の町々を対象とした組分けだった。

そののち大川の東側「本所・深川」にも、十六組の火消し組が定められた。以来、大川亭は、佐賀町周辺二十二町の火消しを担う『三之組』の頭取を務めた。

火消しのかしらであると同時に、徳太郎は町内神輿の差配でもある。火消し人足も仲仕も、気の荒い男の群れに変わりはない。徳太郎は、その両方のてっぺんに立つ男だった。

五尺六寸（約百七十センチ）以下はいない男の集団を、徳太郎はあごのしゃくり方ひとつで従わせている。銑太郎には、それが誇らしくて仕方がなかった。

「もういっぺん気合をいれて、はなっからやるぜ」

「へいっ」

三百人の男の群れが、神輿の周りに集まった。徳太郎が手を上げて、担ぎ手たちが棒に肩を入れようと身構えた、そのとき。

「かしら。すまないが、顔をかしてくれ」

佐賀町の肝煎が、こわばった顔つきで徳太郎を呼びにきた。明日の神輿稽古の真っ只中であるのは、だれよりも肝煎が分かっている。それなのに、神輿差配を呼び寄せたのだ。

「おれが戻ってくるまでは、声を出す稽古を続けてろ」

「がってんでさ」

男の群れが、短い返事をした。仲仕衆を順に見回してから、徳太郎は原っぱを離れた。

「こんなさなかにかしらを呼び出すてえのは、尋常な話じゃねえ」

「明日は八幡様の祭だ。わるいことが起きるわけはねえさ」

口にしながら、その仲仕も案じ顔を隠せないでいた。

二

佐賀町の肝煎は、代々、大島屋当主が務めていた。徳太郎が大股の歩みで向かっているのは、佐賀町の廻船問屋大島屋である。

永代橋の東岸に、大小合わせて七十を超える蔵が建ち並んでいるのが佐賀町だ。諸国から江戸に運ばれてきた物資は、品川沖で小型のはしけに積み替えられる。そのはしけの多くは、佐賀町河岸で荷揚げをした。

佐賀町河岸は、日本橋に劣らず江戸の台所も同然である。

荷揚げを受け持つ仲仕衆。荷物を満載した荷車。廻船問屋に出入りする商人。そして問屋の手代と、はしけの船頭たち。

よその町よりも道幅の広い佐賀町河岸だが、日の高い間は、ひとと荷車とでごった返していた。

佐賀町の廻船問屋は、どこも五十人以上の奉公人を擁する大店ばかりだ。そのなかでも大島屋は、抜きんでた身代の大きさで知られていた。

蔵は一番から十七番まである。自前のはしけが十五杯、船乗りが二十五人。荷物の横持ち（配送）に従事する車力が二十人で、車が十六台。

さらに三人の番頭と五十人の手代、六人の小僧を抱える大所帯だ。

富岡八幡宮の神輿は、佐賀町と木場で持つといわれている。佐賀町には仲仕がいるし、木場には川並《かわなみ》（いかだ乗り）がいるからだ。その佐賀町は大島屋で持っていると、深川の住人たちはうわさを交わした。

「ごめんよ」

行き交う人の波をかき分けて、徳太郎は大島屋に向かった。

「かしらじゃありやせんか」

「どうかしやしたんで」

「神輿のそばについてなくても、よろしいんでやすかい」

すれ違った仲仕たちが、口々に問いかけた。明日の本祭を控えて神輿担ぎの稽古に追われているのを、だれもが知っていたからだ。

刻はまだ、五ツ（午前八時）を四半刻（三十分）ほど過ぎたぐらいの見当だ。しかし降り注ぐ日差しは、剝き出しの腕を焼くほどに威勢がいい。

明日の富岡八幡宮本祭を終えるまでは、深川には猛暑が居座っていた。

「ごめんよ」

上背が五尺八寸（約百七十六センチ）もある徳太郎は、大男ぞろいの仲仕のなかでも見栄えがする。背中と襟元に『佐賀町』と赤文字で描かれた半纏《はんてん》を見ると、仲仕たちはあたまを下げて道をあけた。

徳太郎が歩いて行く先に『大島屋』と屋号を彫った、大型の吊り看板が見えてきた。

けやきの一枚板を使った看板は、長さが一丈（約三メートル）もあった。浮き彫りになった屋号には、黒の漆がたっぷりと塗られている。正面から朝の光を浴びて、吊り看板の屋号が艶々と輝いていた。

「あっ……」

大島屋へと足を急がせていた徳太郎が、看板の下で足をとめた。

「南組のかしらじゃありやせんか」

徳太郎が話しかけた相手は、深川南組を束ねる鳶のかしら、芳三郎である。

「かしらも、大島屋さんに？」

「今朝方、奉行所から御上のお触れが回ってきたらしい」

「お触れって……それで、かしらが出張ってこられたんでやすかい」

「おれだけじゃねえ。おめえだって、神輿稽古の途中で呼ばれたんだろうが」

徳太郎が着ている神輿半纏を見て、芳三郎は稽古の途中だと判じたようだ。

「うちまで呼びにきた小僧さんの話だと、仲町の肝煎と、富岡八幡宮の氏子総代にも声をかけているそうだ」

「氏子総代てえのは、江戸屋の女将のことでやすか」

軽くうなずいた芳三郎が、先に大島屋の土間に入った。すぐさま小僧が案内に立った。

祭を明日に控えて、どこよりも忙しいさなかだてえのに、江戸屋の女将までが……。

江戸屋は、門前仲町で一番の料亭である。本祭を明日に控えたいまは仕出と宴席の支度で、料理人も仲居も目を血走らせていた。

しかも江戸屋の女将は、元禄の創業当時から富岡八幡宮の氏子総代を務めている。その女将が佐賀町まで出向いているのは、よほどに重要な町触れが回ってきたからだ。

徳太郎は大きく息を吸って芳三郎のあとに従い、離れ座敷に向かった。

三

敷地が七百坪を超えている大島屋は、築山・泉水のある広い庭を構えていた。けやき・松・桜・梅の木々に加えて、庭の西には竹藪もあった。百五十本を超える孟宗竹は、本祭の神酒所《みきしょ》普請に用いられた。

「佐賀町の神酒所には、どこの町内もかなわねえやね」

「青々とした孟宗竹は、見ているだけで涼しくなるぜ」

氏子各町は、神酒所の普請からすでに見栄を張り合った。

富岡八幡宮の本祭は、三年に一度である。本祭が終わるなり、住人たちは次の本祭に向けて蓄えを始める。本祭が三年に一度なのは、氏子のふところ具合を考えてのことだ。氏子たちは本祭で見栄を張りたいがために、三年の間、せっせとカネを蓄えた。とりわけ町内神輿が休む『神酒所』には、目一杯の普請を施した。

神酒所の前の薦被《こもかぶ》りは、どこの町内も灘の下り酒を積み重ねた。そして神酒所普請に用いる材木は、強い香りを放つ杉か檜を用いた。わずか十日しか使わない神酒所のために、木場は一本十両の檜を木挽きした。

その材木の町木場といえども、佐賀町の孟宗竹の神酒所には一目をおいていた。

芳三郎と徳太郎が案内された離れからは、大島屋の庭が一望にできた。竹藪が歯抜け気味なのは、神酒所普請で多くが伐り出されていたからだ。

とはいえ、まだ数十本の竹は残っている。風が吹くと、笹がざわざわと葉擦れの音を立てた。

「朝早くからお呼び立てして、まことに申しわけない」

芳三郎が離れに上がると、大島屋善右衛門《ぜんえもん》が両手を膝に載せて軽くあたまを下げた。

離れには床の間が普請されていた。それを背にして、善右衛門が座っている。江戸屋の女将と、門前仲町の肝煎、嶋田屋勘兵衛のふたりが、すでに座していた。

芳三郎は軽い会釈をふたりにくれて、大島屋当主の向かい側に座った。徳太郎は大きな背中を丸め気味にして、芳三郎の左に座った。

「明日の本祭を控えて、だれもが忙しいさなかだ。話は手短にさせてもらうが……」

善右衛門は膝元の文箱から一通の奉書を取り出した。包みを開くと、大きな朱印の押された文書が出てきた。

「南町奉行大岡越前守様からのお達しにより、江戸市中三十六カ所に火の見やぐらを普請することになった」

大川の東側においては、深川南組・中組・北組のそれぞれに、火の見やぐらを普請するようにと沙汰されていた。善右衛門は触れ書の端を両手で摑み、記されている内容を仲町の肝煎、江戸屋の女将、芳三郎、徳太郎の四人に見せた。

「お触れは、今年の師走までにやぐらを仕上げるようにと、日限をはっきりと切っている。お奉行様は、本気のご様子だ」

触れ書を文箱に仕舞ってから、善右衛門は四人を順に見回した。仲町の肝煎は善右衛門よりも年長である。が、居住まいを正して善右衛門の目を受け止めた。

公儀は深川三組それぞれに組差配を置いた。佐賀町の肝煎大島屋善右衛門は、深川南組八十町の差配役でもある。仲町の肝煎よりも、善右衛門のほうが格上だった。

「深川南組は、富岡八幡宮の神輿を担ぐ組だ。中や北に、やぐら普請で後れはとれない」

善右衛門が言い切ると、座の面々がきっぱりとうなずき返した。

「江戸で一番高くて、どこから見ても見栄えのするやぐらを普請しようと思うが、どうだろうな、仲町は」

「どうもこうもない」

仲町の肝煎は、短い言葉で応じた。

「深川には木場がある。それなりに名の通った老舗も、幾らでもある。材木と、普請の費《つい》えの両方とも、うちら以上に気張れる町は江戸のどこにもない」

仲町の肝煎は、横に控えた芳三郎に目を合わせた。

「目一杯、かしらに骨を折ってもらうことになるが、なにとぞよろしく」

仲町の肝煎があたまを下げると、善右衛門も、辞儀をした。

「今年の十二月までの仕上げだと、幾らも日にちがありやせん」

明日の本祭が終わり次第、やぐら普請の支度に取りかかりたい……芳三郎の言い分を、深川の重鎮三人が呑み込んだ。

「やぐらを普請する場所は、仲町の辻がいいと思います」

「それは妙案だ」

善右衛門がうなずいた。仲町の辻なら、西に五町（約五百四十五メートル）も歩けば永代橋である。東に七町（約七百六十三メートル）で洲崎、北に歩けば高橋から本所につながる。

深川を見渡す火の見やぐらを建てるには、仲町の辻はうってつけの場所だった。

「そうと決まりゃあ、明日の神輿は仲町の辻で目一杯に揉んでもらいやしょう」

歯切れのいい言葉で請合った徳太郎は、上体を前に乗り出していた。

「これから源次郎の宿に出向いて、やぐらの絵図を思案してきやしょう」

南組の火消しを束ねる芳三郎だが、座にいる三人はいずれも深川の御大ばかりである。物言いはていねいだった。

「そうしてもらえれば、大助かりだ」

善右衛門が顔をほころばせた。

「明日の宮出し前には、絵図を見てもらえるように、源次郎の尻を叩いてきやす」

めずらしく、芳三郎の口調がおどけていた。

四

八月十五日の夜明けには、東の空の根元に威勢のいい朝日が顔をのぞかせた。

佐賀町の神酒所前には、千人近いひとの群れができていた。

馬に載った神輿の四方を、百人の担ぎ手が取り囲んでいる。その外側には、控えの担ぎ手三百人が寄り集まっていた。

全員が佐賀町の町内半纏を着て、揃いの鉢巻を巻いた仲仕だ。五尺六寸（約百七十センチ）を超える大男ばかりで、神輿の周囲がひときわ高く盛り上がったように見えた。

男の群れの外れには、手古舞《てこまい》がいた。十歳から十五歳までの氏子の娘には、この手古舞に加わるのが大事な通過儀礼である。

伊勢袴・手甲・脚絆・足袋・わらじを着け、花笠を背にかけて、左手に持った金棒で地べたを突く。金棒の輪をジャランと鳴り響かせて、神輿の先導を務めるのだ。

間もなく、宮出しである。手古舞の娘たちは、夜明けの薄明かりのなかで金棒突きの稽古を続けていた。

ゴオオン――。

長い韻を引いて、永代寺が明け六ツ（午前六時）の捨て鐘を撞き始めた。最初の三打が捨て鐘で、そのあとに刻を知らせる本鐘が撞かれる。

捨て鐘が鳴り始めると同時に、手古舞の金棒突きが鎮まった。担ぎ手たちも話をやめた。いきなり静まり返ったなかで、神輿差配が拍子木を打った。チョーンと乾いた音が響いた。

「三年間、待ちに待った本祭の朝がやってきた。みんな、威勢はいいか」

「ウオオ……」

肝煎の問いに、担ぎ手たちは雄叫びで応じた。手古舞は金棒を地べたに突き立てた。

「八ツ（午後二時）の宮入りまで、他町に後れをとらないように、命がけで担いでくれ。町内に戻ったあとは、浴びるほどに灘の下り酒をやっていい」

再び、地鳴りのような声が沸き上がった。徳太郎が台にあがると、さっと声が鎮まった。

「永代橋を差し切りで渡って、佐賀町の威勢を見せつける」

「がってんだ」

「仲町の辻では、思いっきり揉むぜ」

「がってんだ」

徳太郎の指図に、担ぎ手が声を揃えた。ひと息おいて、徳太郎が両手を揃えて高く上げた。百人の肩が神輿の棒に入った。

徳太郎が両手に力をこめて振り下ろした。

わっしょい、わっしょい。

担がれた神輿が揺れて、わっしょいの掛け声が夜明けの町に響き渡った。徳太郎の合図を受けて、手古舞が一歩を踏み出した。

鉄の輪が金棒にぶつかり、ジャランと軽やかな音が立った。その音に、わっしょいの声がかぶさった。

神輿の前に立った徳太郎は、手古舞との間合いを計りながら歩んでいる。富岡八幡宮に続く大路に出ると、まだ明け六ツ過ぎだというのに、通りの両側には人垣ができていた。

わっしょい、わっしょい。

祭の割り前を弾んだ商家の前では、威勢をつけて神輿が揉まれた。店先には四斗樽が出されており、水が溢れるほどに入っている。神輿が近寄ると、店の手代がひしゃくの水を担ぎ手と神輿にぶっかけた。

朝日が昇って間もないが、地べたには前日のぬくもりが蓄えられている。水を浴びて神輿が喜び、さらに激しく揉まれた。

永代橋東詰からさらに四町（約四百三十六メートル）ほど東に進むと、富岡八幡宮一ノ鳥居が通りの真ん中に立っている。神輿はその鳥居をくぐり、仲町の辻に出た。

手古舞を先に進ませてから、徳太郎は神輿の前に立ちふさがった。

「差せ、差せ」

徳太郎の指図に応じて、神輿が高く持ち上げられた。五尺六寸超の男たちが、両手を伸ばして神輿を持ち上げたのだ。高いところで揺れる神輿の鳳凰《ほうおう》が、朝日に照らされて羽を光らせた。

ひとしきり差したあとで、神輿が揉まれ始めた。この仲町の辻に、今年の暮れには江戸で一番の火の見やぐらが普請されるのだ。徳太郎は指図の声に力をこめた。

大川の西側から半鐘の音が聞こえたのは、辻の真ん中で神輿が揉まれているときだった。歓声が渦巻いていたが、徳太郎は半鐘の音を聞き逃さなかった。

神輿のまわりを警護していた男たちのなかには、十人の火消し人足が加わっていた。徳太郎が目配せをすると、その十人が神輿の列から離れた。

神輿はなにごともなく揉まれ続けた。徳太郎の代わりを務める男も、神輿の前に立った。

「本祭の縁起に障らねえように、そっと抜け出すぜ」

徳太郎たち十一人は、神輿から離れた。ひとの目がないことを見定めてから、永代橋に向かって駆け出した。

半鐘は、対岸の箱崎町で打たれていた。

五

わっしょいの声が渦巻くなかで、銑太郎も半鐘の音をしっかりと聞き取った。そして父親と配下の若い衆たちが群れから離れたことにすぐに気づいた。

ちゃんが動くんだ。

ジャンを聞くなり、銑太郎はそう察した。まだ四歳のこどもだが、這い這いを始めたころから身近に火事があった。

大川の西側から、半鐘が聞こえてくる。銑太郎は父親たちよりも先に、永代橋に向かって駆け出した。徳太郎たちはかならずこの道を駆けてくると、分かっていたからだ。

生まれつき身体の大きかった銑太郎は、四歳のいまでは四尺（約百二十一センチ）も背丈があった。六歳、七歳のこどもと並んでも、銑太郎のほうが大きい。

「柄が大きいのは、火消しにはなによりありがてえこった」

徳太郎は、息子が大柄なことを大いに喜んだ。その四尺のこどもが、祭半纏を着て永代橋のほうに全力で駆けていた。

「どうしたんだい」

「お祭りの神輿が出ているのは、反対のほうだろうが」

銑太郎にぶつかられたおとなは、いぶかしげな声を漏らした。が、そんなおとなに構わず、橋の東詰へと走った。

目の前に永代橋の橋番小屋が見え始めたとき、背後から父親たちが走ってくるのが分かった。銑太郎は橋のたもとで足をとめると、わきにどいて道をあけた。

「火消しが半纏を着て走ってきたら、どこにいようが、すぐに足をとめてわきにどくんだ。火消しが駆ける邪魔をしちゃあなんねえ」

まだ『うまうま』も言えないころから、銑太郎は父親にこれを叩き込まれた。火消しが駆けてくるのは、振り返らずとも銑太郎の背中が感じ取った。

わきに寄ってから、銑太郎は初めて後ろを振り返った。背中が感じた通り、父親が十人の配下を連れて走ってきていた。

全員がさきほどまで神輿を担いでいたときの、祭半纏姿のままだった。が、鉢巻は祭の水玉模様ではなく、火消しだけが着用を許された赤一色の太い鉢巻に変わっていた。

永代橋の下を流れるのは大川だ。大小さまざまな船が行き交うために、永代橋は真ん中が高く盛り上がっている。

火消したちは、橋につながる登り坂も調子を変えずに駆けた。

はあん、ほう。はあん、ほう。

疾風駕籠《はやてかご》の駕籠舁《か》きと同じ息遣いで、橋番小屋の前に差しかかった。赤い鉢巻を見て、橋番はすぐに火消しだと気づいた。

永代橋の渡り賃は、ひとり四文である。そのカネを徴収するために、橋の東西両側には橋番が置かれていた。小屋にいるのはいずれも五十を超えた年配者ばかりだ。

橋番は渡り賃を受け取るだけでなく、橋の掃除と見回りなど、幾つもの雑用をこなした。とりわけ大事な役目が、橋を駆け渡る火消し人足のために行う、人波の整理だ。

「火消し衆がくる。そこをどきなせえ」

指図をするときには、年寄りとも思えない達者な声を出した。

火消したちは、命をかけて火事から暮らしを守ってくれる。それが分かっているだけに、ひとはすぐさまわきにどいて道をあけた。

徳太郎を先頭にして、十一人の男たちが調子の揃った駆け足で、永代橋を登っている。その後ろ姿に、多くの者が辞儀をして敬いを示した。

刻はまだ、六ツ半（午前七時）前だ。大川の河口から昇っている朝日が、赤味の強い光で橋を照らしていた。

夜明けから間もないというのに、橋には多くのひとが群がっていた。富岡八幡宮の大祭見物に向かう人波である。

火消し人足たちが駆けるとひとの群れが割れて、橋の真ん中に一本の道ができた。

大川の西側では、半鐘が鳴り続けている。対岸の箱崎町へと駆ける父親の背中に、朝の光が当たっていた。

鉄太郎は誕生したその日から、火事とともに育っていた。歩き始めたばかりのころの鉄太郎は、縁側の陽だまりで父親の膝に乗ってあやしてもらった。

にこにこ笑っていた父親が、半鐘の音をひとつ聞くなり顔つきを変えて立ち上がった。

「おとっつあんは、みんなのために命を懸けて火事を退治しに行くんだから」

母親の手を握り、銑太郎は火事場に駆け出す徳太郎の背中を見詰めたものだ。

永代橋の一番盛り上がっているあたりに、父親たちが差しかかっている。朝日を浴びた背中の大きさに、銑太郎は見入っていた。

六

箱崎町の火事は、大川の中洲に架かる崩橋《くずればし》たもとの薬種問屋が火元だった。

「仲町から駆けてきやしたもんで、遅くなりやした」

火事場に着くなり、徳太郎は地元のかしらにあいさつをした。一行十一人が駆けつけたときには、火はすでに湿っていた。

「あんたのところにまで、ジャンが届いたてえことだな」

「へい」

「今日は八幡様の本祭だろうが」

徳太郎の身なりを見て、箱崎町のかしらの顔が曇った。

「火事は祭だろうが祝言だろうが、待っちゃあくれやせん」

徳太郎は、かしらを見詰めて言い切った。

「それはそうだが……おめえさんは、神輿差配もやってただろう」

「へい」

「そいつあ、すまねえことをした」

かしらが、徳太郎に向かってあたまを下げた。

「かしらにあたまを下げられるなんざ、滅相もねえことで」

徳太郎は拝むようにして、かしらのあたまを上げさせた。

「うめえ具合に、ここの問屋には火消しの水がたっぷり備えてあったからよ。蔵の壁を焦がしたのと、納屋を三つ丸焼けにしただけで、外に火が漏れずにすんだ」

「そいつあ、なによりでやした」

「半鐘打ちが、もうちっと様子を見てから叩きゃあ、おめえさんが神輿を離れることもなかっただろうに」

「祭よりも、火消しが先でやす」

「ありがとよ」

かしらがもう一度、あたまを下げた。

崩橋を渡った先には、大名屋敷が建ち並ぶ広大な中洲がある。一番南の大名屋敷の正門が開いたのは、かしらと徳太郎が目を絡め合わせたときだった。

箱崎町の中洲では、大名四家の中屋敷と下屋敷が長屋塀を接していた。

その南端は、下総関宿《せきやど》藩主、久世大和守五万八千石の中屋敷である。久世家は深川仙台堀そばにも、およそ一万三千坪の下屋敷を構えている。

久世家下屋敷の庭園、樹木、池の美しさは大名諸家のなかでも際立っていると、町人たちもうわさを交わした。

町人たちは、中洲四家のなかで久世家をもっとも敬っていた。下屋敷・中屋敷それぞれに備えた大名火消しが、必要とあらば藩主の命により町場の火事にも出動したからだ。

「さすが久世様だ」

久世家の評判は、町人たちの間では抜きんでてよかった。しかし中洲の他の大名屋敷の家臣たちは、久世家を褒めたり、よく言ったりはしなかった。

「町場の火事は、町人どもに任せておけばよいのにのう」

「町場の火事に出向くのは、久世様の御道楽でござろう」

「いかにもさようだ。それがあかしに、町人どもの火事場に出向くたびに、久世家の火消しが文句を言い募っていると聞くぞ」

久世家以外の三家は、どこも町場から出た火事の火消しを手伝おうとはしなかった。しないのみならず、久世家の陰口をきいた。

安泰の世が長く続いているとはいえ、大名の本来は武将であり、家臣は戦士である。敷地を接していながらも、他家に気を許している家臣は四家とも皆無といえた。

その張り詰めた気配は、町人たちも聡《さと》く察していた。よほどの用がない限り、崩橋を渡って中洲に入る町人はいない。

ただ、久世家中屋敷には町人たちも恩義を感じている。祭や盆踊りへの誘いは、久世家中屋敷の奉公人にだけは知らされていた。

「火が湿ったてえなら、あっしらは神輿の警備にけえりやす」

「ぜひとも、そうしてくれ」

かしらは手を叩いて、火事場の始末を続けている若い者を呼び集めた。箱崎町の火消し十数人が、かしらの後ろに集まった。

「仲町のみなさんがお帰りだ。しっかりと、あいさつしねえ」

「ありがとうごぜえやす」

火消し衆が深々とあたまを下げた。

刻は五ツ（午前八時）過ぎである。次第に高さを増した陽が、湿った火事場にも降り注いでいた。

「仲町にはどんな火の見やぐらが立つのか、楽しみにしているぜ」

かしらの言葉に背中を押されて、徳太郎たちは永代橋へと走り始めた。仲秋の朝日を浴びたカモメが、翼を目一杯に広げて空を舞っていた。

七

神輿連合渡御をとどこおりなく終えた、八月十五日の夜、五ッ。仲町の江戸屋離れには、佐賀町と仲町の肝煎、芳三郎、それに徳太郎の四人がいた。

座敷には酒肴が供されている。本祭を終わるたびに肝煎衆が集まって催す、祭を無事に終えたねぎらいの宴だった。

しかし今回は、顔を揃えた顔ぶれが違った。佐賀町と仲町の肝煎ふたりに、火消しの芳三郎と徳太郎が加わっている。

ねぎらいだけでの宴ではなく、火の見やぐらの仔細を煮詰める寄合だった。

「まずは一献、あんたからやってくれ」

佐賀町の肝煎大島屋善右衛門が、徳太郎に徳利を差し出した。芳三郎よりも先に盃を出すことに、徳太郎はためらいを見せた。

「大島屋さんのお名指しだ。ありがたくいただけばいい」

芳三郎に促されて、徳太郎はようやく盃を差し出した。善右衛門は徳利の酒をなみなみと注いだ。善右衛門がこの注ぎ方をするのは、ことのほか機嫌のよいときだ。

「今日の夕方、祭がまだ続いているさなかに、箱崎町の肝煎たちが顔を揃えて神酒所にやってきたんだ」

佐賀町の神酒所では、大島屋の番頭と手代が留守番をしていた。本祭ほどの大きな行事の折には、不測の事態が生ずることが多い。神酒所の留守番は、ことが起きたときの善右衛門への取次ぎ役だった。

今日の七ツ（午後四時）前のこと。紋付袴の正装をした五人の年配者が、神酒所に顔を出した。

「わしは箱崎町の肝煎を務めております、三原堂養之助《ようのすけ》ですがのう。祭のさなかで申しわけないが、大島屋さんに取り次いでくださらんか」

留守番役の番頭は、飛び上がって驚いた。箱崎町の三原堂といえば、江戸でも一、二といわれる薬種問屋の老舗である。代々の当主は養之助を襲名した。諸国から集まる薬種には、頭取番頭は御典医よりも明るいとうわさされた。

将軍家につながる格の高い大名諸家でも、三原堂に服用薬の調合を頼むといわれている。当主は帯刀を許されており、箱崎町中洲の大名屋敷にも出入りお構いなしとされていた。

そんな格式の高い三原堂の当主が、わざわざ佐賀町の神酒所まで出向いてきたのだ。

「ただいますぐに、呼んで参ります」

手代に指図をしたあと、留守番役を務めていた番頭は、肝煎たち一行五人を大島屋の客間に案内した。

善右衛門は、客をさほど待たさずに客間に顔を出した。廻船問屋としては抜きんでた大店の大島屋だが、三原堂とは商いの取引はなかった。

薬種については、専門の廻船問屋がある。三原堂は初代から、霊岸島《れいがんじま》の大田屋を廻船問屋に使っていた。

「お初にお目にかかります」

互いに初顔合わせのあいさつを終えると、養之助がみずから用件を切り出した。

「本祭のめでたいさなかに、てまえどもの町から火を出しましてのう」

朝の火事の火元は、三原堂の遠縁だった。祭にもかかわらず、徳太郎はすぐさま火消しに駆けつけた。そのことへの謝辞を伝えに、三原堂は出向いてきたのだ。

「深川のみなさんが、富岡八幡宮の本祭をどれほど大事に思っておられるか。てまえなりに察しております」

善右衛門の前に座った三原堂養之助は、こう前置きしてから、徳太郎の働きを称えた。

「火が出ましたときは、ちょうど佐賀町の神輿が仲町の辻のあたりで、揉まれ始めたころだったとうかがっております」

大事な神輿をひとに委ねて、徳太郎たちは火事場へと駆けた。箱崎町のかしらはその次第を、余さず善右衛門に話していた。

「三年に一度の本祭をわきにおいて、他町の火消しに駆けつけるなどは、できそうでいて、できることではありません」

養之助は言葉を重ねて、謝辞を伝えた。

「これからはてまえどもとの商いも含めまして、なにとぞ末永いお付き合いをさせていただけますように」

商いもと、はっきりと言い残してから、養之助は肝煎を引き連れて大川を渡った。箱崎町の肝煎たちは、三原堂自前の屋形船で大川を渡ってきた。

船が川のなかほどに差し掛かるまで、養之助は船室に入らなかった。大島屋の船着場に立った善右衛門も、背筋を伸ばして屋形船を見送った。

「あんたの敏捷な働きで、深川は大いに面目をほどこした。ぜひにも一杯やってくれ」

相好を崩した善右衛門の前で、徳太郎は盃を干した。膳には仲秋だというのに、鯛の塩焼きが供されていた。

「さすがは江戸屋さんだ。鯛の取り置きがしてあった」

感心した善右衛門が言いつけた、塩焼きである。火の見やぐらの話に入る手前だというのに、佐賀町と仲町の肝煎ふたりは、すっかり出来上がっていた。

徳太郎の働きを多として、箱崎町の肝煎五人が佐賀町まで出向いてきた。そのことを大島屋善右衛門は何度も繰り返し口にした。

「箱崎町の、あの三原堂さんがだ。わざわざ大川を渡って、礼を言うために出向いてきたんだ」

大島屋善右衛門は、上機嫌のきわみである。

「あんたは、うちの町内の誉れだ。とにかく、わたしの一献を受けてくれ」

善右衛門は何度も徳太郎に酌をし、かつ自分の盃を手酌で満たした。すっかり顔が赤くなっている善右衛門だが、構わずに手酌を続けた。

大事な火の見やぐらの吟味をわきにおいて、箱崎町からの来客の顚末を喜んでいる。筋を通すことにはだれよりもうるさい善右衛門が、やぐらの話を芳三郎から聞こうともせずに、徳太郎に酒を勧めた。

いつもの善右衛門には、考えられないような無作法である。

芳三郎は、大島屋善右衛門の気性をよく知っていた。それゆえにわれを忘れたような振舞いを見て、いかに箱崎町の肝煎五人の来訪を善右衛門が喜んでいるかを察していた。

「箱崎町の界隈は武家屋敷とのからみで、火消しにはいろいろとむずかしいことがあるようだ」

四本目の徳利がカラになったとき、ようやく善右衛門は火の見やぐらの話に入った。

大名各家の塀は、もっとも高い部分でもおよそ二丈（約六メートル）である。箱崎町には、火の見やぐらがなかった。わけは、大名屋敷を覗くようなやぐらの普請はきつい御法度とされていたからだ。

箱崎町は半鐘を吊り下げた火の見ばしごも、一丈半（約四・五メートル）の高さにとどめられていた。

「このたびのお触れで、ようやく箱崎町にも火の見やぐらが建つことになったそうだ」

「そいつは、町のためにはなによりでさ」

芳三郎が低い声で応じた。

火事場で見た箱崎町のかしらは、場違いにも目元がゆるんでいるように見えた。いまのいままで徳太郎は、火が素早く湿ったことを喜んだのだと思っていた。

ようやく火の見やぐらができることを、かしらは喜んでいたのか……。

あのときのかしらの顔つきに、徳太郎はいまようやく得心した。

「そろそろ、ごはんをお出ししてもよろしゅうございますか」

仲居が様子を聞きにきた。善右衛門が大喜びを続けているうちに、すでに一刻（二時間）が過ぎていた。

「手早く出してもらおう。まだ、大事な話し合いが残っている」

赤ら顔の善右衛門が、仲居をせっついた。仲居があたまを下げると、庭の鹿威《ししおど》しがコーンと鳴った。

八

絵図に見入っていた善右衛門が、ふうっと吐息を漏らして顔を上げた。

「少し、涼味がほしい」

「かしこまりました」

善右衛門と目のあった仲居が、静かに立ち上がった。障子戸を二枚開くと、庭を渡ってくる夜風が座敷に流れてきた。

江戸屋の庭には、築山と泉水が造園されている。植えられた庭木も、桜・梅・松・けやき・柿と豊富である。夜風は、たっぷりと木々の香りを含んでいた。

「一日もかけないで、あんたと源次郎はこんな凄い趣向を思いついたのか」

気を昂ぶらせた善右衛門は、声がいつもより甲高くなっていた。徳太郎相手に、立て続けに徳利を空にしている。その酔いも、重なっているようだった。

「思案をしたのは源次郎でさ。あっしはわきから、あれこれと口をはさんだだけでやす」

芳三郎は努めて落ち着いた物言いをした。

「そうかもしれないが、あんたがいなかったら、こんな趣向にはならなかっただろう。これだけ速くに絵図が仕上がったのは、あんたの力添えがあればこそだ」

芳三郎の器量の大きさを、善右衛門はよく分かっている。相手の謙遜を鵜呑みにせず、しっかりと芳三郎を称えた。

「杉と費えの算段さえつけば、源次郎たちは明日からでもやぐらの普請に取りかかる気でおりやす」

本祭の夜明けぎりぎりまで、源次郎たちは火の見やぐらの絵図作りに没頭した。ありったけの行灯を座敷に集めて、二十人を超える男たちが、ひたいを寄せ合って仕上げた絵図である。

善右衛門の膝元に置いた火の見やぐらの絵図が、夜風を浴びて端を揺らした。


源次郎は二階建て、三階建てなどの、高い家屋を得手とする棟梁だ。歳は三十五歳。棟梁としては若いが、差配の腕の確かなことは深川でも知れ渡っていた。

「うちの三階建ての修繕を、源次郎親方に引き受けてもらえることになりましてね」

「それはまた、うらやましいことで」

源次郎に普請を引き受けてもらえた商家は、周囲に自慢をした。歳若くても、配下に抱える職人は、大工だけで二十人を数えた。

「うちの親方の手許にいりゃあ、いままで建てたこともねえような高さの家を造らせてもらえるからよう」

「ちげえねえ」

周囲より、たとえ一尺でも高い家を建てたいのは大工の性である。

「源次郎親方は、普請のたんびに屋根が高くなってるぜ」

職人たちのうわさを裏づけするかのように、源次郎はより屋根の高い家屋を手がけた。

とはいえ、高さには限りがある。

「幾ら、たけえとはいってもよう。源次郎親方だって、五重塔を普請できるわけじゃあねえやね」

深川の色里、大和町の三階建てが精一杯の高さだと思われていたとき、芳三郎から火の見やぐらの話を持ち込まれた。

「命にかけても、江戸で一番のやぐらを建ててみせやすぜ」

大工を呼び集めた源次郎は、どこまで高いやぐらを建てられるかと問いかけた。あれこれと思いつきを言っているうちに、三十路にさしかかったばかりの大工、長三郎が前に進み出た。

「おれのじさまは、伊勢の新宮生まれなんでさ」

在所で熊野杉の木挽き職人だった長三郎の祖父は、高さ六丈（約十八メートル）のやぐらをみんなで建てたのが自慢だった。

「八尺（約二・四メートル）の太い柱を七本半継ぎ足せば、六丈のやぐらが組めます」

祖父から何度も聞かされてきたやぐらの組み方を、長三郎は絵に描いた。

「てえした思案だ。おめえのじさまたちがなすったことを、そっくり江戸でいただこうじゃねえか」

長三郎の絵に源次郎は独自の趣向を加えて、絵図の下書きを仕上げた。

やぐらの基礎部分は、二間（約三・六メートル）四方もある巨大な台座だ。柱に用いるのは、長さ八尺、差し渡し一尺五寸（直径約四十五センチ）の熊野杉である。

熊野杉は、伊勢神宮の式年遷宮祭（二十年ごとに新殿を営み、神体を移す祭）にも使われる材木である。二十年の間、風雨にさらされても熊野杉の神殿はびくとも揺るがない。その杉を用いて、高さ六丈の火の見やぐらを建てるというのが、源次郎組の考えた趣向だった。

算盤片手に、入用な杉の数量を算出する者。

金ばかりと物差しとを駆使して、正しい縮尺寸法を描き出す者。

仕上げ絵図を何種類もの筆を使って、ていねいに描きあげる者。

源次郎の宿では、本祭当日の夜明けを迎えたときも、まだ七張りの行灯に明かりが灯されていた。

「ところでこれだけの数の熊野杉が、江戸で揃うのかね」

源次郎たちがはじき出した熊野杉の数は、百五十本を超えていた。

「木場の木柾《もくまさ》さんに音頭をとってもらって、仲間内から集めてもらいやしょう」

「それはいいが、できるのか」

「木柾さんならやりやすぜ」

芳三郎は迷わずに言い切った。

「あんたがそこまで言うなら、間違いはないだろう」

善右衛門は嶋田屋と、小声で相談を交わした。嶋田屋が何度もうなずいて、話は終わった。

「熊野杉がたとえ一本あたり十両かかったとしても、材木代は千五百両だ。ほかに職人の手間賃だのなんだのの諸掛を加えれば、およそ千八百両はかかるだろう」

火の見やぐらの普請に、千八百両である。

敷地五百坪の屋敷でも普請できる、途方もない大金が入用だと知って、徳太郎は尻をもぞもぞと動かした。

「その費えは、うちと仲町とでなんとでも算段する。あんたには引き続き大きな骨を折らせるが、ぜひともこの絵図通りに普請を進めてくだされ」

大島屋の当主が、両手を膝にのせてあたまを下げた。仲町の肝煎も同じ形である。

芳三郎は正座に座り直し、善右衛門を見詰めながら頼みを受けた。

流れ込んできた夜風には、秋の気配が含まれていた。

九

享保八（一七二三）年十二月二十日。明け六ツ（午前六時）の鐘が、深川に流れていた。

どんよりと重たかった空に、鐘の音が穴をあけたらしい。捨て鐘三打が鳴り終わると、この年の初雪が深川に降り始めた。

「今年の雪は、いつもの年より遅くないか」

「そうですね」

お仕着せの襟元をきつく閉じ合わせた小僧が、当主に問われて気のない返事をした。まだ眠たいのか、目が半開きだった。

仲町の辻に建つ太物店（絹以外の綿織物・麻織物などを商う店）上州屋の奉公人は、番頭に手代五人、小僧ひとりである。

当主の代七郎《だいしちろう》は格別に吝嗇《りんしょく》でも因業でもないが、奉公人には煙たがられていた。度外れた早起きゆえに、である。

深川に時の鐘を告げるのは永代寺だ。ここの鐘が明け六ツを撞き始めると、季節の寒暖晴雨にかかわりなく、多くの商家が雨戸を開いた。

戸を開けるのは、小僧の役目である。ところが上州屋は、ときには当主が雨戸を開いたりもするのだ。

「世間体もございますので、なにとぞそれだけはおやめくださいまし」

番頭は拝むようにして、当主の雨戸開きを押しとどめた。泣きべそ顔の小僧を見て、代七郎はしばらくはやめた。

しかし一カ月も経たぬうちに、またもや代七郎は雨戸を開こうとした。小僧が明け六ツに寝過ごしたわけではない。七ツ半（午前五時）には寝床を出た代七郎が、雨戸の前で明け六ツの鐘を待っているのだ。

「おまえも因果だとあきらめて、六ツの四半刻（三十分）前には起きていなさい」

上州屋の代々の小僧は、明け六ツよりもはるか手前に起きざるを得なかった。

代七郎の早起きは、火事嫌いにその元があった。代七郎がまだ五歳の年に、上州屋は近所からのもらい火で丸焼けになった。

火事のあと、上州屋はしっかりと建て直しができた。商いも順調に運んだが、先代は火事に遭ったことを悔やみ続けた。

「母屋が焼け落ちたのは仕方がないが、せめて蔵だけでも、早く起きてしっかりと戸締りをしておけばよかった……」

代七郎の父親は、末期の床にあってもそれを悔やんだ。代七郎がまだ十三歳の冬だった。

だれよりも早く、火事に気づく。

こどもながらにそう決めた代七郎は、四十五歳のいまに至るも、朝の目覚めが一番早かった。それに加えて、半鐘を聞き取る耳も鋭かった。

奉公人のだれよりも早起きで、しかもひと一倍半鐘の音には耳ざとい当主。よりにもよって、そんな代七郎の店の目の前に、江戸で一番と称される火の見やぐらが仕上がりつつあった。

「見なさい、大した高さじゃないか」

通りに出た代七郎は、やぐらの上部を指差した。

「雪が凄いから、やぐらのてっぺんが見えません」

小僧が答えると、口の周りに湯気が立った。なにしろ地べたから六丈の高さがある火の見やぐらである。粉雪は、やぐらのてっぺんのあたりから舞い落ちていた。

「たしかに見えない」

代七郎は両手に息を吹きかけて、かじかんだ指先を暖めた。

「おそらくてっぺんは、雪の雲を突き抜けているんだろう」

「そんなに高いんですか」

商家の小僧は、当主の言うことはすべて信じるようにとしつけられている。てっぺんは雪の雲の上……小僧は、目を見開いて驚いた。

「この火の見やぐらが使えるようになったら、江戸中の火事が見つけられるだろう」

来年一月十日の仕上がりが待ち遠しいと言って、代七郎は目を細めた。

当主がさらに早起きになるかもしれないと案じた小僧は、深いため息を漏らした。

夜明けのころよりも、雪は降り方を強めていた。

十

享保九年の元日は、見事な晴天となった。

真冬でも五ツ（午前八時）になれば、大島屋の母屋と庭には朝日が届き始める。品川沖から昇った初日が、泉水わきの松を照らしていた。

旧臘《きゅうろう》二十九日から江戸に降り始めた雪は、元日になってもまだ解けずに残っている。初日に照らし出された松は、雪の白と葉の緑が元日から色味を競い合っていた。

「新年の宴の支度が調いました」

大島屋頭取番頭の梶ノ助が、みずから当主の居室に足を運んでいた。

仲仕や車力まで加えれば、大島屋は奉公人が百五十人を優に超える大所帯である。それら働く者の頂点に立つ頭取番頭が、みずから当主を迎えに出向く。

新年ならではの、大島屋の仕来りだった。

「ここにきなさい」

縁側に立った善右衛門が、頭取番頭を招き寄せた。庭に届き始めた初日が、善右衛門の紋付を照らしている。大島屋の定紋『丸に抱き茗荷』が、くっきりと浮かんで見えた。

「これはまた……」

善右衛門のわきに立った梶ノ助から、あとの言葉が出なかった。善右衛門が見ていたのは、仲町の辻に立つ火の見やぐらである。六丈の高さまですっかり組み上がった黒いやぐらは、新年の光を浴びて黒光りしていた。

周囲に見えるのは、まだ雪が残っている商家の瓦屋根である。ところどころは雪が浴けて、屋根は白と黒の市松模様を描いている。

初日の降り注ぐ商家の家並と、青空にそそり立っている火の見やぐら……。

「元日には、なによりのめでたい眺めでございます」

番頭の言い分にうなずいた善右衛門は、身体を回して江戸城の方角を見た。御城の甍《いらか》はすでに雪を払い落としており、初日を浴びてキラキラと輝いていた。江戸城のはるか彼方には、頂上に雪をいただいた富士山が遠望できた。

「御城と富士山と、江戸一番の火の見やぐらを合わせて見られるとは、わたしもおまえも、まことに果報者だ」

「まことにさようで……」

梶ノ助の口調には、あるじへの追従はまるで感じられない。元日朝の眺めに、心底から感じ入っていた。

「あの火の見やぐらに立てば、江戸の町が隅々まで見渡せるだろうな」

「さようでございましょうとも」

「仕上がった半鐘は響きがよくて、大川の向こう側にまで届くらしいが……お前は半鐘のことをなにか聞いているか」

「はい」

梶ノ助は深くうなずいてから、顔つきをあらためた。

「二里四方にまで響くようにと、鐘祥《かねしょう》の頭領がみずから湯を流したそうです」

「そうか……」

善右衛門から吐息が漏れた。

「半鐘は、やはり鐘祥に頼んでいたのか」

善右衛門のつぶやきには、芳三郎への賞賛の調子が強く滲んでいた。


火の見やぐら普請の差配を請負ったのは芳三郎である。

「来年の一月中旬までには、かならず仕上げさせやす」

仕上がり期日を明言したあと、芳三郎は佐賀町と仲町の肝煎の顔を交互に見た。

「仕上がるその日までは、細かなことは問いっこなしということで、差配の一切を任せてくだせえ」

火の見やぐら普請の始まりどきに、芳三郎は太い釘をさした。

佐賀町の肝煎は大島屋善右衛門、仲町は両替商当主嶋田屋勘兵衛が肝煎を務めている。

善右衛門も勘兵衛も、ともに何代も続いている大店の当主だ。

商いで大事な判断を求められると、ふたりとも多くのことを即決した。そして一度やると決めたあとは、目論見より費えがかさんだとしても、惜しまずに追い銭を投じた。

「うちの旦那様は肚がすわっている」

「肝の太さが違う」

奉公人にとっては、まことに仕事のやりやすい当主だった。

ところがこのたびのやぐら普請については、ことの始まりからあれこれと細かなことを知りたがった。

「江戸で一番の、どこの町にも負けないやぐらを普請してほしい」

この思いが強いだけに、ついあれこれと口を挟んでしまう。挙句、『船頭多くして、船山に上る』を、地で行くような様相を呈し始めていた。

芳三郎は先行きを案じたがゆえに、善右衛門と勘兵衛に、あえて釘をさしたのだ。

「あんたがそう言うなら、聞き入れるしかないだろう」

肝煎ふたりは、渋々ながらも芳三郎の言い分を呑んだ。ひとたび呑んだあとは、大店当主の面子にかけて、ひとことも口を挟まなかった。

どうなっているのかと、問うことも一切しなかった。

知りたい思いを懸命に抑え込んできた善右衛門が、初日を浴びた火の見やぐらを見たのだ。その雄姿に見とれて、ついこらえ切れなくなった。

頭取番頭も、あるじの思いは充分に分かっている。ゆえに問われたことには、細部まできちんと答えた。

鐘祥は、江戸で一番といわれる鐘造り専門の鋳物屋だ。仕事場は本所吾妻橋のたもとで、頭領は代々が輪鐘《りんしょう》を名乗っていた。

「鐘祥の半鐘は、響きが違う」

「野分《のわき》の雨でびしょ濡れになっても、鐘祥のこさえた半鐘なら、ジャンの音が湿らねえ」

江戸の半鐘打ちは、誰もが鐘祥の鐘を打ちたがった。槌で叩いたときも、擂半《すりばん》で鐘の内側をこすったときも、鐘祥の鐘なら半鐘打ちの腕が一段上がって響いたからだ。

滅法に評判が高いだけに、鐘祥に誂《あつら》えを頼んでも仕上がりは早くて二年先だと言われていた。

ところが芳三郎は、その鐘祥に数カ月のうちの拵《こしら》えを引き受けさせた。のみならず、鐘祥の頭領みずからが鋳型に湯（溶かした青銅）を流すように仕向けたのだ。

「江戸で一番の火の見やぐらを拵えやす。富士山を見ながら叩く鐘は、鐘祥のほかにはありやせん」

芳三郎は鐘祥の頭領輪鐘と直談判をした。富士山を見ながら叩く鐘と聞いて、輪鐘がみずから湯入れを引き受けた。

「鐘祥の鐘だと分かったからには、このままいつも通りの正月とするわけにはいかないだろう」

梶ノ助の耳元で、善右衛門は奉公人へのお年玉を例年の倍にしろと指図をした。

「春早々、なんとも気前のよろしいことで」

大島屋のお年玉は小僧にいたるまで、ひとり一分（四分の一両）と決まっていた。よその商家では考えられない、桁違いの祝儀である。それを今年は、倍の二分にしろという。

頭取番頭が思わず気前がいいとつぶやいたのも無理はなかった。善右衛門の『当主のひと声』で、四十両に届くほどの出費が増えたからだ。

「この先幾つまでわたしの寿命があるかはしれないが……高さ六丈の火の見やぐらを普請できた喜びに勝ることは、もうふたつとは起きることもないだろう」

善右衛門の目は、初春の空に向かって屹立《きつりつ》している黒い火の見やぐらを見詰めていた。大川を渡ってきたカモメたちが、白い翼をいっぱいに広げて飛んでいる。

カモメと火の見やぐらとが重なると、やぐらの黒が際立って見えた。

十一

晴天で元日を迎えた享保九年は、そのあとも晴れが続いた。三が日が過ぎ、四日になっても空は晴れ渡った。

「今年はお天気に恵まれて、いい三が日でしたなあ」

「まことに。今年の吉兆を示してくれたようなお正月でした」

正月休みを終えていつもの仕事に戻った深川の商家は、年初からの晴天続きを喜んだ。晴れはその後も続き、七草の朝も雲ひとつない青空で明けた。

「いつ見ても、富士山の眺めてえのはいいもんだぜ」

「ちげえねえ。朝の一番にあの姿が見られりゃあ、その日一日、目一杯に働こうてえ気になるからよう」

永代橋を西に渡り、普請場へと向かう大工職人ふたりが、遠くの富士山を見て互いに笑顔を見交わした。

表仕事の職人のほとんどは、給金を出面《でづら》（日当）でもらう。どれほど腕がよくても、荒天で普請場が休みなら手間賃は一文も稼げない。

職人には、なににも増して『晴天』が嬉しいのだ。ゆえに元日から七日も晴れが続いていることで、つい目元がゆるくなった。

長屋では、七草がゆを拵える女房連中が亭主と同じように顔をほころばせていた。

「お正月明けから雨にたたられたら、仕事に出るのを面倒がったりするんだけど、今年はずっと晴れだからさあ」

「そうなの、そのことなのよ」

なずなの葉を千切っていた女房が、目を見開いてザルを引き寄せた。

「雪も雨も降らないもんだから、仕事がはかどってるらしくてさあ。お施主さんも大喜びで、ゆんべなんか、普請場のみんながご祝儀をいただいたんだよ」

おかげで今年は、七草をたっぷり買えたと女房が続けた。朝日が届かない井戸端は、分厚い氷が張るほどに凍えている。それでも晴天が続いていることで、職人の女房連中はすこぶる上機嫌だった。

雨も雪も降らず、深川の空気は日を追って乾いている。しかしそれを気遣う者は、火消しのなかにもわずかしかいなかった。

七草のあとも、雨は降らない。

「大して、陽が当たるわけでもないのにさあ。洗濯物がよく乾いてくれるよ」

五ツ半（午前九時）に洗った半纏が、陽の当たらない裏店でも九ツ半（午後一時）には乾いた。カラカラに乾いた空気が、わずかな湿り気を貪り食っていた。


一月十一日の深川は、大きな行事がふたつ重なることになった。新春吉例の『鏡開き』と、『火の見やぐら落成式』とが、同じ日に執り行われるからだ。

十一日に鏡餅を下げて小槌で割り、汁粉にいれて食べる行事が『鏡開き』だ。年中行事を行うときには、『見た目の華麗さ』をなによりも貴ぶのが、大島屋の流儀である。

鏡開きは、武家の男が正月十一日に具足餅を食し、女は鏡台に供えた餅を食べたことに始まりがあった。それが町人にも伝わり、十一日に鏡餅を食べる慣わしとなったのだ。

大島屋が正月飾りに使うのは、二升の巨大な鏡餅を十個である。十一日にはそれらをすべて割り、差し渡し三尺（直径約九十センチ）もある大鍋ふたつで、雑煮と汁粉を調理した。

例年は自家の奉公人と、近所の商家に振舞った。今年は火の見やぐら落成式と鏡開きが重なるのは、去年のうちから分かっていた。

「一月中旬までには……」

当初は期日を定かに言わなかった芳三郎が、師走に入るなり『一月十一日』と日を切った。鏡開きと重なると知った善右衛門は、落成式当日の趣向をあれこれと思案した。

火の見やぐら普請に関しては、差配のすべては芳三郎に任せてあった。ゆえになにも口出しできなかったが、落成式の趣向は話が別である。

番頭の梶ノ助に指図をして、当日の『華麗な振舞い』の仕度を始めさせた。

「よそさまには、他言無用だぞ」

ひそかに準備が進むさまを、善右衛門はいたずら小僧のように目をキラキラさせながら見守っていた。

十二

「数はたっぷりありますから」

「押してはだめです。前のひとが熱いものをこぼすと、やけどをします」

大島屋の手代と小僧が総出で、竹筒によそった雑煮を配っていた。雑煮の隣では、やはり竹筒に汁粉がよそわれている。汁粉の大鍋の前には、女とこどもが長い列を作っていた。

「こいつあ、うめえ雑煮だ」

「うまくてあたぼうさ」

「どうしておめえは、そんなにきっぱりと言い切るんでえ」

「江戸屋の料理人が拵えた雑煮だ。うまくて、あたぼうだろうがよ」

いい歳をしたおとなが、仲町の辻で雑煮を食べていた。竹筒には大島屋の定紋が焼き印してある。

「竹筒と箸は、持ち帰ってもいいらしいぜ」

「さすがは佐賀町の大島屋だ。やることが豪気だぜ」

てんでに雑煮や汁粉を食べたあとで、高さ六丈の火の見やぐらを仰ぎ見た。

「これさえ建っててくれりゃあ、どこで火が出ても安心てえことか」

「ばかいうねえ。それはとんだ了見違いだ」

半纏を着た男が、口を尖らせた。

「火の見やぐらは火消しじゃあねえ。素早く火を見つけるだけだ」

「そうか」

「ここのやぐらの半鐘打ちが、暇で音を上げてくれりゃあ、それこそ安心てえことさ」

「ちげえねえ」

やぐらを見上げた連中が、あれこれと勝手な話を交わしているとき。大島屋善右衛門、嶋田屋勘兵衛、芳三郎、源次郎、徳太郎などのおもだった面々は、やぐらのてっぺんに上っていた。

「これだけ高さがあれば、夜の火元でも充分に見当がつけられるだろう」

六丈のやぐらに生まれて初めて上った勘兵衛は、頬を紅潮させていた。

「いい按配に晴れが続いてくれたから、普請もとどこおりなく運んだようだな」

やぐらの高さに、気が昂ぶっているのだろう。勘兵衛の声は、いつもよりも甲高かった。

「それだけがわたしの心配の種だ」

善右衛門が両目を曇らせた。

「なんだ、大島屋さん。だれよりもこの日を待ち焦がれていたあんたが、浮かない声を出したりして」

「晴れ続きというのが、わたしの心配事だとそう言ったまでだ」

善右衛門のわきでは、芳三郎と源次郎がともにうなずいていた。ふたりとも、深川の空気が乾いているのが気がかりなのだろう。

「おい、鐘番」

徳太郎が鋭い声を発した。半鐘打ちがすぐさま徳太郎に近寄った。

平野町の方角に火が見えた。

カンカンカン、カンカンカン……。

三連打が叩かれた。

「こんなめでてえ日に、なんてえことだ」

徳太郎は音を立てて、梯子を駆け下りた。

カンカンカン、カンカンカン。

鐘祥の半鐘は、評判以上の響き方だった。

十三

「なんでえ、あの音は」

「半鐘にしちゃあ、澄んだ音じゃねえか」

「鏡開きの景気づけで、仕立ておろしのジャンを打ってるんだろうさ」

やぐら下で振舞い酒を呑んでいる連中は、揃って真上を見上げた。六丈高いやぐらの上で、三連打が叩かれ続けていた。

火の見やぐらから火元まで、目通し見当で十町（約一・一キロ）以上離れているときに打つのが三連打だ。

火事でもないのに、遊び半分に三連打を叩くのはきつい御法度である。半鐘が鳴りやまないことで、やぐら下の連中も火事だと気づいた。

「冗談じゃねえぜ。地べたも家も、カラカラに乾いているてえのによう」

「これで風でも出たら、手に負えなくなるじゃねえか」

口を尖らせながらも、どこか間延びした話をしている。半鐘が擂半ではなく、三連打だったがゆえだろう。

深川であれば、火元から十町以上も離れていれば、どこにいてもかならず堀川を渡ることになる。それほどに、町には縦横に堀が張り巡らされていた。

火は堀や川で食い止められると、どの住人も思っている。それゆえに、半鐘を聞いてもひとはさほどに慌てなかった。

鳴っている半鐘が三連打であることに加えて、火元は平野町である。このこともまた、ひとの気が火事から遠ざかるわけのひとつとなった。

「火元はどっちの見当なんでえ」

「どうやら、仙台堀の向こうらしいぜ」

「仙台堀の向こうだと？」

問いかけた半纏姿の男の口元から、不意に締まりがなくなった。

「そいじゃあ、なにかい……火元は、平野町の見当だというのかよ」

「図星さ。まさに平野町」

「ふうん……だったらなにも、慌てることはねえや」

火元が平野町と知った連中は、竹筒に注がれた鏡開きの振舞い酒を味わった。なにやら、祝い酒のようにも見えた。

平野町は、仙台堀の北側に開けた町である。町木戸の境は大きいが、ひとが暮らす長屋はほとんど建ってはいなかった。

平野町は、寺町である。十町四方（約一・二平方キロ）の町に、大小合わせて二十の寺院と墓地があった。町の商家といえば、墓参客相手の花屋・線香屋・仏具屋と、二軒の蕎麦屋ぐらいである。

住人が少ないうえに、町の四方には堀が設けられていた。二十間（約三十六メートル）幅の仙台堀を初めとして、どの堀も五間（約九メートル）以上の幅がある。

たとえ火勢が強くても、火は町を取り囲む堀を渡ることはない……そう考えて、近隣の住人は安心していた。

さらにもうひとつ、平野町には検校《けんぎょう》屋敷が多かった。

公儀は盲人の暮らしを立ち行かせる手立てとして『当道《とうどう》』を推し進めてきた。平家琵琶などの管弦演奏と、あんま・鍼灸の治療行為を盲人に独占させたのが、当道である。

当道を進めるにおいて、公儀は盲人に位階を授けた。最下位の盲人は、あんま治療に従事する『衆分』である。そして『座頭』・『勾当《こうとう》』・『別当』と位階が上がり、一般盲人の最上位を『検校』と定めた。

官位を得るには、公儀に収める上納金が必要である。最上位の検校は、別当から衆分までの下位の者から、この上納金を徴収し、公儀に納付した。

上納金の納付は、一年に一度である。検校は配下の者から集めた上納金を、納付するまでの間は大名・商家などに、年利二割という高利で貸し付けた。

公儀も、上納金運用を認めていた。

盲人最下位の衆分も、長屋の女房や職人たちに、やはり高利でカネを貸した。盲人たちは衆分から検校までが、こぞって金貸しを営んでいたも同然だった。

金銭の貸し借りにかかわる揉め事は、奉行所に訴え出ても、門前払いに処された。

「金銭貸借は、相対にて済まされたい」

カネの貸し借りは、当事者間でケリをつけろというのが、公儀の方針だった。しかし盲人が貸すカネは例外である。

「そのほう、盲人をいたぶるとは不埒千万である。すみやかに元利合わせて返済いたさねば、獄に投ずる」

奉行所を後ろ盾にした高利貸しである。返済が遅れた相手には、盲人たちが大挙して押しかけた。

「カネを返せ」

「目の見えない者をいじめるな」

家の前で大騒ぎをされると、ほとんどの者がカネを工面して返済した。いつしか『検校貸し』『座頭貸し』は、きつい取立ての高利貸しの代名詞となっていた。

平野町は、検校などの盲人が暮らす『検校屋敷』が、塀を接して建っている町でもあるのだ。火元が平野町だと聞いて、人々が冷淡だったゆえんがここにあった。

カンカンカン。カンカンカンカン。

仲町の火の見やぐらの半鐘は、いつまで経っても三連打をやめない。平野町の火事は、一向に湿る気配が見えなかった。

十四

空気はカラカラに乾いていたが、風はなかった。そのことが、火消しの威勢を奮い立たせた。

「火の粉が飛び散らねえうちに、叩き潰しちまうんだ」

「がってんでさ」

半纏を着た火消し人足たちは、鳶口《とびぐち》と手鉤《てかぎ》とを手にして火事場を駆け回った。

ひとたび暴れだした火は、少々の水をかけても抑えつけられない。そのことを、だれよりも火消したちは知っていた。

火は水で消すのではなく、よそに燃え広がらないように、囲いのなかに抑え込む。新しい餌食に食らいつけなくなった火は、次第に炎がしぼみ、やがては燃え尽きるのだ。

ここから先には、火を走らせねえ。

屋根に立ってまといを振る者は、どこまでの家屋を壊すか、その境目を火消し人足に教えるのが役目だった。広い通りや、堀・川・池・空き地・墓地などが、火を食いとめる境目である。

まとい持ちが立つ境目の内側は、炎の餌食になっても仕方がない家屋群だ。

「あそこに建っていたのが、身の不運だ。仕方がない」

運悪くまといの内側になった家屋の住人たちは、燃え盛る炎を見詰めるほかに手立てはなかった。

「命が助かったんだ。あとのことは、どうとでもなるさ」

焼け出された者は、命拾いができたことを喜び合った。火消し人足やまとい持ちに文句をつけるような不心得者は、皆無だった。

ところが平野町では、町のあちこちで火消しと家の持ち主との間でいざこざが生じた。

火元に近い検校屋敷の前では、十数人の火消し人足と、三十人の盲人たちとが息を詰めて睨みあっていた。

屋敷のあるじは配下の座頭たちを従えて、塀の前に立ちふさがっていた。

「邪魔をするんじゃねえ」

「どかねえと、襟首ひっつかんで立ちのかせるぜ」

怒鳴ってはみたものの、差配が指図を与えないのだ。人足たちは、盲人相手に手荒な真似をするのをためらっていた。

「畏れ多くも、御公儀より拝領した屋敷だ。不浄な火消し人足ごときの手で、勝手に壊されてたまるか」

火消しが手出しをしないと察した検校は、居丈高な物言いをした。

「ここを壊そうなどと不埒なことは考えず、どうやって火を食いとめるか、そのことに知恵を絞れ」

検校は言いたい放題である。

「あにい、もう待ってられねえ」

「このままじゃあ、町が丸焼けになっちまいやす」

人足たちは、差配役をせっついた。火消しが強い口調で言った通り、火は二町（約二百十八メートル）の背後にまで迫っていた。

「あにいっ」

手鉤を握った人足が、差配役に詰め寄った。

「手出しをするんじゃねえ」

差配役の男は、去年の十一月に取り立てられたばかりだった。平野町の検校と向き合ったのも初めてである。

「検校たちとは、かかわりあいになるんじゃねえ。あとの始末がやっけえだからよ」

年長者から言われ続けていたがゆえに、検校や座頭を追い払うことをためらった。

「ばか言うんじゃねえ」

配下の火消しが、差配役に毒づいた。

「火がそこまで迫ってきてるじゃねえか」

「それでも差配かよ」

「とんだ腰抜け差配だぜ」

差配を取り囲むようにして、五人の人足たちが怒りをぶつけていたとき。検校屋敷に駆けつけた徳太郎が、助けに入った。

徳太郎は、背後にいつもの十人の人足を従えていた。

「なにをやってやがるんでえ」

壊しにも取りかからず、検校と向き合っている火消しの集団を見て、徳太郎はきつい声を差配にぶつけた。

「そこの検校が邪魔をして……」

差配役は、検校を指差した。

「ばかやろう」

徳太郎は検校ではなく、差配役の男を一喝した。

「てめえは検校に腰がひけて、壊しにかかってもいねえのか」

徳太郎はおのれの配下にあごをしゃくった。十人の屈強な男たちが、座頭を払いのけて塀に手鉤を打ち込み始めた。

「何者だ、そのほうは」

検校は徳太郎に怒鳴り声を投げつけた。徳太郎は相手にせず、差配が引き連れていた人足たち全員を呼び集めた。

「おめえたちは、座頭と検校を堀の向こうまで連れて行け」

差配に食ってかかっていた五人の火消しに、徳太郎は指図を与えた。

「がってんでさ」

「おれは佐賀町大川亭の徳太郎だ。ケツはおれが持つからよう。おめえたちは、しっかりとこの連中を堀の向こうに追っ払っとけ」

「がってんでさ」

威勢のいい返事とともに、五人は座頭と検校を追いたて始めた。杖を振り回して逆らう座頭もいたが、徳太郎がケツを持つときっぱり請合ったあとである。

「ぐずぐずしてると、おめえたちみんなが焼け死ぬぜ」

焼け死ぬという言葉に、心底からの恐怖を覚えたのだろう。火消しに怒鳴られ、杖を取り上げられると、座頭はたちまちおとなしくなった。

「佐賀町大川亭の徳太郎……この男だけは、断じて許さぬぞ」

座頭たちの手前、検校はわざと大声で徳太郎の名を口にした。が、五人の火消しに指図されるまま、他の座頭たちと一緒に堀を渡り始めた。

残りの火消しと差配役は、徳太郎の指図を受けて塀と家屋の壊しにかかった。

「このやろう、ただじゃあおかねえ」

検校への怒りを、差配は塀の壊しにぶつけていた。

十五

七ツ（午後四時）になっても、風はさほどに強くは吹かなかった。が、火事場の炎が熱となって駆け上り、上空の空気をかき混ぜた。

北風も、大川からの川風も吹いてはいない。しかし火事場では、つむじ風が巻き起こっていた。

仙台堀に架かる海辺橋北詰には、下総関宿藩五万八千石、久世大和守の下屋敷が普請されていた。

一万二千九百坪を超える広大な屋敷は、松・杉・檜・けやき・くぬぎ・桜・柿など、多くの樹木が植えられている。国許から呼び寄せた庭師は、湖かと見間違うほどに大きな池を拵えた。

池の周囲に配された巨岩と、森を思わせるほどの庭木とが、あたかも深山幽谷のような眺めを創り出していた。

藩主はこの庭の景観が自慢で、諸大名を招いては季節ごとに下屋敷で宴を催した。

「火消しの備えには、万全に万全を重ね、断じて抜かるでない」

代々の藩主は、なによりも火消しに力をいれた。

下屋敷には、脂に富んだ古木が多く植わっていた。ひとたび火に襲いかかられると、自慢の庭木が猛火を呼び起こすことになるのだ。それを恐れた藩主は、下屋敷内に五十人の火消し組を設けていた。

しかも、ただ設けただけではない。夏場でも五日に一度、冬場のいまは一日に朝夕の二度、広い敷地で火消しの稽古を励行させた。

池の北端の高台には、高さ三丈（約九メートル）の、火の見やぐらまで設けていた。

一月十一日は、下屋敷でも鏡開きを祝った。いつもの年であれば、十一日は終日、非番の者には下屋敷内での酒が許された。

しかしこの日は、昼過ぎに近隣の平野町から火が出た。ゆえに屋敷の家臣全員に、禁足令が発せられた。もとより酒は御法度である。

「畏れながら申し上げます」

七ツを過ぎたころ、火の見役同心岡部十三郎が、下屋敷頭取岡崎俊城《としき》に注進に及んだ。

「火事の様子が、いささか危ぶまれる様相を見せております」

「火が迫っておるのか」

「いまだ火の端までは八町（約八百七十二メートル）の隔たりがござりまするが、風が出て参りました」

「当家が風下に当たるのか」

岡部は顔つきを引き締めてうなずいた。

「火事の炎が巻き起こした風にござりまするゆえ、風向きは炎次第で、いかようにも変わるかと思われます」

「そのほうの見立ては」

「非常時三番が出来《しゅったい》いたしたと存じます」

「うむ……」

五尺七寸（約百七十三センチ）の上背があり、豪胆な気性で知られる岡崎が、言葉に詰まっていた。

火事に際しては、非常時一番から三番までの区別があった。三番はもっとも重たい措置である。岡崎といえども、発令をためらった。

いつの間にか平野町の火の見やぐらは、半鐘を擂半に変えていた。

十六

町場の火の見やぐらの擂半を耳にして、岡崎の顔つきが引き締まった。

「あれはどこのやぐら番か」

「平野町と、海辺橋のやぐらかと存じます」

岡部が挙げた二カ所の火の見やぐらは、いずれも下屋敷まで見通し道のり（直線距離）で、五町（約五百四十五メートル）内外しかなかった。

「非常時三番が妥当かと存じます」

岡部は再度、非常時三番の発令を進言した。顔には、覚悟の色が濃く浮かんでいる。発令後の身の処し方を、岡部は決めているようだ。

岡崎は黙したまま、空を見上げた。豪胆な岡崎だが、めずらしく目が曇っている。非常時三番発令をためらう曇りだった。

関宿藩では、国許・江戸屋敷共通の、災害判定基準を定めていた。

非常時一番

当直勤番の者は、衣服は非常時用半纏を着用する。非番の者は外出を控えて組屋敷等に待機。

非常時二番

当番・非番を問わず、非常時半纏を着用。文書・宝物・食料・武器の各蔵番同心は、配下の者を従えて蔵の防火・警護につく。

各屋敷のやぐら見張り番は、三連打の半鐘を打ち、屋敷内に非常時二番発令を伝える。

非常時三番

非常時三番発令は、各屋敷頭取が行う。発令後は、藩主と同格の指揮権が頭取に与えられる。

やぐら見張り番は擂半を打ち、三番発令を各員に知らしめる。

三番発令後は屋敷内の者を総動員し、文書・宝物を運び出すこと。

非常時三番は、次の一に該当するときに発令する。

屋敷内から火を出し、総動員で対処しても周囲への延焼を食い止められぬと判じたとき。

屋敷周辺で生じた火が屋敷に襲来し、総動員で対処しても火勢を食い止められぬと判じたとき。

地震・大水・豪雨等で、屋敷が壊滅したとき。もしくは壊滅を免れぬと判じたとき。

非常時三番の発令権限は、下屋敷頭取に委ねられている。いまは岡崎が発令権者だった。

三番発令は、下屋敷を捨てて全員が逃げ出すことを意味する。

「三番発令をためらうな」

藩主は、常からこのことを各屋敷頭取に言い置いていた。

「ひとあってこその、関宿藩である」

代々の藩主は、この信念を貫いた。

「屋敷は再建できる。文書・宝物はたとえ毀損しても、藩の行く末に深刻な影を落とすこともない。ひとは違う。ひとたび失った家臣の人命は、二度と取り返すことはできぬ」

このことを肝に銘じ、非常時三番発令をためらうな……ことあるごとに、藩主はこれを重臣に言い置いた。

「ありがたき御意にござりまする」

重臣・屋敷頭取たちは、藩主の前でひれ伏した。しかし、いままで非常時三番を発令した頭取は、わずか三名である。その三名とも、発令後は屋敷にとどまり、殉職した。

いつしか関宿藩では、三番発令は殉職を意味することになっていた。

「命を大事にいたせ。もしも、ゆえなくして殉職いたさば、厳罰に処する」

藩主は厳命した。が、藩主の言葉とは裏腹に、三人の殉職者は手厚く手向けられた。

藩主がどれほど厳しく言おうが、三番発令は殉職と同義語であるのは間違いなかった。

「外の様子を確かめる。火の見やぐらに案内せい」

「かしこまりました」

短く答えた岡部は、先に立って歩き始めた。

岡崎が発令をためらっているのは、わが身の命を惜しんでのことではない。そのことは、岡部も充分に承知していた。

入用とあらばいささかの迷いもなく、一命を藩に賭すことのできる頭取……岡崎の器量の大きさを、岡部は心底から慕っていた。

火の見やぐらの梯子に足をかけたとき、岡部は岡崎と殉職することになるだろうと、あらためて肚をくくった。

十七

岡崎が火の見やぐらから見た町の通りは、火消し人足と、盲人とで埋まっていた。

「岡部」

呼ばれた岡部は、急ぎ頭取のわきへと進んだ。久世家下屋敷の火の見やぐらは、見張り台が三尺（約九十センチ）四方しかない。

いまはその台に半鐘打ち、物見番、岡崎、岡部の四人が立っていた。岡崎は下屋敷でも一、二と称される長身だった。

ただでさえ狭い見張り台に、屋敷頭取の岡崎と、火の見役同心の岡部、ふたりの役職者がいる。半鐘打ちと物見番は、身体を固くして隅に寄っていた。

「あの者たちは、火消し人足であろうが」

岡崎が指で指し示した場所には、徳太郎率いる火消し十人衆がいた。

「仰せの通りにござります」

「ならばなにゆえあって、壊しに取り掛からぬのか」

問われた岡部は、答えられなかった。遠目のきく岡部は、火の見同心としては藩で随一の物見役である。一里（約四キロ）四方のうちに煙を見出したときは、四半町（約二十七メートル）の誤まりもなく、火元までの見通し道のりを言い当てた。

その反面、世俗の仕儀には疎く、とりわけ金銭貸借、モノの貸し借りといったことにはまるで明るくなかった。

岡崎が指し示した場所では徳太郎組と検校とが、屋敷を壊す、壊さぬで揉めていた。借金とは無縁の暮らしを営む岡部には、検校貸しの詳細は知るところではない。ゆえに火消しと検校が言い争っているさまを見ても、岡崎に事態の説明ができなかった。

「おい、田中」

岡部は物見番を呼び寄せた。

「ただいま頭取よりおたずねのあった一件を、わしにも分かるように解き明かしてくれ」

岡部は、自分が世俗に通じていないことをいささかも隠さない男である。物見番は、検校がいかに町人に対して威張っているかを手短に説明した。

「町人にカネを貸しているがゆえに、検校は火の通り道にあるおのれの屋敷を、火消しに壊させぬというのか」

田中はきっぱりとうなずいた。

「あの屋敷で食い止めれば、東からの火を恐れることはあるまい」

「さようにござります」

岡部は頭取の読みに同意した。

東から下屋敷に向かってくる火を封じれば、東・南・北からの火はさほどに案ずることはなかった。なかでも南北の二面は、広い堀が火を阻んでくれる。

東さえ退治できれば、あとは屋敷の西側に家臣を集めて防げばいい。火消しの成否は、揉めごとの生じている検校屋敷の壊しにかかっていた。

「わしが出向く。ついて参れ」

言い終わる前に、岡崎はすでに梯子を降り始めていた。岡部がすぐあとに続いている。

相変わらず海辺橋の半鐘は、擂半を鳴らし続けていた。

十八

検校屋敷に向かう道々、岡崎はさまざまに思案を巡らせていた。

あとに従っている岡部同様、岡崎も検校貸しについてはさほどに通じてはいなかった。が、下屋敷頭取という職務柄、検校の位階や監督役所に関しては人並以上の知識は有していた。

検校には最上位の中一老から、最下位の十老まで、十段階の位階がある。

うかつな物言いはできぬ……。

火の見やぐらから見下ろした時点で、徳太郎が揉めている相手は『三老』格の検校だと、見当をつけていた。検校十階級のなかでは、相当な上位である。

岡崎が相手を『三老』だと見当をつけたのは、屋敷の門構えが立派だったからだ。三町(約三百二十七メートル)以上離れていたので、定かなことは分からない。しかし、平野町の検校のなかでも、相手は上位階級者であると確信していた。

検校は、寺社奉行の管轄である。

江戸には勘定奉行・町奉行・寺社奉行の三奉行がいる。勘定奉行と町奉行は、ともに旗本が就任し、役所となる奉行所が構えられていた。

ところが寺社奉行は大名役で、常設の奉行所はない。寺社奉行に就任した大名の上屋敷が、そのまま奉行所の役目を果たした。

徳川家直参家臣の旗本よりは、諸国大名のほうが家格は上である。その大名が就任する寺社奉行は、勘定奉行・町奉行よりも格上とされていた。

検校を管轄するのは、この寺社奉行である。岡崎は下屋敷を出る前に、武鑑役職編をひもとき、いまの寺社奉行の名を探した。

心覚えはあったが、念のために確かめた。

『黒田豊前守直邦《なおくに》』

この名を武鑑で確認できたときに、岡崎はおのれの僥倖《ぎょうこう》に思わず安堵の吐息を漏らした。

黒田直邦は、常陸下館藩二万石の藩主で、下屋敷は御米蔵の対岸、石原橋のたもとである。直邦は久世大和守同様、造園にまことに造詣の深い藩主である。

黒田家の下屋敷は、敷地二千二百坪余り。久世家下屋敷に比べれば、はるかに狭かったが、直邦は泉水と築山を構えるといってきかなかった。

困り果てた家臣は、二年前の秋に下屋敷頭取の岡崎をたずねて、造園の教えを請うた。岡崎は下屋敷出入りの庭師を顔つなぎし、あれこれと知恵も授けた。

以来、黒田家下屋敷用人と岡崎とは、半年に一度は酒を酌み交わす仲となった。

大きな辻を東に折れると、正面に検校屋敷が見えてきた。遠くの空には、黒い煙が立ち昇っているが、まだ火が迫っている気配はなかった。

岡崎は長い足を急がせた。あとに続く岡部は、身の丈五尺三寸（約百六十一センチ）である。歳は岡部のほうが岡崎よりも一回り下だ。しかし先を行く岡崎を追ううちに、岡部は息遣いが荒くなっていた。

「てめえ、いい加減にしやがれ」

火消しのひとりが、声を荒らげた。その声を耳にして、岡崎がさらに足を速めた。

岡部は駆け足であとを追った。

十九

火消しと検校屋敷の座頭や勾当が睨みあっているなかに、岡崎が割って入った。

徳太郎配下の火消しは、だれもが大男揃いである。岡崎はそのなかに入っても、いささかも見劣りしなかった。

火消しと向かい合っている座頭たちは、目の不自由な者ばかりである。岡崎の姿は見えないだろうが、気配で体つきを察したようだ。

ひとことも話さぬうちに、座頭の何人かと頭領格の検校は、岡崎が武家であることも察していた。

「何用あって、この火急の場に割って入られようとしているのか」

岡崎を武家と判じた検校は、ほどほどに礼節ある物言いをした。

「わしは久世大和守下屋敷頭取、岡崎俊城である。そなたの姓名の儀を、うけたまわりたい」

岡崎はあえて拙者とは名乗らず、わしと称した。物言いで格のほどを検校に分からせようとしたがゆえである。

あらかじめ岡崎が判じていた通り、検校は位階の高い男だった。火事騒動のさなかだというのに、着衣は天台宗の紫衣で、同じく天台宗の帽子をかぶっていた。

「わたしは平田検校、位階は三老と心得られたい」

歳は三十代半ばだろうが、物言いは尊大である。久世大和守の下屋敷といえば、この地では群を抜いて大きな敷地を誇る屋敷だ。植えられた庭木の数々は、季節ごとに土地の者の目も楽しませていた。

その屋敷の頭取だと名乗った岡崎に、平田はいささかの敬意も示さなかった。

「久世様下屋敷の頭取どのが、何用あってこの場にこられましたのか」

「火消しを助けるためでござる」

岡崎は、一瞬の間もおかずに答えた。

「当家の火の見やぐらから見ておったが、火消しはこの屋敷を打ち壊して、火勢を殺《そ》ぐつもりのようだ」

岡崎は徳太郎に目を合わした。火事場差配だと判じたからだ。

「その通りでやすが、こちらの検校さんが、頑として壊しに応じてくれねえんでさ」

徳太郎と岡崎は、互角の背丈である。大男ふたりの目が、しっかりと絡まりあった。

「まだ、そのような無礼を申すのか」

平田が、甲高い声を徳太郎にぶつけた。相当に神経質な検校らしく、こめかみには青筋が浮かんでいた。

「畏れ多くも、御公儀より拝領した屋敷である。きさまらごとき、不浄火消しに壊されてたまるか」

「また、これだ」

徳太郎が呆れ顔を拵えたが、検校を見る目には強い光が宿されていた。

「おたくと寸分ちがわねえことを、この先の屋敷でも言われてきたんだ」

ひと息ついた徳太郎は、空に目を向けた。黒い煙が風に乗って流れてきている。火消しの目が鋭く光った。

「押し問答やってる間に火が襲いかかってきたら、屋敷も寺も丸焼けになっちまうんだ。火の通り道に屋敷があったのが身の不運だと、あきらめてくだせえ」

「断じて承服できぬ」

検校は、手にした黒塗りの杖を大きく振り上げた。目が不自由なはずなのに、振り下ろしたときは、徳太郎のあたまに狙いが定まっていた。

「ばかはよしねえ」

右手で杖を摑んだ徳太郎は、ぐいっと捻って杖を取り上げた。

「無礼者。わたしを位階三老の検校と心得ての狼藉《ろうぜき》か」

「なにが狼藉でえ。こっちは火消しを続けてるだけだ」

配下に振り返った徳太郎は、大きくあごをしゃくった。十人の大男が座頭たちを押しのけて、屋敷に入った。まばたきをする間もおかず、五人の火消しが屋根に上っていた。

「ひとの屋敷になにをするか」

杖を取り上げられた検校は、こぶしを空に向けて突き上げた。

「ただちに取り壊しをやめなければ、寺社奉行に訴え出るぞ」

「好きなようにやってくんねえ」

徳太郎は大股の歩みで検校に詰め寄った。

「ここを壊しゃあ、火は食い止められる。湿ってくれるなら、おれのそっ首を寺社奉行に差し出してもいいぜ」

徳太郎は、真顔で言い切った。屋根に上った火消しは、すでに瓦を剝がしていた。

二十

平田検校の屋敷が、火消し人足の手で次々に壊され始めた。しかし大きな屋敷を壊すには、徳太郎の配下十人だけでは到底人手が足りない。

「失礼しやす」

岡崎に軽くあたまを下げた徳太郎はみずから駆け出して、壊しの助っ人を呼び集めに向かった。

平田は、生まれついての全盲である。ゆえに目の代わりを、耳と肌とが務めていた。

徳太郎が連れて戻ってきたのは、銘々が手に打ち壊しの道具を手にした火消したちである。

「なにごとか」

平田が大声を発した。ひとを言葉で威圧することに慣れている者ならではの、凄みを含んだ大声だった。

「そのほうたちが手にしているものは、いったいなにか」

屋敷の門をくぐろうとした徳太郎と火消し人足を、検校が立ち止まらせた。

「仕事を急ぎやすんで、足止めは勘弁してくだせえ」

「ならぬ」

杖を地べたに突きたてると、徳太郎の前に立ちはだかった。あたかも目が見えているかのような動きだった。

「それらの道具は、なにをするものか」

検校は杖で、火消しのひとりを指し示した。六尺（約百八十二センチ）豊かな男が手にしているのは、差し渡し一尺五寸（直径約四十五センチ）は優にある、巨大な掛矢《かけや》（大槌）だった。

槌も柄も硬い樫で作られた掛矢は、重さが十貫（約三十八キロ）もある。この掛矢を打ち込まれると、厚さ五寸（約十五センチ）の土蔵の壁にも穴があいた。

「検校さんがおたずねになったのは、掛矢のことですかい」

「そうだ。その大きな槌だ」

「検校さんには、掛矢がめえますんで？」

徳太郎は真顔で問いかけた。あまりに平田検校の物言いが自然で、掛矢が見えているとしか思えなかったからだ。

「心眼の備えなくしては、三老の位階は得られぬわ」

そんなことも知らぬのかと言わんばかりの、相手を見下した物言いだった。

検校に言われっぱなしでは、配下の者に示しがつかない。とりわけ、いま引き連れているのは、よそからかき集めた助っ人ばかりだ。ともに火事場で火に立ち向かったことはなく、徳太郎の技量のほども、度量の大きさもよくは知らない連中である。

「掛矢は、屋敷の邪魔な壁を叩き壊す道具なんでさ」

歯切れよく言い放った徳太郎は、検校をよけて門の内側に走ろうとした。検校は杖を徳太郎の鼻先に突き出した。

「なにしやがんでえ」

我慢の切れた徳太郎は、杖をむしりとるなり、二つにへし折った。ベキッという鈍い音が、検校にも聞こえた。

「おまえは、いまなにを為したのかが分かっておろうな」

検校の顔に薄い笑いが浮かんだ。

「いまは、おめえさんにかまっちゃあいられねえんだ」

平田検校には取り合わず、助っ人たちに細かな指図を下した。徳太郎の指図は明確で、聞き違いをする気遣いは皆無である。

火消したちの顔には、たちまち深い敬いの色が浮かんだ。

「分かったな」

「がってんでさ」

寄せ集めの火消したちが、一丸となって返事をした。

「すぐに取りかかれ。邪魔をするやつがいたら、怪我をしねえように気遣いながら、わきのほうに蹴飛ばしていい」

「へい」

「なかで起きたことのケツは、大川亭の徳太郎がきっちりと持つ。おめえたちは余計なしんぺえはしねえで、命がけで火消しだけに当たれ」

徳太郎の言葉に背中を押されて、火消したちは門のなかへと駆け込んだ。幾らも間をおかずに、掛矢が壁に打ち込まれる音が響いてきた。

門の内側に首を突っ込み、徳太郎は打ち壊しの首尾を確かめた。上首尾に運んでいるのを見定めてから、平田と向き合った。

さきほど二つにへし折った杖の片割れを、徳太郎はまだ手にしていた。

「でえじな杖を、へし折っちまいやした。申しわけありやせん」

詫びてから、徳太郎は杖の片割れを差し出した。平田は受け取ろうとはせず、見えない目を徳太郎に向けた。

徳太郎は仕方なく、折れた杖を手に残した。

「おまえはわたしの手から……位階三老のわたしに狼藉を働き、命の杖を奪い取ったのみならず、それを二つに折った」

検校の物言いが物静かになっている。周りが騒々しいだけに、小声は不気味だった。

「ほどなく寺社奉行配下の役人が参る」

平田は目明きの下男を、仙台堀と大川が交わる上之橋へ走らせていた。上之橋北のたもとには、深川で一番大きな自身番小屋が建てられていた。

仙台堀北側の平野町界隈には、寺社と検校屋敷がひしめきあっている。寺も検校屋敷も、目明しはもとより、町奉行所の同心といえども、役目で立ち入ることはできない。

上之橋の自身番小屋には、町奉行所管轄の役人のみならず、寺社奉行配下の同心も常駐していた。

「役人が到着するまで、おまえはその場を動くでないぞ」

平田は、薄い唇をぺろりと舐めた。舌は異様に赤く、庭を這うトカゲの舌のようだった。

二十一

平田検校の下男と一緒にあらわれたのは、五十年配の役人である。寺社奉行配下の同心のみが着用を許された、青竹色の羽織を着ていた。

「下男はわしには、火急の用向きとしか申さぬ」

いきなり呼び出されたのが、よほどに腹立たしいのだろう。役人は平田に向かって、言葉を吐き捨てた。

「町のいたるところが火で炙《あぶ》られているというのに、このうえの火急の用とはいったいなにごとか」

「お呼び立ていたしましたわけは、その者の手にございます」

平田は徳太郎の手許を指差した。徳太郎は二つ折りにした杖の片割れを持っている。役人の顔つきが変わった。

盲人の杖を取り上げたり、毀損したりした者は、百敲《ひゃくたたき》の刑に処すと定められていた。

「そのほう、これへ」

役人に呼ばれた徳太郎は、杖の片割れを持ったまま近寄った。屋敷の内側からは、掛矢を叩き込む音が響いてくる。

壊しが首尾よく運んでいるのを察して、徳太郎はふうっと吐息をついた。役人は、その吐息の意味を取り違えた。

「寺社奉行同心であるわしに向かって、ぞんざいな吐息をつくとは無礼千万である」

「申しわけありやせん」

徳太郎は言いわけをせずに詫びた。わきで見ていた岡崎が、徳太郎と寺社奉行同心の間に入った。

「そなたは、黒田豊前守直邦様ご家中であられるか」

いきなり問いかけられた役人は、怪訝《けげん》な目を岡崎に向けた。

久世家下屋敷頭取の岡崎は、常時羽織を着用している。黒羽二重五つ紋に、正絹純白の太紐羽織は、どの藩でも上級の役職者しか着用できない。

岡崎の羽織と紐を見て、役人はいぶかしげにしていた目つきを引っ込めた。

「いかにも黒田家家臣にござるが……」

「申し遅れたが、わしは久世大和守下屋敷を預かる岡崎でござる」

「あっ……」

息の詰まったような顔つきになったあと、同心は居住まいを正した。

「てまえは黒田家江戸屋敷用人、小野田正助配下の、大北五郎にござります」

黒田家造園の手助けをしたことが契機となり、小野田と岡崎は時折り酒を酌み交わす間柄になっていた。

「小野田殿はお達者であられるか」

「息災至極にござります」

大北の物言いが、すっかりていねいになっていた。

「その杖の顛末については、わしから話をさせてもらおう」

岡崎はおのれの目で見たことに限って、詳細に聞かせた。話が進み、やがて杖が二つ折りにされた顛末に及んだ。

「検校の杖を取り上げて、二つ折りにしたのは、まさしくこの徳太郎である。非はすべて、この者にあるのは間違いない」

岡崎は、きびしい声音で徳太郎の所業を叱りつけた。そのあとで、語調を元に戻した。

「しかしながら、徳太郎が暴挙に及ぶにいたった道筋には、さまざまな行き違いがひそんでおる」

岡崎は検校には目もくれず、大北を見詰めて話を続けた。

「一刻も早くこの屋敷を壊し、火の通り道を万全にふさぎたい一心の徳太郎は、先を急いでおった」

はからずも検校の振舞いは、火消しの邪魔立てをしたように見えたのだろう。その怒りが積み重なって、検校の杖を折るという暴挙に及んだ。

振舞いは許しがたいが、火消しの心情にも酌むべきものはある。

他方、屋敷を打ち壊される検校の無念を思えば、つい言葉を失ってしまう。我が屋敷が火消しの手で壊されるのを見るのは、身を斬られるような痛みであっただろう。

役目を思う余りに、徳太郎は検校の胸の痛みへの配慮が足りなかった。結果、検校の激怒を呼び起こし、杖を鼻先に突き出させる事態を引きおこした。

杖を突き出したのも、二つ折りにしたのも、火事という尋常ならざる出来事に平常心を乱されたがゆえの振舞いだ。

火消しを首尾よく果たし、町を焼け野原にせぬためにも、揉め事はこの場限りとしてはどうか。

五万八千石大名の下屋敷を預かる者の裁定には、強い説得力があった。しかもどちらか一方に肩入れするわけではない。いかに町の嫌われ者とはいえ、屋敷を壊される検校の痛みにも、配慮を忘れていなかった。

「いかがかな、検校どのは」

大北に問われた平田は、不承不承ながらも岡崎の裁定を受け入れた。が、きついひとことを付け加えた。

「火の通り道をふさぐために、わたしの屋敷を壊した。それに間違いないか」

「ありやせん」

徳太郎はきっぱりと応じた。

「ならば屋敷を壊したにもかかわらず、もしも火が鎮まらなかったら、おまえはその責めを負うのだろうな」

「責めを負うてえのは、どういうことで？」

問うた徳太郎に、検校はまたもや薄い笑いを浮かべた顔を向けた。

「わたしは命同様に大事な屋敷を壊された。おまえも命でもって責めを負え」

「分かりやした」

徳太郎は一瞬もためらうことなく、迷いのない口調で応じた。

ドーン、ドーンと大きな地響きがして、検校屋敷の壁が崩れ落ちた。

二十二

七ツ（午後四時）を過ぎても、火事はまだ湿ってはいなかった。

火消しの首尾がわるかったのではない。風向きが変わり、火が横に流れ始めたからだ。

壊して断ち切った道筋とは違う方向に、火が走り始めた。

「納屋なんぞは、後回しでいい」

徳太郎は火消し全員を呼び集めた。平田の屋敷の、隣に建つ屋敷である。火は回り道を始めたが、ここを壊せば火の行く手を断つことができそうだった。

「先に母屋の屋根を落とすんだ」

建坪二百坪近い屋敷は、柱も梁も太い。火消したちが総がかりで立ち向かわないことには、容易に屋根は落ちそうになかった。

「わきの壊しは、うっちゃっといていい。全員で母屋の壊しに取りかかれ」

指図を終えた徳太郎は、まといを受け取った。重さ五貫（約十九キロ）の巨大なまといだ。配下の者から手渡された徳太郎は、母屋と向かい合わせの納屋の屋根に上った。

検校屋敷に暮らす者の多くは、全盲である。ゆえに食料などを蓄えておく納屋は、杖を頼りにせずとも歩けるように、幅広い通路が構えられていた。

納屋といえど造りは立派で、屋根は母屋と同じほどに高い。徳太郎はその納屋の屋根に上り、五貫まといを立てた。

火消しが持つまといは、建物を壊す境目を教える合図だ。ひとたび屋根に上ったまといは、火が湿るまでは地べたにおろさないというのが、まとい持ちの矜持《きようじ》だった。

八ツ半（午後三時）を過ぎたころから、いやな風が出てきた。平田の屋敷は、跡形もなく壊すことができた。が、横風に煽られた火は久世家下屋敷の方角ではなく、隣の検校屋敷へと流れた。

火消したちは、あらたに検校屋敷の壊しにかかった。その屋敷の納屋の屋根に、まといを持った徳太郎が立った。

大川亭には、まとい持ちは別にいた。あえて徳太郎が五貫まといを手にしたのは、平田に「命を賭して責めを負う」と言い切ったからだ。

風が一段と強くなっていたが、幸いなことに周囲の火は下火になっていた。壊しが功を奏して、火の行く手をさえぎったからだ。

「あとひと息だ、命がけで壊せ」

まといを振り込みながら、徳太郎が声を張り上げた。瓦がすべて外されたあとで、柱が倒された。低い地鳴りのような物音とともに、屋根が落ちた。

「よくやった」

母屋の屋根が落ちると、いきなり見晴らしがよくなった。風をさえぎる屋根が消えて、頬にあたる風が強くなった。

納屋の屋根に立った徳太郎は、四方を見回した。七ツを大きく過ぎたいま、町は暮れなずんでいる。

目を凝らしたが、二町（約二百十八メートル）四方に炎は見えなかった。

この屋敷は、壊すことはなかったか……。

ふっとよぎった思いが、徳太郎に吐息をつかせた。漏らした息が、徳太郎を弱気にした。

「納屋は壊さなくてもいい」

屋根からおりた徳太郎は、まといを若い者に返した。火消したちは知らなかったが、納屋には四斗樽五つという、途方もない量の菜種油が蓄えられていた。

「おめでとうごぜえやす」

徳太郎が平田検校に言い切ったことを、配下の者全員が知っている。鎮火して、徳太郎以上に若い者が喜んだ。

徳太郎の頰を叩いて、強い風が過ぎ去った。

二十三

七ツ半(午後五時)過ぎ。平野町の火事は、ひとまず鎮火したかに見えた。町の方々からは、まだ煙が立ち上っていた。しかしいずれの煙も、湿ったあとの白煙ばかりだった。

「首尾よく、火を退治したようだな」

無念の色を剝き出しにした平田検校が、徳太郎に声を投げてきた。検校が立っているのは、跡形もなく壊された屋敷前である。

「ここまで壊されて口惜しくもあるが……火が町の外に出ないという、大役を果たした

「その通りでさ」

「塀までもすべて壊されたらしいが、もう恨みごとは言うまい」

静かに言い置いた検校は、配下の座頭に導かれて、瓦礫の山となった屋敷内に入って行った。真冬の暮れ六ツ（午後六時）が近く、急ぎ足で夕闇が町を包み始めている。

門のなかに入るなり、検校は闇に溶け込もうとしていた。徳太郎はその後ろ姿に向かって、素直にあたまを下げた。

火消しのさなかには気が立っていて、気遣うゆとりはなかった。しかしひとたび湿ったあとには、壊した家屋に対する悔恨・詫びの念が、毎度のように湧き上がってくる。いまも平田検校屋敷と隣家の磐田検校屋敷を壊したことに対しては、切なさがこみ上げてきた。

町を火事から守るためという、大義名分はある。しかし徳太郎たち火消しは、何棟もの家屋を叩き壊したのだ。壊された検校屋敷も商家も、直前まではひとが暮らしていた建物である。

それらの家屋が、なにか悪行を働いたわけではない。運わるく、火の通り道に建っていただけなのだ。ただそれだけのことで、しっかりと建てられた屋敷が、無理やり壊された。

掛矢を打ち込まれた屋敷は、ドスンと鈍い音を発する。壁が壊れ、柱が倒れるときに生ずる音は、屋敷があげる悲鳴も同然だった。

火が鎮まったあと、徳太郎は毎度、つよい悔恨の思いにさいなまれた。

この家は、ほんとうに壊さなければならなかったのか……と。

平田の屋敷に関しては、壊したことにいささかの疑念も覚えていない。

「あの屋敷は、壊すしかありやせんでした」

だれに問われても、徳太郎は胸を張って答えることができた。

しかし隣の磐田検校の屋敷については、胸の奥底に苦い思いを抱えていた。

平田屋敷を壊していたとき、いきなり風が横に流れ始めた。久世家下屋敷に向かう恐れは大きく減ったものの、火事がさらに広がりそうな気がした。

横に流れる火を見て、徳太郎はつい先刻の平田検校とのやり取りを思い出した。

もしも、この火事が消せなかったら……。

「わたしは命同様に大事な屋敷を壊された。おまえも命でもって責めを負え」

「分かりやした」

いささかもためらわずに答えた。どの火事においても、徳太郎は命を賭して火消しに当たっている。命で責めを負えと迫られても、ためらいはしなかった。

とはいえ平田屋敷を壊して退治できたと思った火が、いきなり横に流れ始めたときは、徳太郎といえども動転した。

「隣を壊して、道筋を断つんだ」

火消したちは平田の隣家、磐田検校の屋敷の壊しに取りかかった。

磐田検校も、隣家の平田と同格の『三老』だった。

「なにをするか、この狼藉者めらが」

目明きの下男の先導で敷地の外に連れ出された磐田は、門の前で息巻いた。

「隣の平田屋敷は、とっくに平べったくなっちまってやす。四の五の言わずに、門をあけなせえ」

徳太郎は強い物言いで、相手をねじ伏せた。平田屋敷が跡形もないと聞かされて、磐田も渋々ながらも壊しを受け入れた。

屋敷を壊したあとで、平野町の火は鎮まった。隣家から火の粉は多く飛んできたが、壁板一枚、焦がすには至らなかった。

果たして、磐田屋敷まで壊す必要があったのか……。

鎮火したあとも、徳太郎の迷いは消えなかった。壊されずに残った納屋が、徳太郎の気の迷いを形であらわしていた。

二十四

磐田は、壊されなかった納屋の腰掛に座っていた。息遣いが荒いのは、胸の内にどす黒い怒りが渦巻いていたからだ。

「なにをいたしておる。身体の芯から凍えてしまうではないか」

磐田検校が声を荒らげた。

「ただいま仕度を進めてやすから」

検校に背を向けて、目明きの下男が小さな舌打ちをした。大きな音を立てれば、それをまた咎められるからだ。

「同じ返事を繰り返すばかりで、なにひとつ捗《はかど》ってはおらんぞ」

「そんなことはねえ。火種だって、仲間が熾《おこ》しておりやすのが分からねえんで……」

叱責にうんざりした下男が、強い口調で反論した。開き直りともいえる使用人の物言いを聞いて、検校が顔つきを歪めた。

末席の座頭まで含めると、百名に届く盲人が屋敷に暮らしている。大所帯なのに、目明きの下男は五人しかいない。しっかりと検校や座頭の世話をするには、人数が少なすぎた。

それでも検校は、思うように動かぬ下男を強い口調で叱った。

「いまやりますから」

「申しわけねっす。すぐにやります」

うわべで詫びた下男は、陰に回ると舌を出したり、地べたに唾を吐いたりするだけで、動こうとはしない。

下男の横着な働きぶりに、磐田は常に苛立ちを覚えていた。それに加えて、隣に住む平田に対しては尋常ではない対抗心・敵愾心《てきがいしん》を抱え持っていた。

平田と磐田。苗字は一文字違いで三老と同格なのに、配下の数も屋敷の広さも、磐田のほうが格下だった。そんな怒りを隠し持っている磐田をそそのかすかのように、火事騒動が起きた。

「隣の平田さまの屋敷が壊されておりやす」

下男から知らせを受けたとき、磐田は胸の奥底に薄笑いを浮かべた。

「我が屋敷の様子はどうか」

顔つきを引き締めて下男を質すと、当家は無事だという答えが返ってきた。

「隣の平田屋敷からもらい火をせぬように、万全に目配りをいたせ」

下男に下知する磐田の声は、妙にはずんでいた。

「うまく火事を乗り切ったならば、ひとり二両の褒美をつかわすぞ」

「そいつあ豪気だ、まかせてくだせえ」

吝《しわ》い検校から思いがけない褒美の額を示されて、下男たちは色めきたった。

「とりあえず、油は納屋の隅に積み重ねておこうぜ」

「たけえ油をしっかりと守ったら、もっと褒美がもらえるかもしれねえ」

野積みになっていた油樽を、下男たちは納屋へと移した。四斗樽ひとつで十一貫（約四十一キロ）以上の重さがある。ひとり二両という褒美の多さにつられて、下男たちは樽をすべて納屋に運び入れた。

なんとか油樽を運び終えたとき、いきなり風向きが変わった。

「この屋敷も壊すほかはねえ。おめえさんたちは、検校や座頭連中を危なくねえわきにどけてくんねえ」

火消しに指図された下男たちは、大騒ぎをしている盲人の群れを、邪魔にならない屋敷の外に連れ出した。

「おまえたちは、いったいだれのために働いておるのか。鎮火したのちも、褒美などは断じてつかわさぬ」

激怒した検校は、褒美の話を反故にした。

「ふざけやがって」

下男たちは、納屋に油を仕舞い込んだことには、だんまりを決め込んだ。うっかり口にすると、もう一度重たい油樽を外に運び出せと命じられるからだ。

磐田の屋敷には火の粉が飛んでこぬまま、火事は湿った。鎮火とともに、夕闇と真冬の凍えが押し寄せていた。寒さに食らいつかれた磐田は、下男をきつい口調で叱りつけた。

寒さが怒りを募らせた。納屋だけが壊されずに残っていると知ったあとは、さらに気持ちが荒れた。

もしも火消しのために、検校屋敷が壊されたときには。

公儀は屋敷の大きさに応じて『御助金』を下賜した。目の不自由な検校に限っての特例である。

ところが御助金の下賜は、屋敷全壊に限っての措置である。一部でも建物が残っていれば、御助金の五分の一相当の『見舞金』しか支給されない。

平田屋敷は全壊となったが、磐田屋敷は納屋が残った。それを知った磐田は、ことのほか目明きの下男につらく当たった。ほかは盲人ばかりで、八つ当たりのできる相手がいなかったからだ。

「褒美はくれねえうえに怒鳴られっぱなしじゃあ、やってらんねえ」

「そうはいってもおれたち無宿人に、こんだけの給金をくれる奉公先は、ほかにねえからよう」

五人の下男全員が、検校屋敷以外には勤め口のない無宿人たちである。検校の八つ当たりに腹を立てながらも、七輪に炭火を熾した。

「お待たせしやした」

大きな炎の立った七輪を、下男は納屋のなかに運び入れた。

「こっちにも持ってきてくれ」

納屋の奥から勾当の大声がした。下男のひとりが急ぎ足で七輪を奥に運ぼうとした。が、納屋のなかはすでに闇である。

盲人たちに明かりは無用だが、下男は闇にはなれていない。土間のくぼみに足をとられて転んだ。

七輪からこぼれ出た炭火が、油樽の近くまで転がった。急ぎ仕事で、雑に積み重ねられた油樽である。中身の菜種油が、樽の周りに滲み出していた。

その油に、赤く熾きた炭が火をつけた。立ち上った炎は、たちまち四斗樽を包んだ。

すべての油樽から、強い炎が立った。

二十五

役目に入用と判じたときの岡崎は、身分にこだわらずに相手と接した。下級藩士はもとより、町人と口をきくこともめずらしくはなかった。

「そのほうたちの壊しの手並みは、見事であった」

下屋敷に帰る道々、岡崎は徳太郎相手に言葉を交わした。無事に鎮火したことで、大いに気が安んじていたがゆえである。

「検校相手におのれの命を賭して掛け合うさまは、いまどきの武家にも見出しがたい、あっぱれな振舞いであった」

岡崎に誉められた徳太郎は、わずかに背中を丸めた。

岡崎も徳太郎も、あとに続く徳太郎配下の火消したちも、だれもが五尺八寸の上背があった。そんな大男の群れが、すっかり闇に包まれた大路を歩いていた。

磐田の屋敷は、徳太郎たちの背後である。暗い道を歩く火消しのひとりが、ふっと立ち止まった。足袋のこはぜが外れてしまい、それを直そうとしたのだ。

しゃがんだ火消しは、なにかいやな気配を感じたのだろう。立ち上がりながら、後ろを振り返った。闇のなかに、紅蓮《ぐれん》の炎が立ち上っていた。

「かしらっ」

差し迫った声で呼びかけられた徳太郎は、足をとめて振り返った。いきなり目が見開かれた。

「ごめんなすって」

短い言葉を岡崎に残し、徳太郎は息もつがずに駆け出した。

燃えてるのは、あの納屋にちげえねえ。

駆けながら、火元の見当をつけた。夜空を焦がす炎の強さから、油が燃えていると見定めた。

くそっ。

走りながら、徳太郎はおのれに強い舌打ちをした。壊すなと指図をしただけで、納屋のなかになにが納まっているかを確かめなかった。そのことに思い当たり、うかつなおのれに舌打ちをした。

ひたすら駆ける背後には、十人の配下が従っている。だれもが手鉤を持ってはいるが、油まみれの炎に立ち向かう備えはしていなかった。

「止まれ」

検校屋敷まで四半町（約二十七メートル）の場所で、徳太郎は火消しの足を止めた。

「見ての通り、あれは油まみれの炎だ。うかつには近づけねえ」

徳太郎は十人の火消しを、三人、三人、四人の三組に分けた。

「おめえたちは平田検校の屋敷に飛んで、飛び散ってくる火の粉で焦がされねえように、壊しの山に水をぶっかけろ」

「へい」

「手が足りねえときには、下男たちを使え」

「がってんでさ」

三人の火消しは、すぐさま駆け出した。

「おめえたちは助けの火消しがくるまで、ここいらの壊しの山を見て回れ」

「へい」

「地べたが凍りつかねえうちに、しっかりと見定めろ」

日没とともに、強い凍えが町に忍び寄っていた。凍った地べたに気を払うのは、火消しのイロハである。しかし鎮火したと思っていた屋敷から油まみれの火が出て、だれもが浮き足立っていた。

配下の者に言い聞かせながら、徳太郎はおのれの気持ちを鎮めた。三人が闇の大路に散り、徳太郎と四人の火消しが残った。

「おめえたちは屋敷にありったけの水を持ち出して、壊しの山にぶっかけろ」

それだけ言い置くと、徳太郎は納屋に向かって駆けた。百人から暮らす者の米・味噌・醤油などを仕舞っておく納屋である。

地べたから屋根のてっぺんまで、およそ一丈半（約四・五メートル）の高さがある。桁違いに大きな納屋だが、はやくも炎は屋根を突き抜けていた。

徳太郎は納屋の入口に立ち、燃え盛る内側に目を凝らした。土間の隅に樽が見えた。納屋に油樽を仕舞う商家などは、皆無である。目の不自由な者が暮らす検校屋敷が、まさかそんな無用心なことをするとは……。

調べなかったのは、おれの落ち度だ。

土間を見詰めつつ、徳太郎はおのれを激しく責めた。くそっ、と声に出してののしったとき、土間に倒れている男が見えた。あとさきも考えず、徳太郎は火の中に飛び込んだ。

「かしらっ」

配下のひとりが叫んだ。

二十六

燃え盛る炎のなかに飛び込んだ徳太郎は、幾らも間をおかずに飛び出してきた。小脇には、逃げ遅れて土間に転がっていた下男を抱えていた。

徳太郎が納屋に飛び込んでから、わずか二十を数える間しか過ぎていなかった。それなのに、徳太郎自慢の髷は、焦げたようなにおいを発していた。助け出された下男も、綿入れの袖や襟元が焦げている。いつの間にか戻ってきていた配下のひとりが、下男の袖と襟元を叩き、くすぶりを消した。

「おめえさん、でえじょうぶか」

問われた下男は、返事もできずに震えている。周りを炎に包まれたのが、よほどに怖かったのだろう。

口はきけないが、見たところやけどを負っている様子はなかった。ふうっと大きな息を吐き出したあと、徳太郎は顔つきを引き締めて配下の四人を見た。

「水のへえってる桶か樽を探して、ここに持ってこい」

徳太郎の両目が吊り上がっていた。火事場でまといを振るときの目だ。

「がってんでさ」

徳太郎がこの目つきになっているときは、火消しの神様が乗り移っている。それが分かっているだけに、四人は水を探しに四方に散った。

徳太郎の足元では、相変わらず下男が背中を震わせている。襟首を乱暴につかむと、徳太郎は下男を立ち上がらせた。

「納屋には、どれくれえの油樽がへえってるんでえ」

炎が耳障りな音を立てている。その不気味な音に負けないように、徳太郎は怒鳴り声で問い質した。

「四斗樽で、五樽だったはずだがね」

「油はなんでえ」

「極上の菜種だ」

「四斗樽で五樽もの菜種油が、納屋のなかにへえってるてえのか」

下男の答えをなぞり返しながら、徳太郎はさらに目の両端を吊り上げた。両目の睨みで、炎に勝負を挑んでいるのだ。そんな徳太郎をあざわらうかのように、屋根の隙間から炎が舌を出した。

まむしのような、赤くて長い舌である。炎はたちまち勢いづき、星が散った夜空に向かって噴き上がった。

両手をだらりと垂らした徳太郎は、目に力をこめて炎を睨みつけた。


火事場で徳太郎の目の両端が吊り上がると、配下の者たちは喜んだ。

「かしらがあの目になったときは、火消しの神様が乗り移ってるからよう」

「ちげえねえ」

火消したちはうなずき合った。

「ああなったときのかしらには、なにを言われても逆らっちゃあいけねえ」

目の端が吊り上がったときの徳太郎は、桁違いに大きな『七貫まとい』を振り込む。

通常の三貫(約十一キロ)まといの倍以上もある、巨大なまといだ。

おれを焼けるものなら、やってみろ。

紅蓮の舌を這わせる炎を睨みつけて、徳太郎はまといを持って仁王立ちを続けた。その気迫に負けたのか、徳太郎が立つ屋根が焦がされたことは、かつて一度もなかった。

「あの目になったときのかしらが相手じゃあ、炎のほうが尻尾を巻いて逃げ出すぜ」

火の退治を続けるうちに、いつしか「炎のほうが徳太郎から逃げる」といわれるようになっていた。

「お待たせしやした」

火消しがふたりがかりで、一荷(約四十六リットル)入りの水がめを運んできた。水はかめの縁まで、たっぷりと入っていた。

「どきな」

若い者をわきにどかせた徳太郎は、かめの上部を両手で強く摑んだ。目は炎を睨みつけたまま、口のなかで呪文を唱え始めた。

観自在菩薩　行深般若波羅蜜多時
呪文ではなく、徳太郎が唱えているのは般若心経である。経を口にしながらも、徳太郎の見開かれた目は、炎を見据えていた。

菩提薩婆訶　般若心経
唱え終わるなり、水がめを摑んだ手に力を込めた。縁まで、あふれるほどの水が入った一荷入りの水がめだ。素焼きのかめの重さを抜きにしても、十二貫（約四十五キロ）以上の目方がある。

力自慢の火消しが、ふたりがかりで運んできた水がめを、徳太郎はひとりで持ち上げようとした。

かめを摑む両腕に、血筋がくっきりと浮かび上がった。しかし水がめは、わずかに底がずれただけだった。

徳太郎はかめから一度手を放すと、深い息を三度続けた。その間にも、納屋はバチバチと強い音を立てて燃え続けている。

炎が巻き起こした風が、徳太郎の頰を撫でた。風になぶられて、徳太郎の目が一段強く血走った。

ぐぐっ。むむっ。

言葉にならない気合を発すると、一気に水がめを持ち上げにかかった。地べたに貼り付いていたかめの底が、ふわっと持ち上がった。

どりゃあっ。

徳太郎の怒声が、燃え盛る炎の音を打ち消した。一気に持ち上げた水がめを、徳太郎は頭上で返した。

一荷の水が、怒濤となって徳太郎にぶつかった。からになるまで浴びたあと、徳太郎は水がめを静かに地べたへと戻した。

「五樽もの菜種油に気づかなかったのは、おれの落ち度だ」

浴びた水を垂らしながら、徳太郎は配下の四人に話しかけた。

「よそに飛び散ってわるさをしねえように、納屋の火と話をつける。屋根が焼け落ちたら、おめえたちは土をかぶせて消し止めろ」

指図を終えたときの徳太郎は、両目の怒りがすっかり鎮まっていた。

「銑太郎と大川亭のことは、芳三郎親方にまかせればいい」

あとは頼んだぞ……。

そう言うなり、徳太郎は燃える納屋に飛び込んだ。若い者が止めるひまもなかった。

平田検校と約束した通り、徳太郎はおのれの命を賭して火を鎮めようとした。

今回ばかりは、炎は徳太郎から逃げなかった。一瞬のうちに身体を焼き尽くし、徳太郎を舎利にしたのちに鎮火した。

命を賭けた頼みごとを、聞き入れたのだろう。風は強く吹いたものの、ひとつの火の粉も飛ばさなかった。

二十七

「おめえ、もう聞いたかよ」

「ああ、聞いた」

「なんでえ、そりゃあ」

「なんでえとは、なんでえ」

「おれはまだ、なんのことを聞いたのかもおめえに言ってねえぜ」

「いまさら言われなくても、深川の者ならだれだって、ピンとくるさ」

「だったら、言ってみねえな」

「火消しのかしらが、てめえの命と引き換えに、油まみれの火を鎮めたてえんだろうが」

徳太郎が焼死した一件は、火事の翌朝早く、一月十二日の五ツ（午前八時）過ぎには、深川各町の路地裏にまで知れ渡っていた。

「一荷の水をあたまからかぶって、火のなかに飛び込んだてえんだ。肚の据わり方が、おめえとは違うぜ」

木場の材木置き場では、川並（いかだ乗り）が大鋸挽き職人に向かって人差し指を突き出した。

「大きなお世話だ」

引き合いに出された大鋸挽きは、顔をしかめて川並を睨みつけた。

「おめえは分かったようなことを言ってるが、命を落としたかしらのすげえのは、そんだけじゃねえぜ」

今度は大鋸挽きが、胸を反り返らせた。

「なにがどう、そんだけじゃあねえんでえ」

「徳太郎てえおひとは、一荷の水がまるごとへえった水がめを、気合もろとも、ひとりで持ち上げたてえんだ」

「なんだとう」

川並の声が裏返った。

「やっぱり知らなかっただろうが」

大鋸挽きは、川並が知らなかった話を得意顔で続けた。

「一荷の水がめがどんだけおもてえかは、おめえだって知ってるだろうが」

「もちろんさ。ひとりじゃあ、底をずらして動かすこともできねえ」

「その水がめを両手で持ち上げると、あの寒空の下で、あたまっから一荷の水をそっくり浴びたてえんだ」

「てえしたおひとだぜ」

力自慢で負けず嫌いの川並が、心底から敬いの色を目に浮かべていた。

うわさは、広まるうちに次第に尾ひれがついていく。ところが徳太郎にかかわる話は、大きくも小さくもならず、ありのままが正しく広まった。それほどに、深川の住人たちは徳太郎を敬い、死を悼んでいた。

十二日の夕刻前。暦のめぐり合わせを考えて、徳太郎の弔いは十四日の四ツ（午前十時）からと決まった。

「称名寺では、狭すぎやす」

徳太郎の菩提寺で執り行うという大島屋善右衛門の思案を、芳三郎はきっぱりとした口調で拒んだ。

「徳太郎の弔いには、見ず知らずの住人が大波となって押し寄せてきやす」

どれほど多くの者が徳太郎の死を悲しんでいるか、芳三郎は肌身で感じ取っていた。

「菩提寺が狭いというなら、あんたはどこがいいと思っているんだ」

「仲町のやぐら下でやす」

芳三郎の答えに迷いはなかった。が、今度は善右衛門が身を乗り出して反対した。

「仲町のやぐら下は、往来の真っ只中じゃないか」

「だからこそ、いいでしょう。仲町の辻なら、どれだけ多くの者が焼香にきても、しっかりとさばくことができやす」

「往来の辻で執り行う弔いなど、聞いたことがない」

善右衛門は頑なに反対した。が、もうひとりの肝煎、仲町の嶋田屋勘兵衛は、芳三郎の思案に乗った。

「仲町の火の見やぐらは、徳太郎の命も同様だ。やぐらの下で弔いができれば、なによりの供養じゃないか」

芳三郎と勘兵衛から強く推されて、善右衛門もやぐら下の弔いを受け入れた。ひとたび決まったあとは、善右衛門は先に立って弔い仕度の差配を始めた。

一月十二日の夜五ツ（午後八時）過ぎ。大島屋の広間には、絵師、飾り行灯職人、町内鳶のかしら、それに仲町と佐賀町の菓子屋五軒が呼び集められた。

「すでに聞こえているとは思うが、あさっての四ツから大川亭のかしらの弔いを執り行うことになった」

式次第のあらましを聞かせたあと、善右衛門は広間に呼び集めたわけを話し始めた。

「横山先生には、徳太郎の似顔絵を明日の八ツ半（午後三時）までに、ぜひとも仕上げていただきたい」

「明日の八ツ半ですと」

絵師の横山大秋が顔つきをこわばらせた。横山は技量を買われて、大名諸家にも出入りがかなっていた。とはいえ無名だったころには、大島屋から得る月々の手当で、なんとか糊口をしのいだ経緯がある。

善右衛門の頼みは、なにがあっても聞き入れる気でいた。しかし、明日の明け六ツ（午前六時）から取り掛かったとしても、八ツ半の仕上げなら四刻半（九時間）しかない。

徳太郎の似顔絵を描くことには、なんら異存はない。が、四刻半ではときがなさ過ぎた。

「無理は承知のうえです。なにとぞ徳太郎のために、似顔絵を仕上げてくだされ」

善右衛門が、畳に両手をついてあたまを下げた。おのれのためにではなく、亡くなった徳太郎を思って下げたあたまである。

「てまえの腕が千切れようとも、かならず明日の八ッ半には仕上げます」

横山がきっぱりとした物言いで請合った。大名出入りの絵師が、命がけで仕上げると言い切ったのだ。広間の気配が引き締まった。

呼び集めた者に善右衛門がすべての指図を終えたのは、町木戸が閉まる四ツ間近のことだった。

「かならず間に合わせます」

広間を出るときには、だれもが強い口調で言い切った。

二十八

一月十四日。鳶宿大川亭当主、徳太郎の弔いの日は、朝から雪となった。

雪模様の日は、普請場の仕事は休みである。

「みねえな、この空を」

仕事休みとなった左官職人が、粉雪を降らせている鈍色《にびいろ》の空を見上げた。

「かしらが死んだことを、天も悲しんでくれてるぜ」

「そうだよなあ。雪のおかげで、仕事休みだからよう。気兼ねなしに、かしらの弔いに出ることができるぜ」

深川の方々の裏店で、職人たちが同じような話を交わした。雪は一向に降り止む気配を見せず、四ツには牡丹雪に変わっていた。

仲町辻のやぐら下には、高さ二丈（約六メートル）、幅一丈（約三メートル）もある、途方もなく大きい飾り行灯《あんどん》が設えられていた。

四ツとはいえ、空にはべったりと分厚い雪雲がかぶさっている。飾り行灯の内側には、三十本の百匁ろうそくが灯されていた。

行灯の真ん中には、等身大の徳太郎の似顔絵が貼り付けられている。印半纏を着た徳太郎は、右手ひとつで三貫まといを握り締めていた。

「まるでかしらが、やぐら下に立っていなさるようじゃねえか」

「あのお方が、亡くなったなんてよう……」

飾り行灯を見た者は、男女を問わず目を潤ませた。

芳三郎が判じた通り、弔問客は数千人を数える騒ぎとなった。やぐら下には、焼香の炉が十基も用意された。それぞれの焼香台の後ろには、三町（約三百二十七メートル）を超える長い列ができていた。

久世大和守下屋敷頭取岡崎俊城は、町人に混じって焼香の列に並んでいた。その姿を見つけた鳶のひとりが、岡崎を別扱いにしようとした。

「徳太郎どのは、そのような扱いをなによりも嫌う男だろう」

紋付袴姿の岡崎は、牡丹雪を黒の蛇の目傘で受け止めながら、焼香の列から離れようとはしなかった。

岡崎の後方には、紫色の帽子をかぶった平田検校が並んでいた。徳太郎と強い言葉でやりあったときとは異なり、平田は物静かな顔である。目明きの下男に導かれて、一歩ずつ焼香台へと向かっていた。

やぐらの半鐘が、三連打を打ち鳴らし始めた。火事の報せではなく、徳太郎を送る弔いの鐘だ。銑太郎が台に乗って半鐘を叩いている。

こぼれ出た涙が、やぐら下に落ちた。

二十九

徳太郎の葬儀の弔問客は、ときが過ぎるに連れてさらに増えた。

十基の炉を横一列に並べて、焼香が始まったのは四ツ（午前十時）である。朝からやむことなく降っている雪は、四ツにはひとひらが大きい牡丹雪に変わった。

「この降りが続いたら、昼過ぎには一寸（約三センチ）は積もるぜ」

「一寸じゃあ、きかねえさ。見ねえな、あの空を」

見上げた空は、舞い落ちる雪が埋め尽くしていた。雪の降り方がひどくなっても、焼香の列は一向に短くならない。ならないどころか、列の尻尾は富岡八幡宮の大鳥居の先にまで延びていた。

列は横に十列である。いつもは荷車が行き交う幅広の参道も、今朝はひとの群れしか見えなかった。

右端の列の尻尾には、長半纏を着た職人髷の男と、白い上っ張りに足駄を履いた料理人風の男が並んでいた。ふたりとも、傘をさしてはいない。

男たちの髷の上には、牡丹雪が積もり始めていた。

「こんな途方もねえ人数が並んでると分かってたら、傘を持ってくるんだったぜ」

職人が口を尖らせて、長半纏の襟元をきつく閉じ合わせた。

「なんてえ寒さだ、これは」

「そんなに寒いか」

「寒いかア、だとう？」

職人が語尾を大きく上げた。

「じっと立ってるだけで、つま先が千切れそうじゃねえか」

列がうまく進まないことに焦《じ》れた職人は、ジタバタとその場で足踏みをした。

「いつまでもこうしてねえで、とっとと焼香を済ませてよう。おめえの店に行って、熱燗をきゅうっとやりてえやね」

こんな目に遭うぐれえなら、くるんじゃなかったと職人が毒づいた。

「おれはおめえさんに、焼香を頼んだわけじゃねえんだ。ぐずぐず言ってねえで、いやならとっととけえんなよ」

職人の言い草がひどくて、料理人は我慢が切れたようだ。低い声だが、凄みをはらんだ物言いをぶつけた。

「なんでえ、その言い草は」

言葉でへこまされた職人は、半纏を着た肩をそびやかした。

「いつからおめえは、客のおれにそんなでけえ口が叩けるようになったんでえ」

「もう、うちにはこなくていい」

「なんだとう」

職人が右腕を突き出して、料理人の胸倉を摑もうとした。その手をピシャリと払いのけてから、職人のほうに一歩を詰め寄った。

「かしらの徳太郎てえひとは、てめえの命を火にくべて、町を火事から守ってくだすったお方だ。菜種油が炎となってるなかへ、尻込みもせずにへえって行かれた」

「知ってるよ、そんなこたあ」

「いや、おめえさんは話を聞いただけだ。芯のところを、呑み込んじゃあいねえ」

徳太郎さんは、そばに寄っただけでやけどをしそうな火のなかに入って行った。そうやって、町を守ってくれたひとの弔いだ。寒いだの、つま先が千切れそうだのと、ごたくを並べる者は焼香しなくていい。

料理人は、低い声で言い切った。

「なんでえ、えらそうに」

職人は、雪が積もった地べたに唾を吐いた。

「ちょっとひいきにしてやったからって、図に乗るんじゃねえ」

手を払いのけられたのが、よほど口惜しいのだろう。職人は怒鳴り声になっていた。

「いまを限りに、二度とてめえの店には行かねえ」

「結構だ」

「行かねえのは、おれだけじゃねえ。周りにそう言って、だれも行かねえように仕向ける。店が潰れそうになって、泣きついても手遅れだぜ」

「それで結構だ」

料理人は、顔色ひとつ変えなかった。

「かしらの弔いに不義理をするようなやつは、こっちで願い下げだ」

料理人のほうが、足駄を履いている分だけ上背がある。言い終わった料理人は、腕組みをして職人を見下ろした。

怒りに燃えた目で睨み返していた職人は、もう一度唾を吐いて列を離れた。

一部始終を見ていた周りの列から、料理人への喝采が起きた。

「あんたの店を教えてくれ。近々、店の奉公人を連れて顔を出させてもらうから」

五つ紋の紋付袴姿の年配者が、料理人の振舞いを誉めた。

「おのれの命と引き換えに町を守ったひとの葬儀に、文句をつけるような不心得者は、あんたの言った通り客じゃない」

年配者は仲町の薬種問屋、蓬莱屋の当主だった。

「あっしは、大島橋たもとのつくだの板場を預かっている、佐次郎と申しやす」

ふたりの目が、しっかりと絡み合った。長い列に並んだ焼香客たちは、降り続く雪をも気にせず、順番を待った。

途中から帰った職人が口にした通り、つま先から凍えが身体に食らいついてきた。が、だれもが火に焼かれた徳太郎を思って、寒さをこらえていた。


焼香が始まって、四半刻（三十分）が過ぎたころ。葬儀の差配役大島屋善右衛門は、火の見やぐら下の詰め所に座っていた。

「旦那様……」

大島屋の番頭が、困惑顔であるじに呼びかけた。

「なにか不都合でも起きたのか」

「不都合というわけでは、ございませんのですが……」

「はっきり言いなさい」

歯切れのわるい物言いに焦れて、善右衛門が声の調子を強くした。

「みなさまが、どうしても香典を受け取ってほしいと申されますのですが……」

参列した弔問客の大多数は、深川在住の町人である。ほとんどが裏店暮らしの住人で、日傭取（日雇い）も少なくなかった。

暮らしぶりが豊かなわけでもないのに、弔問客は、口を揃えて香典を受け取ってほしいと大島屋の手代に詰め寄った。

額はさまざまである。百文緡《さし》を一本という者もいれば、一文銭を数枚という長屋住まいの女房もいた。

半纏に股引姿の職人は、胸元のどんぶりに手を突っ込み、銀の小粒二粒（およそ百三十二文相当）を申し出た。

暮らしぶりに応じて、額は異なった。しかしだれもが心底から徳太郎を悼んでいた。持ち寄った香典は、気高い死に対しての、精一杯の感謝のしるしなのだ。

焼香客をさばいているのは、大島屋の奉公人である。葬儀の段取りを事前に話し合ったときには、当主の善右衛門ですら、弔問客が香典を持参するとは思いもしなかった。ゆえに香典を預かる手順は話し合ってはいなかったし、受け取ったカネを仕舞う備えもしてなかった。

「みなさんの、尊いおこころざしだ。しっかりと預からせていただこう」

善右衛門は、香典の受取りを即断した。

「それで……弔問のみなさんは、どれだけの列を作っておられるんだ」

「ときが過ぎるに従いまして、列は次第に延びておりますので」

「この雪のなかで、か」

番頭はきっぱりとうなずいた。

「分かった。すぐさま蔵から、カラの四斗樽をあるだけ運び出してきなさい」

善右衛門の指図を受けて、手代と小僧が蔵から空き樽を大八車で運んできた。

「蔵を総ざらいいたしましたが、十七樽しかございませんでした」

「とりあえず、その樽にお預かりした香典を納めなさい」

香典の取り扱いを指図したあと、善右衛門はもう一度番頭を呼び戻した。

「うちに半紙はどれほどあるんだ」

「それはもう、何百帖とございます」

「それなら、すぐさま小僧たちに言いつけて、短冊を拵えさせなさい」

弔問客が増え続けていると聞いた善右衛門は、参列御礼のまんじゅうが足りなくなると判じていた。仲町の菓子屋を総動員して、三千個のまんじゅうを拵えさせていた。

「そんな途方もない数を拵えて、余ったらどうするんですか」

菓子屋の面々は、余りを案じた。三千個の葬式まんじゅうなど、かつて聞いたこともなかったからだ。

「足りないのは困るが、余ってくれればどうにでもなる」

指図した善右衛門当人も、相当数の余りが出ると肚をくっていた。しかしいまは、三千個ではとても足りないと思っていた。

「短冊にうちの印形を押して、二十と書き込みなさい」

善右衛門が用意したまんじゅうは、一個が二十文である。足りなくなったあとは、二十と記した短冊を参列者に配ることにした。

「短冊をお持ちになれば、仲町のどこの店でも、二十文相当のお買い物をしていただけるとお伝えしなさい」

「まことに妙案でございます」

得心した番頭が、両手を打ち合わせた。

葬式まんじゅうの費えも、短冊の費えも、すべて大島屋が引き受けた。仲町の肝煎、嶋田屋勘兵衛は、応分に負わせろと強く迫った。しかし善右衛門は、一切耳を貸さなかった。

「徳太郎は、うちの町内の男だ。ここはわたしのわがままを通させてくれ」

善右衛門の思いを酌んだ勘兵衛は、あとの口を閉じた。

暮れ六ツ（午後六時）の鐘が鳴るまで、焼香は続いた。

参列した弔問客は、じつに七千五百十七人に上った。

集まった香典は、銭が九十二貫文（およそ二十三両）、銀が二百七十三匁（およそ五両）、そして金が三両である。金三両は、久世家と平田検校からの香典だった。

大島屋が葬儀に投じた費えは、参列御礼だけでも、百五十貫文（およそ三十八両）である。飾り行灯、似顔絵、その他の諸掛を加えると、百両近い出費となった。

集まった香典は、すべて大川亭に渡した。

「七千人以上ものひとに、こころから悼んでもらえたのだ。いい供養になった」

「まことに立派な弔いでございました」

番頭が相槌を打った。

「できることなら、わたしが身代わりになってやりたかった」

こぼれ出た善右衛門のつぶやきの重たさゆえか、番頭は顔がこわばっていた。

三十

江戸に暮らす盲人の官位をつかさどるのは当道座である。座を主宰し、盲官を統括する最高位は『惣検校』だ。

徳太郎の葬儀が執り行われた翌日、享保九年一月十五日、八ツ（午後二時）前。磐田検校は宝仙寺駕籠で、箱崎町中洲近くの惣検校屋敷に乗りつけた。

前日の朝から降り始めた雪は、十四日の夕刻に一度は降り止んだ。明けて十五日は、朝の五ツ（午前八時）過ぎから、ふたたび雪になった。

惣検校からの呼び出し書状が磐田に届けられたのは、五ツの鐘の直後だった。

平野町の検校屋敷は、壊された母屋と、丸焼けになった納屋の焼け跡があるだけだ。敷地内に、無傷で残った建家はなにもなかった。

しかし磐田の配下の者は、ほとんどが座頭や勾当などの盲人だ。よそに移り住むこともままならない。町内鳶の手で、急ぎ仕事の掘っ立て小屋が建てられて、寒さ除けにむしろが張られていた。

呼び出しを伝えてきたのは、箱崎町の町飛脚である。磐田も全盲ゆえ、飛脚は呼び出し書状の内容を読み上げた。

「本日八ツに、箱崎町の惣検校屋敷に出向くようにとのことです」

「うけたまわった」

磐田にしてはめずらしく、飛脚に一匁銀（約六十七文）の心づけを手渡した。吝嗇な磐田が、少額とはいえ銀一匁の心づけを渡したのは、惣検校からの呼び出しを待ち焦がれていたからだ。

屋敷は火消しの手によって壊された。運わるく無傷で残っていた納屋は、あろうことか菜種油の猛火に襲われて、跡形もなく焼け落ちた。

納屋には米・味噌・醬油・雑穀などが、隙間なく仕舞われていた。それらもすべて灰になった。

屋敷は壊され、納屋は焼け落ちた。磐田が渋面なのは当然である。しかし顔つきとは裏腹に、内心ではほくそえんでいた。

建物は全壊で、しかも焼失した。

火事で焼け出されたときは、配下に抱える座頭などの人数に応じて、惣検校を通じて御助金が下賜される。そのカネが手に入れば、壊された以上の屋敷が普請できるのだ。

深川には、納屋で焼死した火消しの徳太郎を称える声が渦巻いていた。昨日の葬儀には、七千人を超える弔問客が仲町に押し寄せたという。

沙汰の限りだと、磐田は胸の内で吐き捨てた。

徳太郎のまずい差配のせいで、当初は納屋が無傷で残っていた。あやうく見舞金でお茶を濁されるところだったが、運よくというべきだろう。油まみれの猛火で、納屋は全焼した。

なにかに取り付かれたのか、あるいは気でもふれたのか。徳太郎は燃え盛る納屋にゆっくりと入って行った。納屋の入口に立っただけで、やけどしそうな猛火の中に、である。

「かしらは、てめえの命と引き換えに、納屋の火を鎮められた……」

深川の町人たちは、盛んに徳太郎を称えた。しかし磐田には、徳太郎は気がふれていたとしか思えなかった。

それはともかく、屋敷は跡形もなく壊されたし、焼け落ちていた。惣検校が差し向ける吟味役がどれほど厳しい詮議をしても、御助金の下賜を阻害するものは皆無だった。

昨日同様、今日もひどい雪模様である。平野町から箱崎町に出向くには、大川に架かった新大橋を渡るのが一番の早道だ。

道は二寸五分の雪をかぶっているし、牡丹雪はひっきりなしに降っている。八ツに遅れぬように行き着くためには、ゆとりを見て九ツ（正午）の出発が無難に思えた。

平野町には、駕籠宿『近藤屋』がある。ここには屋根つきの宝仙寺駕籠三挺の備えがあった。

平野町から箱崎町の行き帰りに宝仙寺駕籠を誂えると、駕籠舁きの祝儀込みで一分（四分の一両）はかかる。それでも磐田は駕籠を誂えた。

百両の桁の御助金をもらうのに、一分の駕籠賃を始末しても仕方がないと思えたからだ。

惣検校屋敷正門に駕籠は横付けされた。賜るカネを思い、磐田は目元をゆるめた。

三十一

磐田検校は、惣検校屋敷の正門前で宝仙寺駕籠からおりた。雪が紫の帽子に舞い落ちていた。

駕籠舁きは舁き賃とは別に、一分（四分の一両）の高額な酒手をもらっている。駕籠から出るなり、磐田に傘をさしかけた。駕籠宿近藤屋の定紋が描かれた蛇の目である。

「どちらへお連れすればよろしいんで」

「潜り戸のわきに、太い紐が垂らされている。そこに連れて行ってくれ」

検校が教えた通り、潜り戸のわきには紫色の太い紐が垂らされていた。紫は京の都では『高貴な色』とされており、無闇に使うことは禁じられていた。

江戸の町人が好んで使うのは、紺の色味が強い『江戸紫』である。ところが惣検校は呼び鈴を引く紐にまで、本物の紫色を用いていた。当道座の最高位であることを、紐の色で示していたのだ。

「紐を引きなさい」

言われた駕籠舁きは、力任せに紐を引いた。検校屋敷に駕籠を横付けしたのは、駕籠舁きは初めてである。勝手が分からず、手加減なしに紐を引いた。

門番小屋の鈴が、ガラン、ガランと大きな音を立てた。間をおかず、潜り戸が開かれた。顔を出したのは、上背が六尺（約百八十二センチ）もある中間《ちゅうげん》だった。

「何用があって、加減もせずに強く紐を引いたのか」

中間は、あたかも武家であるかのような尊大な物言いをした。駕籠舁きは一歩下がり、門番役の中間が目の前にいると、小声で磐田検校に伝えた。

磐田は、見えない目で中間の気配のするほうを睨みつけた。

「わしは磐田検校である」

「お見えになるとはうかがっておりますが、駕籠のことは聞いておりません」

「このような雪模様のなかだ。徒歩にておとずれるなど、かなうわけもあるまいが」

磐田は口調を尖らせた。

磐田のかぶっている紫の帽子は、検校にのみ許される装束だ。その身なりを見ていながらも、門番の物言いには敬いの調子がうかがえない。

そんな門番の対応に苛立ったがゆえの、尖った口調だった。

「惣検校さまからは、駕籠でお見えになるとはうかがっておりません」

大柄な門番は一歩も引かず、六尺棒を雪の積もった地べたに突き立てた。

惣検校屋敷には、十五人の目明きの奉公人が雇われていた。中間・下男・釜焚き・料理番と、職種は雑多である。

惣検校の屋敷正門には、分厚い樫板の門扉を観音開きにする『冠木門《かぶきもん》』が許されている。この門の開閉を受け持っているのが、背丈六尺の中間だった。

惣検校は千束屋（口入屋）に奉公人の周旋を言いつけるとき、門番の中間は六尺以上の男に限ると注文をつけた。

江戸には、諸国からひとが流れ込んできた。働き口の周旋を受けたがる者は、老若男女を問わず無数にいる。

しかし背丈が六尺に届く者の数は、きわめて限られていた。大柄な男は、相撲部屋、臥煙《がえん》（火消し人足）屋敷、旗本屋敷などが競い合うようにして雇い入れた。

相撲部屋は、もちろん力士にするためだ。

臥煙屋敷は、様子のいい大柄な男を、まとい持ちとして欲しがった。

旗本屋敷は、六尺豊かな髭奴を抱えることで、他家と見栄を競い合った。

六尺に届く大男は、背丈が高いというだけで高い給金にありつけるのだ。雇われた先で気に入らないことが生ずると、ためらうことなく奉公先を飛び出した。

惣検校屋敷の中間は、正門の開閉をまかされている。訪問客の立ち居振舞いが気に入らないときには、徹底して居丈高に出た。

大男の中間は千束屋に頼んでも、容易に周旋を受けられない。それが分かっている惣検校は、門番が行き過ぎた振舞いに及んでも、おおむね大目に見た。

「屋敷にお入りいただくのは、磐田検校殿おひとりです。ここから先は、雪道を徒歩にてお入りください」

言い終わった門番は、駕籠舁きふたりを見下ろした。

「駕籠も駕籠舁きも正門前ではなく、敷地の外で待たれたい」

雪のなかから引き抜いた六尺棒を、あらためて門番は突き立てた。顔つきも物言いも、武家を真似ていた。

三十二

磐田検校が案内されたのは、畳敷きの客間ではなく板の間だった。

「ここで待っててくだせえ」

ぞんざいな物言いを残して、下男は引っ込んだ。下男が磐田の手を引いて座らせた場所には、座布団も敷かれていなかった。

床の杉板は、上塗りもされていない。かんなはかかっていたが、指でこするとザラリとした粗さが指に伝わってきた。

座布団すら用意されていない板の間である。部屋に火鉢の備えなどは、あろうはずもない。杉板にじかに座った膝から、底冷えが身体に食らいついてきた。

磐田検校は膝を動かして、尻をずらした。座ったままでは、足がひどく痛んだからだ。検校屋敷にいる限り、磐田は家臣にかしずかれる藩主も同様である。かわやに立つときでも、わきにはかならず磐田に仕える者が従っていた。

座布団なしの板の間に座ったことなどは、検校に就いてからは一度もなかった。雪模様の座敷に火の気がないということも、十年近く味わったことがなかった。

屋敷が壊されたいまは、むしろ囲いの掘っ立て小屋に寝起きしている。そんないままでも、磐田の座る場所には畳が敷かれていたし、座布団は二枚重ねられていた。

磐田の膝元に置かれる火鉢は、差し渡し一尺五寸（直径約四十五センチ）の大型である。火持ちがよくて火力の強い備長炭が、絶えることなくいけられていた。

声を出さずとも、軽く手を叩いただけで目明きの下男が飛んできた。喉が渇けば、ほどよい熱さの煎茶が入る。酒が欲しいときには、ときにかかわりなく熱燗が用意された。

掘っ立て小屋に起居している座頭たちは、むしろの隙間風を防ごうとして、目張りに躍起になっている。そんな暮らしのなかでも、磐田は欲しいとなれば茶を指図したし、熱燗を用意させた。

ひとに仕えられることに慣れきった磐田が、いまは座布団なしの板の間に座っていた。火の気もないし、茶の一杯も供されてはいない。

そのうえ、待てども惣検校が顔を出さないのだ。居座った底冷えに身体をいたぶられながら、磐田はひたすら待った。

この扱いは尋常なものではないと、凍えながら考えた。ふうっとため息を漏らしたとき、屋敷の下男が板の間に入ってきた。

火鉢か。茶か。座布団か。

なにか客をもてなすものを運んできたと思い、磐田は座り直した。ところが下男は座っている磐田には構わず、板の間を箒で掃き始めた。

雪模様で、空気はさほどに乾いているわけではない。箒で掃かなくても、チリが舞い落ちる気遣いはないのだ。

「ここにわしが座っておるのが、おまえには見えぬのか」

下男を叱る磐田の声が震えていた。

寒さゆえの震えではない。下男ごときに、検校の誇りを傷つけられたと思ったからだ。

「ご心配には及びやせん。しっかりめえてやすから、箒がそっちにいく気遣いはありやせんぜ」

「なにを間抜けなことを申すか。わしが言ったのは、そんなことではない」

「だったら、どんなことでやすんで」

「わしを板の間に案内しておきながら、座布団も出さなければ、火鉢も運んではこぬ。茶の一杯すら供さぬというのは、あたかもわしが咎人《とがにん》のようではないか」

「咎人のよう、じゃねえやね。咎人そのものだと、あっしは聞かされてやすぜ」

「なにを無礼な」

怒りを抑えきれなくなった磐田は、立ち上がって下男を叱責しようとした。ところが足がしびれ切っており、立てずに前のほうによろけた。

「たかがこれほどのことで、足をしびれさせるとは、なんたる不心得者か」

磐田の背後で、惣検校が言葉を吐き捨てた。

惣検校も全盲である。が、いかなるときでも、心眼の鍛錬を怠らない惣検校には、磐田の所作が見えているかのようだった。

思いもよらなかった叱り声を背後から聞いて、磐田の顔がひどくこわばった。

立ちかけた尻が、その場にドスンと音を立てて落ちた。

三十三

下男の手で、板の間に惣検校の座が用意された。分厚い座布団が敷かれ、惣検校の膝元には小型の手焙りが置かれた。

素焼きで分厚い湯呑みは、質実な惣検校の気性そのものである。いれたばかりの焙じ茶が、強い湯気を立てていた。

磐田のほうには、相変わらず一杯の茶も出されていない。惣検校は控え目な音とともに、茶をすすった。喉が渇いているのか、磐田が口を動かした。

「おまえも茶がほしいのか」

「えっ……」

磐田がまたもや驚き顔を拵えた。

「おまえの考えていることなどは、心眼に頼るまでもなく見通せるぞ」

惣検校は、軽く手を叩いた。さきほど箒でチリを掃いた下男が、焙じ茶をいれた湯呑みを運んできた。

両手で持った磐田は、すぐには呑まずに湯呑みのぬくもりを手のひらでむさぼった。手がぬくもったところで、湯呑みの端に口をつけた。

「美味い……」

磐田が小声のつぶやきを漏らした。

「この寒さだ。おまえがいつも口にしておる上煎茶でなくとも、さぞかし美味いだろう」

惣検校は、磐田の日常の暮らしも把握していることを示した。茶を飲み干した磐田は、正面に目を戻した。

「おまえは今日の呼び出しは、御公儀の御助金を賜るものと思っておろう」

またもや図星をさされた磐田は、膝に載せた両手をこぶしに握った。丹田に力をこめていないと、惣検校に身体ごと吹き飛ばされそうな気がしたからだ。

「そういう心得違いをいたすがゆえに、わしの元をおとずれるに際し、宝仙寺駕籠に乗るなどという愚挙に及ぶのだ」

惣検校は物静かな話し方である。が、発する言葉の一語一語が、磐田の胸と、しびれた膝に突き刺さった。

「おまえの屋敷から出た火を封じ込めようとして、徳太郎なる火消しは、おのれの命を火の神に捧げた。神の怒りを鎮めるための、まさしく生贄《いけにえ》だが、その火消しにおまえはなにをいたしたのか」

きつい問い掛けだが、物言いは相変わらず静かである。しかし静かであるがゆえに、言葉の刃先は研ぎ澄まされていた。

胸元に突き刺さった惣検校の言辞が、磐田の身体になだれこみ、縦に横にと暴れ始めた。息ができなくなった磐田は、上体を前に倒して激しく咳き込んだ。

「おのれの命と引き換えに、徳太郎殿は火を鎮めた。その高貴な行いに対して、おまえはいささかの尊敬の念をも示しておらぬ」

咳き込み続ける磐田に、惣検校は容赦のない言葉を浴びせかけた。

「おまえはことあるごとに、平田と諍《いさか》いを起こしておる。陰に回ったときのおまえは、口をきわめて平田を罵っておるようだが、このたびのことで、平田はおまえよりも徳があるということを示した」

惣検校は、磐田を見据えたまま湯呑みの茶をすすった。


屋敷を壊した徳太郎に、平田も磐田同様の怒りをぶつけた。屋敷を普請するために、平田は何年もカネを蓄えた。屋敷は平田の命も同然だった。

その屋敷を跡形もなく壊された。

もしも火消しをしくじったときは、命をもって責めを負えと、徳太郎に迫った。徳太郎は顔色も変えずに平田の言い分を受け入れた。

命で責めを負えと迫りつつも、平田はそれは言葉のあやだと考えていた。

土下座をさせるか。髷を落とさせるか。

容赦のない仕置きをするだろうが、命をどうこうしようとは考えもしなかった。

ところが徳太郎は、火の神におのれの命を捧げて火を鎮めた。菜種油が燃え盛る炎が、どれほど熱いか。全盲の平田は、天をも焦がす炎の高さを思い描き、身体をこわばらせた。

思うだけでやけどしそうな油の炎のなかに、徳太郎は一歩ずつの歩みで身を投じた。もしも歩みを怯ませたら、火の神の許しが得られなくなる。それを案じて、徳太郎は確かな歩みでおのれの身体を業火にくべた。

仔細を下男から聞かされた平田は、降り続く雪をもいとわず、おのれの足で歩いて仲町の辻に向かった。焼香客の長い列に並んでいるうちに、雪は牡丹雪に変わった。

それでも順番を待った。

焼香を終えた日の八ツ（午後二時）過ぎ、平田は町飛脚の宿をたずねた。呼びつけたくても、屋敷は跡形もなく壊されていたからだ。

「わしの名を出さず、このカネを徳太郎殿の息《そく》に届けてもらいたい」

平田は、二十両の見舞金を町飛脚に言付けた。おのれの屋敷を壊した男に、である。

飛脚宿を出た平田は、降り続く雪道を、杖を頼りにひとりで歩いた。配下の者の手を借りたりしては、徳太郎への思いを穢しそうな気がしたからだ。

雪道で平田は二度も足を滑らせた。

「ざまあみろい、検校が転びやがった」

金貸しの検校を嫌う町人が、指をさして笑った。どれほど無礼な振舞いをされても、徳太郎を思う平田は、それを許した。

「おまえは、徳太郎殿の焼香にも顔を出してはおらぬ。おまえ同様に屋敷を壊された平田とは、大きな違いだ。平田とおまえの振舞いは、火消しにこころを砕いておられる南町奉行の耳にも届いておる」

南町奉行大岡越前守は、徳太郎の崇高な振舞いを与力から聞き取った。翌日、褒美を下賜してほしい旨、老中に上申した。

同時に越前守は、寺社奉行にも働きかけをした。

「平田はあっぱれ、磐田は言語道断である」

仔細を聞かされた寺社奉行は、ただちに惣検校を召し出した。そして、強い口調で磐田の所業を叱責した。惣検校は磐田を呼んだ。

「おまえはただちに、徳太郎殿の息をたずね、平田以上の見舞金を手渡して参れ。御助金の詮議は、そのあとだ」

惣検校に見据えられた磐田は、身体を小刻みに震わせた。

「かしこまりました」

磐田は板の間に両手をつき、深い辞儀をして恭順の意をあらわした。

「ただいまより、先方に出向いて参ります」

冷たい板の間に正座を続けていた磐田は、立ち上がろうとして身体が前方によろけた。

五尺八寸（約百七十六センチ）、二十二貫（約八十三キロ）の巨漢である。

その男が、両足をしびれさせてよろけたのだ。目明きの者でも、倒れかかってくる磐田をよけるのは難儀だっただろう。

ましてや惣検校は、痩身で、しかも六十年配の全盲である。とっさによけることなど、到底かなわなかったはずだ。

ところが惣検校は、気配が動いたことだけで磐田が倒れかかってくるのを察した。素早く差し出した右手で、磐田の身体を受け止めた。そしてしわの寄った右手と、細い腕とをへらに使い、巨体を滑らせた。

ドスンと鈍い音を立てて、磐田は顔面から板の間に倒れ込んだ。

全盲の者が多く暮らす惣検校屋敷である。廊下にも板の間にも、歩みを邪魔する余計な物は置いていない。

まともに顔から落ちたが、幸いにも物にぶつかって怪我をする羽目には至らなかった。

「よくよくおまえは、修行が足りておらぬようだの」

座布団から立ち上がった惣検校は、板の間よりも冷えた声を磐田の背中にぶつけた。

慌てて立ち上がろうとしたが、磐田の足はまだしびれたままだ。

磨き込まれた板の間は、もがく磐田の足を滑らせるだけである。立つに立てない磐田は、足を前後に動かし続けた。

「このうえおまえの不作法が続くならば、授けた検校位階を没収する。さよう心得て、詫びに出向いて参れ」

惣検校は法衣の裾を払って板の間から出て行った。足をバタバタと動かす磐田に、手を貸そうとする目明きの下男は皆無だった。

三十四

惣検校屋敷から磐田が平野町に帰り着いたのは、すでに七ツ（午後四時）が近いころだった。

惣検校の一方的な物言いに、磐田は業腹な思いを抱いた。しかし、惣検校の指図は絶対である。もしも検校の位階を没収されたら、磐田は『ただの座頭』に落ちてしまう。そうなった身を思うと、身体の芯から震えた。

「徳秋《とくしゅう》をここに呼んでくれ」

下男は湯呑みを煎茶で満たしてから、磐田の前を離れた。掘っ立て小屋の外にいる徳秋を呼びに行くためだ。

徳秋は磐田の世話役で、左目が見えた。が、全盲のふりをして、相手の隙をおびき出す技に長けていた。

五尺九寸（約百七十九センチ）の上背は、磐田より一寸（約三センチ）高い。が、目方は十六貫（約六十キロ）しかなく、身体つきは引き締まっていた。

「これより、佐賀町の火消し宿大川亭に出向く。おまえは供をいたせ」

徳秋を招き寄せた磐田は、耳元でささやき声の指図を下した。

「それでは、ひと足先に仲町に向かっております」

大柄な徳秋は、身体を折って掘っ立て小屋から出て行った。

磐田は着衣の乱れを下男に直させてから、小屋を出た。雪はいささかも降り方が衰えていない。駕籠までの、わずか四半町（約二十七メートル）を歩く間に、紫の帽子には雪がかぶさっていた。

駕籠宿の近藤屋は、宝仙寺駕籠を質素な別の駕籠に取り替えていた。とはいえ、町を行き来する竹造りの四つ手ではない。質素ながらも、駕籠には杉板の屋根と囲いが造作されていた。

「仲町の嶋田屋まで行ってくれ」

「がってんだ」

同じ近藤屋のお仕着せを着てはいるが、駕籠舁きの物言いは、宝仙寺駕籠の舁き手よりは、はるかに雑だった。

磐田は駕籠に乗ったあとで、顔をしかめた。寒さよけの手焙りが、駕籠には積まれていなかったからだ。

床板に敷かれた座布団も、薄い安物である。

惣検校にきつく言われた磐田は、質素な板張りの駕籠に取り替えた。余計な人目をひかぬためにである。

駕籠は安物に取り替えさせたが、手焙りと座布団には言い及んだつもりはなかった。

「余計なことをしおって……」

小声でつぶやいた磐田は、寒さでかじかんだ手をこすり合わせた。

七ツを過ぎた真冬の町は、急ぎ足で日暮れていた。目は見えずとも、磐田は陽の高さを肌に感ずることができた。

こころならずも出向く詫びである。御助金を受領するまでは、できる限り縁起に障ることはしたくなかった。

「夜の引越しには、魔物がついてくる。詫びに行くのも、日暮れたあとは禁物だ」

小僧時分の磐田に按摩の技を仕込んでくれた座頭は、ことあるごとにこれを口にした。

「目が見えなくても、日暮れは分かる。もしも分からなかったら、それを感じられるようにおのれを鍛えろ」

按摩の師匠に厳しく仕込まれたことで、磐田は十五の歳には夜明けと日暮れを感じ取ることができていた。

夜の引越しと詫びには、魔物がついている。

これを磐田は信じていた。ゆえに、なんとしても暮れ六ツ前には、大川亭に着いていたかった。

磐田は駕籠に吊るされた紐を引いた。鈴がチリン、チリンと小さな音を立てた。

暮れ始めた雪道を歩く者は多くない。鈴の音が小さくても、駕籠舁きには聞こえたようだ。道端に寄り、駕籠は雪の上におろされた。

「駕籠を早く進めてくれたら、一分（四分の一両）の酒手を出そう」

「そいつあ、豪気な話じゃねえか」

宝仙寺駕籠なら当たり前の額だが、安手の板駕籠に一分の酒手は大きい。顔をほころばせた駕籠舁きは、積もった雪を蹴散らして進み始めた。

はあん、ほう。はあん、ほう。

晴れた道を走るときの掛け声である。雪だまりをよけるたびに、大きく揺れた。が、駕籠は速さを保っている。

磐田は長柄に巻きつけた手拭いを、しっかりと握った。

身体を動かしている駕籠舁きは、雪の寒さも平気だろう。が、じっと座っているだけの磐田は、手拭いを摑む手までが、ガチガチにかじかんでいた。

それでも駕籠の速さをゆるめろとは言わなかった。一刻も早く、詫びを伝えてケリをつけたかったからだ。

惣検校の言葉は、磐田を心底から震え上がらせていた。検校の位階を取り上げられる怖さに比べれば、寒さなどはいかほどでもなかった。

「へい、お待ち」

平野町を出て四半刻（三十分）も経たぬうちに、駕籠は仲町の辻近くの両替商、嶋田屋前に横付けされた。

駕籠がおろされると、徳秋が磐田の手を取った。あらかじめ来訪が告げられており、すぐさま嶋田屋の手代が磐田を出迎えた。

嶋田屋は、代々の当主が仲町の肝煎を務める名家である。このたびの徳太郎の葬儀に際しても、嶋田屋は大島屋の後ろに控えてあれこれと手伝いをした。

磐田検校が徳太郎の葬儀に顔を出さなかったことは、もちろん嶋田屋の奉公人全員が知っていた。

決して検校の振舞いをこころよく思ってはいなかったが、嶋田屋の手代はていねいな物腰で磐田を迎えた。

「目の不自由な方には、ことのほかていねいに接しなさい」

当主の意を受けた番頭は、常から奉公人にこのことを厳しく言い置いていたからだ。

「このお寒いなか、まことにご苦労さまでございます」

手代は、親身な物言いで磐田に応じた。先に店に出向いてきた徳秋から、磐田の用向きを聞かされていたがゆえの、親切さであった。

「用意のほどは、調いましたかな」

「もちろんでございますとも」

手代がきっぱりとした物言いで応じたとき、小僧が茶を運んできた。春慶塗の菓子皿には、一寸の厚みに切った羊羹が添えられていた。

いつになく温かいもてなしに、磐田は思わず顔つきをほころばせた。

「羊羹とは……ずいぶんと扱いがよろしいようだが」

嶋田屋の奉公人に好まれていないことは、磐田当人も分かっていた。

いままで何十回も店をおとずれているが、茶を振舞われることすら滅多になかった。羊羹にいたっては、初めてのもてなしである。

「この雪をもいとわずに、検校さんがかしらの弔問に出向かれるとうかがいましたものですから」

五十両のカネを引き出して待っているように……磐田が徳秋に言いつけたのは、これだけだった。ところが徳秋は嶋田屋の手代に、徳太郎の弔問に出向く香典だと話していた。

磐田の指図を、明らかにはみ出していた。しかし徳秋が漏らしたことで、いままでにない、厚遇をされているのだ。

茶をすすりながら、磐田は惣検校の言葉を思い返した。

深川の住民はもとより、南町奉行までもが、徳太郎を称えていた。

ひとに嫌われていることでは、磐田も平田も同じである。それなのに焼香に出向いたというだけで、多くの者が平田を称えていた。

一方の磐田は、南町奉行から名指しで、言語道断だと叱責された。嶋田屋の奉公人たちも、さぞかし眉をひそめたことだろう。

磐田は二千両を超えるカネを嶋田屋に預けていた。そして一年につき、三分（三パーセント）の預かり賃を嶋田屋に支払っていた。

磐田から預かったカネを、嶋田屋は仲町や日本橋の商家に年利一割の利息で貸し付けている。

平田や磐田、そして大店が預け入れたカネを、嶋田屋は商家に貸し付けていた。つまり磐田は、嶋田屋にとっては大事な貸付金の仕入れ先なのだ。

しかも一年で三分も預かり賃まで払ってくれるのだ。磐田は二千両を預けるために、一年当たり、六十両ものカネを支払っていた。

いってみれば、磐田は嶋田屋にとっては、大事な得意先である。それなのに大事にされないのは、検校貸しの元締めであるからだ。

「うちがお気に召さなければ、いつでもよそさまにお移りください」

あからさまには言わなくても、手代は素振りでそれを磐田に示した。嶋田屋に預かりを断られると、磐田は常に大金を手元に抱えていなければならない。

いつ盗賊に襲われるか。

いつ野分・洪水・火事に襲われるか。

両替商に預けてさえおけば、天災や盗賊に襲いかかられて、有り金を失う怖さから解き放たれるのだ。

両替商の手代からぞんざいに扱われても、磐田は黙って受け入れてきた。

ところが大川亭に弔問に行くと知った嶋田屋の手代は、熱い茶に分厚く切った羊羹を添えて、磐田をもてなした。

五十両という香典の額にも、手代は感心している様子だった……。

「徳太郎殿のご子息殿は、幾つになられるのか」

「このお正月で、五歳になったと聞いております」

「まだ五歳で、父親を亡くされたということなのか」

「さようでございます」

手代が沈んだ声で応じた。

五歳のこどもに五十両の香典とは……。

磐田が胸の内で舌打ちをした。しかし大金の香典に感心している手代は、まるで気づいてはいなかった。

三十五

仲町の嶋田屋から大川亭までは、およそ六町（約六百五十四メートル）である。道はほぼ平らで歩きやすい。晴れてさえいれば、こどもでも苦もなく歩ける道のりだ。

ところが日暮れを間近に控えた町には、間断なく雪が舞い落ちていた。

えい、ほう。えい、ほう。

駆けはせずに急ぎ足だが、掛け声で調子を取って駕籠は進んだ。

堀に架かる御船橋を渡った先からは、大川端に突き当たる一本道である。荷揚げされた諸国の産物を運ぶために、道幅は十間（約十八メートル）と途方もなく広かった。

道の両側には老舗商家が軒を連ねており、桜の古木百本が並木を作っている。桜の枝に積もった雪が、白い花を咲かせていた。

大川亭は、百本桜並木の東端に宿を構えていた。間口は五間（約九メートル）と広いが、稼業は駕宿である。日暮れ間近な雪の日でも、一間幅の雨戸五枚すべてが開け放たれていた。

磐田検校の乗った駕籠は、大川亭の正面に横付けされた。板囲いの駕籠が雪道におろされるなり、印半纏をまとった若い者が飛び出してきた。

「うちは火消し宿だぜ」

若い者は、駕籠舁きふたりに怒鳴り声をぶつけた。

「いつなんどき、火消しで飛び出すか分からねえんだ。宿の前を、駕籠でふさいだりするんじゃねえ」

若い者が怒鳴っているとき、駕籠の板戸が開かれた。紫の帽子をかぶった磐田が、火消しのほうに見えない目を向けた。

「わしは平野町の磐田検校である」

「磐田検校だとう？」

若い者が甲高い声で名をなぞった。声を聞きつけて、宿から何人もの火消しが飛び出してきた。

「磐田検校がどうしたてえんだ」

火消し人足たちの声は殺気立っていた。

燃え盛る納屋に身を投じて、徳太郎は落命した。その命と引き換えたかのようにして、火は鎮まった。ところが火元となった磐田は、徳太郎の焼香には顔も出さず、ひとことの悔やみも伝えてはこなかった。

もとより香典など、届くわけがなかった。

「なんてえ人でなし野郎でえ」

大川亭の火消したちは、口をきわめて磐田をののしった。その当人が、こともあろうに大川亭の正面に駕籠を横付けしたのだ。

「構わねえから、野郎を駕籠から引きずり出しねえ」

「寺社奉行がなんか言ったら、みんなで素っ首を出しゃあいい」

磐田を取り囲んで、気の荒い火消し人足たちが息巻いた。全員が六尺（約百八十二センチ）近い大男だ。

恐れをなした駕籠舁きふたりは、いつの間にか駕籠の長柄から離れていた。

「香典を届けにきた者に対して、なんとも礼を欠いた出迎え方だの」

駕籠を出た磐田は、背筋を張って火消したちの前に立った。

背丈は火消しのほうが勝っているが、磐田は歯の高さ二寸（約六センチ）の高下駄を履いていた。そして、先の尖った紫の帽子をかぶっている。

磐田の後ろには、いつの間にか徳秋が控えていた。徳秋は居並ぶ火消したちに負けない大男である。片目の見える徳秋は磐田の背後に立ち、火消したちを凝視していた。

取り囲んだ火消しを、磐田は見下ろすかのように見回した。徳秋を背後に控えさせたそのさまが、火消したちの気に障った。

「ひとりでくるならまだしも、手下を連れてきやがるとは、もう勘弁ならねえ」

「かしらの供養だ、野郎も手下もあわせて畳んじまえ」

若い者の何人かが、磐田と徳秋に太い腕を突き出そうとした。気配を感じた磐田が、息を詰めて身構えた。徳秋は、磐田をかばうかのように前に出た。

「ばかな真似はおよしなさい」

鋭い声が、土間から聞こえた。火消したちが棒立ちになった。

徳太郎の女房、おきぬの声である。若い者を叱りつけたおきぬは、銑太郎の手を引いて磐田のほうに進み出た。

徳秋は背後に下がり、道をあけた。

「徳太郎の連れ合い、おきぬと申します」

おきぬが軽くあたまを下げると、こどもも母親と同じように振舞った。

「お寒いなか、徳太郎の焼香にお出ましくださいましたので？」

おきぬは黒羽二重五つ紋の喪服姿である。銑太郎は袴穿きの礼装だった。

「焼香ということでもないが、徳太郎殿のご子息に、香典をと思いましてなあ」

磐田の物言いは、相変わらず尊大である。が、おきぬは気にもとめず、磐田を大川亭へと招じ入れた。

乗ってきた駕籠は軒下へ移され、駕籠舁きと徳秋には熱燗の清め酒が振舞われた。

駕籠に近寄った野良犬が、片足を上げて小便をひっかけた。大川亭の若い者は、とめようともしなかった。

三十六

大川亭の裏庭には、火消し道具を仕舞っておく大きな納屋が三棟普請されていた。印半纏に股引、手鉤、掛矢などの装束と道具がきちんと仕分けされていた。

庭には松が何本も植わっているが、日暮れた庭の松は夕闇に溶け込んでいる。しかし枝に積もった五寸（約十五センチ）の雪は、暗がりのなかでもはっきりと見えた。

どの松も枝は太いが、雪の重さで大きくしなっていた。

徳太郎の祭壇は、庭に面した広間にしつらえられていた。四十九日の納骨を終えるまでは、この広間に祭壇を残しておくのだろう。白布のかぶさった祭壇の上部には、飾り行灯とは別の似顔絵が飾られていた。

印半纏は、飾り行灯と同じだ。しかし祭壇の似顔絵に描かれた徳太郎は、五貫の大まといを振り上げていた。

飛び散る火の粉をいとわず、馬簾《ばれん》（細長く裁った革を、まといの周囲に垂れ下げたもの）が横に流れる勢いで、大まといを振っていた。

火の粉が顔の近くで爆《は》ぜている。絵に炎は描かれていない。しかし強い目つきをした徳太郎の表情から、睨みつけているのは炎だと察することができた。

絵を見ただれもが、深いため息をついた。それほどに素晴らしい出来栄えだが、磐田には見ることができない。ひと通りの焼香をしたのち、磐田は祭壇に向かって合掌した。

五歳の銑太郎は、磐田を強い目で睨みつけている。磐田が似顔絵に敬意を払わないことが許せないのだろう。まだ小さい銑太郎には、全盲がどういうことなのか、うまく呑みこめなかった。

こどもの様子を察したおきぬは、銑太郎の膝を軽くつついた。母親の表情を見て、銑太郎は目つきを和らげた。

合掌を終えた磐田は、祭壇の脇に座ったおきぬ・銑太郎の母子のほうに向きを変えた。

「些少ではござるが、これをご子息のためにお受取りいただきたい」

些少に力をこめた磐田は、二十五両包み二つを袱紗《ふくさ》に載せて、ぞんざいな手つきで差し出した。素っ気ない素振りは、五十両を恵んでやるといわんばかりである。

「このような大金を、いただくわけには参りません」

おきぬは本気で受取りを拒んだ。

葬儀の折の平田検校の香典も、図抜けて高額だった。おきぬはそのときも拒んだが、大島屋善右衛門から強く諭された。

「屋敷を壊されたにもかかわらず、わざわざ雪のなかを焼香に出向いてくれたお方だ。ありがたく受け取ったほうが、徳太郎への供養につながる」

おきぬは肝煎の諭しを受け入れた。

そんないきさつがあっただけに、弔問におとずれた磐田検校を、おきぬは祭壇の前に案内した。雪の日にわざわざ出向いてくれたことを、多としてのことだった。

ところが磐田が差し出したのは、五十両という大金だった。しかも徳太郎を悼んでのことではなく、恵んでやると声高に言っているような差し出し方だった。

おきぬは唇を固く閉じ合わせていた。ひとの振舞いに腹を立てているとき、おきぬは唇をぎゅっと閉じて怒りを鎮めようとした。

母親のくせが分かっている銑太郎は、さきほどとは逆に、母の膝をつっついた。そのあとで、膝をずらして磐田に近寄った。

「おとっつあんが火の中に飛び込んだときの様子を、おいらに教えてください」

まだ五歳のこどもである。町場の男児は、父親を『ちゃん』と呼ぶ年頃だ。だのに銑太郎は、おとっつあんと言った。

しかもはっきりとした物言いで、父親の最期の様子を聞かせてくれとせがんだ。

銑太郎の物言いを聞いた刹那、磐田は身体の芯から震えだした。歯がガチガチと鳴り、膝に置いた手もぶるぶると震えている。

「どうかなさいましたか」

仲町の商家の次女に生まれたおきぬは、立ち居振舞いと物言いは厳しくしつけられている。どれほど相手に腹を立ててはいても、言葉遣いはていねいだった。

丹田に力をこめて、磐田は背筋を伸ばした。震えはとまってはいなかったが、歯の鳴るのは収まっていた。

「わしは目が見えぬでの。見ることができなかったゆえ、徳太郎殿の最期の姿をそなたに話してはやれぬ」

銑太郎のほうに身体を向けた磐田は、一語ずつ、区切るように話をした。

「おとっつあんを見ることができなかったのに、どうしておっかさんがびっくりするようなおカネを、おいらにくれるの？」

おいちゃんは、おとっつあんのともだちだったのかと、銑太郎は問いを重ねた。

磐田は言葉に詰まった。

こどもの言うことを聞いているうちに、気持ちが落ち着いたのだろう。いまのおきぬは、静かな目で磐田を見つめていた。

「おいらがおいちゃんからおカネをもらうよりも、もっと本気でお参りしてもらいたいと、おとっつあんは思ってるはずだよ」

銑太郎が言い終わると、磐田の両手がふたたび震え始めた。

祭壇の灯明が揺れた。

三十七

駕籠には小さな手焙りが置かれていた。大川亭を出るとき、おきぬが若い者に言いつけて用意させたものだ。

火力の強い樫の炭である。うっすらと灰をかぶっているが、手を近づけ過ぎるとやけどしそうなほどに熱かった。

手焙りから離してかざした手を、磐田はゆっくりとこすり合わせた。

ふうっと、磐田からため息が漏れた。ついさきほど、銑太郎が口にしたことを思い出したからである。

おとっつぁん。

五歳の銑太郎は、心底から亡くなった父親を敬っている。それゆえに「ちゃん」ではなく、「おとっつぁん」と呼んだのだ。

磐田も遠い昔、銑太郎よりも二歳年下のころに、父親を「おとっつぁん」と呼んだ。が、それは敬いからではない。父親に、無理に言わされてのことだった。

磐田は本所成就寺裏の伸助店で生まれた。

「縁起よく、亀吉といこうぜ」

亀吉と名づけられた磐田は、生まれたときすでに一貫（約三千七百五十グラム）もあった。その後も育ちはよく、一年後には三貫（約十一キロ）にまで目方を増やしていた。亀吉は、重たいだけではなかった。生後半年でつかまり立ちを始めたし、一年過ぎたときには、幾つも言葉をしゃべっていた。

長屋はどこも子沢山だ。しかしどの家の子も、数えで二歳になってようやくつかまり立ちを始めた。

まとまった言葉が話せるのは、男女を問わず三歳が近くなってのことだった。

亀吉は三歳のときには、背丈が三尺（約九十センチ）近くもあった。口も達者で、四歳児よりも多くの言葉を話した。

「この子は、神様のおつかいじゃねえか」

「柄もおっきいしよう。並のこどもとはわけが違うぜ」

裏店の住人たちは、口を揃えて磐田の早熟ぶりを褒め称えた。

磐田の父親半助は石工だった。しかし職人とは名ばかりで、ノミを持つよりもサイコロ博打が好きな半端者だった。

「たしかにこいつは、尋常なガキじゃねえ。仕込んだら、ゼニ儲けができるぜ」

磐田が三歳を迎えた正月から、半助はこどもに筆遣いを仕込み始めた。とはいっても、職人の書く文字である。

半助の書く手本は、ひどい金釘流だった。ところが亀吉は、父親よりもはるかに上手な文字を書いた。

「見ねえな、これを」

半助はこどもが反故紙に書いた文字を、長屋中に見せ回った。伸助店には九つの家族が暮らしていたが、文字が読めたのは四軒だけである。

しかし字は読めなくても、亀吉の書く文字が上手なことはだれもが分かった。

「これは尋常な上手さではない。このまま上達すれば、来年には天分の備わった書家として、江戸中から引き合いがあるじゃろう」

伸助店に暮らしていた八卦見は、心底から感心した。それを見て半助は勢いづいた。

「もっと書きねえ」

紙屑屋から山ほど反故紙を仕入れてきた半助は、朝から晩まで亀吉に文字を書かせた。

博打につぎ込むカネを、反故紙代と、筆・墨代に回した。

「おいら、もう書きたくない」

ちゃん、勘弁してと亀吉は父親に訴えた。

「ばかやろう、ちゃんだなんてえことを言うんじゃねえ。おとっつあんと呼びねえ」

半助はこどもに無理矢理、おとっつあんと呼ばせた。三歳のこどもがおとっつあんと言えば、それも評判になる……より大きな金儲けを夢見て、半助はこどもに歳相応以上のことを教え込もうとした。

手習いに飽きた亀吉は、すずりの墨を捨てようと考えた。墨さえなければ、書かなくてもいいと思ったからだ。

半助と母親が連れ立って出て行った隙に、亀吉はすずりを手にして土間に下りようとした。板の間の端に、母親が出しっ放しにしていた十匁ろうそくが転がっていた。それを踏んだ亀吉は、後ろ向きに転んだ。

土間に落ちた拍子に、後頭部をしたたかに打った。同時に、すずりの墨が両目に入った。亀吉は声も出せぬまま、土間で気を失った。

町医者に診せたときには手遅れで、亀吉は失明した。すずりの水が汚れていたことに加えて、後頭部の打ち所がわるかったのだ。

五歳の春、亀吉は平野町の按摩宿に預けられた。捨てられたも同然だった。

五歳の銑太郎が父親を「おとっつあん」と呼んだとき、磐田は一気にこども時分を思い出した。身体が震えたのは、忌わしい昔を思い出したからだったのだが。

銑太郎は、父親を深く敬っていた。

三十八

徳太郎の初七日が明けた、一月十八日。この朝も、深川の空には分厚い雲がかぶさっていた。

雲は厚くても、刻が過ぎるにつれて町の明るさは増してくる。六ツ半（午前七時）のころには、佐賀町はすっかり明るくなっていた。

大川に架かる永代橋は、長さが百二十間（約二百十八メートル）余りもある大橋だ。橋の東西両端には、杉板造りの橋番小屋がある。

『渡り賃ひとり四文』

小屋の前に立つ赤い幟には、渡橋賃が太い筆文字で描かれていた。

五ツ（午前八時）から夜の五ツ（午後八時）までの間は、橋番の親爺が小屋に控えて徴収する。夜から翌朝までの半日は、小屋の軒先に吊るしたザルに、銘々が渡り賃を投げ入れるのが決まりだった。

一月十八日の六ツ半過ぎ。橋番小屋の周りも、すっかり明るくなっていた。が、朝日は分厚い雲の内側に閉じ込められている。

踏まれることもない橋板隅の雪は、ガチガチに凍っていた。

明け六ツから橋番小屋が開く五ツまでの一刻（二時間）だけ、橋の東詰にはうどんの屋台が出る。大川を西に渡る職人のなかには、ここのうどんを口にしてから仕事場に向かう者も少なくなかった。

「へい、おまちどう」

親爺が差し出したうどんから、強い湯気が立ち昇っている。冷え込みのきつい朝だけに、湯気もごちそうのうちだった。

親爺が拵えるのは、かけうどんと、大きな油揚げの載ったきつねうどんの二種類だけだ。しかも屋台が開いているのは、わずかに一刻のみである。

それなのに、日に百杯のうどんを商った。

屋台の周りには、卓代わりに使う四斗樽の空き樽が五樽も並んでいた。ひとつの樽には、腰掛に使う小樽が五つずつ置かれている。

屋台は小さいが、うどんを食べる場所は別である。朝の一刻で百杯の商いができるわけは、この空き樽にあった。

五ツになると、親爺は樽を橋番小屋のわきに積み重ねる。屋台が朝の一刻だけなのは、橋番小屋が閉じている間の商いだからだ。

「どうでえ、とっつあん。かしらの跡を継ぐ坊やの様子は？」

「そのことさ。おれもこの前っから、とっつあんに訊きてえと思ってたところだ」

「おれもそうさ。かしらの初七日も、今朝で明けたはずだからよう、そろそろ、とっつあんに様子を訊きてえと思ってたところだ」

どんぶりを手にした何人もの職人が、親爺の周りに寄ってきた。

「みなさんにご心配いただいて、ありがとうございます」

ていねいな物言いで礼を言いながらも、親爺はうどん作りの手をとめない。ひっきりなしに新しい客が注文を繰り返すなかでは、休もうにも、手のとめようがなかった。

「おかげさまで、銑太郎坊も……」

親爺が、問いに答えようとしたとき。

「おう、ここだ、ここだ」

素肌に薄物の長着一枚だけを羽織った六人連れが、どやどやと足音を立てて屋台に寄ってきた。六人とも六尺（約百八十二センチ）の大男で、真冬の曇った朝方だというのに、素足に雪駄を突っかけていた。

薄い木綿の長着越しに、背中の彫り物が透けて見えている男もいる。うどんを食べている職人連中が、互いに顔を見交わした。

どんぶりを手にして親爺に銑太郎の様子を問いかけていた連中は、あけすけに顔をしかめた。


大柄な六人の男は、全員が臥煙《がえん》（火消し人足）だった。

真冬でも薄物一枚で、素足。この身なりで、道の真ん中を歩くのが臥煙である。旗本屋敷の一角に臥煙小屋を構えて、ひとつの部屋で寝起きをした。

ひとたび半鐘が鳴れば、通りを歩いている者を蹴散らして、火元へと駆ける。そしてだれよりも先に屋根を取り、まといを振り込むことに命を賭した。

火消しに命を賭けるのではない。

一番先にまといを上げるという、見栄のために身体と命を張るのだ。

臥煙の雇い主の多くは、無役の旗本である。配下の臥煙が一番まといを取って名を高めれば、旗本も他の旗本に対して面子が立つ。

ゆえに旗本は臥煙の尻を叩き、かならず一番まといを取れと厳命した。臥煙は他の火消しを押しのけて、ひたすら屋根を目指した。

一番を取るためには、相手を蹴り飛ばし、殴り倒すこともいとわない。しかも乱暴は火事場だけではなかった。町中にあっても、気に入らない相手には襲いかかる。

火消しでひとのために働いているにもかかわらず、臥煙は町の嫌われ者だった。

「朝の一刻だけやってる、永代橋東詰のうどん屋てえのはよう。とっつあんのことに、間違いねえな」

六人のなかで一番大柄な男が、屋台の親爺にぞんざいな物言いをした。

「ほかにこの近くには、屋台のうどん屋はありませんので」

親爺は六人に背中を向けたまま、手をとめずに返事をした。

「愛想のねえじじいだぜ」

臥煙のひとりが、聞こえよがしの文句を口にした。

「とっつあんのうどんが、滅法うめえという評判を聞いたからよう。本所竪川《たてかわ》から、出向いてきたんだ。もうちっと、愛想のいい返事はできねえのかよ」

「手が放せませんので、あいすみません」

親爺は、客のほうに振り向こうとはしなかった。

「なんでえ、その言い草は」

「こっちはわざわざ、小名木川を渡って出向いてきた客だぜ」

臥煙たちが声を荒らげた。

「頼んで、きてもらったわけじゃねえ」

綿入れを着た客が、小声でつぶやいた。親爺のそばで、銑太郎の様子をたずねた客のひとりである。

つぶやきが臥煙に聞こえた。

「おめえ、もういっぺん言ってみねえ」

詰め寄った臥煙は、六人のなかで図抜けて大柄である。背丈は六尺を超えていた。

大男に見下ろされた綿入れの男は、顔から血の気がひいている。そのさまを見て、臥煙の残り五人が薄笑いを浮かべて近寄ってきた。

親爺は相変わらず、うどん作りを続けている。屋台の外の大鍋からは、強い湯気が立ち昇っていた。

三十九

うどん屋台で、臥煙が客に凄んでいたとき。

永代橋東詰から四町（約四百三十六メートル）離れた大川亭の広間では、大島屋善右衛門と嶋田屋勘兵衛が並んで座っていた。

「よく似合っているじゃないか」

嶋田屋が心底からの感嘆の言葉を漏らした。

「まことにそうだ」

善右衛門は膝をずらして、銑太郎のほうに身体を寄せた。

「まるで、あの徳太郎がこども時分に返ったかのようだ」

細くした善右衛門の両目が、見る間に潤みを帯びた。

善右衛門と勘兵衛の前に立った銑太郎は、厚手の印半纏を羽織っていた。こども寸法の半纏は、三日で新調仕立てをした。

急ぎ仕事だが、選りすぐりの仕立て職人の手によった半纏である。

まだ五歳の銑太郎は、背丈は四尺五寸（約百三十六センチ）で、目方は六貫（約二十三キロ）しかなかった。

そんな小柄なこどもの半纏姿を見て、大店の当主ふたりが感嘆の吐息を漏らした。銑太郎には、生まれながらにして半纏の似合う血が、色濃く流れていた。

この日の明け六ツの鐘とともに、銑太郎の身支度が始まった。

大島屋出入りの髪結い職人が、明け六ツ直後に大川亭に顔を出した。曇り空から漏れる朝の明かりは頼りない。

「部屋の隅々にまで明かりが回るように、ろうそくを惜しみなさんな」

善右衛門の指図で、広間には十本の百匁ろうそくが灯された。髪結い職人は徳太郎の祭壇の前で、似顔絵の徳太郎に見せながら、銑太郎の前髪に剃刀を入れた。

産毛しか生えていない顔にも、研ぎ澄まされた刃をていねいにあてた。そののち、こどもの髪にびんつけ油を塗り始めた。

「目をしっかり閉じているんだよ」

垂れた油が目に入ると、激痛が走る。おとなは髪結い床で塗られなれているが、銑太郎はこの朝が初めてだ。

「はい」

小気味のよい返事をしたあとは、両目を固く閉じ合わせた。わきで見ていた母親のおきぬが、おもわず口元に手をあてた。

徳太郎が逝ってから、おきぬが見せた初めての笑みだった。

半纏の着付けは、仕立て職人が受け持った。まだ仕付け糸のついている半纏に袖を通して、銑太郎は両足を開き気味にして立った。

「もう少し肩の力を抜きなせえ」

仕立て職人はあれこれ指図しながら、一本ずつ仕付け糸を取った。寸法取りが念入りにされていたことで、羽織った半纏には、ただの一カ所も不具合はなかった。

「どう、おっかさん」

着付けが終わった銑太郎は、おきぬの前で半纏の両袖を引っ張った。

「おいらに似合ってるかなあ」

「似合ってますとも」

込み上げるものがあり、おきぬはあとの言葉を口にできなかった。

「返す返すも、徳太郎にこの姿を見せてやれなかったのが惜しまれる」

溜まっていた涙が、善右衛門の両目からこぼれ落ちた。

「そんなことはない」

嶋田屋は、祭壇の似顔絵を指差した。

「そうだ。まことにそうだった」

善右衛門は、しわの寄った手で目を拭った。隙間風が入ってきたのだろう、百匁ろうそくの明かりが揺れた。

似顔絵の徳太郎も揺れているように見えた。

四十

芳三郎が大川亭に顔を出したのは、四ツ（午前十時）の鐘が鳴ってからだった。

「早くおまえさんの晴れ姿を見たかったが、朝から騒動が起きたんでね」

芳三郎はわずかに顔をしかめて、鉄太郎に話しかけた。

「騒動って……永代橋のうどん屋さんのことでしょう」

「その通りだ」

膝元の湯呑みに口をつけた芳三郎は、目の前のおきぬと鉄太郎を順に見た。膝の手の上下を入れ替えたおきぬは、芳三郎に心配そうな顔を向けた。

「元次郎さんは、なんともなかったのでしょうか」

「あいつが本気で立ち合ったら、臥煙のひとりやふたりは、どうということもない」

こともなげに言ってから、芳三郎は茶を飲み干した。

「もっとも今朝は、そうなる手前でケリがついたようだ」

「そうなるって、どういうこと」

こどもが甲高い声で問いかけた。おきぬは鉄太郎を軽く睨み、話の途中に口を挟んだことをたしなめた。

「ごめんなさい」

素直に詫びた鉄太郎は、きまりわるそうな顔でうつむいた。

「ほどなくここに、元次郎が顔を出す段取りになっている」

永代橋東詰で、屋台うどんを商う男が元次郎である。生前の徳太郎と深いかかわりのあった元次郎とは、おきぬも長い付き合いをしていた。

「騒動の詳しい顛末は、当人の口から聞けばいい」

「分かりました」

答えたおきぬのわきで、銑太郎が尻を動かした。おきぬも芳三郎も、こどもがなにを思っているかを察している。

芳三郎の目顔の指図を、おきぬは受け止めた。

「元次郎さんの話は、おまえも一緒に聞かせてもらいなさい」

「ほんとうに？」

銑太郎の顔には、五歳のこどもならではの、邪気のない喜びの色が浮かんでいた。

「よかったじゃないか」

「ありがとうございます」

顔つきを引き締めた銑太郎は、はっきりとした口調で礼を言った。

「詫びと礼の言葉は、すぐに、はっきりとした大声で言うんだ。詫びるときには、ぐじゃぐじゃ言いわけはしねえで、きっぱりとごめんなさいだけを言え」

徳太郎はこのふたつを、厳しく銑太郎にしつけていた。礼の言葉をはっきりと口にして、銑太郎は亡父の言いつけを守っている。

そのさまを見た芳三郎は、うなずきで銑太郎の礼の言葉を受け入れた。膝元に手を伸ばしたが、湯呑みはカラである。

「気がつきませんで」

素早く立ち上がったおきぬは、茶の代わりを用意しに台所へ向かった。

鳶宿の客に出す茶は、配下の若い者がいれるのが決まりだ。しかし芳三郎は、銕太郎の後見人である。おきぬは若い者任せにはせず、みずから茶の仕度に立った。

芳三郎とふたりになった銕太郎は、なにかを感じたかのように、祭壇のほうに振り返った。線香とろうそくが燃え尽きそうだった。

初七日は過ぎたが、徳太郎の祭壇には線香と花が絶やされていない。線香を立てるのは、銕太郎の役目である。

線香に火をつけるには、炎がいる。祭壇の隅には、細身の一匁ろうそくが、線香の種火として灯されていた。

そのろうそくが燃え尽きそうなのを、五歳の銕太郎は感じ取ったのだろう。祭壇の前に座った銕太郎は、手馴れた手つきで新しいろうそくに火を移している。

芳三郎がこどもの振舞いを見詰めているとき、おきぬが茶を運んできた。芳三郎は黙ったまま、銕太郎を指し示した。

二本の線香から煙が立ち昇っている。似顔絵を見詰めたあと、銕太郎は目を閉じて両手を合わせた。

徳の高い僧侶のような合掌の仕方である。おきぬはたもとから取り出した汗押さえを、目頭にあてた。

徳太郎が喜んだのだろう。一匁ろうそくの炎が小さく揺れた。

四十一

父親の祭壇に線香をあげたあと、銑太郎は大川亭の庭に出た。

六尺近い背丈の男たちが、銑太郎を取り囲んだ。分厚い雲のかぶさった曇天だが、どの男の目も潤んでいるのがよく分かった。

「かしら、半纏がよくお似合いで」

「先代に生き写しのようでさ」

火消しの声が震えている。銑太郎は、取り囲まれた輪のなかで大きな伸びをした。右手には、徳太郎が使っていた手鉤を握っている。

五歳のこどもには、まだ柄が長過ぎた。しかし銑太郎は気にもとめず、手鉤を前に差し出した。

こどもを取り囲んでいた輪が切れて、火消したちが左右に散った。銑太郎は手鉤を上に突き上げて、列の先頭に立った。

こどもの後ろで、火消したちが縦列を拵えた。銘々が火消し道具を手にしている。

「やぁー、えぇー、よぉー」

銑太郎が甲高い声を張り上げた。火消しの大男たちは、地鳴りのような低い調子で銑太郎の声を追いかけている。

鉄太郎の先導で、火消し木遣りの稽古が始まった。

生前の徳太郎は、格別に息子に稽古をつけたことはなかった。まだ四歳では、教えるのは早過ぎると思ったのだろう。

ところが鉄太郎は、亡父が若い者の先頭で声を発するのを見聞きして育っていた。声の調子が甲高いのだけは、どうしようもない。が、その発声は、屈強な火消し人足を従わせる強さを持っていた。

男たちが鉄太郎に従うのは、亡きかしらの跡取りだからというだけではない。鉄太郎には生まれつきの、かしらに立つ資質が備わっていたのだ。

「おんやぁりょう……」

芳三郎が見守っている前で、鉄太郎がまた声を発した。うどん屋の元次郎が庭に入ってきたときには、鉄太郎の声に火消したちの声がかぶさっていた。

「いい声でやすねえ」

しみじみとした物言いで、元次郎はこどもの発声を誉めた。

「鉄太郎の木遣りが聞こえたのか」

「庭石を踏んでおりやしたときに、しっかりと聞きやした」

芳三郎の後ろに立った元次郎は、男たちの先頭で手鉤を握っている鉄太郎から、いささかも目を離さなかった。

「十一日の夜以来、ただの一度も深川では火が出ていない」

「分かっておりやす。先代が、河の向う岸（彼岸）で火を押し潰しているのは、間違いありやせん」

「おまえの言う通りだろうな」

芳三郎は何度もうなずいた。

今朝方、芳三郎の宿に南町奉行所から使いがたずねてきた。元次郎に向かってうなずきを繰り返しながら、芳三郎は今朝のやり取りを思い返していた。


南町奉行大岡越前守は、歴代の奉行とは比較にならぬほど、火消しには熱心に取り組んでいた。

「大雨、地震、日照などの退治は、ひとの力ではいかんともしがたい。しかし火事は、江戸の者ひとりひとりが気を払いさえすれば、いかようにも退治はできる」

この考えに基づき、越前守は数々の火消し策を連日練り上げていた。

そんなとき、徳太郎の殉職を耳にした。

「おのれの身体を捧げて火を鎮めたとは、まことにもって、あっぱれ」

越前守は筆頭与力に命じて、徳太郎への褒美下賜の可否を諮問した。

「火消し人足の殉職を奉行が称えますことは、いかほど覚書をさかのぼりましても、前例なきことにござりまする」

褒美下賜はむずかしいと、筆頭与力は答申した。

「ならば、わしが肩書きなしの身分で、香典を遣わすのであればよいか」

重ねて問うていたとき、徳太郎の初七日が明けた。

どんな形であっても、ぜひにも徳太郎の遺児に褒美を授けたい……越前守は、これを強く念じていた。奉行の思いを察している筆頭与力は、妙案を編み出した。

「一月十一日の徳太郎殉職以降は、本日十八日まで、深川ではボヤ騒動ひとつ起きてはおりませぬ」

これを称えて褒美を授けるのであれば、たとえいままでは例がなくても、今後のよき前例となると、筆頭与力は答えた。

「八日間の火事知らずは、まことにもって慶賀のきわみでござります」

八日間の火事知らずを称えると決めれば、後々の南町奉行にもよき前例となる。なにしろ江戸開府の慶長《けいちょう》八（一六〇三）年から、享保九（一七二四）年のこの日まで、じつに百二十一年の長きにわたって、一月の『八日間の火事知らず』は例がなかったからだ。

「まことに妙案。すぐさま褒賞の手配りをいたせ」

越前守の下命により、南町奉行所の与力一騎と同心三人が、芳三郎の宿をおとずれた。芳三郎が大川亭の後見人であることを、調べたうえでの手配りだった。

「この曇り空のどこかの隙間から、かしらはきっと銑太郎坊ちゃんを見ていなさるでしょう」

「間違いなく見ているだろうよ」

芳三郎は慈愛に満ちた目で、銑太郎の稽古を見守っていた。

重たかった空のどこかに、ぽっかりと穴があいたらしい。雲の内側に溜まっていた雪が、桜の花びらのように舞い落ちてきた。

葬儀の日よりは、寒さがゆるんでいる。舞い落ちる雪は、ひとひらが大きい牡丹雪になっていた。

四十二

八ツ（午後二時）。

徳太郎の祭壇の前に、ふたたび大島屋善右衛門と嶋田屋勘兵衛が座っていた。朝とは異なり、着流し姿である。

肝煎ふたりの正面には、おきぬと銑太郎が座っている。その後ろに、芳三郎と元次郎が並んで控えていた。

「越前守様からご褒美がいただけるとは、佐賀町や仲町のみならず、深川各町の大きな誉れだ」

善右衛門は、しわのよった顔をさらにくしゃくしゃにして大喜びした。

「まことにもって、これまでに例のない慶事だ。いやはや、大したものだ」

両替商の商い柄というべきか、いつもなら善右衛門よりも、勘兵衛のほうが落ち着いている。ところがこのときは、善右衛門にも増して、勘兵衛が大喜びした。

「すぐさま深川各町に触れを発して、祝賀の提灯行列を執り行おうじゃないか」

「妙案だ、それは」

善右衛門が強く膝を打った。

「一月早々、仲町の提灯屋にも大きな弾みがつくだろう」

「各町に二十張りずつとしても、ざっと千張りの誂えになる」

両替商の当主は、勘定が素早かった。

「それだけの商いが、天から降って湧いたようなもんだ」

「徳太郎の死は悼まれるが、春からいい縁起をもたらしてくれた」

町の肝煎ふたりが盛り上がっているとき、芳三郎が落ち着いた声音で、提灯行列に異を唱えた。

「なんだい、かしら。またとない祝い事じゃないか」

「あたしは嶋田屋さんの妙案に乗るつもりだ。どこの町の肝煎も、いやだというところはないだろう」

長老たちが口を尖らせたが、芳三郎は顔色も変えずに話を続けた。

「このたびの褒美は、八日間の火事知らずを奉行様が誉めてくれる段取りでやす」

「そんなことはなぞらなくても、わしも嶋田屋さんも分かっている」

「いや、違いやす。おふたりとも、分かってはおりやせん」

芳三郎は一歩も引かなかった。

「なにが分かってないんだ」

嶋田屋勘兵衛は、膝をずらして芳三郎に詰め寄った。

「口で言っても得心してもらえやせんから、形で見せやしょう」

芳三郎は元次郎に言いつけて、提灯行列に使うような、小ぶりの提灯ひと張りを用意させた。大川亭は火消し宿である。提灯は大小を問わずに、備えがあった。

「肝煎のおふたりは、濡れ縁のほうに移ってくだせえ」

芳三郎に頼まれた善右衛門と勘兵衛は、文句も言わずに濡れ縁に移った。銑太郎とおきぬは、肝煎ふたりの後ろに座った。

芳三郎がなにをしようとしているかを、元次郎はすでに察している。十匁のろうそくに火を灯したあとは、芳三郎が提げた提灯の台に差した。

が、台にしっかりとは差し込まなかった。

「見ていてくだせえ」

芳三郎が提灯につけた長い柄を肩に担ぎ、上下にゆらゆらと揺らした。しっかりと差し込まれていないろうそくが、提灯のなかで倒れた。

提灯に張った紙には、渋が塗られている。すぐには、ろうそくの炎は燃え移らなかった。しかしゆっくりと八まで数えたところで、いきなりぶわっと炎が立った。

濡れ縁で見ていた善右衛門と勘兵衛の顔から、血の気が引いた。

「紙が炎にこらえ切れなくなったあとは、一気に燃え上がりやす」

芳三郎は燃え盛る提灯の炎を、雪駄で踏み潰した。

「いい歳をしていながら、うかつにも提灯が燃えるということに気が回らなかった」

火事知らずの祝賀行列が、新しい火事につながりかねない。牡丹雪の舞う庭で、芳三郎は提灯を燃やして肝煎ふたりを得心させた。

炎が潰された提灯に、牡丹雪がまとわりついていた。

四十三

燃えた提灯を若い衆が片づけ終わったとき、火消しのひとりが茶菓を運んできた。善右衛門と勘兵衛は、つい先刻のきまりわるさを引きずっているらしい。

「どうぞ、お召しあがりください」

おきぬが強く勧めても、湯呑みに手を伸ばそうとはしない。善右衛門の真正面に座っている銑太郎が、ぐっと背筋を張った。

まだ四尺五寸の背丈しかないが、半纏の寸法はぴたりと身体に合っている。

「おいら、おとっつあんのための提灯行列を、すごく見たいと思いました」

銑太郎は畳に両手をついた。

「火消し半纏を着ていながら、ごめんなさい」

鉄太郎は善右衛門と勘兵衛に、交互に詫びた。五歳のこどもとは思えない、はっきりとした口調である。

顔つきも神妙に引き締まっている。肝煎ふたりが、慌てて背筋を伸ばした。

「わしらのほうこそ、まことにもって恥ずかしい次第だ」

善右衛門と勘兵衛は、膝に両手を載せた形で、鉄太郎に軽くあたまを下げた。鉄太郎の顔つきが、こどもに返った。

「おいら、もう、このお菓子を食べてもいいですか」

鉄太郎に笑いかけられた善右衛門は、こわばった顔つきを、たちまちゆるめた。鉄太郎の絶妙な機転で、肝煎ふたりから肩の力が抜けた。

「大川亭の若い衆は、まことに茶のいれかたが上手だ」

茶をすすった善右衛門は、いつもの物言いを取り戻していた。

「それで……今朝の騒ぎは、どういうことだったんだ」

湯呑みを手にしたまま、善右衛門が問いかけた。座り直した元次郎は、咳払いをした。

祭壇の灯明が揺れたほどに、大きな咳払いだった。

四十四

亡くなった徳太郎よりも年長の元次郎は、今年で四十三歳である。四年前の享保五（一七二〇）年一月まで、元次郎は大川亭の火消しだった。

その年の一月十一日、大岡越前守は江戸各町の名主に、防火励行の触れを発した。

「江戸に火事が絶えないのは、町民が無用心に火を扱うからである。火事を起こさぬためには、無用心な火元、危うい火元をしっかりと絶つことが肝要である」

越前守は強い口調で、奉行所に召集した町役人たちに自説を開陳した。佐賀町の大島屋善右衛門も、この日に召集された町役人のひとりだった。

奉行所から町に帰りついた、一月十一日の七ツ（午後四時）。善右衛門は大川亭に小僧を走らせて、徳太郎を呼び寄せた。徳太郎は火消し人足の差配役、元次郎を伴って顔を出した。

「南町奉行さまより、直々のお達しをうけたまわった」

善右衛門は膝元に重ね置いた半紙を手に取った。越前守から発せられた触れの要旨を、数枚の半紙に箇条書きにしたものである。

手渡された徳太郎は、ふたつの触れに強い抵抗を示した。

「これを押しつけられちゃあ、暮らすのが難儀になりやす」

徳太郎は、ふたつの事項が書かれた半紙を手にしていた。

『強風の吹き荒れる日には、火鉢の炭火はもとより、かまどや七輪に裸火をおこすことを、強く戒むべし』

『ひとり者は、火については無用心のきわみである。風強き日は外出をせず、宿内にとどまるべし』

強風は小さな火事を大火へと煽り立てる。風にたたられると、江戸の町が丸焼けになってしまう。

越前守は、六十三年前の明暦《めいれき》三（一六五七）年一月十八日に起きた、明暦の大火を強い戒めとして受け止めていた。


明暦二年十一月から翌年一月まで、江戸では八十日近くも雨なしの日が続いた。

「洗濯物がパリパリに乾いてくれるのは、嬉しいんだけどさあ」

「こう地べたも木も乾いていちゃあ、火事が怖いわよねえ」

「こんなときに大風でも吹いたら、江戸の町は丸焼けになっちまうよ」

掃除と洗濯に追われる長屋の女房連中は、雨よりも晴れの日を喜ぶのが普通だ。ところが明暦三年の一月は、晴れ好きの女房連中ですら、雨なし天気に顔を曇らせた。

一月十八日は、朝早くから北西の強風が吹き、カラカラに乾いた地べたから土ぼこりを舞い上がらせた。

「今日は風が尋常じゃねえ。念入りに、火の始末をやってくんねえ」

早朝から仕事場に向かう職人は、女房に火の用心を言い置いた。

風は昼を過ぎても弱まらず、八ツ（午後二時）ごろには、一段と強くなっていた。

火が出たのは、本郷丸山の徳栄山本妙寺である。風に乗った火の粉は、本郷のあちこちの家屋に食らいついた。

乾ききった木はくすぶる間もおかず、たちまち炎を生じさせた。本郷から出た火は、見る間に湯島から神田へと燃え移った。

多くの町を焼いても火事は湿らず、神田から八丁堀、霊岸島へと燃え広がった。さらには大川を飛び越えて、佃島から石川島までも火の海にした。

次はどの町が炎の餌食となるか、だれにも見当のつけようがない。焼け出された住民は、どこに逃げればいいのかと途方に暮れた。

それでも一夜明けた十九日朝には、火は衰えを見せた。そして五ツ（午前八時）ごろには、なんとか火事を退治できた。

「えらい騒ぎになったもんだが、これで生き延びられそうだ」

鎮火を知らせる半鐘を聞いて、江戸の住民は大きく安堵した。が、鎮火を告げたあとも、強い北風は吹き続けた。

延焼をまぬがれた日本橋石町の『刻の鐘』が、四ツ（午前十時）を撞いたとき。

前日の火元に近い小石川伝通院前の新鷹匠町から、またもや出火した。北風に煽られた火は、十八日の火事では焼け残っていた水戸徳川屋敷を含む、小石川一帯をまたたく間に焼き尽くした。

火勢はまるで衰えを見せず、濠を越えたあとは飯田橋から江戸城本丸、二ノ丸、三ノ丸にも飛び火した。

本瓦の艶も美しい江戸城は、御府内のどこからでも見えた。夕陽を浴びた御城の美観は、江戸町民の自慢だった。その城の天守閣が、火消しもできずに焼かれている。

「御城が燃えてしまう」

焼け出されたわが身のつらさも忘れて、町民たちは江戸城が焼かれるさまを悼んだ。

真冬の夜が更けた五ツ半（午後九時）過ぎに、ようやく二日続きの火も鎮まったかに見えた。

そう思ったのもつかの間、麹町五丁目から三度、火の手が上がった。夜の火は、空を妖しい真紅に染めて燃え広がった。

麹町から桜田門一帯の大名屋敷へと延焼したあと、西ノ丸下の武家屋敷を焼き尽くした。そのあとで、火は二手に分かれた。一方は鉄砲洲に、他方は芝の海辺にまで延びた。

鎮火した一月二十日には、江戸はほとんど焼け野が原と化していた。

明暦の大火の始まりをたどれば、本郷本妙寺の小さな火であることが分かる。ところが間のわるいことに、その日は朝から強風が吹き荒れていた。

「火事で怖いのは、燃え上がった火ではない。木を燃えやすくさせる乾きと、火の粉を飛び散らせる強風である」

これまでの火事の顚末書を読み通した越前守は、なによりも風を恐れた。ゆえに、強風の日のひとり者は、外出をするなとまで触書で断じていた。

触書に書かれたことは、どれも厳しい中身ばかりだ。しかし冬場の火事の怖さは、越前守以上に、町名主や肝煎衆のほうが肌身で分かっていた。

「おまえの言い分も分からなくはないが、お奉行さまの言われることも至極もっともだ」

明朝から強風が吹き荒れたときには、佐賀町を回ってひとり者の足止めをするようにと、善右衛門は言い渡した。

胸の内にざらつきを覚えたが、南町奉行と佐賀町肝煎の指図である。徳太郎と元次郎は、善右衛門の前であたまを下げた。

一夜明けた、享保五年一月十二日。夜明け前から強い北風が、大川の河口に向けて吹き渡った。

「すぐさま、町内の見回りに出るぜ」

元次郎が先頭に立ち、佐賀町から仲町にかけての裏店の見回りを始めた。そして男女を問わずに、ひとり者の外出を禁じた。

「ばかなことをいうんじゃねえ」

「外出をするなとはよう。いってえどんな了見で、おれに言ってやがるんでえ」

足止めを言われたひとり者は、だれもが声を荒らげた。背丈は火消しのほうが大きいが、鼻息の強さでは相手も負けてはいない。

「おれの外出をとめてえなら、おめえっちと命のやり取りをやることになるぜ」

元次郎よりも五寸（約十五センチ）も背が低い男が、あごを突き出して言い放った。

元次郎は胸の内では、越前守の触書はおかしいと思っていた。それだけに、相手に息巻かれると、つい弱腰になった。

「おめえさんと、争いごとはしたくねえ」

元次郎は、穏やかな口調で頼み込んだ。

多くのひとり者は、火消しの群れに取り囲まれて外出を思いとどまった。が、黒江町の裏店に暮らす通い大工は、首を横に振るのみだった。

「だったら、せめて火の始末だけは念を入れてくだせえ」

元次郎は大工の外出を引き止めなかった。

一月十二日の八ツ下がりに、その裏店から火が出た。火元は大工の宿ではなかったが、元次郎は触書に背いたと強く責められた。

「火消しをやめることで、責めを負わせてくだせえ」

徳太郎は強く引きとめたが、元次郎は聞き入れずに火消しの半纏を脱いだ。

うどん屋を始めるに際しては、肝煎の善右衛門が陰で大いに力を振るった。

明け六ツから五ツまでの一刻、橋番小屋前の空き地に、卓代わりの樽と腰掛を出せる。これも、善右衛門が橋番たちと強く談判をしたからだ。

馴染み客がつくまで、徳太郎はほぼ毎日、うどんを食いに永代橋まで出向いた。うどん屋を始めたあとも、元次郎は江戸のうどんを食べ歩いた。そして、おのれの舌を鍛えた。

一本気な元次郎の気性は、つゆにも、うどんの腰にもあらわれている。

「一刻だけだなんて言ってねえで、もっと長く店を開けてくんねえな」

多くの客が、もっと長い間、商いを続けてほしいと強く訴えた。

「永代橋に出せねえなら、どこの空き地でも構わねえんだ。おれっちは、屋台の出せる先まで追っかけるからよう」

客がなにを言おうとも、元次郎は聞き入れなかった。一刻以上の商いをするには、つゆ作りとうどん造りが間に合わなくなる。

「ひとに任せるぐれえなら、うどん屋をやめちまいやす」

ぶっきら棒な答え方をされると、客は口を閉じた。

朝の一刻だけ食べられるうどん。

数には限りがあるうどん。

この評判を聞いて、江戸の方々からひとが集まってきた。徳太郎の初七日が明けた朝に顔を出した臥煙たちも、評判を聞きつけて足を運んできた客だった。

「騒いだ六人は、本所の臥煙だったそうじゃないか」

「二千石の旗本に飼われている、血の気の多い連中でやした」

「それでおまえは、どうやって騒ぎを収めたんだ」

善右衛門が身を乗り出した。おのれが肝煎を務める町内で起きた揉め事は、一部始終を知りたいのだろう。

「かしらの話をしたら、あっさりと引っ込みやした」

「どんなことを話したんだ。なまなかな話では、素直に引っ込む連中じゃないだろう」

「うどん茹での湯が煮えたぎっていた鍋のそばに、六人を呼びやして……」

元次郎は、さらりと言ってのけた。

頭領格の臥煙の右手を、元次郎はしっかりと摑んだ。相手は顔をゆがめて暴れようとしたが、力では元次郎のほうが勝っていた。

「おめえさんも臥煙なら、先日亡くなられた佐賀町のことは知ってるだろう」

言い置いた元次郎は、臥煙の右手を鍋に近づけた。煮えたぎって破裂した泡が、臥煙の手に飛び散った。

「いてえっ」

臥煙は怒鳴り声を上げて、身体をよじった。が、元次郎は摑んだ右手を鍋の真上から動かさなかった。

「佐賀町のかしらは、燃え盛る油のなかにへえられた。熱さは、こんな湯とは比べ物にならねえぜ」

この屋台は、徳太郎を偲んでくれる客が多く集まっている。今朝は徳太郎の初七日明けだ。徳太郎を偲んで、おとなしくうどんを食ってくれるなら、揉め事はなかったことにしてもいい。

「あんたが火消しに命を賭ける男だというのは、ひと目見ただけで分かる。それほどの器量を持ってる男なら、かしらの凄さも分かるだろう」

話の締め括りで、元次郎は相手の臥煙の面子を立てた。臥煙は、屋台の客に詫びた。

「かしらはあっちに行ったいまでも、深川をしっかり守ってくれてやす」

話しているうちに、込み上げるものがあったのだろう。元次郎が言葉を詰まらせた。

祭壇の灯明が、またもや大きく揺れた。

四十五

一月二十日。徳太郎の初七日が明けた二日後に、銑太郎は南町奉行所に呼び出された。

前日の一月十九日に、奉行所の定町廻同心が、上司の与力一騎を伴って大島屋をおとずれた。

「明日の朝五ツ過ぎに、奉行所の乗物（駕籠）を差し向ける。南町奉行大岡越前守様の、お指図である」

乗物には銕太郎を乗せろというのが、越前守の強い意向だった。

「殉職いたした徳太郎が息《そく》・銕太郎に、奉行が目通りを許されるとの仰せである。そのほうたち、町役人の都合に障りはなかろうな」

「ございませんです」

善右衛門は、畳にひたいをこすりつけた。

奉行所差し回しの乗物に乗ることなどは、生涯に一度の晴れがましさである。十九日の夜から善右衛門は、銕太郎とおきぬを大島屋の奥座敷に泊めた。

夕餉には、目の下一尺の鯛を料理させ、飯は赤飯を蒸しあげさせた。寝る前には、檜の内湯一杯に湯を張り、銕太郎に一番風呂を使わせた。

翌朝は日の出とともに、髪結い職人を呼び寄せた。去る十八日の朝に、銕太郎の髪を結った職人である。

前髪に鋏と剃刀を入れられた銕太郎は、二日前よりもはるかに年長に見えた。

着衣は十八日の朝に身につけた半纏である。二十日の朝も、強い朝日が昇った。

「今日のほうが、さらに男振りが上がっているぞ」

善右衛門はあたかも孫を見るかのように、目を細めた。

乗物が大島屋前に着けられたのは、五ツを四半刻（三十分）ほど過ぎたころである。

黒漆を重ね塗りされた乗物は、朝日をキラキラと照り返らせていた。

五ツ半（午前九時）には、冬の陽が佃島の上空にまで昇ってきた。奉行所のお仕着せを着た駕籠舁きが、朝の光を背に浴びながら、ゆっくりと永代橋を渡り始めた。

乗物の後ろには、礼装に身を包んだ善右衛門たち佐賀町の五人組が従っていた。

風は冷たいが、空は青く晴れ渡っている。純白の翼を広げたカモメが、乗物の真上で鳴き声を上げた。

徳太郎が鳴かせたのかもしれない。

四十六

銑太郎たち一行が永代橋を渡り始めたのは、五ツ半（午前九時）である。同じころの平野町には、屋敷にも焼け跡にも、分け隔てのない陽が降り注いでいた。

武家屋敷の屋根には、風見箱が置かれていた。箱の四隅に立てられた風車は、それぞれが東西南北に向いている。回り方の違いで、方角ごとの風の強さの違いを知らせるのだ。

箱の真ん中には、あたまと尻尾に飾りがついた、竹の棒が据えつけられていた。竹の棒は、風を受けてクルクルと軽く回る。この棒は、風の向きを知らせるのが役目だ。

武家屋敷の屋根に置かれた風見は、北の風車がわずかに回っているだけで、残る三個は羽根をとめていた。竹の棒は北西を向いたまま、ほとんど動いてはいなかった。

「風が凪《なぎ》ですから、今日の普請は素早く運ぶと思います」

磐田検校の前にしゃがんだ徳秋が、小声で天気と風の次第を伝えた。

「幸いなことに、火事なしが続いていますから」

「だからどうした」

磐田の物言いと顔つきが、いきなり険しくなった。

「おまえも、火事なしはあの男のおかげだと言いたいのか」

「違います」

徳秋はきっぱり言い切ったが、あとの口は閉じた。なにか言おうものなら、さらに磐田の機嫌を損ねることが分かっていたからだ。

徳秋が口を閉じると、納屋が建っていたあたりから、普請の物音が流れてきた。

磐田の屋敷地では、仮住まいの普請が始まっていた。むしろ張りの掘っ立て小屋では、寒さをしのぐだけでも難儀だ。

凍えに負けて、焚き火を始める者が出るかもしれない。目の不自由な者が暮らすだけに、火の不始末は大事に直結してしまう。

まだ御助金の沙汰は決まってはいないが、磐田は手持ちのカネを投じて仮普請を始めた。ひとに決して好かれてはいないが、焼け出された座頭たちには、深川の住民も同情を寄せていた。

遅ればせながらも、磐田が多額の香典を供えたことは、平野町にも聞こえていた。このこともまた、住人たちが磐田をよく思うことの助けになっていた。

屋敷内の仮普請には、近くの海辺大工町の職人たちが大勢で手を貸している。それも、相場より安い手間賃でだ。

「大いに助かります」

普請が始まった初日に、磐田は棟梁にあたまを下げた。

「だれもが目が不自由なもので、みなさんの世話が行き届きません。これで、よしなに」

普請が終わるまでの茶菓代として、磐田は一両のカネを手渡した。普請は八日間の段取りである。一日当たり二朱（五百文）の茶菓代なら、格別に多額ではないが、少ないわけでもない。

職人たちは気持ちよく普請に取りかかった。

上機嫌だった磐田の様子が変わったのは、十九日の日暮れ前だ。

「大川亭の跡取りが、南町奉行様からご褒美をもらえるらしい」

「奉行所差し回しの、乗物に乗っていくという話だぜ」

「さすがは、大川亭のおかしらだ」

職人たちのうわさを耳にした磐田は、顔つきを大きく歪めた。どれほどひどい顔つきになろうとも、周りは盲人だけだ。人目を気にせず、磐田は顔をしかめた。

多額の香典を渡したというのに、こちらにはなんの誉め言葉もない。御助金の御沙汰もまだだ。

なぜ大川亭だけが誉められるのか。

こちらは火消したちに屋敷を壊されて、寒風のなかで震えている。壊した者が誉められて、壊された者は大金を香典に差し出した挙句、屋敷も失くした。どれほど寒くても、火も使えない。湯にもつかれないではないか。

いきなり磐田の様子が変わったことで、徳秋は驚いた。が、耳を澄ましていれば、すぐに腹立ちのわけが分かった。

職人たちが徳太郎を誉めるたびに、磐田の顔が歪むからだ。徳秋は座頭とは異なり、片目が見える男だった。


「この調子で晴れが続けば、あと五日のうちに仮普請は仕上がります」

流し場もできるし、小さいながらも湯殿も普請される段取りである。

「検校さまが一番湯につかるお姿を拝見するのが、いまから楽しみです」

磐田の機嫌を直させようとして、徳秋は懸命に仮普請の仕上がりを口にした。大柄な男が、臆面もなしに追従を言っている。

周囲にいる者の目を、いささかも気にせずにすむがゆえだ。

「それは、わしも楽しみだ」

磐田の物言いが、大きくやわらいだとき。永代寺が撞く四ツ（午前十時）の鐘が、平野町に流れてきた。

幾らも間をおかずに、手を休めた職人たちが磐田の前に差しかかった。四ツの仕事休みで、銘々がすぐ先の茶店に向かっていた。

「四ツが過ぎたんなら、銕太郎坊ちゃんはもう奉行所に着いただろうよ」

「越前守さまが、直々にご褒美を手渡すてえ話じゃねえか」

「さぞかし立派なお品が、幾つも下されることだろうよ」

職人たちは声高に語り合いながら、磐田の前を通り過ぎた。

「すぐに茶を持ってこい」

磐田が尖った声を発した。

不機嫌さには慣れているはずの徳秋が、びくっと背筋を震わせたほどに険しかった。

四十七

銕太郎たちが招じ入れられることになったのは、南町奉行大岡越前守忠相の居室である。奉行所役人のなかでも、この居室に招じ入れられるのは、筆頭与力以下、わずか十名足らずである。

「特段のおぼしめしにより、そのほうらを奉行の執務部屋に案内いたす」

迎えに出たのは、庶務主事だった。主事は越前守の居室に招かれるのが、いかに尋常ならざる仕儀であるかを知悉《ちしつ》している。

『特段のおぼしめし』の部分に、ことのほか力をこめた。

主事に先導されて、一行は奉行所の廊下を歩き始めた。

庶務主事は与力である。奉行所の与力は、南北両奉行所合わせても五十騎しかいない、きわめて身分の高い役職だ。

その与力が、みずから案内役を担っていた。

大島屋善右衛門たち町役人は、破格の扱いに接して足元がすくんだらしい。歩みがついつい、のろくなった。

善右衛門の後ろを歩く銑太郎は、物怖じもせずに、胸を張って歩いている。善右衛門の足が遅くなると、銑太郎がぶつかりそうになった。

越前守の居室は控えの間が十畳で、執務部屋は二十畳の広さである。控えの間とはいえ、欄間には透かし彫細工が施されていた。

「暫時待たれい」

銑太郎たちを控えの間に残し、主事は越前守の執務部屋に入った。控えの間の真ん中には、大きな火鉢が出されている。部屋の隅には、炭火番が控えていた。

「こんな大きな火鉢、おいらは見たことがないや」

伊万里焼の火鉢は、差し渡しが一尺五寸（約四十五センチ）はありそうだ。銑太郎が驚きの声をあげると、善右衛門がいかめしい顔でたしなめた。

「ごめんなさい……」

銑太郎が小声で詫びを言っているとき、ふすまが開かれた。

「徳太郎が息の銑太郎とは、そのほうであるな」

驚いたことに、越前守がみずからふすまを開いた。

善右衛門を初めとする町役人たちは、越前守の顔を見たことはなかった。が、着衣の立派さと、立ち姿から漂う威厳に触れて、急ぎ顔を伏せた。

銑太郎は顔を伏せる代わりに、その場に立ち上がった。作法にもとる振舞いを見て、部屋の隅に控えた炭火番が腰を浮かせた。

顔を伏せたままの善右衛門は、こどもをとめることもできず、うっと息を呑んだ。

越前守は、目顔で炭火番を制した。

「銑太郎はおいらです」

威勢のよい声が、控えの間に響いた。

銑太郎の身なりは、火消し半纏に、股引・腹掛け、そして素足という火消しの正装である。

大きな火鉢の炭火をきれいに燃やすために、控えの間の障子戸は、開け放たれていた。老松が多く植わった庭から、冬の陽が差し込んでいる。

「徳太郎に瓜二つだの」

「みんなにそう言われます」

「似ていると言われて、どう思うのか」

「すごくうれしいです」

いささかも気後れせずに答える銑太郎に、越前守は目を細めた。

奉行が目を剝いて睨みつければ、十人殺しの極悪人も小便をちびったという。その越前守が、あたかも血縁の甥子を見るかのような目をしている。

炭火番の両目が、大きく見開かれていた。

「おもてをあげよ」

奉行の許しを得て、町役人五人が顔をあげた。奉行の正面に、背筋を伸ばした銑太郎が立っている。陽を浴びた印半纏が色鮮やかだ。

銑太郎の雄姿を間近に見て、たちまち善右衛門の目が潤んだ。

「そのほうらも、ついてまいれ」

越前守は、銑太郎の肩に手を置いて執務部屋へと入った。感極まった善右衛門は、すぐには立ち上がることができなかった。

四十八

一月二十一日から雨になった。冬場の雨は、町をほどよく湿らせてくれるのだが……。

「なにも、仕上げに差しかかったいま、降らなくてもよいだろうが」

仮普請が仕上がりに入った屋敷内で、磐田は氷雨に恨み言をぶつけた。普請仕事の邪魔をする雨が、恨めしくて仕方がなかった。

しかし多くの住人には、冬場の雨は気持ちをいやしてくれる恵みの雨だった。晴れが続けば、たちまち塀だの板葺き屋根などが乾き始める。

洗濯物の乾きがよい、表仕事がはかどると喜びつつも、多くの者は胸の内で晴天続きを危ぶんでいた。

二十一日朝から降り始めた雨を見て、深川のあちこちで住人たちは胸をなでおろした。

「これで火事なしが、さらに延びてくれるだろうぜ」

「延ばすためには、おれっちも火の始末をしねえとよう」

雨を喜びつつ、長屋も商家も、火の始末には気を張った。深川では、町ぐるみで火の用心に気合をいれていた。

雨は三日の間降り続いた。そして地べたがひどいぬかるみになる前に、降り止んだ。

一月二十四日は、明け六ツから大きな陽が昇り始めた。

永代寺の鐘が鳴っているさなかに、鉄太郎は起き出した。

「おっかさん、おはよう」

「あらまあ……」

早起きをした鉄太郎を見て、おきぬは水くみの手を途中でとめた。

「せっかく晴れたんだから、お天気が変わるようなことをしないでちょうだい」

鉄太郎は父親そっくりで、朝の寝起きがよくない。なにごともテキパキとこなした徳太郎だが、朝の寝起きだけはだらしがなかった。とりわけ深酒をやった翌朝は、おきぬが搔巻《かいまき》を引き剝がしても起きなかった。

鉄太郎も、父親の血を濃く引いている。越前守を前にしても物怖じしない鉄太郎だが、朝の寝起きは、まるで意気地がなかった。

そんな鉄太郎が、起こされもしないのに母親に声をかけたのだ。おきぬが正味で驚いても当然だった。

「雨降りのあとの晴れだから、今日は凧揚げをしてもいいよね」

「そういうことだったのね」

こどもに近寄ったおきぬは、こぶしを拵えてコツンとあたまを叩いた。

「それは構わないけど、まだ明け六ツの鐘が鳴ってるじゃないの」

ふたりが黙ると、永代寺の鐘が聞こえた。

「凧揚げに行くのは、朝ごはんを食べてからですよ」

「分かった」

大きくうなずいた鉄太郎は、土間におりて母親のたもとを摑んだ。頼みごとをするときの、鉄太郎のくせだ。おきぬはわざと顔をしかめて、こどもを見た。

「お奉行さまのご褒美を、元次郎おいちゃんにも見せたいからさあ」

今朝の朝飯は、永代橋までうどんを食べに行きたい……これが鉄太郎のおねだりだった。

「いい思案かもしれないわね」

ひと息おいて、おきぬはこどもの願い事を聞き入れた。

二十一日からの三日間は雨が続き、元次郎は屋台の商いを休んでいた。ゆえに鉄太郎が奉行から賜った褒美の品を見てはいない。

「出かける仕度をしなさい」

「がってんだ」

返事は、徳太郎の口まねだった。

四十九

凍てついた朝の空気を、鉄太郎が抱えた凧が突き破った。

なにしろ高さ一間（約一・八メートル）、幅四尺（約一・二メートル）もある大凧である。鉄太郎ひとりでは持つことができず、母親のおきぬとふたりがかりで抱えていた。

「元次郎おいちゃんだって、これを見たらびっくりするよね」

「そうね」

答えたおきぬは、両手に力をこめた。わずかな風でも、凧が煽られそうになるからだ。

大川亭を出て二町（約二百十八メートル）も歩くと、正面に永代橋東詰が見えてきた。

うどんを食べる職人たちが、屋台の周りに群れを拵えている。昇り来る朝日が、ダイダイ色の光を職人の半纏に浴びせていた。

越前守が用意した褒美は、徳太郎の似顔絵が描かれた大凧だった。元になった徳太郎像は、仲町の辻に飾られた葬儀の遺影である。その絵を下敷きにして、公儀お抱えの絵師が筆を振るった。

凧一杯に描かれた役者絵のような徳太郎は、鉢巻をきりりと巻いている。高さ一間もある徳太郎の横顔は、見る者に向かって大見得をきっていた。

「この凧をそのほうの手で、深川の空に高々と揚げるがよい」

一間の大凧は、五尺三寸（約百六十一センチ）の越前守よりもはるかに大きい。越前守は、畳の上に凧を立てかけた。

「さすれば徳太郎は、はるか上空よりおのが全霊を捧げて、火事なし日の、さらなる延長を図るに相違ない」

越前守の前で、善右衛門たち五人組は畳にひたいをこすりつけた。

「銑太郎っ……」

善右衛門に強くたしなめられて、銑太郎も顔を伏せた。

「構わぬぞ、銑太郎。これにまいれ」

奉行に手招きされた銑太郎は、大凧に近寄った。描かれた徳太郎の顔は、銑太郎の背丈よりも大きかった。

「これだけの大凧ともなれば、そのほうひとりの手には負えぬであろうの」

鉄太郎は威勢よくうなずいた。

「風が強かったら、おいらはおとっつあんと一緒に空に舞い上がります」

「さもあろう」

わずかに目元をゆるめたあとで、越前守は顔つきを厳しく引き締めた。

「凧は追い風を望むであろうが、冬場の風は禁物である。そのほうも、そのことは承知であろうの」

「あっ……はいっ」

鉄太郎の顔色が変わった。常々、徳太郎が口にしていた戒めを、大凧を手にした嬉しさでうっかり忘れていた。

「このさきで二日も雨が続けば、江戸の町もほどよく湿るであろう」

「はいっ」

奉行の目を正面から見詰めて、鉄太郎は威勢よく答えた。

「凧揚げをするのは、少なくとも二日の間雨が続いたあとの、晴れた日にいたせ」

「はい」

背丈より大きな徳太郎の似顔絵の前で、鉄太郎は迷いのない返事をした。奉行とこどもがやり取りをしている間、善右衛門たち五人組は、顔を伏せたままだった。

屋台まで四半町（約二十七メートル）のところまで、うどんのつゆの香りが漂っていた。銑太郎は鼻をひくひくさせた。

「ここからは、おいらがひとりで持つから」

母親の手をどけて、銑太郎はひとりで大凧を抱えようとした。しかし凧の横幅は四尺もある。銑太郎が両手を一杯に広げても、凧の両端を持つことはできなかった。

「無理はおよしなさい」

「平気だよ、おいらはぜったいにひとりで持てるから」

言い出したらきかないところも、父親の気性をそっくり受け継いでいる。おきぬはわきにどいて、銑太郎の好きにさせた。

深い藍色一色に晴れ上がった、真冬の夜明けである。吹く風は北風だが、幸いにも微風だった。

しかし大凧は、高さ一間、四尺の幅一杯に風を受け止めた。ぶるぶると凧が揺れて、銑太郎の手から離れようとした。

わきにどいていたおきぬが、慌てて凧の端を摑もうとした。が、動こうとした拍子に足がもつれた。右足の下駄の先が、左足のくるぶしに強くぶつかった。

「痛いっ……」

うずくまったおきぬは、凧から手を放した。風を浴びた凧は、さらに大きく揺れた。銑太郎の小さな手が離れそうになったとき、大柄な男が、ぐいっと凧の端を摑んだ。

「もう、手を放しても平気だぜ」

銑太郎に笑いかけたのは、先日、騒動を起こしかけた臥煙のひとりだった。

元次郎は臥煙たちの面子を潰さずにことを収めた。意気に感じた臥煙たちは総勢十人で、この朝もうどんを食いに、わざわざ高橋の向こうから出向いてきた。

大爪を摑んだのは、頭領格の男である。背丈は六尺で、一間の大爪と肩を並べる大男だった。

「おめえさんが、亡くなられた佐賀町の息子さんか」

「そうです」

「大した大爪だが、だれがこれを拵えなすったんで」

こども相手に話しながらも、臥煙の物言いはていねいだった。

「大岡越前守さまから、ご褒美にもらったんです」

「そいつあ、豪勢だ」

こどもと話しているところに、仲間の臥煙たちが寄ってきた。

「お奉行さまからの褒美だとよ」

銑太郎から聞いた話を、仲間に伝えた。九人の大男たちから、感嘆の吐息が漏れた。

「かしらは……」

銑太郎に向かって、臥煙のひとりが問いかけた。

「この大爪を揚げようてえんで？」

鉄太郎はこっくりとうなずいた。

「今日は雨上がりのあとだし、お奉行さまも凧揚げを許してくれるから」

「雨上がりのあとだから許してくれるてえのは、どういうことなんで」

臥煙の問いには、おきぬが答えた。

「なるほど……そいつあ道理だ」

十人の臥煙が、顔を見交わして得心した。

「それで、いまはどこに行こうてえんで？」

「うどん屋の元次郎おいちゃんに、この凧を見せるの」

「だったら屋台のところまでは、あっしらに持たせてくだせえ」

十人の臥煙が、鉄太郎とおきぬにあたまを下げた。滅多なことでは、ひとにあたまを下げない男たちである。

「お願いします」

おきぬも軽くあたまを下げて応じた。

鉄太郎とおきぬが先頭に立った。

大凧の両端を、ふたりの臥煙がしっかりと摑んでいる。八人の大男が、凧の後ろに横一列に並んだ。

広い道幅を一杯に使って、男たちがゆっくりと歩き始めた。まだ低い空にある朝日が、真正面から徳太郎の顔を照らしている。

「てえした大凧じゃねえか」

「本所の臥煙も、やるもんだぜ」

どんぶりを手にしたまま、深川の職人たちが大凧と臥煙に見とれていた。

「あの跡取りがいてくれりゃあ、先代も大安心だろうぜ」

先日の騒動のわだかまりも、すっかり洗い流されているようだ。大凧に描かれた徳太郎は、東詰にいる男たちに向かって、一世一代の大見得をきっていた。

五十

惣検校からの沙汰が磐田検校に届けられたのは、その日の四ツ（午前十時）過ぎだった。

惣検校からの呼び出しを、磐田は毎日のように待ちわびていた。ところが呼び出しが届くのではなく、いきなり使者が大川を渡って平野町にやってきた。

納屋の跡地に、ようやく仮小屋が仕上がっていた。徳秋は惣検校の使者を、仮小屋の板の間に案内した。しかし前触れなしにあらわれた使者に、茶の仕度もできていなかった。

「まさか、惣検校様のほうから御使者がお見えになるとは考えてもおりませんでした」

磐田は、茶の仕度もできていないことを深く詫びた。

「そのようなお気遣いは、一切無用です」

使者は、惣検校に雇われている目明きの男である。磐田の詫びの言葉を制しつつ、仮小屋の隅々にまで目を配った。

板の間は、およそ五十畳大の広さである。畳の代わりに、板の上には茣蓙《ござ》とむしろが敷き詰められていた。

板の間の隅には、敷布団と掻巻が積み重ねられている。夜具の山を見た使者は、背筋を張って磐田と向き合った。


仮小屋が仕上がったのは、まだ雨が降っていた昨日の昼前だった。

「これでなんとか、雨風はしのげやすぜ」

棟梁から引き渡しを受けたのは、当初の予定より四日も早かった。

磐田の屋敷から火を出したわけではない。火消しのために、屋敷を壊された磐田や座頭たちは、いわば被災者である。

納屋が燃え上がったのも、もらい火の仕業だった。

雨降りのなかで行き場がなくて震えている座頭たちを、普請場の職人は心底から気の毒に思った。氷雨に打たれながらも、大工たちは仮小屋普請の手を休めなかった。

小屋の引き渡しを受けた磐田は、徳秋を平野町の損料屋に差し向けた。敷布団と掻巻の賃貸しを受けるためにだ。屋敷の取り壊し騒動のなかで、敷布団と掻巻とが二十組も足りなくなっていた。

暮らしの入費には吝《しわ》い磐田だが、夜具は入用なだけ用意した。真冬の仮小屋で敷布団と掻巻なしでは、凍え死にを出すからだ。

屋敷が壊されて以来、座頭たちは磐田を頼りきっている。毎日嵩《かさ》む出費に、磐田は苛立ちを隠さなかった。しかしかたわらでは、座頭たちの命を守るためには、磐田はいっしか費えを惜しまなくなっていた。

ひとのために命を差し出した徳太郎を、磐田はいまもって認めてはいない。多額の香典を出したにもかかわらず、奉行から褒美をもらったのは、遺児の銑太郎である。御助金の沙汰は、一向に伝わってこない。

あれこれ考えれば考えるほど、徳太郎と銑太郎には腹立ちを覚えた。

ひとのために命を投げ出すなど笑止千万と、磐田は胸の内で毒づいた。しかし、座頭たちの命を守れるのは自分しかいないとの自覚も、磐田当人が気づかぬうちに生じていた。

屋敷を失ったことで、配下の全員が磐田を頼りにしているのだ。費えが嵩むことに腹立ちを覚えつつも、磐田は家長としての責めを、我知らずに負っていた。

「屋敷普請の費え一切は、惣検校屋敷が負います」

「なんですと」

「磐田様には、なにとぞご安心くださりましょう」

使者の口上を聞いた磐田は、表情が大きく動いた。目が見えるなら、両目を見開いて驚いたことだろう。

「磐田様が大川亭に多額の香典を届けたことを、惣検校様は大いに喜ばれておいでてした。この仮小屋にしても、磐田様はご自分のことよりも、配下の座頭にこころを砕いておいでです」

磐田がひとのためにカネを遣うなら、惣検校もまた、カネを惜しまない。使者はそう言って、口上を閉じた。

「今後とも、おのれは厳しく律し、ひとには慈悲のこころで接することを、ぜひにもお忘れなきように」

「ありがたきお言葉を賜りました」

使者に向かって磐田が深くあたまを下げたとき、仮小屋の外が騒がしくなった。

「なにごとか」

問われた徳秋は、様子を見てすぐさま戻ってきた。

「徳太郎殿を描いた大凧が、空高く揚がっております」

徳秋が話しているさなかに、磐田はすでに立ち上がっていた。

五十一

享保十五（一七三〇）年一月六日。南町奉行大岡越前守の主導で、江戸の火消し組のありかたが大きく改められた。

十年前の享保五（一七二〇）年は、銑太郎が生まれた年である。この年八月二十七日に、越前守は火消しを『いろは四十七組』に組みあげて、まといの制度も定めた。

火事場でいち早く屋根に上り、火の境界線を示してまといを立てる。まといの手前まで延焼を食い止めるために、火消したちは火の通り道の家を壊した。

ひとたび屋根に上ったまとい持ちは、火事が湿る（鎮火する）まで屋根から降りないことを誇りとした。

「また徳太郎が一番まといだ」

「しょうがねえやね。あの男は、まとい持ちに身体と命を張ってるんだ」

命がけでまといを振り込む男は、仲間からも大いに尊敬された。まといの上部には、いろはのなかの一文字が大書きされている。一番まといを振り込むために火消し各組は、一番様子のいい男をまとい持ちのかしらに就けた。

しかし四十七組制定からときが過ぎるにつれて、当初は分からなかった問題や、火消し同士の揉め事が幾つも表面に出てきた。

その最大の揉め事が、組同士の先乗り争いである。火事場の屋根を、どの組がとるか。その先陣争いが激化して、肝心の火消しがおろそかになるという、本末転倒の騒ぎが何度も起きた。

「定めや触れは、事態に照らして適宜直すのが奉行の務めである」

日ごろから、越前守はこれを旨としてきた。火消し組制定から十年目を迎えた享保十五年の正月に、生じている揉め事の根を絶つための大改革を実施した。

いろはの火消し組を、一番組から十番組までの大組に組み直したのが、その改革である。

同時に大川東側の火消しのありかたにも手を加えた。その結果出来上がったのが、『本所・深川十六組』の火消し組である。

大川亭は佐賀町辺・熊井町辺・西永代町辺・一宮町辺のおよそ二十二町、火消し人足数百七十人を数える『三之組』に編入され、銑太郎が頭取に就いた。

『本所・深川十六組』は、南組・中組・北組の三つが大組である。銑太郎の後見人芳三郎は、深川の小名木川以南を束ねる『南組』差配に就任した。

南組には木場町を抱える一之組から、海辺大工町周辺の町が集まる六之組までが編入されていた。町の数は八十、火消し人足は四百七十人という大所帯である。

南組のなかでは、大川亭のいる三之組が一番大きい。町の広さと、住民の数が抜きんでて多いからだ。

とはいえ『南組』という大組のなかでは、どの組も対等である。

「これからのおれは、おまえの後見人という立場を離れて、六組すべてを対等に扱うことになる」

南組差配に就いた日の夜、芳三郎は大川亭の火消したちを前にして次第を話した。

「よその組から一目置かれるためにも、一層日々の稽古に励んでくれ」

十一歳になった銑太郎を見詰めて、芳三郎は話を終えた。

「分かりました」

答えた銑太郎は、はや背丈が五尺（約百五十二センチ）にまで伸びていた。

五十二

一月上旬の朝は、凍えで指先が千切れそうなほどに痛い。息を吐けば、口の周りが真っ白に濁ってしまう。

そんな寒さのなかでも、大川亭の庭では朝の五ツ（午前八時）過ぎから、火消しの稽古が続いていた。

「半纏と帯締め、用意」

大川亭のまとい持ち勘八が大声を発した。銑太郎を含む火消し人足十五人が、勘八を見て身構えた。

「始めっ」

十五人の男が、膝元の火消し半纏を取り上げると、素早く両袖に腕を通した。勘八は大声で、ひい、ふう、みいっと数を数えている。火消したちは幅広で丈の長い帯を身体に巻きつけ、ぎゅっぎゅっと音を立ててきつく前縛りにした。

「そこまで」

十まで数えるなり、勘八は大声を発して全員の動きを止めさせた。三人の火消しが、まだ帯を縛る途中だった。

「めえったぜ、また遅れちまった」

「寒過ぎて、指がかじかんでうまく動かねえんだ」

「もうあとひと息だったのに、惜しいことをしたぜ」

三人は遅れたことの照れ隠しに、白い歯を見せ合った。わきに立つ銑太郎は、きつい目で三人を睨みつけた。

稽古をつけている勘八は、早足で三人に近寄った。そしてものも言わずに、張り手を食らわせた。

火消したちは、銑太郎を除き全員が六尺（約百八十二センチ）に届く大男揃いだ。なかでも勘八は、六尺一寸（約百八十五センチ）もある。勘八は、深川南組のなかでも一番の偉丈夫だった。

張り飛ばされた男たちは、地べたに倒れ込んだ。

「おめえら、火事場で死にてえのか」

三人とも去年の秋から大川亭に入ってきた、いわば新入りである。すでに十回以上も火事場には出ていたが、まだ火の怖さが身体の芯にまで染み透ってはいなかった。

いきなり張り手を食らわされて、三人ともに思うところがありそうな顔つきである。

勘八は、三人をひとかたまりに集めた。

「なんのために帯を前で縛るのか、おめえたちはまだ分からねえのか」

勘八が怒鳴ると、口の前の白い濁りが破裂して飛び散った。

帯は後ろで結ぶのが尋常な縛り方だ。しかし火消しは、前で強く結んだ。帯が綱の役目を果たすからだ。

半纏を縛る帯は、火事場では大事な道具のひとつだ。入用なときにはすぐにほどけるように、前で結んだ。きつく結んでも、片方の端を引っぱれば、スルスルッとほどける工夫がなされていた。

この帯に水をたっぷり含ませて、家の梁を引っ叩いて掛ける。そうすれば帯に六尺の大男がぶら下がっても、平気で帯をたぐって登ることができた。

梁に引っかけるだけではない。屋根に上ったり、逃げ遅れた者を助け出すときにも、この帯は役に立つのだ。

火消しが半纏を縛る帯は、ただの帯ではない。火消し作業に役立つように、帯の長さも幅も、寸法に工夫が凝らされていた。

帯は、火消しの命綱にもなるのだ。その縛り方稽古を甘くしたら、火事場での落命に直結する。

大川亭は先代の徳太郎の時代から、帯の縛り方稽古は毎日欠かさなかった。

雨降りのときは、ずぶ濡れになって。

雪のときは、髷に雪を積もらせながら。

野分の暴風のときは、わざと吹き荒れる風の中で、それぞれ稽古をした。

どんな天気でも、ジャンと鳴ったら火消しは飛び出さなければならない。その最初の身支度が、半纏を帯で縛ることなのだ。

身体が帯縛りを覚え込むまで、稽古を続けた。身体が覚えたあとは、忘れないように、さらに毎日稽古に励んだ。

命を守る帯縛りの稽古に、白い歯を見せるなどは論外だった。

手早く帯を締めるのは、命を守るためだけではない。素早い縛りには、人目を意識した『火消しの見栄』があった。

火消し人足が着る半纏は、職人やお店者が身につけるものとは異なり、丈が長い。

並の半纏なら、一反の反物から二枚を仕立てることができた。ところが火消しの半纏は七分丈である。ゆえに一枚しか取れない。

余りの三分は、無駄にするほかはない。というよりは、わざと無駄を作ったのだ。

「おれっちは三分の余りを惜しむような、しみったれなことはしねえ」

わざと無駄を拵えることで、太っ腹なところを見せようとしたのだ。

見栄で拵えた、丈ながの七分丈半纏。その半纏を、粋に小気味よく縛る、幅広・丈ながの帯。

たゆまず稽古を続けることで、大川亭の火消しは命を守り、そして見栄を張った。

「もしも稽古にしくじって、もういっぺん白い歯を見せたりしたら、てめえら三人とも、ここから叩き出す。分かったか」

「へい」

三人の火消しが声を揃えた。

銑太郎は、だれよりも早く、勘八が七つを数えたときには結び終えていた。

五十三

半纏の帯締めがうまくできても、稽古は終わらなかった。

火事場に出向いたときには、手鉤で板を引き剝がす。掛矢を叩き込んで、土蔵の漆喰壁を壊したりもする。

ときには手のあいている火消しが、大きな水がめいっぱいの水を、火にぶっかけることもあるのだ。

半纏の帯締め稽古は、朝の五ツから。そのあとは九つ（正午）の鐘が鳴るまで、ひたすらさまざまな稽古を続けた。まだ十一歳の銑太郎も、稽古のときには一切の手加減をしてもらえない。しくじれば、勘八から容赦のない怒鳴り声を浴びせられた。

へとへとになって食べる昼飯は、季節ごとに異なった。冬場のいまは、精のつく鴨うどんである。大川亭には、料理人上がりの成吉が、賄い番で雇われていた。

成吉は朝飯を拵えたあとは、毎日、日本橋の魚河岸に出向く。そして真新しい魚介と野菜、それに鴨だの猪肉だのを仕入れて、昼飯と晩飯の仕度に取りかかった。

方々に氷が張っている、真冬の火消し稽古はつらい。とりわけ、まだこどもを抜け出せない銑太郎には、水を使う稽古のつらさは半端ではなかった。

熱々の鴨うどんは、稽古を成し遂げた褒美も同然である。

「刻みネギと七色を、たっぷり加えなせえ。味が一段とうまくなりやす」

稽古では鬼のような顔で怒鳴る勘八だが、昼飯のときには大黒さまのように優しい顔つきになる。銑太郎のわきに座った勘八は、あれこれと世話を焼いた。

鴨の脂がたっぷり浮かんだつゆは、舌をやけどしそうに熱い。しかし鴨の骨ガラでとったダシに、醤油と味醂の旨味を重ね合わせたつゆである。成吉が拵える鴨うどんには、熱さを承知ですすってしまう美味さが詰まっていた。

「毎日食べても、ぜんぜん飽きないよ」

鉄太郎は一滴残さず、鴨うどんのつゆを飲み干していた。

「八幡様の境内までですぜ」

外遊びに出ようとする鉄太郎に、勘八は毎度、同じ言葉で注意を促した。

「がってんだ」

まだ声変わりしていない鉄太郎は、背丈は伸びても甲高い声だ。

「いってらっしゃい」

土間を出る鉄太郎を、火消したちが威勢のよい声で送り出した。鉄太郎は外遊びに出る前に、庭に回った。

「八幡様の境内にいるから」

自前の火の見やぐらの当番に、行き先を告げた。

「行ってらっしゃい」

「かしらを、ここから見張ってやすから」

火の見番に手を振って、鉄太郎は通りに出た。冬の頼りない陽差しが、地べたに長い人影を描き出していた。

昼飯を終えた火消し人足は、当番の者を除き、ジャンが鳴らない限りは非番である。

当番は、三日に一度の頻度で回ってくる。鉄太郎は夜通し起きている『不寝番』は、外してもらえた。が、三日に一度回ってくる昼間の当番は、他のおとなと同じに務めた。

大川亭は、自前の火の見やぐらを庭のなかに構えていた。宿の屋根には、風見も取り付けてある。

火の見やぐらは、高さ三丈（約九メートル）である。仲町の辻には、高さが六丈（約十八メートル）の、江戸で一番高い火の見やぐらがあった。

庭に自前のやぐらを建てたのは、徳太郎が亡くなった年の八月である。

「みんなが出してくれた香典を、火消しのために使わせてください」

銑太郎は後見人の芳三郎を前にして、やぐらの普請をさせてほしいと強く頼み込んだ。

「いい使い道だ。徳太郎も、さぞかし向こうで鼻が高いだろう」

やぐらの普請は、仲町の辻のものを請負った棟梁が、手間賃なしで引き受けた。

やぐら落成式は、徳太郎の月命日である八月十一日に執り行われた。

「徳太郎やぐらと命名しよう」

名付け親は、大島屋善右衛門である。

徳太郎やぐらが仕上がったあとは、大川亭の火の見番は仲町の辻から引き揚げた。

代わりに火の見やぐらに上がることになったのは、南組配下の二之組である。

「三之組に負けるんじゃねえぜ」

二之組の面々は、自前の火の見やぐらを持つ三之組がうらやましくて仕方がないのだろう。徳太郎やぐらより一瞬でも早く半鐘を鳴らそうとして、四方に目を凝らしていた。

非番の日に遊びに出るときでも、銑太郎は七分丈の半纏を羽織っている。どこにいても、火消しである心意気と、課せられた責めを忘れないためだ。

半纏を羽織っていても、非番の日の銑太郎は帯を巻いてはいなかった。足を急がせると、半纏の裾がめくれてしまう。銑太郎は、赤い裏地がめくれて見えるように、さらに早足になった。

大川亭の印半纏は、表地は濃紺で、背中には赤い字で大川亭と屋号が描かれていた。火が湿って宿に帰るときには、銘々が半纏を裏返しに着た。裏地をどんな柄にするかは、火消しが好きにできた。

銑太郎は、赤地に桃太郎を縫い取り（刺繍）で描いている。鬼の代わりに、燃え盛る炎が描かれており、手鉤を持った桃太郎が炎に立ち向かっている。

火を退治したあとの火消しは、半纏を裏返しに着ることで、鎮火を知らせた。ゆえに半纏の裏地には、懸命に趣向を凝らした。

桃太郎の火事退治の裏地は、着ているのが十一歳のこどもということもあり、大層な評判となった。

「さすがは徳太郎おかしらの跡取りだ」

おとなは誉め称えた。ところが銑太郎と同年代のこどもたちは、銑太郎をやっかんだ。わざと仲間外れにして、遊びに加えないのだ。独楽回しは銑太郎の得意技のひとつだが、だれも一緒に遊ぼうとはしなかった。

しかし仲間外れにされても、銑太郎はめげずに八幡宮境内に出向いて行った。

五十四

江戸市中に暮らすこどもは、大店の跡取りは別にして、おおむね十二歳から家業の手伝いを始めた。

職人のこどもは父親の指図で下働きを始めたし、商人の子は店売りの手伝いを始めた。形はさまざまだが、十二歳を過ぎればこどもが働きだすのは当たり前だった。

商家の丁稚小僧はさらに年下で、八歳から十歳のこどもが奉公に出された。

深川は、職人が多く暮らす町である。他町の商家に小僧奉公に出される子よりも、家業を継ぐこどものほうがはるかに多かった。

ゆえに他の町に比べて、神社境内や長屋の路地、火除け地の原っぱなどで遊んでいるこどもを多く見かけた。八歳、九歳の歳で奉公に出される子が少なかったからだ。

そんな深川のなかでも、棟割長屋が密集している山本町は、とりわけ子沢山の通い職人が多く暮らす町として知られていた。

この町に暮らすこどもたちは、町内の至るところに遊び場所を見つけていた。

深川を縦横に走る掘割の石垣では、カニ釣りに興じた。木綿糸の先にたくわんの切れっ端を結わえて、石垣の上から垂らす。カニはたくわんを摑もうとして、石垣の穴からはさみを伸ばした。

火除け地の原っぱでは、跳び馬とかくれんぼである。冬場のいまは、身体が温まる跳び馬が人気だった。

正月のお年玉で買った独楽を回すのも、こどもたちが大好きな遊びである。

銑太郎が他町まで遊びに出た、一月十二日の九ツ半（午後一時）前。富岡八幡宮の境内では、五人のこどもたちが独楽回しに興じていた。

「そんなゆるい糸の巻き方じゃあ、独楽は回らないぜ」

一番大柄なこどもが、他の仲間の糸の巻き方に文句をつけた。

「おいら、巻き方が分かんないもん。金ちゃんが教えてよ」

「おいらにも教えて」

四人のこどもたちが、独楽を手にして大柄な子のそばに集まった。

金ちゃんと呼ばれた子は、船宿丸金のあるじ、金蔵の長男金平である。金蔵一家は堀にかかる小橋『亥ノ口橋』のたもとに、二階家の船宿を構えていた。

山本町で長屋暮らしではないこどもは、金平のほかにはひとりもいなかった。しかも今年の正月で十一歳になった金平は、背丈が五尺（約百五十二センチ）もあった。

周りのこどもよりも抜きんでて大きく、長屋ではなしに二階家に暮らしていることで、金平は山本町のガキ大将だった。

「そんなにいっぺんに言うなよ」

金平は、面倒くさそうに四人の手を払いのけた。

「おいらが回すのをようく見てれば、どんなふうに巻けばいいかが分かるからさ」

金平が目一杯に胸を反り返らせて、独楽に糸を巻き始めたとき。銑太郎は五人の前を通りかかった。

金平は、顔をしかめて手をとめた。

「おまえなんか、佐賀町のよそもんだろ」

独楽を手にしたまま、金平は銑太郎に詰め寄った。ふたりとも十一歳である。しかも銑太郎も歳のわりには大柄で、金平と同じような背丈だった。

「見せたくねえから、とっととあっちに行けよ」

金平は大鳥居の向こうを指差して、銑太郎を追い払おうとした。

「独楽回しもできねえくせに、おとなみたいな気取った半纏を着てやがって」

金平は思いっきり銑太郎に毒づいた。

「あっちに行け」

「金ちゃんのそばに立つな」

「よそもんが、八幡様にこないでよう」

「独楽も回せないくせに」

四人のこどもたちも、銘々が銑太郎に言葉を投げつけてきた。銑太郎は、すぐ目の前の子に手を差し出した。ぎょっとしたこどもは後ずさりをした。

「ちょっとだけおいらに、その独楽を貸してみな」

こどもは怯えて独楽を強く握り締めた。鉄太郎はやさしくあたまを撫でた直後に、別の子が持っていた独楽を、素早く取り上げた。

取り上げられた子はなにが起きたのかも分からず、目を見開いている。その間に鉄太郎は、手早く糸を巻き上げた。

そして調子をつけて、糸の端をぐいっと強く引いた。

糸から離れた独楽は、鉄太郎の頭上で勢いよく回った。その独楽を、左の手のひらに受け止めた。

鉄太郎は手のひらを下げて、四人のこどもたちの前に差し出した。こどもの目が独楽に釘付けになった。

独楽回しは、火消し人足が体得しなければならない技のひとつだ。正月の出初式などの祝儀の場では、火消しは地べたから三丈（約九メートル）も高いところで独楽を回した。

どんな場所でも、両手を離して立っていられることを示すための、芸のひとつだ。鉄太郎は三歳の正月から、父親の徳太郎に独楽回しを仕込まれていた。

回っている独楽を手のひらで受け止めるなどは、独楽回しのイロハである。鉄太郎には雑作もないことだが、こどもたちは見とれた。

「勝手なことをするんじゃねえ」

金平は、鉄太郎の手を払いのけた。大鳥居の先まで、独楽が吹っ飛んだ。

五十五

金平は、両目の端を吊り上げて鉄太郎に迫った。

「四人はおいらの仲間だ。よその町からきたやつが、勝手なことをするな」

怒りを募らせた金平は、顔から血の気が引いていた。

「よそもん、よそもんって言うなよ」

鉄太郎は穏やかな口調で言い返した。

「山本町が燃えたときは、おいらの組が真っ先に火消しに行くんだぜ」

鉄太郎も金平も、互いに相手がどの町に暮らしているかを知っていた。

「おまえんところになんか、だれが火消しを頼むもんか」

金平はさらに顔色を青くして、鉄太郎に食ってかかった。引き連れている四人のこどもの手前、言われっぱなしにはされたくなかったのだ。

しかもその四人全員が、鉄太郎の独楽回しの技に見とれている。金平には、そのことも我慢がならなかった。

「勝手に火の見やぐらなんかを作ったって、町のひとたちは、おまえの組に文句を言ってるんだぞ」

腹立ちまぎれに、金平は大川亭をなじるようなことを口走った。

鉄太郎が、初めて顔色を変えた。

「おいらはなにを言われてもいいけど、うちの組をわるく言うな」

両手をだらりと垂らして、鉄太郎は金平に詰め寄った。

「あやまれよ」

鉄太郎の両目には、強い光が宿っている。四人のこどもたちは、金平を見詰めた。

「なんでおまえにあやまらなきゃあ、いけないんだ」

言い返した金平は、手にした独楽を鉄太郎に向けて放り投げた。

毎日、火消しの稽古で敏捷さを鍛えている鉄太郎である。身体が勝手に素早く応じて、横に逃げた。行き場を失くした独楽は、参道の石畳に落ちた。

「このやろう」

金平は両手を突き出して摑みかかった。その手を左手で払いのけた鉄太郎は、力を加減して張り手を食らわせた。まともに頰を張られた金平は、石畳に尻餅をついた。

「いつまでも喧嘩なんかしてないで、仲直りしようよ」

倒れた金平に、鉄太郎が手を差し伸べた。金平は顔をゆがめて、その手を払いのけた。

「金ちゃん、謝ったほうがいいよ」

「そうだよ、いまのは金ちゃんのほうがわるいんだもん」

騒動の一部始終を見ていた四人は、すっかり銑太郎の味方についていた。そのことが、さらに金平の怒りを煽り立てた。

「なんだよ、おまえたちまで」

四人を睨みつけた金平は、大鳥居の先に転がった自分の独楽を拾いに向かった。

ジャラジャラジャラジャラ……。

仲町の辻の火の見やぐらが、いきなり擂半を鳴らし始めた。火元が間近なときの半鐘である。

独楽を手にした金平が、不安げな顔で火の見やぐらを見上げた。

銑太郎はすでに、大川亭に向かって走り出していた。

五十六

火元は町の二方が囲まれている黒江町だった。ここも山本町同様に、棟割長屋の多い町である。

「伊兵衛店は、もう手がつけられねえ」

「この調子で燃えたら、隣の喜兵衛店も、とっても持たねえだろう」

燃え盛る火に立ち向かっている火消したちが、互いの見当を交わしあった。

昼火事で、町の様子はよく見えていた。しかし火に煽られた風の様子が、いまひとつ読みきれない。どの組も、まとい持ちが屋根にあがれぬまま、風向きと火の様子に目を凝らしていた。

火消しに戸惑いの色が濃いのは、風が読み切れないことのほかに、もうひとつわけがあった。

「黒江橋はどうなってるんでえ」

「いま、橋火消しの錠兵衛《じょうべえ》がこっちに向かっているさなかだ」

「はええこと見極めねえと、火が堀を渡っちまうぜ」

火消したちは堀にかかった黒江橋のたもとで、焦れながら足踏みをした。

橋火消しが火事場におらず、橋板がくすぶっていても落とすことができなかったからだ。

深川は掘割の町である。縦横に走る堀は、水運にも漁にも、まことに都合がよかった。しかしその反面、堀で隔てられた両岸を行き来するには、橋がなければ難儀だった。

岸辺の杭に結わえつけた小舟で、対岸に渡るしかない。荒天の日には舟を扱いなれた地元の住民でも、堀の真ん中で小舟がひっくり返ることもめずらしくはなかった。

橋さえあれば、いつでも楽に渡ることができる。しかし丸木橋といえども、公儀に無断で架橋することはできなかった。街道沿いの河川のみならず、江戸御府内の堀の架橋は、警固の面から厳しく管理されていた。

火事の際には、町家を壊す境界線は火消しが決められた。が、橋は別だった。

大きな火は、幅五間（約九メートル）の堀でも、やすやすと乗り越えてしまう。なかでも橋板を伝って燃え広がる火は、火消しにとっては難儀の種だった。

「橋を叩き落とせ」

火消しは胸の内で怒鳴っても、勝手に橋を落とすことはできない。橋を落とすかどうかを決められるのは、橋火消しだけである。

ところがこの役を担う者の多くは、町火消しの長老である。火事場で差配をするのではなく、いわば火消しの功労者を称える名ばかりの役職だった。

長老であるがゆえに、火事場に出向く足は遅い。真冬の夜は、火事場に出張らない者も多かった。

「おめえたちに、すべてを任せたぜ」

多くの橋火消しは、町鳶のかしらや火消し組のかしらに橋落としの権限を委ねた。そして鎮火したあとに、どの橋を落としたかを聞き取り、それを橋火消しの名前で町役人に申し出た。

ところが深川南組は、六組いずれも橋火消しの長老が達者ぞろいだった。一組から六組まで、どの組の橋火消しも、真冬だろうが夜中だろうが、火事場に出向き、橋落としの指図をすることを自慢にした。

「おれは大川の向こう（西側）みてえに、名めえばっかりの橋火消しとは違うぜ」

六人ともに、六十に手が届きそうな長老だが、背筋を張って若い者に指図を与えた。

とはいえ、歳には勝てない。とくに冬場は身体がうまく動かず、装束の着替えに手間取ってしまう。その挙句、火事場に姿を見せるのが大きく遅れた。

「この橋は、落としてようし」

橋火消しが指図を下すころには、橋板がぶすぶすとくすぶっているというのも、まれではなかった。

「どうにかならねえかよ……」

深川南組は、どの組も橋火消しにはあたまを痛めていた。

「亥ノ口橋もくすぶり始めたぜ」

「錠兵衛のとっつあんは、どうなってやがんでえ」

「まだ、どこにもつらがめえねえ」

橋を見詰めている火消しが、尖った目つきのまま言葉を吐き捨てた。

「突っ立ってたってしゃあねえ」

大川亭の勘八は、配下の仲間三人を呼び集めた。

「とにかく橋板に水をぶっかけて、火が走らねえようにしろ」

「がってんでさ」

若い者は、水桶を求めて四方に散った。

「おいらもこの橋のそばにいます」

「分かりやした。そうしてくだせえ」

銑太郎を亥ノ口橋のたもとに残して、勘八は炎の立っている黒江町へと駆けた。亥ノ口橋のたもとには、船宿丸金が建っている。あるじの金蔵は、顔をひきつらせて店の前を行き来していた。

「水桶があったら、貸してください」

銑太郎は、落ち着いた声で金蔵に頼んだ。印半纏の前をぎゅっと縛った銑太郎は、どこから見ても火消しである。

ところが目の前の橋がくすぶっているのを見て、金蔵はうろたえの極みにあった。

「なんだ、おまえは。こどもに構っているひまはねえ。とっとと失せろ」

金蔵の声は、おとなとも思えないほどに甲高かった。

五十七

黒江町から火の手が上がった直後は、大して風は吹いていなかった。町内には大きな商家も蔵も仕事場も、さほどにはない。

ほとんどが三軒・五軒と軒を連ねた棟割長屋ばかりだ。黒江町がどんな町かは、火消しにも分かっていた。

「仕事場さえなけりゃあ、油を使ってるといっても、たかが知れている」

「長屋の連中には気の毒だが、昼火事がこの町でよかったぜ」

長屋を燃やすだけの炎なら、どうにでも退治できる。火消し人足たちは、火事の規模を内輪に見切っていた。

ところが四半刻（三十分）を過ぎても、一向に湿る気配を見せなかった。湿るどころか、裏店の一軒から二丈（約六メートル）、三丈（約九メートル）もの炎が、立て続けに吹き上がった。

裏店から、そんな途轍もない炎が吹き上がるとは、火消しはだれも考えてはいなかった。

「なにが起きたんでえ」

「分からねえが、油の燃え方じゃねえ」

「火薬なわけはねえだろう。黒江町には、花火屋なんぞはねえ」

四人の火消しが、見当を交わしあった。

「なんでえ、あの野郎は」

火消したちのほうに、ひとりの男が路地から飛び出してきた。羽織っている綿入れが、ぶすぶすとくすぶっている。

強い炎で炙られたらしく、眉毛がちりちりに焦げていた。

「綿入れを脱ぎねえ」

ふたりの火消しが男に飛びつき、くすぶっている綿入れを引き剝がした。

「いまの炎は、おめえんところか」

問われた男は、真っ青な顔でうなずいた。

「いってえおめえは、なにをしでかしやがったんでえ」

「付木が……」

それだけを言って、男はその場に崩れ落ちた。火消しに身体を受け止められて、張り詰めていた気が抜けたのだろう。

「やろう、付木を拵えてやがったのか」

「いっぺんに燃え上がっちまったら、消すのは難儀だぜ」

年かさの火消し、二木蔵《にきぞう》の顔つきがこわばった。

「だがよう、あにい」

火消しのひとりが、いぶかしげな顔つきで二木蔵を見た。

「ただの付木にしちゃあ、炎の立ち方が半端じゃねえ」

「ちげえねえ。卓治《たくじ》の言う通りだが……」

「かんげえてねえで、やろうを叩き起こして問い詰めろ」

「がってんだ」

まだ燃えていない路地に飛び込んだ卓治は、たらい一杯に井戸水を汲んで戻ってきた。

火消しふたりが気絶した男を抱き、顔をあげさせた。

たらいの水を、卓治は一滴残さずに気絶した男にぶっかけた。水を浴びた犬のように、身体をぶるるっと震わせて男は正気に戻った。

「おめえ、付木屋か」

男は震えながら、力なくうなずいた。

「どんだけの付木が宿にあるんでえ」

「まだ二十貫（約七十五キロ）以上が、床の下に残っています」

「そりゃあ大ごとだ」

残りの目方を聞くなり、ひとりの火消しが男の宿に向かって駆け出そうとした。

「待ちねえ」

仲間を呼び止めた二木蔵は、付木屋を強い口調で問い詰め始めた。

「おめえ、付木になにか余計な細工をしてやがるだろう」

「そんなことは……」

「ばかやろう」

二木蔵は男を右手で張り倒した。

「おめえがそうやってとぼけてると、この先何人が焼け死ぬか分からねえんだ。余計な嘘は引っ込めて、洗いざらい吐きやがれ」

水を浴びた寒さと、頬を張られた痛みとで、男はさらに強く震え出した。

「おめえ、付木に硫黄の代わりに火薬をまぶしやがっただろう」

「はい……」

二木蔵が図星をさした。

観念した男は、消え入りそうな声で応じた。


杉や檜など、脂を多く含んだ木の薄片をカラカラに乾かす。その端に、硫黄を塗りつけたものが付木だ。

小さな種火で付木を燃やし、その炎を焚きつけなどに移して火熾《おこ》しをした。質のよい付木は、手早い火熾しには欠かせなかった。

さしたる技も大きな元手もいらないことで、食い詰め者の多くが付木作りを始めた。しかし良質の付木は、簡単にはできない。新参の付木屋は客に喜ばれようとして、さまざまな工夫を加えた。

すぐに炎が立つ『火薬まぶしの付木』も、いわば客引きのための工夫だった。しかし火薬の扱いには、公儀の許しがいる。付木に火薬をまぶすのは、きつい御法度だった。

もしも無許可で火薬を隠し持っていたら、量にかかわりなく遠島刑に処される。火事をなによりも恐れた町奉行所は、油や火薬の扱いを厳重に取り締まっていた。

黒江町に越してきてまだ日の浅い男は、手っ取り早く得意客を増やそうとして焦っていた。その挙句、火薬まぶしの付木作りに手を染めたのだ。

「大ばかやろう」

男をもう一度張り倒してから、卓治たちは男の宿へと走った。四畳半は、すでに炎に包まれていたが、土間と床の下にはまだ火は回っていなかった。

都合のいいことに、男の宿は井戸端に面していた。深川の井戸は、塩辛くて飲み水には使えない。が、井戸はたっぷりと水をたたえていた。

四人の火消しは、交互にあたまから水をかぶった。髷から水を垂らしながら、男の宿に飛び込んだ。

男が言った通り、床の下には付木が重なりあっていた。

「おうら」

「おいさ」

手渡しで付木を井戸端に投げ出した。なんとかあと一束というところで、付木の束に火の粉が群れになって襲いかかった。

払いのける間もなく、シュボッと鋭い音をたてて大きな炎が立った。持ち切れなくなった二木蔵は、仕方なく土間に投げ捨てた。外に放り投げると、付木の束に燃え移るからだ。

付木屋の男は、まだ火薬が残っていることも、その隠し場所も二木蔵たちには教えていなかった。二木蔵が土間に投げ込んだ付木から、火の粉が舞い上がった。

男は水に濡れないように渋紙にくるんで、水がめのわきに火薬を隠していた。土間に立った炎と熱が、その渋紙を炙った。

熱に耐え切れなくなった紙は、炎を生じた。火薬に火がつき、鋭い音を立てた。

板葺きの屋根を突き破って、高さ二丈の炎が立ち上った。

五十八

橋火消しが亥ノ口橋に顔を出したときには、まだ付木の炎は見えてはいなかった。しかし堀を隔てた先の黒江町は、方々から大きな火の手が上がっている。

地べたを走り回っている熱は、亥ノ口橋にも伝わっていた。橋板から煙が出ている。熱さに耐えられなくなって、杉板がくすぶっているのだ。

板には、火消しの手で大量の水が浴びせられていた。それでもくすぶりは収まらず、不気味な色味の煙が出ていた。

「この調子で収まってくれれば、堀のこっちにまで火が走ってくることもないだろう」

足踏みをして苛立っている火消しを前にしながらも、まだ大丈夫だと見当を口にしたのは、一之組の橋火消し、元加賀町の錠兵衛である。

代々の先祖が鳶宿『加賀亭』を営んできた錠兵衛は、今年で六十二歳である。錠兵衛も一年前の還暦を迎えるまでは、加賀亭のかしらを務めてきた。いまは長男に家督を譲り、橋火消しを担っていた。

『仏の錠兵衛』と呼ばれるほどに、情が深い男である。二つ名の由来は、ぎりぎりまで家屋の壊しを指図しないからだ。

しかしこの二つ名は、錠兵衛への批判を隠し持っていた。

「もうひと息早く、壊しを決めてくれていたら、あの町は焼かれずにすんだのに」

「あとひと息の遅れが、また今回も大きな仇になってしまった……」

錠兵衛が壊しを決めなかったがために、何軒もの家が類焼の憂き目に遭った。それでも面と向かって錠兵衛をそしる者は皆無だった。

ひとつは、加賀亭の抱える火消し人足が、抜きんでた技量を持っていたことだ。とりわけ、高い屋根と、分厚い漆喰壁の壊しにかけては、加賀亭の火消しにかなう者は深川南組にいなかった。

もうひとつは、錠兵衛の気性である。二つ名の通り、錠兵衛はひとの難儀をわがこととして受け止めた。

加賀亭は代々の当主の弟が、本郷で薬種問屋『加賀屋』を営んできた。屋号通り、加賀特産の生薬を商う問屋である。

一年で五千両もの儲けを生み出し、儲けは、本家加賀亭と分家加賀屋が折半にした。

錠兵衛は分家からもたらされる儲けの大半を、火消し人足の給金と、被災者の助けに回した。錠兵衛が大金をなにに遣っているかは、だれもが分かっていた。それだけに壊しの判断が遅れても、他の火消し人足もかしらも、声高には文句を言えなかった。

還暦とともに錠兵衛が隠居したときには、火消し宿の多くが喜んだ。

「これからは跡取りに任せて、のんびりとお過ごしください」

一之組の火消し宿のみならず、南組の全員が心底から隠居を喜んだ。ところがそれは、糠《ぬか》喜びとなった。

一年前の二月初旬。錠兵衛が隠居した翌月には、橋火消しに任命されたからだ。

還暦を過ぎても、役目が加賀亭のかしらから橋火消しという名誉職に変わっても、錠兵衛の気性は変わらなかった。

「まだ橋を落とすことはない」

橋板がくすぶっていても、錠兵衛は落とすことを指図しなかった。


「ちっちゃな橋でやすが、それでもこの人数で落とすには、四半刻近くはかかりそうだ。手遅れにならねえうちに、橋落としをやらせてくだせえ」

大川亭の火消しが、強い調子で錠兵衛に頼み込んだ。

「ばか言うんじゃないよ、あんた」

丸金の金蔵が、火消しに食ってかかった。

「こちらの橋火消しさんが、大丈夫だとそう言っておられるんだ。それをなんだい、落とせ落とせと、せっついたりして」

丸金が建っているのは、亥ノ口橋のたもとである。もしも橋を落とすことになれば、丸金の二階家も無事ではすまない。

　それを案じた金蔵は、血相を変えて火消しに文句をつけた。

「あんたは黙っててくれ」

　火消しは金蔵の胸元を押して、わきにどけた。金蔵が甲高い声で文句を口にしたが、火消しは取り合わなかった。

「この橋を伝って火が山本町に入ったら、町はひとたまりもありやせん」

「おかしら、橋を落とさせてくだせえ」

　火消したちが、錠兵衛を取り囲んだ。

「後生ですから、亥ノ口橋は落とさないでください」

　金蔵がひときわ高い声を上げて、錠兵衛に向かって拝むように手を合わせたとき。

　黒江町の裏店から、高さ三丈の炎が上がった。金蔵までもが目を見開き、合わせていた手をおろして後ずさりをした。

五十九

　大きな炎が上がったときも、銑太郎は手桶に水を汲んで橋板にかけていた。その桶を取り落としそうになったほどに、黒江町の炎は大きかった。

「おいっ」

炎を見て立ち尽くしている銑太郎の背後から、金平が呼びかけてきた。振り返ると、金平は思いつめたような目で銑太郎を見詰めていた。

「どうしたんだよ」

金平の目に弱気な光が宿っている。銑太郎は穏やかな声で問いかけた。

「ちょっと、こっちにきてくれよ」

金平は、丸金の二階家がよく見える船着場まで銑太郎を連れて行った。

「おいらは一階の六畳間で生まれたって、何度もおっかさんから聞かされた」

目の前まで火事が迫っているというのに、金平の物言いには差し迫った様子がなかった。

「おまえは、火消し組のてっぺんだろう」

「そうだよ」

「あそこでおいらのおとっつあんと話しているのは、おまえの子分だよな」

金平は橋のたもとを指差した。

大きな炎が上がっているのに、まだ錠兵衛は橋落としを決めていないらしい。火消しが錠兵衛を取り囲んでいる。そのわきには、甲高い声を張り上げ続けている金蔵がいた。

「あのひとたちは子分じゃないけど、おいらの組の火消しだ」

「なんでだよ。おまえは、てっぺんだろう」

「大川亭のかしらはおいらだけど、まだおとなのひとに指図はできないから」

鉄太郎の答えを聞いて、金平の両目にはいきなり涙があふれてきた。

「どうしたんだよ」

鉄太郎は、心配そうな声で問いかけた。

つい先刻、富岡八幡宮の境内で大喧嘩をした相手である。まだ仲直りはしていなかったが、金平の涙が気になったのだ。

「なにかおいらが、いやなことでも言ったの？」

金平は右手の甲で涙をぬぐってから、鉄太郎を見詰めた。さきほどの弱さは消えて、代わりに憎しみの強い光が浮かんでいた。

「おとなに指図ができないってことは」

つい今し方まで、金平は落ち着いた物言いをしていた。いまは、目を吊り上げている。

金平は、気を大きく昂ぶらせていた。

「おいらの家を壊すなってことも、あの火消したちには言えないんだな」

「それは……」

鉄太郎は答えられずに口ごもった。

「じゃあ……おまえ、おいらの家を壊すなって頼んでくれるのかよ」

「ごめんなさい」

「なんだよ。簡単に謝るな」

詰め寄った金平は、鉄太郎の胸倉を強く押した。

「ごめんだなんて言わなくていいから、おいらの家を残してくれよ。あの火消しに、それを頼んでくれよ」

「おいらには言えない」

金平を正面から見詰めながら、銑太郎はきっぱりと言い切った。金平に殴りかかられても、銑太郎はよけなかった。

金平は、声をあげて泣いていた。

六十

昼火事は、飛び散る火の粉が見えにくい。黒江町の煙の流れに見入っていた錠兵衛は、月代《さかやき》に落ちるまで小さな火の粉に気づかなかった。

「あちっ」

短い声を漏らした錠兵衛は、右手でおのれの月代を払った。火の粉にあたまを焼かれて、ようやく橋を落とす腹が定まったようだ。

火消しが月代に火の粉を浴びたのが、きまりがわるかったのだろう。空の咳払いをしてから、錠兵衛は顔つきを引き締めた。

「この橋、落としてようし」

きまりわるさを追い払うかのような大声で、錠兵衛は橋に引導を渡した。

山本町に火が入りそうだと案じた火消したちは、じたばたと足踏みをしながら橋火消しの告げを待っていた。

「がってんだ」

錠兵衛の告げを聞くなり、すかさず橋落としに取り掛かった。

亥ノ口橋は小さいながらも、欄干が造作された木橋である。架橋されてから十数年を経た杉は、冬の氷雨に打たれ、夏日に焦がされてきた。

欄干の木目には、過ぎた歳月の跡が染みとなって刻まれている。大きな染みのひとつをめがけて、火消しの掛矢が叩き込まれた。

ギュウッ。

欄干が音を立てた。あたかも、杉が漏らした悲鳴のようだった。

「ああ……あんなことを……」

欄干が叩き壊され、橋板が剝がされるたびに、金蔵の女房が嗚咽《おえつ》を漏らした。わきに立った金蔵は、呆けたような顔で火消しの動きを見ていた。

もはや、橋も船宿も壊されるしかないと分かっているのだろう。つい先刻のような、強い怒りは目から消えていた。

いま金蔵の両目に浮かんでいるのは、諦めだけなのだろう。身体から気力が失せているらしく、深く沈んだ目には力も光もなかった。

ドスンッ、ドスンッ。

大きな音を立てて、掛矢が打ち込まれていく。飛び散った欄干の破片が、堀に落ちた。堀のゆるい流れに乗って、杉の木っ端が漂っている。つい今し方までは、亥ノ口橋の欄干だった杉だ。それがいまでは、ただの木っ端でしかなくなっていた。

金平はあふれ出る涙を拭おうともせず、流されていく欄干の破片を見詰めていた。堀には随所に船着場が構えられている。その船着場の杭の一本に、杉の木っ端がぶつかった。流れがゆるくて、杭から逃げられない。

金平は船着場の近くへと駆けた。そして地べたに転がっていた小石を拾い、杭にせき止められている破片にぶつけた。

ゴツンと鈍い音を立てて、欄干の破片が流れ始めた。金平は船着場の端に立って、破片が流れ去るまで堀を見ていた。

銑太郎は火消しを手伝いながらも、金平の様子を目の端にとめていた。金平が木っ端を追って駆けたのも分かっていたし、小石を投げた姿はしっかりと見届けた。

とはいえ、見ていたのは後ろ姿である。

小石を拾うなり、金平は堀の水面に投げた。なにを狙っていたのか、銑太郎には見えなかった。小石が的に当たったのかどうかも分からなかった。

が、投げたあとの金平の背中からは、遠く離れていても哀しさが伝わってきた。

この地で生まれた金平が歩き始めたときから、亥ノ口橋は架かっていた。その橋が、火消しの手で壊されている。銑太郎は、その壊しの手伝いをしていた。

もしも自分が金平の立場に置かれたら、どうするだろうか……勘八の指図に従いながら、鉄太郎はそのことを考えた。

もしも自分が生まれ育った家を、火消しに壊されそうになったら。

もしも壊さないでと頼んでも、その火消しが聞き入れてくれなかったら。

もしも壊しの手伝いをしている火消しが、自分の喧嘩相手だったとしたら。

もしも、もしもと、脈絡もなく、さまざまな思いがあたまのなかに浮かんだ。息苦しくなった鉄太郎は、手伝いの手をとめて金平の姿に目を向けた。

船着場から戻ってこようとしていた金平と、真正面から目が絡まりあった。両端の吊り上がった目で、金平が睨みつけてきた。

相手の怒りと、哀しさの両方が察せられるだけに、鉄太郎は腰が砕けそうになった。

おいらは火消しだ。

そう思い定めて、鉄太郎は踏ん張った。

目も逸らさず、金平の怒りを受け止めた。

こどもふたりが見詰め合っているすぐわきでは、火消しが橋を落とそうとしている。

吊り上がった金平の両目から、大粒の涙がこぼれ出た。

鉄太郎もこらえきれなくなった。

あふれ出た涙が、地べたに落ちた。

亥ノ口橋も落ちた。

六十一

銑太郎が長半纏の裾をひらひらさせながら、八幡宮の大鳥居のほうに向かって歩いてきた。

たったいままで敵・味方に分かれて雪玉をぶつけあっていた六人が、すぐさまかたまりになった。参道の両側に立っていた女の子たちも、六人の群れに加わった。

大鳥居を挟んで、銑太郎ひとりと、仲町のこどもたちが向かい合う形になった。

「ここは、おいらたちの遊び場だ」

「よその町から、勝手に入ってくるな」

「そこに立ってたら、おいらたちが遊ぶ邪魔だから、どいてくれよ」

真吉と長太郎が、口を合わせて銑太郎に文句をつけた。いやな言葉をぶつけられても、銑太郎はめげずに近寄った。

「おいらも雪合戦に混ぜてくれよ」

真吉を含めた全員が、銑太郎よりは年下である。

混ぜてくれと言いながらも、銑太郎は『頼みごと』にはならないように、物言いの調子を気遣った。

あっちへ行けと言っても、銑太郎は平然とした顔で寄ってくる。

「一緒に遊ぼうぜ」

　大鳥居の真下に立った銑太郎は、キュッ、キュッと雪を鳴らして真っ白な雪玉を拵えた。真吉が作った大きな雪玉を、一撃で壊しそうな、強さに充ちた雪玉だった。

　男児は、強い者に対しては素直である。銑太郎の物怖じしない振舞いに、六人の子が気おされていた。たちまち拵えた、見るからに硬そうな雪玉には、だれもが敬いに充ちた目を向けていた。

「だめよ、この子と遊んだりしたら」

　背の高い女の子が、凍った雪よりも冷たい口調で言い切った。

「この子のおかげで、金平ちゃんはおうちも橋も壊されたんだから」

　銑太郎ぐらいの上背がある女の子は、この子、という言葉に力を力めた。

　金平の宿を壊した子。

　このひとことで、場の気配がガラリと変わった。敬いの色が男児の目から消えた。代わりに浮かんだのは、強い憎しみだった。

「金平にいちゃんをいじめたやつなんか、あっちに行け」

　長太郎が雪玉をぶつけた。

　それをきっかけにして、次々に雪玉が銑太郎めがけて飛んできた。

　女の子たちも、雪をぶつけてくる。

　銑太郎は、背の高い女の子を見詰めた。見られていることに気づいた女の子は、はっとして雪玉を取り落とした。

　銑太郎は泣き笑いのような顔で、その子を見た。長太郎の投げた雪玉が、銑太郎のひたいに命中した。

　真吉、亀吉、長太郎は、年下の子ではあっても、遊び仲間である。その子たちが、口を揃えて銑太郎をあしざまに言った。

　それだけでも、銑太郎のこころは深く傷ついた。そのうえ今日は男児に加えて、女の子たちまでが銑太郎に悪口をぶつけてきた。

　雪の玉も投げつけられた。

「金平にいちゃんをいじめたやつなんか、あっちに行け」

　この悪口は、銑太郎のこころの奥深くまで突き刺さった。

　橋を壊されたときに見せた、金平の悔しそうな顔。

　欄干の切れ端に小石をぶつける金平の、悲しそうな後ろ姿。

　そして銑太郎に向けた、怒りに燃え立ったふたつの瞳。

　なんとか忘れようとしていた光景を、長太郎に言われた言葉で一気に思い出した。

　銑太郎は喧嘩相手に仕返しをしようとして、橋と宿の壊しを手伝ったわけではない。仕返しとは正反対の、人助けのための壊しだった。

　ところが金平は、ひたすら火消しを手伝う銑太郎を恨んでいた。睨みつけた目が、金平の恨みの深さを示していた。

八幡宮から宿に帰ったあと、銑太郎は雪合戦の話は一切しなかった。

「半纏の方々に雪の染みがついてやすが、悪がきと一緒に雪合戦でもやりやしたんで？」

「しなかった」

勘八に問われても、銑太郎はほんとうのことは言わなかった。ひとことでも口にしたら、勘八の前で悔し涙を流しそうだったからだ。

すべてを小さな胸に仕舞ったまま、銑太郎は床に就いた。夜明け前に、金平の夢を見た。

どうして、おいらの家を壊したんだ。

顔も声も金平だったが、身体は十尺（約三メートル）はありそうな大入道だった。腕は丸太より太くて、手のひらは橋の欄干を壊した掛矢のようだ。

その大きな手のひらを一杯に開いた金平は、銑太郎の半纏を摑んだ。ぐいっと持ち上げると、銑太郎の両足が地べたを離れた。

どうしておまえは、亥ノ口橋を壊したんだ。おいらに喧嘩で負けた腹いせか。

襟首を摑まれた銑太郎は、おまえなんかに喧嘩で負けてはいないと言い返した。

だったらいま、おまえを堀に投げ込んで、どっちが強いか教えてやる。

足をバタバタさせて逆らう銑太郎を、大入道の金平は軽々と摑み上げ、そして堀に投げ込んだ。

「銑太郎、どうしたの。銑太郎ったら」

母親に何度も呼びかけられて、銑太郎は目を覚ました。外にはまだ雪が残っているというのに、寝汗で敷布団が濡れていた。

「どうしたの、銑太郎」

なんでもないと首を振りながら、銑太郎はこらえ切れなくなった涙をこぼした。

六十二

夜明け前の暗い土間で、おきぬは火熾《おこ》しを始めた。

へっついの灰をかき回し、小さな種火を火箸で摘んだ。口元に近づけて、ふうっ、ふうっと強く吹くと、種火が真っ赤になった。

おきぬは小さな種火ふたつを、七輪のなかに敷いた焚きつけにのせた。

カラカラに乾いた木っ端と、水気が抜けて茶色く色変わりをした杉の葉が、おきぬの使っている焚きつけだ。

種火をのせると、木っ端がくすぶり始めた。七輪の焚き口を、赤い渋うちわで強くあおぐ。木っ端から煙が生じて、小さな炎が立った。

杉の枯れ葉に燃え移ると、炎が大きくなった。おきぬは、さらに杉の葉をひとつかみ、七輪に投じた。

バチバチッと音を立てて、勢いのよい炎が立った。ここまでくれば、火熾しをしくじることはない。消し炭を入れると、たちまち燃え移り、消し炭が真っ赤になった。

「どうすればいいのか、あたしに教えてくださいな……」

小声でつぶやいたおきぬは、消し炭のうえに真っ黒な炭をのせた。うちわであおぐと、火の粉が飛び散った。

暗い土間ではじけた火の粉は、川面を飛び交うホタルのようだった。

生前の徳太郎は、おきぬの代わりに朝一番の火熾しを受け持つことがあった。

「火はおっかねえが、火がなけりゃあ、ひとの暮らしはなんにも始まらねえ」

これが徳太郎の口ぐせだった。

「火てえものは、ひとが生きていくための大事なもとだ」

うちわで七輪に風を送りながら、徳太郎は常に火を敬った。朝飯の仕度を進めるおきぬは、徳太郎の言うことにうなずいた。

「火が熾きたぜ」

徳太郎が火熾しをすると、火に勢いがあった。重なり合った炭の間には、小さな炎が燃え立っていた。

「そんなでえじな火を、退治するのがおれたちの稼業だ」

七輪にやかんをのせてから、徳太郎は煮炊きを続けるおきぬの背後に立った。そして両手をおきぬの身体に回した。

徳太郎の身体には、木が焦げたような、火消しのにおいがしみついていた。

「でえじな火に嫌われねえように、火の神様に詫びを言いながら火を退治するんだ」

徳太郎は大柄な身体を、強くおきぬに押し付けた。

「おれたちの稼業てえのは、つくづく因果なもんだぜ」

小さな声でつぶやきを漏らしたあと、徳太郎はおきぬの身体に手を這わせ始めた。

八口《やつくち》（女物の着物についている、わきあけ）から差し入れた手を、徳太郎は乳房に這わせた。そうしながらうなじに息を吐きかけ、舌で首筋を愛撫した。

立っていられなくなったおきぬは、流しに手をつき、漏れそうになる喘ぎを抑えた。

荒っぽい火消しのかしらとも思えぬこまやかな手つきで、徳太郎は女房の身体をまさぐった。

夜明け前の暗い土間で、おきぬは徳太郎に身をまかせた。ときには流しに手をついたまま、徳太郎を受け入れることもあった。

懸命に声を抑えつつ、おきぬは徳太郎のこわばりを身体のなかに受け入れた。

このひとは、火を畏れている……。

連れ合いの荒い息遣いをうなじに浴びつつ、徳太郎がどんなときでも火を畏れて、しかも敬っているのを感じ取った。

「火消しは、ひとの暮らす宿を壊さなきゃあならねえ。人助けをしながらも、片方では山ほど、ひとの恨みを買っちまう」

おきぬの身体に手を回したまま、徳太郎は耳元でつぶやいた。女房のほかには、だれにも漏らすことのできない、火消し頭の正味である。

つぶやいたあとの徳太郎は、激しく腰を動かした。そして、おきぬが漏らす喘ぎ声を求めた。

「あなた……もうだめになりそう……」

身体の芯から込み上げてくる快感に押されて、おきぬは声を漏らした。

徳太郎も同時に果てた。

おきぬのあたまのなかを、徳太郎が漏らした本音のつぶやきが走り回った。

両目に涙を溜めながらも、銑太郎はうなされていたわけを話そうとはしなかった。その我が子の様子を見て、おきぬはうろたえた。

流し場で、背後からおきぬを求めてきたときの徳太郎を思い出したからだ。

朝の火熾しを徳太郎が手伝おうとしたときは、かならず前日に大火事があった。

「おつかれさまでした」

「ああ……」

火消しは上首尾に終わっていても、大川亭に戻ってきたときの徳太郎は、返事をするのも億劫そうだった。

火が湿った祝いの酒は、一合と決まっていた。その灘酒を口にしながら、徳太郎の顔には深い悲しみの翳りが見え隠れした。

翌朝、徳太郎はおきぬを求めた。

火を退治したことで、多くのひとから喜ばれた。しかし店や宿を壊された者は、火消しを恨めしく思ったに違いない。

徳太郎はおきぬを求めることで、おのれが抱えたつらい思いをいやそうとしたのだ。おきぬは余計な問い質しをせず、徳太郎の愛撫を受け入れた。

肌を重ねあうことで、徳太郎が抱え持つ深い悲しみを一緒に背負おうとしたのだ。

連れ合いにはできたことが、我が子にはできない。銑太郎の悲しみを分かち持つすべが、おきぬにはなかった。

涙を浮かべながらも、かたくなに口を閉ざしている銑太郎。この子がどんな深い悲しみを抱え持っているのか……。

我が子の顔を見て、おきぬは激しくうろたえた。

銑太郎は、歯を食いしばって我慢をしている。ひとに弱気を見せないことで、銑太郎は男になろうとしている。

こどもがなにを思っているかは、母親として手に取るように分かっていた。が、いまはなにも手を貸してやれない。

こんなときこそ、父親がいてくれたらと、深いため息を漏らした。

おきぬの涙が土間に落ちた。

六十三

ひとサジ分の砂糖を溶かした、熱々の番茶が銕太郎の好物である。生前の徳太郎は、番茶に上方の塩昆布を一切れいれて呑むのを好んだ。

親子が縁側に並んで茶を呑むさまを見て、組の若い者は『瓜がふたつ』と囃したものだ。

茶の仕度ができたおきぬは、番茶の入ったどびん、砂糖を底に敷いた銕太郎の湯呑み、それに自分用の伊万里焼の湯呑みを盆に載せて戻ってきた。

おきぬが部屋に入ったところで、永代寺から明け六ツの鐘が流れてきた。

「しっかり目が覚めましたか」

おきぬは、明るい声で笑いかけた。

「泣いたりして、ごめんなさい」

銕太郎の両目に溜まっていた涙は、すっかり消えていた。

「謝ることはないでしょう。おまえは泣いたわけではないんだもの」

銕太郎の湯呑みに茶を注いでから、おきぬは竹のサジでかき回した。銕太郎の顔つきが、いきなり明るくなった。

砂糖は薬屋で買うほどに高価なものだ。大川亭のかしらの宿とはいえ、四六時中、砂糖入りの茶を呑めるわけではない。

おきぬが湯呑みをサジでかき混ぜるのを見て、銑太郎は砂糖入りだと察したのだ。

「甘くて、おいしい」

起き抜けに呑む、砂糖の入った茶である。しかも今朝は、おきぬはいつもよりも余計に砂糖をいれていた。

銑太郎はついさきほどまでの泣きべそを忘れて、熱い茶を呑み続けた。

「おいしいお茶を呑んだら、おいら、おなかがすいてきた」

銑太郎はすっかり、いつもの威勢のよさを取り戻していた。

「そういわれても、まだごはんは炊けていないから……」

言いかけたおきぬは、なにかを思いついたような顔になった。軽くひと口つけただけで、伊万里焼の湯呑みを膝元に戻した。

「今朝も上天気でしょう？」

「そうだと思うけど……」

呑みかけの湯呑みを手にしたまま、銑太郎は縁側に出た。

「永代橋の空が、すごくきれいだから……きっと、おっきなお天道さまが昇ってるよ」

「だったらいまから永代橋に行って、またおうどんを食べておいで」

「ほんとうにいいの？」

声を弾ませた銑太郎は、畳を鳴らして駆け戻ってきた。

「畳のうえを駆けたり、縁を踏んだりしてはだめでしょう」

嬉しさで舞い上がったこどもを、おきぬはしっかりとたしなめた。

「ごめんなさい」

こどもの詫びを受け入れてから、一匁の小粒銀ひと粒を手渡した。銀一匁が、銭六十七文だ。元次郎のうどんを二杯食べても、充分に釣りがくる。

小粒を受け取ってから、銑太郎は急にいぶかしげな顔になった。

「どうしたの、そんな顔をして」

「どうしておっかさんが、いきなりおいらに、うどんを食べに行かせてくれるのかが分からないから」

「妙な気を回すんじゃないの」

こぶしを拵えたおきぬは、軽く銑太郎のあたまを小突いた。

「元次郎さんのおいしいおうどんを、何杯でも好きなだけ食べてから」

おきぬは、こどもの目を見詰めた。

「しっかりと、男同士のお話をしてきなさい」

おきぬは、男同士に力を込めた。母親がなにを言いたかったのかを、銑太郎は察したのだろう。

「分かった」

おきぬを見詰め返して、きっぱりとうなずいた。

「おいちゃんに、いっぱい話を聞いてもらってくる」

湯呑みを盆に戻した銑太郎は、手早く半纏に袖を通した。

六十四

元次郎の屋台は、明け六ツから五ツ（午前八時）までの、一刻（二時間）の商いだ。その間に、百杯のうどんを拵える。

「そこの腰掛に座って、ゆっくり食っていきなせえ」

ひとりで顔を出した銑太郎を、元次郎はいぶかしく思ったのだろう。たっぷりとつゆを張ったうどんを手渡すときも、物問いたげな目でこどもを見た。

いつもの朝よりも、冷え込みが厳しい。元次郎は手拭いをあたまにかぶり、縞柄の袖なし綿入れを羽織っていた。

「おいちゃんに、聞いてもらいたい話があるんだけど……」

「そういうことだったのか」

銑太郎がひとりで顔を出したわけに、ようやく得心がいったらしい。

「五ツには店仕舞いをするから、それまで待っててくれやすかい」

「うん。あすこで待ってる」

銑太郎は橋番小屋の先を指差した。永代橋東詰の土手には、桜の並木がある。十年前の享保五（一七二〇）年に、将軍吉宗が町の肝煎に命じて植えさせた桜である。

十年前には細い苗木だったが、いまではそれなりに幹も枝も育っていた。三月になれば、五十本の桜が一斉に花を咲かせる。

が、一月の今は、枝はすっかり葉も落として丸裸である。その細い枝が、朝日を浴びて光っていた。

「分かった。今朝はできるだけ、早仕舞いにしやすから」

そう答えた元次郎だったが、この朝はいつも以上に客が押し寄せた。

「おいら、手伝ってもいいかなあ」

「そいつあ、大助かりでさ」

「だったら、卓をきれいにするから」

鉄太郎は、どんぶりの片付けを手伝った。身体を動かすのは、火事場で慣れている。

「半纏が似合ってるぜ」

「元気なころのかしらに、生き写しだ」

元次郎の客の多くは、徳太郎を見知っている。骨惜しみせずに手伝う鉄太郎を見て、多くのおとなが目を細めた。

五ツになれば、橋番小屋が開かれる。屋台を出すのは、五ツの鐘の手前までが決め事だ。少しでも店仕舞いが遅れると、橋番の親爺は露骨に顔をしかめた。

何度かその目に遭っている元次郎は、五ツの手前で屋台を片付けようと努めた。が、この朝の仕舞い客は、鐘を聞きながらうどんを平らげた。橋番は、きつい目で元次郎を睨みつけた。しかし印半纏を着て片づけを手伝っている銑太郎を目にすると、目つきが和らいだ。

「おめえさんが、佐賀町の跡取りか」

「はい」

「そうかい……寒い朝から手伝うとは、てえしたもんだ。慌てなくていいから、ゆっくりと片づけな」

片づけが終わったとき、橋番の親爺は銑太郎に大きな飴玉までくれた。


「坊ちゃんのおかげでさ」

揉め事もなく片づけができたと、元次郎は銑太郎に軽くあたまを下げた。銑太郎は、口のなかで飴玉を転がしていた。

橋番がくれた飴玉は、銑太郎が口を閉じられないほど大きかった。

「噛むことはありやせん。ゆっくりとお舐めなせえ」

銑太郎は、コロコロと音を立てて飴玉を舐めた。元次郎は何服も煙草を吸って、こどもが舐め終わるのを待った。

「亥ノ口橋を落としたとき、おいらは金平の宿を壊すのを手伝ったんだ」

ほどよい大きさになると、銑太郎は飴玉を含んだまま、過日の火消しの顛末を話した。

八幡宮境内で、雪合戦に混ぜてもらえなかったことも、隠さずに聞かせた。

「そいつあ、気の毒だったなあ」

まだ地べたに積もっている雪の真上で、元次郎はキセルを叩いた。ジュッジュッと音を立てて、雪に小さな穴があいた。

「でもねえ坊ちゃん……」

キセルを仕舞った元次郎は、息を吐き出してから鉄太郎を見詰めた。

「仲間はずれにされるのがいやだてえんで、火消しをやめるなんてえ泣き言を聞かされるのは、まっぴらごめんですぜ」

元次郎は、強い口調で言い置いた。

鉄太郎の口から、飴玉が雪のうえにこぼれ落ちた。

六十五

強い調子で言い切った元次郎は、卓と腰掛の片づけに立ち上がった。雪のうえに落ちた飴玉をグリグリッと踏んづけてから、鉄太郎も手伝いを始めた。

うどんを食べる客が卓に使うのは四斗樽で、腰掛にするのは小樽である。

「樽のてっぺんが互い違いになるように、うまく積み重ねてくだせえ」

「この空き地は、小屋で使う品物の置き場でやすんでね。邪魔にならねえように、気をつけねえと……」

元次郎は細かな指図を繰り返した。

橋番小屋の裏手には、二十坪ほどの空き地があった。橋番小屋で使う竹だの木っ端だの、煮炊きの材料だのが、うずたかく積み上げられている。

四斗樽と小樽は、空き地奥の一隅にきちんと整理をして重ね置くのだ。

「そんな重ね方じゃあ、ちょっとの揺れでも手前に倒れやすぜ」

元次郎の指図には、容赦がなかった。こどもとしては大柄な銑太郎だが、四斗樽三個は高すぎて積み重ねられない。

「四斗樽はうっちゃっといて、腰掛を仕舞ってくだせえ」

「はい」

ついさきほど、きっぱりとした物言いで元次郎にたしなめられた。それを忘れていない銑太郎は、素直な返事で指図に従った。

五ツ（午前八時）を過ぎると、冬の陽は急ぎ足で空を昇り始める。強い朝日が、永代橋東詰の地べたを照らしていた。

真っ白な雪の原が、陽を弾き返している。まぶしさに目を細めながら、銑太郎は片づけを続けた。

「このあとの始末は、うどんを食ってからにしやしょう」

四斗樽と小樽を片づけ終わったところで、元次郎は朝飯代わりの、まかないのうどんを拵えた。

引き出しに残った刻みネギと、削り節を散らしたうどんである。たっぷりと張られたつゆは、ダシと刻みネギの香りを混ぜ合わせにして放っていた。

「さっき食べたうどんよりも、こっちのほうがずっとおいしい」

心底から驚いたときに発する、こどもらしい、甲高い物言いである。この朝初めて、元次郎は目元をゆるめた。

「しっかりと商いを済ませたあとの一杯は、格別の美味さでやしてね」

ズルズルッと音を立てて、元次郎がうどんをすすった。すする音が、いかにもうまそうだ。鉄太郎もその音を立てたくて、強くすすった。が、まるで違う音しか出なかった。

「坊ちゃんが身体の芯から火消しを大事に思うようになったら……」

元次郎はどんぶりを手にしたまま、鉄太郎を見詰めた。

「きっといい音を立てて、うどんがすすれるようになりやすぜ」

ズルッとひときわ大きな音を立てて、元次郎はうどんの残りをすすった。

「なにごとによらず、命がけで打ち込んでいるときには、うっとりと見とれるほどに形がきれいでさ」

口調をやさしくして、鉄太郎を諭した。

「屋根でまといを振り込む先代には、仲間が火消しを忘れて、うっとりと見とれたもんでさ」

ひとたびまといを手にしたあとは、火が湿るまで地べたにはおろさない。屋根にのぼったそのときから、まとい持ちはおのれの命を捨てている。

生き死にを忘れて、迫りくる炎を払いのけるように、まといを振り続ける。勢いよく回る馬簾が、風を切って音を立てる。

「あの音を立てたいばっかりに、あっしらは懸命にまとい持ちの稽古をしやしたが……かしらのような音は、だれも出せやせんでした」

徳太郎は、命を捨ててまといを振った。

元次郎たちがどれほど懸命にまといを振っても、それは稽古でしかない。命をかけた者が発する馬簾の風切り音は、稽古で出せる音ではなかった。

「かしらのまとい振りの音と、うどんをすする音とは、口はばったくて一緒にはできやせんが……」

足元の雪のうえにどんぶりを置いた元次郎は、銕太郎の目をしっかりと見詰めた。慈愛に満ちた光が、元次郎の瞳に宿っていた。

「もういっぺん、おんなじことを坊ちゃんに言いやすぜ」

「はいっ」

銕太郎の短い返事には、強い思いがこもっていた。

「ひとが命がけで打ち込んでいるときには、それがなんであっても、うっとりと見とれるほどに形も、音もきれいでさ」

違っていた。

「はいっ」

力強く答えてから、銑太郎はうどんの残りをすすった。わずかながら、音の響き方が

六十六

五ツを四半刻（三十分）ほど過ぎたころに、屋台の片づけはすっかり終わった。

「あすこの土手の陽だまりで、一服させてくだせえ」

屋台の七輪を手にした元次郎は、先に立って大川土手に向かった。周りには陽光をさえぎる小屋も木もない。しかも、幸いにも凪《なぎ》である。土手に上っても、吹き渡る寒風に身体をさらすこともなかった。

腰をおろせるように、土手には大石が幾つも置かれている。たっぷりと朝の陽を浴びている石を選んで、元次郎が先に腰をおろした。すぐ隣に、銑太郎が座った。

元次郎は足元に七輪を置き、キセルと煙草入れを膝に載せた。煙草入れにキセルの火皿を突っ込み、右手親指の腹で器用に刻み煙草を詰めている。

銑太郎はなつかしそうな目で、元次郎のしぐさを見詰めた。元気だったころの徳太郎も、同じ手つきで煙草を詰めていたからだ。

詰め終わった元次郎は、七輪に残してあった炭火で煙草に火をつけた。頬をへこませ

て強く一服を吸い込むと、煙草が燃えて火皿が真っ赤になった。

ふうっ……。

銑太郎のほうに煙が流れぬように、元次郎は真上に向けて煙を吐き出した。これも徳太郎が、こどもの前でよく見せたしぐさだ。

「おいちゃんは、おとっつあんとおんなじことをしている」

「そんなに、おかしらに似てやすかい？」

元次郎は目尻を下げてこどもを見た。

「おいらが喜ぶと、おとっつあんもそんな顔をしたよ」

「そうですかい」

吸殻を七輪に叩き落としてから、元次郎は顔つきを引き締めた。銑太郎が背筋を伸ばした。

「坊ちゃんとおんなじで、あっしもかしらが、いまでもでえ好きなんでさ」

ひと息吸い込んだ元次郎は、口調をあらためて徳太郎の思い出を話し始めた。

生前の徳太郎も、一度だけだが元次郎の前で悔し涙を流したことがあった。

徳太郎たちが火消しに命をかけてくれているから、安心して暮らしていられる……いつもこう言って、大川亭の面々に手を合わせる小間物屋の内儀がいた。

ところがその町内から火が出て、隣町にまで燃え広がりそうになった。小間物屋は、隣町との境目に建っていた。川べりの店で、船着場がすぐ近くにあった。

「後生だから、壊さないで、店を助けて」

内儀に手を合わされた徳太郎は、両手で内儀の手を握った。そして相手の目を見詰めて、頼みは聞けないと言った。

「恩知らずの、ひとでなし」

内儀は半狂乱になって、徳太郎をののしった。徳太郎は罵声を身体全体で受け止めてから、小間物屋の蔵に上った。

火は隣町に燃え広がらずに食い止められた。小間物屋は、跡形もなく壊された。焼け出された小間物屋は、当主も内儀も、憎しみに満ちた目で徳太郎を睨みつけて町を出た。

「火を退治しても喜ばれねえどころか、恨みまで背負い込んだかしらは、そのとき一度だけ涙を流しやしたが……火消しをやめるとは言われやせんでしたぜ」

鉄太郎は両目を潤ませながらも、涙はこぼさず、きっぱりとうなずいた。

六十七

元次郎が、ひと通りの話を終えたとき。

鉄太郎は両方の目を、手の甲でゴシゴシッと拭った。

「おいちゃんの話は、おとっつあんから言われたことだと思って、ぜったい忘れません」

こどもとも思えない確かな口調で、銑太郎は元次郎に向かって言い切った。

「これからも、もしもおいらが泣きべそをかいたり、弱音を口にしたりしたら、おいちゃんがきつく叱ってください」

辞儀をした銑太郎は、口元を引き締めて顔を上げた。元次郎を見詰める目には、強い決意の色が宿っていた。

「そいつは、できやせん」

こどもから目を逸らさず、元次郎は揺るぎない口調で相手の言い分をはじき返した。

銑太郎の目に、戸惑いの色が浮かんだ。

「いまのあっしは、うどん屋の親爺でさ。坊ちゃんの大川亭とは、なんのかかわりもありやせん」

「そんな……」

「そんなは余計だ。だまって、あっしの話を聞いてくだせえ」

元次郎はきつい物言いで、銑太郎の口を抑えた。いままでとは、まるで口調が違っていた。驚いた銑太郎は、ごくっと唾を呑んだあとで、小さくうなずいた。

「坊ちゃんは、まぎれもなしに大川亭の跡取りでやす。そうでやしょう？」

「そうだけど……どうして、そんなことを訊くの」

「火消し組で、てっぺんに座るのはいったいだれなんで？」

銑太郎が問うたことには答えず、さらに問いを重ねた。

「おいらです」

「だったら、二番目は？」

「まとい持ちの勘八さんでしょう」

鉄太郎は自信なげな物言いで、語尾を上げた。

「もっと、はっきりと言ってくだせえ」

元次郎の口調が、さらにきつくなった。

「勘八さんです」

「その通りでさ」

元次郎はこどもを見詰めたまま、強くうなずいた。

「どこの組でも、かしらを助けるのがまとい持ちの役目でさ」

招き寄せた鉄太郎の肩に、元次郎は両手を載せた。強い力で肩を摑まれた鉄太郎は、元次郎を見上げた。

こどもとおとなの目が、しっかりと絡まりあった。

「かしらを助けるためなら、まとい持ちはてめえの命も惜しみやせん」

「はいっ」

「かしらは、まとい持ちの様子をいつも見ておりやす。入用だと察したときには、相手から頼まれるまえに、まとい持ちに全力を貸しやす」

それが、かしらとまとい持ちとの絆。

銕太郎は、唇をしっかりと閉じ合わせてうなずいた。

「そいつが分かったんなら、あとのことをあっしがぐずぐずと、突き当たりまで言うことはねえ」

「分かったとは思いますが、それが間違っていないかどうか、おいらの言うことを聞いてください」

「ようがすとも。聞かせてくだせえ」

促された銕太郎は、両手を強く握りしめた。そして口を開く前に、ふうっと吐息を漏らした。地べたに残った雪の凍えが、銕太郎の吐いた息を白く濁らせた。

「これから先のおいらは、どんなことでも、勘八あにさんに相談するのが、かしらとしての筋道です。おいちゃんに相談事をしたりするのは、勘八あにさんをないがしろにする、よくない振舞いです」

「よくねえんじゃねえ」

肩を摑む手に、元次郎は思いっきり力を込めた。銕太郎は雪の地べたを踏ん張って、摑まれた痛みをこらえた。

「そいつは、かしらが絶対にやってはならねえ、筋違いの振舞いなんでさ」

「ごめんなさい」

「火消しは、縦にも横にもぶっとい骨の通った男たちが、群れを拵えておりやす。この稼業で絶対にやってはならねえのが、筋違いの振舞いなんでさ」

鉄太郎はあごに力をこめて、一度だけ、きっぱりとうなずいた。元次郎の目の色が、鉄太郎のうなずき方を認めていた。

「かしらがうなずくのは、一度だけで充分なんでさ」

「肝に銘じます」

小さな声だが、鉄太郎の物言いには強い力がみなぎっていた。この朝、元次郎と話を交わしたわずかな間に、鉄太郎の身体を『かしらの血』が駆け回り始めていた。

ジャラジャラジャラ……。

いきなり仲町の辻の火の見やぐらが、擂半を鳴らし始めた。ひと息遅れて、大川亭の火の見やぐらからも、擂半が響きだした。

「行きます」

短い言葉を言い終わる前に、鉄太郎はすでに大川亭に向かって駆け出していた。

黒い煙が、仲町の方角から立ち昇っている。雪道を歩いていた仕事着姿のふたり連れが、足をとめて仲町のほうに振り返った。近くを歩いていた通行人たちも、一緒に振り返った。

「煙が昇ってるのは、八幡様の裏手のようにめえるが……」

「なんだとう」

濃紺の半纏を着た男が、つっかえながら応じた。煙を凝視したあとは、顔から血の気がひいていた。

「ちげえねえ。あすこは、うちの町内だ」

半纏姿の男は、道具箱を担いだまま仲町の方角に駆け出した。

「気をつけて走りな」

連れの男が声をかけると、周囲に立ち止まっていた者たちが、励ますような目で駆ける半纏の背中を見送った。

元次郎は、大川亭の火の見やぐらを見詰めていた。

「しっかり退治してくだせえ」

元次郎のつぶやきに、擂半の音がおおいかぶさった。

六十八

朝火事の火元は門前仲町の餅菓子屋、田原屋だった。佐賀町から全力で駆けてきた大川亭が、火事場の一番乗りとなった。

「なんとか、うちだけの火事で収まるように手を貸してくれ」

田原屋の当主は、引きつった顔で勘八に頼み込んだ。

餅菓子屋の仕事場から飛び散った火の粉が、雪のうえに舞い落ちた。

毎月十五日は、深川閻魔堂の縁日である。雪はまだ残っているが、空は昨日に続き、きれいに晴れ上がった。

「今年初めてのお縁日が、この上天気だ」

まだ暗い明け六ツ（午前六時）前。田原屋当主の紋三郎が、声を弾ませた。田原屋は奉公人を五人使ってはいるが、紋三郎当人が餅菓子作りの職人である。

「初詣をかねて出てくるひともいる。いつもの月の二倍は、参拝客が押しかけるだろう」

紋三郎の物言いには、力がこもっていた。田原屋の餅菓子は、二日が過ぎても硬くならず、そのまま食べられるのが自慢だ。硬くならない代わりに、餡の甘さは抑え気味だった。

新春から雪に見舞われたことで、餅菓子を求める客足が鈍くなった。寒いときには、火鉢の火で餅菓子を軽く炙って食べる。硬くならないことよりも、熱い茶と一緒に食べるときの『餡の甘さ』を客は欲しがった。

寒さが厳しい時季に、田原屋の売り上げが落ちるのは毎年のことだ。

「もう少し暖かくなれば、売れ行きはもとに戻る」

いつもの年であれば、冬場の売り上げが落ちても紋三郎は鷹揚《おうよう》に構えていた。

ところが今年は事情が違った。

昨年の暮れに、田原屋は餅菓子作りの仕事場に大きな普請の手を入れた。へっつい三基を新調したし、蒸籠《せいろ》もへっつい同様にすべて新たに拵え直した。

土間の土は、武州神奈川宿の山土を運び込んで張り替えた。

「六十両を超える費えがかかったが、初春の稼ぎで縁起をつければ、これぐらいを稼ぐのは造作もないことだ」

ところが紋三郎が考えたようには、ことは運ばなかった。なによりの思惑違いは、新年早々の雪だった。

「なにもこんな寒いなかで、甘くもない餅菓子を買うことはないだろう」

ひとたび落ち込んだ客足は、やすやすとは戻らなかった。

「うちがうまく行くかどうかは、閻魔堂のご縁日次第だ」

紋三郎は十五日の売れ行きに、今年の縁起を託そうとした。幸いなことに、縁日前日は上天気となった。そして十四日の夕焼けが、翌日の上天気を請合っていた。

「明日は、大勝負の一日となるぞ」

紋三郎は小豆の具合を見極めたり、蒸籠の調子を何度も確かめたりしながら、夜明かしをした。餅菓子作りを手伝う奉公人五人も紋三郎に付き合い、一睡もしないまま十五日の朝を迎えた。

永代寺が打ち鳴らした五ツの鐘を聞いて、紋三郎の気がゆるんだ。土間に出しっぱなしになっていた、ぬくもり取りの火鉢をうっかり蹴飛ばした。

まことに間のわるいことに、飛び出した炭火の何個かが、笹の葉の山に飛び込んだ。餅菓子の底に敷くための笹の葉で、カラカラに乾いていた。

炭火を取り出す前に、大きな炎が立った。その炎の舌が、油の入った大鍋に伸びた。なにをする間もなく、仕事場が炎に包まれた。

しかし降り積もった雪が屋根に残っていたし、木も充分に湿り気を帯びていた。大きな炎は立ったものの、田原屋から外に燃え広がってはいなかった。

「どきなせえ」

勘八は紋三郎にきつい声をぶつけた。紋三郎は、慌ててわきに飛びのいた。

六十九

田原屋の仕事場の軒先から、紅蓮の炎が舌を伸ばした。

触れたものをたちまち焦がしてしまう、性悪の炎である。ところが見た目の色味は、蓮の花を思わせる鮮やかな赤だ。

まがまがしさを背後に隠した炎は、ときにひとのこころを奪ってしまう。死罪だと分かっていながら、火付け（放火）をする者が後を絶たない。炎が放つ妖しい色味に、こころをからめとられるからだろう。

「梯子を持ってこい」

勘八の怒鳴り声が、邪悪な炎を軒下から追い払ったらしい。炎の舌が、引っ込んだ。

「梯子、かけやした」

三番組の道具持ちが、引き締まった顔で答えた。力自慢の揃っている三番組は、梯子や水桶などの道具を火事場まで運んでいた。

梯子を立てかけたのは、田原屋の端に建つ土蔵の壁である。他の商家の蔵に比べて、田原屋の土蔵は屋根が低い。

ここに仕舞っておくのは、餅菓子作りの道具だけである。他の大店の金蔵とは異なり、分厚い漆喰壁で囲った屋根の高い蔵は、田原屋には不要だった。

「勘八っ」

梯子の両側を押さえつけたふたりが、声を発した。まといをかついだまま、勘八は十六段の梯子を駆け上った。

他の蔵より低いとはいえ、屋根の高さは一丈（約三メートル）もある。本瓦の上に立つと、周囲を見渡すことができた。

田原屋は、長方形の四百坪の地所を持っていた。敷地を囲む塀の東端に、勘八が屋根に立っている蔵が普請されていた。

他の家屋は、庭を取り囲むようにして建てられていた。当主一家が暮らす母屋、餅菓子造りの仕事場と売り場、それに奉公人の寝起きする二階家が、コの字形に庭を囲んでいる。

軒下から炎が出ている仕事場は、蔵のすぐ近くに建っていた。幸いなことに、炎はまだ母屋にも、奉公人の二階家にも燃え移ってはいなかった。

とはいえ、火の粉は激しい勢いで四方に飛び散っていた。母屋と仕事場とは、庭を挟んで向かい合っている。しかし直角に交わっている二階家は、仕事場とは棟続きも同然だった。

もしも二階家に飛び火したら、当主たちが暮らす奥の棟も焼け落ちてしまうだろう。

「二階家を落とすための、備えにつけ」

蔵の屋根に立った勘八は、配下の者に指図をした。奉公人の二階家棟を壊すことで、奥への飛び火を防ごうと決めたのだ。

「すぐには壊さずに、まずは二階家の壁板を湿らせろ。それでも火の粉が食らいつくようなら、建物をそっくり落とせ」

「がってんでさ」

一番組と二番組の面々が、道具を手にして二階家へと駆け出した。三番組は、火消しの水汲みに走った。

塀の角を曲がったところで、木場から全力で駆けてきた『南組一組』の火消しと、鉢合わせになった。

一之組の半纏は、鏡（丸）のなかに『南』の文字が描かれている。他の南組は二から六までの数字だが、一之組は数字ではなく南の文字だ。

それだけに、深川十六組の南組は、一之組が担っているとの強い自負を持っていた。

「どけどけっ、邪魔だ」

大川亭の火消しを、一之組の連中が押しのけようとした。

「ばかいうんじゃねえ」

掛矢を持った火消しが、蔵の屋根に立っている勘八を指し示した。

「うちのまといが、とっくに火元の屋根を取ってらあ」

大川亭一番組の者が、でかい掛矢を前に突き出した。

「二階家を落とす備えに向かってんだ。おめえたちこそ、邪魔だぜ」

手鉤を握った面々が、苛立った声を木場の火消しにぶつけた。

「なにを言いやがる」

梯子持ちが、前に出てきた。

「たまたま今日は、おめえんところが火元に着くのが早かったらしいが、ここは仲町だ」

一之組の梯子持ちは、六尺一寸（約百八十五センチ）の大男だ。大川亭の掛矢持ちは六尺揃いだが、さらに一寸も上背が高かった。

「仲町は、一之組の持ち場だぜ」

梯子持ちが肩を怒らせた。

短気なうえに、猪と素手で立ち合ったのが自慢の男だ。この男と出会ったら、臥煙の連中もわきに寄るといわれていた。

「前をどきねえ」

梯子持ちが乾いた声で凄んだ。

「田原屋さんの火消しは、一之組の仕事だ。おめえらの出る幕じゃねえ」

梯子持ちの啖呵で勢いづいた一之組の面々が、どっと前に向かって動き出した。

大川亭も負けてはいなかった。なんといっても、勘八が屋根を取っているのだ。

「ばかいうねえ」

「ぐずぐずしてたら、二階家に火が回っちまうだろうが」

掛矢持ちと手鉤持ちが束になって、ぐいっと前に押した。狭い路地で、火消し同士がぶつかりあいを始めた。

「火の粉がそっちに飛んでるぞう」

蔵の屋根に立った勘八が、大声で怒鳴った。

「ばかなことをやってるんじゃない」

路地を駆けてきた田原屋のあるじ紋三郎が、甲高い声を張り上げた。火消したちが声を静めた。

「火消しが束になって、火を煽り立ててどうする気だ」

紋三郎は、一之組の面々に詰め寄った。

「大川亭の面々が、真っ先に駆けつけてくれたんだ。あとからきた者は、大川亭の指図で動くのが道理だろうが」

仕事場を焼かれている紋三郎は、大柄な男を見上げつつも、さらに語気を強めた。

「あんたらの面子なんかは、どうでもいい。この火がよそに飛ばないうちに、しっかりと退治をしてくれ」

紋三郎の甲高い怒声が終わらぬうちに、大川亭の力持ちが水がめを運んできた。路地に群がった両方の組の火消したちが、わきにどいて道を拵えた。

「おうりゃあっ」

「これでも食らいやがれ」

気合を込めた声とともに、一荷の水を半分残して二階家の壁にぶっかけた。たっぷりの水を浴びて、杉板の壁の色が変わった。

「突っ立ってねえで、地べたの雪を水がめに入れねえかよ」

力持ちに怒鳴られた火消したちが、われに返って動き始めた。

水がめに残っていた水が、投げ込まれた雪を解かし始めた。しかし、たちまち雪の冷たさが水に勝ち、雪は解けなくなった。

「仕事場から、もっと水を運んでこい」

勘八の指図で、道具を手にしていない者が火事場へと走った。大川亭と南組一組の半纏が、ひとつになって動き始めた。

火の粉の飛び方が、さらに激しくなっていたが、火消したちの手で、二階家の壁に水がぶっかけられている。飛んできた火の粉は湿った壁板にぶつかり、呆気なく消えた。

力持ちのひとりが、蔵の真下まで駆けた。

「二階家の壁には、たっぷりと水をぶっかけやした」

「仕事場の火は、まだ湿ってねえ」

二階家を落とすのは、もっと先でもいい。三番組の力持ちに手を貸して、仕事場の炎を湿らせろと、新たな指図を加えた。

火消しといえども、建物を壊さなくてすむなら、そのほうが望ましいに決まっている。

「がってんでさ」

勘八の指図を受けた力持ちは、弾んだ声で応じた。

七十

田原屋の東隣は、二間（約三・六メートル）間口の豆腐屋、檜屋《ひのきや》である。

「持ち出し袋に詰めるのは、金目のものと、当座入用なものに限っておけよ」

あるじの枡之助が、女房のおひさと娘のひのきに強い調子で指図をした。

「何度もおんなじことを言われなくても、あたしもひのきも分かってますから」

火元の仕事場からは半町（約五十五メートル）以上も離れてはいたが、なんといっても隣家が燃えているさなかだ。

檜屋のあるじと女房は、仲のよさで地元でも評判だった。しかしいまは、尖った声をぶつけあっていた。

田原屋の敷地を囲う塀は、檜屋の三尺（約九十センチ）手前で止まっていた。檜屋との三尺の隙間は、物置のようになっていた。

「おまえが持ち出すものは、もう仕舞い終わったの？」

「袋に全部いれた」

ひのきは母親に、麻の袋を見せた。極上大豆が詰まっていた、麻袋である。豆を仕入れる丹後屋との通い袋だが、いまは当座の品の持ち出し袋と化していた。

母親のおひさも、同じ麻袋にさまざまな品を詰め込んでいた。

一番底に仕舞ったのは、店の蓄えである一両小判と一分金、それに三貫目（約十一キロ）近い銀である。

土間の穴から、おひさは蓄えのカネを掘り出した。まだ洗っていない両手は、土間の土で汚れていた。

檜屋のような小商人《こあきんど》は、両替屋にカネを預けたりはしなかった。

もしも仲町の両替屋、嶋田屋に蓄えを預けたりすれば、一年につき預け金額の五分（五パーセント）の預かり賃を払うことになる。

百両預ければ、一年で五両もの預かり賃が入用となるのだ。半丁売って二十四文の豆腐を商う檜屋にとって、一年で五分の預かり賃を払うのは、相当に難儀だ。

さりとて手元に置いておくと、盗賊に盗まれる心配がある。火事・大水・地震などの、災害に襲いかかられるのも心配だ。

盗賊や災害から蓄えを守るために、小商人の多くは土間に穴を掘り、地中に埋めた。こうすれば、たとえ大火事に遭ったとしても、あとで焼け跡を掘り返せばいい。どこに穴を掘ったのか、その目印さえしっかりつけておけば、あとで掘り出すことができる。

檜屋も、蓄えを地べたに隠してあった。

隣から出た火事だが、まだ着の身着のままで逃げ出すわけではなかった。おひさは穴を掘り返して、埋めた蓄えを取り出した。

「いざとなったら、いつでも飛び出せるように備えていてくれよ」

女房と十一歳の娘が、枡之助に向かってうなずき返した。

枡之助は鍋の油を瓶に移し始めた。顔つきが、一段と曇っていた。

いま瓶に移しているのは、油揚げや厚揚げ作りに使う、上質の菜種油である。これを使った揚げは軽くて、何枚食べても胸焼けをすることもなかった。

「檜屋の揚げは、そのまま食べても美味い」

味のよさを保つために、枡之助は上質の菜種油を惜しまずに使った。質のよい油は軽いが、ひとたび火がつくと容易には消えない。

隣家から火が出たいま、上質油の始末に枡之助は難儀をしていた。

「ひのき」

瓶のそばに立った枡之助は、娘を呼んだ。ひのきは、麻袋を手にしたまま寄ってきた。

「表の様子を確かめてこい」

「はい」

大柄なこどもだが、動きは敏捷である。あっという間に土間から飛び出して、姿が見えなくなった。

七十一

鉄太郎が勘八から言いつけられたのは、豆腐屋の守りだった。

大川亭の火消したちは、仕事場の消火と、二階家の防火で手一杯に働いていた。

雪がまだ地べたや屋根にたっぷりと積もっており、家屋の木はほどほどに湿っている。火の粉が飛んでも、火は近隣の家に燃え広がることはなかった。

とはいえ、油断はできない。勘八が真っ先に豆腐屋の守りを言いつけたのは、稼業がら、油を使っているのを案じたからだ。

蔵の屋根から見渡した限り、火の粉は豆腐屋の方角には飛び散ってはいなかった。仕事場の炎は、まだ鎮まってはいない。しかし豆腐屋までは、半町の隔たりがあった。

いまから豆腐屋の前に水がめなどの備えをしておけば、たとえ燃え広がりそうになったとしても、すぐさま消し止めることができる。

火の元からは遠い豆腐屋なら、銑太郎ひとりを守りにつけても、命を案ずることはない。

さまざまな思案を重ねたうえで、勘八は豆腐屋の守りを銑太郎に言いつけた。

「東のはずれに豆腐屋がありやす。そこまで火が燃え広がらねえように、いまから備えを始めてくだせえ」

「はい」

「油は店から出してよそに隠すようにと、きつく言いきかせるんですぜ」

「がってんだ」

こどもの声でおとなの返事をしてから、銑太郎は豆腐屋に向かって駆けた。雪が積もった道は、うっかり気を抜くと足元をすくわれてしまう。

履いているのは、編み上げのわらじだ。股引を、わらじの長い紐できつく縛っている。わらじの底には、猪の皮が貼り付けてあった。

猪の剛毛は雪にしっかりと嚙み付き、滑りを防いでくれる。しかし雪道用のわらじを履いていても、銑太郎は駆け方には充分に気を配った。怪我なしは、かしらの務めだからだ。

はあん、ほう。はあん、ほう。

駕籠舁きと同じ息遣いをしながら、銑太郎は豆腐屋の前まで走った。店に着くなり、土間に飛び込んだ。

「火の用心のために、油は遠くに隠してください」

当主の顔を見詰めて、銑太郎はひと息に言い切った。

「分かってる」

枡之助は瓶に油を移し終えた大鍋を、雑巾でていねいに拭っているさなかだった。その手をとめず、銑太郎に答えた。

「油のことはおれが始末をつけるが、田原屋さんの火はどんな様子だ」

「うちと一之組が一緒になって、仕事場の炎に水をぶっかけてます」

「水をかけてるって……それは、火が退治できるということか」

「はい」

威勢よく答えた銑太郎は、土間から外に出た。檜屋の前には、大きな雪かきが出ていた。

「この雪かきを使います」

大声で断わりを言ってから、銑太郎は通りの雪を檜屋の近くに集め始めた。もしも火が飛んできたときは、山に積んだ雪をぶつけるつもりなのだ。

三尺ある塀の隙間から、ひのきが銑太郎を見詰めていた。

七十二

鉄太郎がひたすら雪かきを続けている檜屋の店先に、おとなの四人連れが息を切らして駆けつけてきた。

「檜屋さん、大丈夫か」

四人とも、たすきがけの仕事着姿である。尻を端折りもせずに、雪道を走ってきたらしい。だれもが着物の裾を、べとべとに濡らしていた。

「手伝いにくるのが遅れて、まことに申しわけない。仕掛かり途中の揚げ物から、すぐに手が放せなかった」

「まさか火元がおたくのすぐ隣だとは、考えてもみなかったもんだから」

「とにかく、檜屋さんになにごとも起きてなくてよかった」

四人はいずれも、深川の同業者だった。

「すぐにも、あたしらに手伝わせてくれ」

「なにをすればいいか、檜屋さんが指図をしてくれないか」

四人の男が土間に立ったことで、檜屋の店先がいきなり狭くなった。

「みなさんに出張ってきてもらえて、ほんとうに助かりました」

油の詰まった瓶を足元に置いて、枡之助は深い辞儀をした。

「なにを言ってるんだ、檜屋さん」

四人連れのなかで最年長の稲川屋が、枡之助に辞儀をやめさせた。

「こんなときのための、寺社仲間五人じゃないか」

「稲川屋さんの言う通りだ。水臭いことを言ってないで、指図をしてくれ」

押しかけてきた男四人が、口を揃えて指図を求めた。

「それにつけても……」

稲川屋の口ぶりが、落ち着いたものに変わっていた。

「正直なところ、火元が檜屋さんじゃなくてよかった」

稲川屋の周りの三人が、深くうなずきあった。まだ田原屋の火が消えていないのに、駆けつけてきた豆腐屋たちは、妙に安堵をしたような物言いである。

その様子をいぶかしく感じた銑太郎は、雪かきをしながら、何度も檜屋の土間に目を走らせた。


深川は寺社の多い町である。なかでも平野町、三好町、冬木町、永代寺門前仲町には、江戸でも名の通っている名刹や神社が数多くあった。

豆腐屋は、寺社とは深いかかわりのある商いだ。揚げの評判がすこぶるいい檜屋は、仲町界隈の料亭のみならず、近隣三つの寺にも揚げを納めていた。

駆けつけてきた四人と檜屋は、寺社を得意先とする『深川寺社仲間』を組んでいた。

平野町、霊巌寺前の稲川屋。

同じく平野町、海福寺裏の野田川屋。

海辺橋南詰、正覚寺門前わきの藤岡屋。

冬木町閻魔堂前の深川屋。

それに門前仲町檜屋を加えた五軒が、深川寺社仲間である。この五軒は、得意先に寺社が多いというだけで仲間を組んだわけではなかった。

豆腐・厚揚げ・油揚げ・がんもどきのいずれかにおいて、近所で抜きんでた味の評判を持っていること。

得意先に寺が三寺以上含まれていること。

大豆・油のいずれも上質のものを吟味して使っていること。

これが深川寺社仲間の決め事三カ条である。抜きんでた評判のよさというのは、互いが相手を評しあって判じたことである。

三カ条の詳細は、仲間が外に向かって言いふらしたわけではない。ないどころか、五人は仲間内に限る取り決めとして、口外無用を誓い合った。しかしいつしかこの三カ条が、深川の住人に知れ渡った。

「深川で美味い豆腐が食べたければ、寺社仲間の店で買い求めればいい」

力を貸し合い、ともに繁盛すればいいと願って定めた『決め事』だった。しかし五人のこころざしにはかかわりなく、三カ条うんぬんの評判は、ひとり歩きを始めた。

深川寺社仲間五軒の豆腐なら美味いというのが、広まり始めた当初のころのうわさだった。

ひとの口を伝わるうちに、うわさの形は次第に変わった。

『寺社仲間の豆腐・厚揚げ・がんもどきは、すぐに売り切れてしまう』

去年の秋口には、こんなうわさが流れた。朝早くから、檜屋には近所の客が押しかけるようになった。

木枯らしが吹き始めたときには、うわさはさらに尖った形に変形した。

『深川の豆腐は、寺社仲間の五軒以外はまずくて食べられない。美味い豆腐が食べたければ、少々遠くても、五軒のどれかに出向くほかはない』

うわさを耳にした寺社仲間以外の豆腐屋は、顔色を変えてそれぞれの町内の店に怒鳴り込んだ。檜屋にも、何軒もの同業者がねじ込んできた。

「そんなうわさには、うちは一切かかわりがありません」

寺社仲間五軒は、だれもが断固とした態度で同業者を追い返した。それがまた、新たなうわさを呼んだ。

寺社仲間以外の豆腐屋は、血相を変えてねじ込んだ。ところが店先で怒鳴りつけられると、腰砕けになって、土間にへたり込んだ。

立ち上がれなくなって、土間から戸板で担ぎ出された豆腐屋が何軒も出た。

うわさが広まれば広まるほど、五軒の店に客が集中しはじめた。どの店も商いが大きく膨らんだが、五人全員がうわついた商いには走らず、堅実に美味い豆腐を作り続けた。

ひとの口に入る物には、客は正直だ。

義理で買い求めることはしない代わりに、美味いと分かれば、三町も四町も離れた遠くからでも買いに来る。

寺社仲間五人の店は、毎日、売り切れが続いた。その煽りを受けて、廃業に追い込まれた店が何軒も出た。

いずれも粗悪な豆と安物の油を使い、豆腐や揚げの作り方には不真面目だった店ばかりである。

「あれは自業自得だよ」

「その通りだ。うちらが気に病むことじゃないだろう」

寺社仲間は、互いに顔を見交わして得心しあった。五人はだれひとりとして、同業者の足を引っ張ったわけではなかった。

美味い豆腐と揚げを、真面目に作り続けているだけのことだ。

とはいえ同業者に潰れが出るのは、やはりどこかに寝覚めのわるさを覚えた。

今年の正月三日、五人は仲町の料亭江戸屋で新年の寄合を開いた。盃を交わし、互いに今年一年の商い上首尾を願い合った。

宴がお開きとなる直前に、稲川屋が顔つきをあらためた。

「やっかみを抱いた者は、思いもよらない振舞いに及ぶことがある」

去年一年のうちに、深川では三軒の豆腐屋が廃業していた。その反動というべきか、寺社仲間の五軒は、少なくとも三割増し、多い店は商いがほぼ二倍に膨らんでいた。

「あたしらは、日々、煮えたぎった油を扱う商いだ。くれぐれも、火の元だけは気をつけよう」

互いに火の用心を励行することを確かめ合った。火の元に気をつけるという言葉には、稲川屋は口に出したわけではなかったが、付け火（放火）をされないように気を配るという意味も含まれていた。

正月三日の寄合から、たかだか十二日しか経っていない日の、朝火事である。四人の仲間が息を切らして駆けつけてきたのも、無理はなかった。

だれもが仕事着のままなのは、まだ商いのさなかだからだ。豆腐や揚げ作りを途中にしてでも、寺社仲間の四人は檜屋の火消し手伝いに駆けつけてきた。

「何度も言うことじゃないが、付け火に遭ったわけじゃなくて本当によかった」

稲川屋が不用意に口にしたことを、銑太郎はしっかりと耳にした。雪かきの手をとめると、土間に入った。

「付け火じゃなくてよかったというのは、どういうことですか」

こどもとは思えない強い目で、銑太郎は稲川屋を睨みつけていた。

七十三

「なんだい、おまえさんは」

いきなり土間に飛び込んできた銑太郎に、稲川屋はぞんざいな物言いで応じた。

「見たところ、着ているのは火消し半纏のようだが……」

話の途中で稲川屋は、銑太郎から枡之助に目を移した。

「ここの町内には、こども火消しの組でも構えているのかね」

稲川屋は、おどけ顔で枡之助に問いかけた。

平野町と仲町との間は、四半里（約一キロ）以上の隔たりがある。間には冬木町の町木戸もあるし、仙台堀の大きな流れもある。

平野町の北端に位置する稲川屋は、仲町や佐賀町の様子には疎かった。

「あたしもこの子には、今日初めて会ったばかりだから、詳しいことは分からないが、こども火消しなどという組はないはずだ」

おとなふたりにこども火消し呼ばわりをされても、銑太郎は顔色を変えなかった。半端なことを口走ったりしたら、徳太郎の名を汚すと思ったからだ。

「おまいさんは、どこの火消しさんだい？」

稲川屋は、こどもをあやすような口調で問いかけた。銑太郎は地べたを踏ん張り、丹田のあたりに力をこめた。

息を吐いた銑太郎は、返事をしようとして背筋を張った。

カアーン……カアーン……。

鎮火を知らせる鐘が、仲町の火の見やぐらから流れてきた。土間に立つ全員に、大きな安堵の色が浮かんだ。

「このひとは、こども火消しなんかじゃありません」

いつの間にか土間に入っていたひのきは、銑太郎の真後ろに立っていた。背後の声に驚いた銑太郎は、強い勢いで振り返った。

「あっ……」

銑太郎から、声が漏れた。

ひのきに見覚えがあったからだ。

ひのきは、過日、八幡宮でこどもたちと一緒に雪のつぶてをぶつけてきた、背丈の大きな女の子だった。

「このひとは、火消し組大川亭のかしらです。うちが燃えないようにって、水をかけてくれました。いまだって、火消しに使う雪を、いっぱい小山に積んでくれています」

これだけのことを、ひのきは息も継がずに言い切った。

「大川亭とは……聞いたことがある名だ」

「たしかに聞き覚えがあるが」

稲川屋と野田川屋が、ともに思案顔になった。聞き覚えがあると言いながらも、細かなことが思い出せないようだ。

佐賀町とは大きく町が隔たっているだけに、無理もなかった。それでも稲川屋は、思案顔を続けた。

喉元まで出かかっているのに、肝心なことが出てこない。その苛立ちが、顔にあらわれていた。

「大川亭というのは」

枡之助が説明を始めようとした。仲町で商いを続けている枡之助は、はや六年が過ぎていたとはいえ、徳太郎のことはしっかりと覚えていた。

「かしら」

大川亭三番組の道具持ちが、銑太郎を呼びにきた。

すでに、鎮火を報せる半鐘が鳴っていた。火が湿ったあとは、すぐさま宿に駆け戻り、次の火事に備えるのが火消しの定めである。

早く檜屋の土間を出てほしいと、若い者は銑太郎を促していた。

「あっ……思い出したぞ」

稲川屋は、土間のだれもが目を見開いたほどの大声を出した。

「うちの町内の検校屋敷から出た火を鎮めるために、火のなかに入ったという……あのひとの名が、どうにも出てこないが……」

「徳太郎さんです」

わきから枡之助が口を添えた。

「そうだ、徳太郎さんだった」

稲川屋は、銑太郎のほうに身体を寄せた。こどもを見る目つきには、深い敬いの色が浮かんでいた。

「あんたは、あのかしらの息子さんか」

「はい」

銑太郎は静かな声で応じた。

「そうとは知らずに、こども火消しなどと、つまらないことを口走った」

こどもに詫びたあと、稲川屋は、不用意に漏らした『付け火』という言葉は、どうか忘れてほしいと口にした。

銑太郎を呼びにきた若い者の眉が、ぴくりと動いた。火消しには、付け火というのは聞き逃すことのできない語だからだ。

「長い話をするのもなんだが、きちんと言わないことには得心してもらえないだろう」

稲川屋は銑太郎と若い者のふたりを前にして、寺社仲間のあらましを聞かせた。聞き終わった銑太郎は、得心のいった顔で五人の豆腐屋を見回した。

「油を使う商いですから、火の用心は念入りに願います。油は家だけではなしに、ひとの命も焼きます」

亡父徳太郎が命を落としたのも、燃え盛る油の炎のなかである。油が燃える火事を、鉄太郎は人一倍恐れていた。

「よく分かった」

徳太郎の一件を思い出した稲川屋は、鉄太郎の言葉の重みをしっかりと受け止めたようだった。

「ほんとうに、あんたには無礼なことを口走った。どうか、勘弁してもらいたい」

二度重ねての詫びを、鉄太郎は背筋をぴんと張って受け止めた。

五人のおとなに見送られて、鉄太郎は檜屋の土間を出た。さきほどまで鉄太郎が雪かきをしていたことで、店先の雪はきれいに片付いていた。

檜屋のわきに、鉄太郎が積み上げた雪の小山ができている。その前に、ひのきが立っていた。

田原屋の火を鎮めた大川亭の火消したちは、長半纏を裏返しに着て町を歩いた。

七分丈の半纏を裏返しに着るのは、火を湿らせたあかしである。裏地になにを描くかは、火消しの洒落っ気の見せ所だった。

掛矢持ちの一番組は、申し合わせたかのように、閻魔大王を描いていた。

燃え盛る炎を、右手を突き出した閻魔大王が押しとどめている。強い光を帯びた目は、炎の先端を睨みつけていた。

「あの閻魔様には、しゃっちょこ立ちしてもかなわねえ」

大川亭一番組の閻魔大王を見ると、通りがかった者は残らず振り返った。

「すごい閻魔様だこと」

ひとのつぶやき声を聞きながら、銑太郎は赤い帯を締めたひのきの姿を思い出していた。

七十四

享保二十（一七三五）年の正月で、銑太郎は十六になった。

武家や大店の多くは、男子が十五歳を迎えると元服の儀式を執り行った。元服とは、こどもからおとなへの通過儀礼である。

「本日、この場において烏帽子を着けよ」

武家にあっては、十五歳となった男子は当人の名を『烏帽子名』に改めた。烏帽子を着けることで、武家はおとなの仲間入りをしたのだ。

商家にあっては、十五歳で前髪を剃った。青々とした月代こそが『おとなの町民』のあかしとなった。

火消しの元服は、十六歳である。武家や商家などに比べて、一歳遅かった。

「おめえは今日から、一人前の火消し人足となった」

「命にかけても、火を退治してくんねえ」

「町内の火消しを、おめえにまかせたぜ」

火消し組のかしらから頭巾を手渡されるのが、火消し人足の元服である。

「あっしは火消しに命をかけやす」

前髪を落とし、月代を剃り上げた十六歳の火消しは、火の退治に命をかけると宣言した。火消しの元服儀式は、単なる通過儀礼ではない。正真正銘の、おとなへの仲間入りを果たす儀式なのだ。

こどもがおとなへと成長する年頃においては、一歳分の年の差はまことに大きい。

武家や商家の元服は、儀式を終えたからといって、いきなり生き死にの場に直面するわけではない。

元服を境目として、たとえ『真剣勝負の生き方』を求められたとしても、それはあくまでも心がけの話である。

火消しは違った。

元服儀式の場で、十六歳の男は火消し頭巾を両手で受け取る。なにがあろうが火事場から逃げ出さず、燃え盛る炎と真正面から向き合う。それを意味するのが、頭巾受け取りの儀式なのだ。

火消しの元服が十六歳なのは、真のおとなであることを求められるからだった。

銑太郎の前髪を落とす剃刀は、後見人の南組の頭取芳三郎、大川亭のまとい持ち勘八、それに母親のおきぬが順に入れた。

留めの剃刀は、六十九になっても背筋がぴんと伸びている佐賀町の肝煎、大島屋善右衛門が入れた。

「おめでとうごぜえやす」

元服の祝いを口にしたあと、勘八は顔つきを引き締めた。

「元日早々から、厄介な話を聞かせることになりやすが」

勘八は声をひそめて、銑太郎のそばににじり寄った。

「蛤町の火除け地が、今年の本祭前には干鰮場《ほしかば》になるてえんでさ」

勘八はこの話を、富岡八幡宮の禰宜《ねぎ》から聞き込んでいた。

「あの火除け地が干鰮場になったら、いろいろと厄介だろう」

銑太郎が思案顔を拵えた。

「なにしろあすこの砂地は、一万坪を超えておりやすんでね」

「それだけの空き地が使えなくなるとしたら、火消しの段取りも、あたまっから変えないといけないいなあ」

銑太郎の物言いは、おとなとこどもがごちゃ混ぜになっていた。

「難儀なのは、火除け地がなくなるということだけじゃあねえんでさ」

「ほかにもまだ、なにかあるんですか」

元服したからといって、すぐに勘八に対する物言いが変わるわけではない。銑太郎は、ていねいな口調で問いかけた。

「かしらは、干鰮場のことを詳しく知ってやすか」

「いや、知らない」

鉄太郎は首を強く振った。

「あっしも、禰宜さんから聞いた話の受け売りなんでやすが……」

いろいろと面倒なことを、後ろに抱えているらしい。そう言って、勘八は眉間に深いしわを寄せた。


干鰮場とは、脂を搾ったあとのイワシの乾燥場のことである。

脂をたっぷりと含んだイワシから、魚油を搾り取る。搾取した油は、一番安価な燃料となった。また、安い惣菜の揚げ物作りにも、魚油を用いることがあった。

脂を搾ったあとのイワシは、まずくて食材には使えない。しかしそれを干せば、農作物には効き目の高い乾燥肥料となった。

イワシは夏よりも冬場のほうが、脂を多く含んでいる。『寒引』と呼ばれる冬場のイワシは、夏場の品よりも高値で取引された。

干鰮場に適した場所は、陽光をさえぎるものがない、広々とした空き地である。干鰮作りの盛んな房州では、船着場に近い砂地が干鰮場に使われていた。

砂浜に降り注ぐ陽差しは、季節を問わずに強い。乾燥させるには打ってつけの場所だが、砂は風に煽られるという難点があった。

とはいえ干鰮は、食用ではない。たとえ砂まみれになろうとも、文句をつける者はいなかった。

勘八が口にした面倒ごとのひとつは、イワシが発するにおいである。

脂を搾ったあとの生のイワシは、強烈に生臭いにおいを四方に散らした。が、夏場の晴れた日であれば、丸一日でイワシは乾く。乾燥したあとは、さほどにおいは気にならなかった。

しかし、晴天が続くとは限らない。

イワシを並べる前の雨降りなら、干すことそのものを取り止めにできる。が、干したあとの雨降りは、手のほどこしようがなかった。

なにしろ干鰮場は広い。勘八が聞き込んできた蛤町の火除け地も、広さは一万坪を超えるのだ。

ひとたび雨が降り始めたあとは、濡れるにまかせるほかはなかった。

濡れたイワシは、生のとき以上にひどいにおいを周辺に撒き散らすことになる。風向き次第では、蛤町のにおいは堀を幾つも越えて、佐賀町にまで届くだろう。

そうは言っても、においはお互い様のことだ。干鰮場の風下になった町の住民は、ときに鼻をつまみながらも我慢をするに違いない。

勘八が案じているのは、イワシに残った脂だった。どれほどカラカラに乾かしたとしても、干鰮には脂が残っている。

残っているどころか、その脂があってこその肥料なのだ。とりわけ冬場の干鰮は、たっぷりの脂を含んでいる。それゆえに、寒引は夏場の品より二割も高値だった。

雨の少ない冬は、火事が多くなる。そんな時季に、脂分を多く含んだ寒引が干鰮場に並ぶことになった。

蛤町に干鰮場を拵えようと決めたのは、干鰮問屋の当主たちである。

「なんと言っても、一万坪もある砂浜じゃないか」

「まさに、そのことだ。万にひとつも、浜から火事を出したり、よそからのもらい火で干鰮場が燃え出す気遣いはない」

問屋の当主たちは口を揃えて、干鰮場は火事とは無縁だと言い切った。その当主から話を聞かされたのは、富岡八幡宮の禰宜である。

干鰮問屋は、まことに信心深い。三年に一度の富岡八幡宮本祭には、毎回五十両の大金を寄進した。のみならず、常夜灯・狛犬・石の大鳥居なども適宜、奉納を続けている。

蛤町に干鰮場を拵えることには、反対をしない……深川各町の住民が仕方なしと受け入れているのも、干鰮問屋が祭の寄進や神社への奉納などで、地元の役に立っていたからだ。

「松がとれたら干鰮問屋の会所まで、新年のあいさつを兼ねて、干鰮場の掛け合いに出向きやしょう」

「がってんでさ」

勘八が力強くうなずいた。

銑太郎は、祝い膳の盃を飲み干した。

七十五

一月八日の四ツ（午前十時）過ぎ。

銑太郎は勘八と一緒に、干鰮問屋の会所をたずねた。案内された客間には、問屋三軒の当主たちが座っていた。

「大川亭を先代徳太郎から預かりやした、銑太郎と申しやす」

畳に両手をついて、銑太郎はあいさつをした。昨日、松がとれたばかりである。座敷の床の間には、まだ千両をあしらった活花が飾られていた。

あいさつをされた当主たちは、銑太郎の顔をしみじみと見詰めた。

「おまいさんが、あの徳太郎さんの息子さんなのか」

「あれからもう、十年以上も過ぎたというわけだ」

「近頃はなにかにつけて、自分の歳を感じて仕方がなかったが、それも道理だ」

三人の当主は、だれもが徳太郎とは深いかかわりを持っていた。殉職したときの葬儀にも、もちろん参列をした。

徳太郎には、銑太郎という忘れ形見がいたことも、三人とも葬儀の場で目の当たりにしていた。

しかしこの日まで、銑太郎と顔を合わせたことは一度もなかった。

干鰮問屋の当主と話をする火消しは、組のかしらに限られている。銑太郎は大川亭のかしらだが、元服を終えるまでは勘八が名代を務めた。

ゆえに当主たちは、銑太郎を見たことがなかった。

元日に元服を終えた銑太郎は、上背が五尺七寸（約百七十三センチ）にまで伸びていた。目方も十四貫七百（約五十五キロ）である。大川亭の火消したちにひけをとらない、堂々とした身体つきだ。

干鰮問屋の当主たちは、目の前にあらわれた大柄な銑太郎を見て、最初は息を呑んだ顔になった。そののちは、成長した銑太郎をしげしげと見詰めた。

三人の当主の漏らした言葉が、過ぎた歳月の長さを言い表していた。

「あんたが火消しのかしらを務めるなら、わたしたちも大いに安心できる」

「まさしく、その通りだ」

取り急ぎ、新年のあいさつをと思って銑太郎は顔を出した。ところがいきなり実務の話になり、掛け合いは滑らかに運んだ。

「干鰮場の普請図面が仕上がるのは、来月の下旬だ。細かなことの煮詰めは、図面ができてからにしようじゃないか」

当主の言い分には筋が通っている。鉄太郎と勘八は深い辞儀をして、座敷から下がった。

「話がとんとん拍子に運んだのは、先代のおかげでやすね」

「ほんとうにそうだ」

鉄太郎と勘八は、亡くなってすでに久しい徳太郎の話をしながら、大川亭へと戻っていた。公儀御船蔵の前に差しかかったとき、背の高い娘と行き会った。

娘は鉄太郎に会釈をして通り過ぎた。

「ちょいと待ってくだせえ」

呼びかけられて、娘は足をとめた。

「ひょっとして……」

「檜屋のひのきです」

鉄太郎が名指す前に、娘のほうから名乗った。門前仲町の豆腐屋のひとり娘、ひのきだった。

「お顔を見るのは久しぶりですが、お元気そうですね」

鉄太郎の目を見詰めたまま、ひのきは言葉を続けた。

「ひのきちゃん、おっきくなったなあ」

「それは、鉄太郎さんのほうでしょう」

五尺七寸の鉄太郎と、五尺四寸（約百六十四センチ）のひのきが、互いに頬を赤く染めて立ち話を始めた。

御船蔵の門番が、いぶかしげな目でふたりを見ていた。

「あっしは先にけえってやすぜ」

気をきかした勘八は、ふたりを残して帰ろうとした。

「待ってくだせえ」

勘八を引き止めた銑太郎は、低くて響きのよい声に声変わりをしていた。

「明日、檜屋さんにうかがいやす」

「お待ちしています」

同い年のふたりが、互いの目を強く見詰め合っていた。

七十六

富岡八幡宮の本祭は、八月十五日である。その日には、氏子各町の町内神輿と、八幡宮の宮神輿三基が一緒になって、大川を渡る。

『富岡八幡宮神輿連合渡御』

これが、本祭一番の呼び物だ。

宮神輿三基は、いずれも紀伊国屋文左衛門《きのくにやぶんざえもん》が奉納した、総金張りの神輿である。一基の神輿に肩を入れられるのは五十人。控えの担ぎ手を多めに見積もっても、せいぜいが三百人どまりだ。まことに少ない人数だし、本祭は三年に一度しかめぐってこない。

「命にかけても、今回は宮神輿を担ぐぜ」

深川の若い者の言い草は、決して大げさではなかった。

祭本番を明後日に控えた、八月十三日の暮れ六ツ（午後六時）過ぎ。仲町の商家は、どこも店先に大きな縁台を設《しつら》えていた。

緋毛氈を敷いた縁台に、だれかれ構わずに座らせる。これは、本祭の年に仲町の商家が示す見栄である。

「どうぞお掛けください」

通りがかりの者を呼び込み、縁台に座らせる。そして井戸水で冷やした麦湯と、甘いものを振舞うのだ。

「さすがは伊勢屋さんだ」

「江戸屋さんは、やることが豪気だよ」

評判を高めようとして、商家や料亭は目一杯に振舞いの中身を気張った。

檜屋も、縁台は店先に設えていた。しかし店で商うのは、半丁二十四文の豆腐だ。あまりに目立つ振舞いをしては、かえってひとの失笑を買うことになりかねない。

「座りたいというひとに、好きに座ってもらえばいい」

呼び込みはしないというのが、枡之助の流儀である。縁台は構えていたものの、格別の茶菓の振舞いはしなかった。

檜屋の縁台には、銑太郎とひのきが並んで座っていた。

「銑太郎さんは、どこのお神輿を担ぐの？」

「そりゃあ、佐賀町の町内神輿さ」

「そうよね……」

ひのきは語尾を濁した。

宮元・仲町が担ぐのは、三基の宮神輿だ。銑太郎が宮神輿を担がないのを、ひのきは残念に思った。しかし自前の神輿を持っている佐賀町なら、町内神輿を担ぐのが当然だった。

八幡宮の氏子は、ざっと数えただけでも五十町を超える。氏子は一万人に届く、途方もない数だ。

「今回の本祭は、担ぎ手をいずれの町も二十人限りとする」

永代橋を東西に渡るのが、三年に一度の神輿連合渡御である。練り歩きの途中で頻繁に担ぎ手が交替しても、一基あたり延べで四百人が肩を入れるのが限度だ。

ひとつの町から、わずか二十人しか出られなくても、五十の町が集まれば千人の大人数になる。

宮神輿を担ぐには、八幡宮のお仕着せ半纏を羽織らなければならない。氏子五十の町に配られる半纏は、一町あたり二十着だ。

「今年はおれが着る番だぜ」

「ふざけんじゃねえ。てめえはこの前んときだって、今年はおれがと言って、羽織ってたじゃねえか」

どこの町でも、宮元の半纏の激しい奪い合いを繰りひろげた。が、二十着の半纏の半数は、その町の火消し人足たちが着用に及んだ。

「町を守ってくれるんだ、半分はしゃあねえだろうさ」

血の気の多い若い者たちも、火消しが半纏を着ることには文句を言わなかった。

佐賀町・佃町・蛤町・冬木町・中木場の五町は、それぞれが町内神輿を持っていた。大川亭の火消したちは、もちろん佐賀町の町内神輿を警備することになる。

門前仲町は宮元である。仲町の住人たちには、三基の宮神輿が町内神輿も同然だった。ひのきは、宮神輿が町内を練り歩くのを見て育った。七歳の本祭では、宮神輿を先導する手古舞役も務めた。

それだけに、八幡宮の宮神輿には強い思い入れがあった。

鉄太郎さんが、宮神輿を担いでくれればいいのに……。

胸の内で強く願った。が、鉄太郎は佐賀町の住人で、しかも大川亭のかしらだ。元服を終えた今年の本祭では、佐賀町の神輿につくに決まっている。

どれほど強く願っても、ひのきの願いは聞き届けられるはずもない。そんなことは、ひのきにも分かっていた。が、それでも宮元の神輿を担いでほしいと強く願った。

鉄太郎さんが宮神輿の端棒を担ぐ姿を、江戸中のひとに見てもらいたい……。

鉄太郎への強い思慕の情を、もはやひのきは隠し切れなくなっていた。

富岡八幡宮大鳥居の前では、八基の神輿が馬（神輿の置き台）に乗っていた。神輿の周りには、揃いの半纏に半だこ、白足袋、それに豆絞りの鉢巻を巻いた担ぎ手が群れていた。

担ぎ手のなかには、女も多く混じっている。装束は同じだが、女の鉢巻は赤い水玉だった。

佐賀町の神輿は、宮元の神輿のすぐ隣である。鉄太郎は、町内神輿の端棒のわきに立っていた。

佐賀町の町内半纏は、大きなひし形が藍錆色で描かれている。南組三番の火消し半纏と、同じ柄だ。

火消し半纏は、背中に代紋が赤で大きく描かれている。祭半纏は、代紋の代わりに、佐賀町の文字が赤色で描かれていた。

五尺七寸（約百七十三センチ）の鉄太郎は、大柄な火消し人足と並んでいても、いささかも見劣りがしない。まだ明け六ツ（午前六時）前の薄暗いなかでも、背中に描かれた佐賀町の赤文字は鮮やかに見えた。

ひのきは鉄太郎の隣の、宮神輿のなかほどに立っていた。髪を引っ詰めにして、赤い水玉の鉢巻を巻いている。

ひのきの周りには、仲町の商家の娘や内儀たちが揃いの半纏姿で群れを作っていた。女だけで担ぐ『女神輿』は、宮神輿の呼び物のひとつだ。小型の神輿だが、永代橋を差し切り（高く持ち上げる形）で渡れるのは、仲町だけだった。

五尺四寸（約百六十四センチ）の上背があるひのきは、どこにいても目立ってしまう。とりわけ今朝のような神輿装束は、ひのきの凜々しさを際立たせた。

仲町に限らず、深川の多くの若い者がひのきに岡惚れをしていた。

「よしねえ、無駄だから」

「あの娘は、こころに決めた男のほかには見向きもしねえさ」

ひのきが銑太郎を思っていることは、ひとには知られてはいない。が、強く想う相手がいることは、広く知れ渡っていた。

「なんてえ粋な娘なんでえ」

「立ってる姿を見てるだけで、身体の芯が熱くなってきやがるぜ」

かなわぬ想いだと分かっていながらも、若い男たちはひのきに見とれた。

そのひのきは、銑太郎の後ろ姿に熱い視線を送っていた。

ゴーン……。

永代寺が明け六ツの捨て鐘を撞き始めた。神輿の周りが静まり返った。

「三年の間、待ち焦がれた日が、いよいよやってきた」

高さ二尺の踏み台に乗った神輿総代は、腹の底から威勢のいい声を発した。

「今日は一日、目一杯に神輿を揉んでくれ。八幡様にけえってきたときは、へとへとになってて、腰が立たなくても構わねえ」

神輿総代の声に、千人の担ぎ手がおうっと応えた。八幡宮の本殿に向かって、雄叫びの声が流れた。

神輿総代が、両腕を高く差し上げた。

担ぎ手たちが、一斉に神輿に肩を入れた。

わっしょい、わっしょい。

神輿がその場で、足踏みを始めた。

すかさず周りから、担ぎ手と神輿に向けて水がぶっかけられた。

わっしょい、わっしょい。

夜が明けたばかりの町に、わっしょいの掛け声が響き渡った。

銑太郎は佐賀町の端棒を担いでいる。

二間（約三・六メートル）離れた後ろから、ひのきは銑太郎の後ろ姿を見詰めていた。


本祭から五年が過ぎた元文《げんぶん》五（一七四〇）年一月十一日。

徳太郎の殉職から丸十六年が過ぎた祥月命日に、銑太郎とひのきは祝言を挙げた。

祝言の宴には、仲町の老舗料亭江戸屋の一階大広間をぶち抜きで使った。

元禄初期に創業の江戸屋は、一階にはふすま仕切りの五十畳大広間が三間、普請されていた。仕切りを取り払えば、東西に連なった百五十畳の大広間が用意できる。深川でも、これだけの広間を持つ料亭は江戸屋だけである。とはいえ招待客は絞りに絞っても、二百三十六人を数えることになった。

新郎の銑太郎は、本所・深川十六組はもちろんだが、江戸十組のかしら衆四十八人は欠かさずに招かなければならない。

いろは四十八組のかしらは、だれもが十六年前に殉職した徳太郎を心から敬っていた。その忘れ形見の祝言である。だれもが、祝言に顔を出す気で待ち構えていた。

新婦のひのきも父親の商いがらみで、深川の同業者と、寺社の僧侶や神官を招くことになった。

百五十畳もある大広間だが、二百三十六もの膳を並べれば、膝と膝とがくっつくほどである。それほどにひとの多い宴席だが、招かれた客は、心底から新郎新婦を祝福していた。

金屏風を背にして、銑太郎とひのきが並んで座っている。角隠し越しに、ひのきは時折、銑太郎に目を向けた。

添い遂げられて、嬉しい……。

祝言の日取りが決まった去年夏の結納の日を、ひのきは思い返していた。

仲人の芳三郎が檜屋をおとずれたのは、元文四年の八月十六日だった。この年は富岡八幡宮の陰祭だったが、それでも宮神輿一基は仲町を練り歩いた。

芳三郎は陰祭の翌日を選んで、結納の儀を執り行うために檜屋をおとずれた。

「願ってもない良縁です」

枡之助と女房は、仲人に向かって深い辞儀をした。形通りの儀式を終えたあと、芳三郎に茶菓が供された。

結納の日とはいえ、いつなんどき火事が起きるかは分からない。深川南組頭取を務める芳三郎には、たとえ結納の祝いであっても、昼間の酒は禁物だった。

「うちの娘は、かれこれ十年も昔になる火事のときから、銑太郎さんに嫁ぐと決めていたようです」

上煎茶をすすりつつ、枡之助はひのきの想いの強さを明かした。大きくうなずいた芳三郎も、茶をすすってから話を始めた。

「銑太郎は無骨で晩生《おくて》な男ですが、不器用なだけに、思い込んだら命がけでやしてね」

生涯、娘さんだけを一途に大事にすることは請け合いますと、芳三郎は胸を叩いた。

「互いに深く思いあっての祝言なら、親としてもこれ以上の安心はありません」

「それを聞けば、銑太郎も大いに喜びやす」

「なにしろ、命をかけてひとの暮らしを守る稼業です。嫁がせるわたしも鼻が高い」

枡之助と芳三郎は、互いに目元をゆるめてうなずき合った。

「どうした、おひさ。なにか、心配ごとでもあるのか」

女房の浮かぬ顔を見た枡之助は、仲人の手前もあるのだろう、努めて物静かな口調で問いかけた。

「娘も銑太郎さんも、互いに強く想い合っているのは、よく分かっています」

「それが分かっていて、どうしてそんな顔をしているんだ」

枡之助の口調が尖り気味になっている。おひさは深く息を吸い込んでから、連れ合いの顔を見詰めた。

「銑太郎さんの稼業が火消しだから……そのことが心配なんです」

娘の幸せを願うおひさは、互いが深く想い合っているまたとない良縁を、心底から喜んでいた。そのかたわら、銑太郎の稼業を思うと、顔つきを曇らせた。

ジャンと半鐘がぶつかるなり、すぐさま火事場へと駆け出すのが火消しである。そして火事場に着いたら、命を惜しむことは後回しにして、火に立ち向かうのだ。

どれほど女房やこどもを大事に思っていても、火事場では炎の退治が一番となる。

銑太郎の父親は、火を鎮めるために命を捨てた。周りのだれもが褒め称えるが、おひさはそれを思うたびに気持ちが萎えた。

だれからも誉めてもらえなくてもいいから、娘を残して命を落としたりしないで。

胸の内で、声を限りに叫びたかった。が、結納の場でそんな振舞いには及べない。懸命に不安を抑えつけてきたが、男ふたりが得心しあっている姿を見て、我慢の糸が切れた。

芳三郎の前で、胸のうちを一気にぶちまけたおひさは、両手をついて詫びた。

「詫びることはありやせん。嫁がせる親としたら、当然の思いでやしょう」

芳三郎は慈愛に満ちた物言いで、おひさに顔を上げさせた。ふすまの陰で聞いていたひのきは、母の気持ちが嬉しくて涙をこぼした。

結納の日を思い出したひのきは、母親に目を向けた。末席に座った母は、遠くて表情が分からない。

幸せになるから心配しないで……。

ひのきは胸の内でつぶやいた。

七十七

おのれの身体を炎にくべて、いきり立つ火を鎮めた男。

銑太郎の亡父徳太郎は、殉職してからすでに十六年が過ぎていた。ところが過ぎ行く年を重ねるごとに、徳太郎伝説は話の大きさを増していた。

それほどに、徳太郎の存在は火消しにとっては大きかったのだ。

今夜は、その徳太郎の忘れ形見の祝言である。しかも媒酌人は、名差配として名の通っている深川南組頭取、芳三郎だ。

大川西側の大組十組のかしらと、本所・深川十六組のかしら衆が、次々と祝いの口上を述べに金屏風の前にやってきた。

「あんたの親父さんには、ほんとうに世話になった」

「うちの組の若い者には、いまだに徳太郎さんが手本となっている」

かしら衆は口先だけではなしに、心底からの敬いを抱いて徳太郎を称えた。そして、代わる代わるに祝い酒の徳利を差し出した。

銑太郎は出された盃は、ためらわずに飲み干した。とはいえそこは、火消しの祝言である。どれほど酒が進んでも、深酔いしたり、泥酔する者は出さないように、江戸屋は気を配っていた。

かしら衆が差し出す徳利は、いわば形だけの体裁である。中身は灘の下り酒だが、十分の一に薄めてあった。

「火消しはどんなときでも、ジャンが鳴ったら飛び出さなけりゃあならねえ」

「わしらの命は、とりあえずの借り物みてえなもんだ。いつなんどきでも、炎を鎮めるためには惜しまず差し出す覚悟を決めている」

祝言の祝い口上とも思えないことを、かしら衆は口にした。が、銑太郎を祝う思いは、しっかりと伝わってくる。

ひのきは口上を聞くたびに、身体をこわばらせた。しかしどれほどきついことを聞かされても、いやな心持ちは抱かなかった。

常に生き死にの境目で、火消しは仕事を続けている。それゆえ、祝儀ごとには派手さがつきまとった。

祝い酒こそ薄めてはあるが、供される料理は飛び切りの食材を使っていた。

「さすがは、深川で一番といわれる江戸屋さんだ」

座敷の方々から、祝い膳の料理を誉める声が聞こえた。

「この金眼鯛の煮付けの見事さには、ほとほと感心した」

「まことにそうだ。あたしもさっきから、それを言おうと思っていたところだ」

銘々の二の膳には、形の揃った金眼鯛の煮付けが供されている。まだ温かさが残っているが、しっかりと中骨のあたりまで味は染み通っていた。

「行儀はわるいが、手でつまんで、かぶとのなかまで食べちまったぜ」

「こっちもご同様さ」

火消しのかしら衆は、宴席に出ることが多い。ゆえに魚の食べ方は、まことに上手だ。

大組のかしら衆が食べ終わった魚皿には、金眼鯛の中骨と尾だけが残されていた。

招待客が金眼鯛の煮付けに舌鼓を打つ様子は、金屏風の前に座っている銕太郎とひのきにも伝わってきた。

このおさかなに決めて、ほんとうによかった……。

ひのきの目が、銕太郎に語りかけていた。

宴席の列席者は、親族を含めて二百三十六人という大人数だ。人数が多いだけに、銑太郎とひのきは祝言の打ち合わせに、何度も江戸屋に足を運んだ。

二百人を超える数の客が、義理ではなしに、本気で宴席に出たがっているのだ。もてなす料理をなににするかを、江戸屋の板長と念入りに打ち合わせを重ねた。

婚礼の祝儀魚といえば、真鯛である。しかし江戸屋の板長は、真鯛の塩焼きを供することには難色を示した。

「一月の寒い時季での祝言です。幾らめでたい魚とはいえ、冷めた塩焼きを出したんじゃあ、あまりに芸がありません」

板長の言い分に、銑太郎もひのきも大きくうなずいた。さりとて、真鯛の代わりになにを出すかの思案は、すぐには浮かばなかった。

十一月中旬の昼。三度目の打ち合わせの席で、ひのきがひとつの思案を口にした。

「お豆腐をお納めしている先のご住持が、とってもおさかながお好きなんです」

僧侶は獣肉を口にしない。しかし魚介に関しては、さほどにうるさいことは言わなかった。それでもひのきは差し障りを案じて、寺の名は口にしなかった。

「きのうの夕方、お揚げをお届けにあがったとき、賄い所のかたが真っ赤なお魚をさばいていました」

「そいつあ、金眼鯛でしょう」

板長にうなずいてから、ひのきはさらに話を続けた。

「これからの時季は、金眼鯛がおいしいそうです。小骨があまりないので、歯の具合がよくないご住持でも、とっても食べやすいんだそうです」

ひのきが話し終わると、板長は膝を打った。

「たしかに金眼鯛なら、これからの時季が旬です」

火消しのかしら衆は、年配者が多い。歯の具合がよくないひとでも食べやすい料理というのは、欠かせない心遣いだった。

「煮付けた形がきれいですから、めでたい席にはうってつけの魚でしょう」

銑太郎には、もとより異存はなかった。大いに乗り気になった板長は、みずから魚河岸の仲買商と細かな談判を進めた。

ひのきが聞き込んだ通り、金眼鯛は冬場が旬だ。

しかしこの魚は、相模湾から江戸湾にかけての、水深二百尋《ひろ》（約三百メートル）の深海に棲んでいる。ゆえに並の漁師の網では、金眼鯛は深海過ぎて届かなかった。

ところが神奈川宿の漁師たちは、冬場の金眼鯛の漁に長けていた。他の浜の漁師にはない、深海釣りの漁法を昔から伝承していたからだ。

板長の注文を受けた仲買は、店の若い者を神奈川宿まで差し向けた。

「ことのほか大事な祝言に使うから、形の揃った金眼鯛を二百五十尾、ぜひとも一月十一日の朝に納めてほしい」

掛け合った仲買の若い者は、殉職した徳太郎の話を漁師に聞かせた。

火消しは、身体を張って炎に立ち向かう。

漁師はひとたび海に出たあとは、船板一枚下には深い地獄が待ち構えていると分かっていながら、漁を行う。

火消しと漁師は、生業におのれの命をかけていることでは、通じ合うものがあった。

「大した男だ、そのひとは」

徳太郎の話を聞き終えた漁師は、かならず入用な数の金眼鯛を揃えると請合った。

幸いなことに元文五（一七四〇）年の一月は、江戸湾で晴天が続いた。

「神奈川湊の漁師の面子にかけても、しっかりと金眼鯛を獲るぜ」

気合の入った漁師たちは、見事に三百尾近い金眼鯛を獲った。

「大事な祝言に使う魚だ、一尾たりともしくじるんじゃねえぜ」

江戸に届ける前に、金眼鯛は神奈川湊で下ごしらえがなされた。熊笹を敷いた祝い箱に納められた金眼鯛は、初物の鰹を運ぶ六丁櫓の快速船に乗せられた。

船の漕ぎ手は、揃いの大漁半纏を着込んで櫓を握った。神奈川湊を明け六ツ（午前六時）に出た六丁櫓の船は、一刻半（三時間）で永代橋わきの佐賀町河岸に着いた。

船着場で待っていた江戸屋の板場たちは、真紅の祝儀半纏を着て二百五十尾の金眼鯛を受け取った。そして一尾ずつ、ていねいに庖丁で飾り刃をいれてから、大鍋で煮付けた。

砂糖と醤油を惜しまずに使った煮汁は、金眼鯛の白身と絶妙に絡まりあった。

「これは美味い」

「こんな祝言なら、毎日出たいもんだ」

満足した招待客は、顔をほころばせて祝儀魚の美味さを誉めた。

「ご新婦さんも、どうぞお箸をおつけになってください」

江戸屋の仲居に強く勧められて、ひのきも金眼鯛の煮付けに箸をつけた。板長の調理の技は、さすが深川一と称えられるだけのことはあった。

身にはしっかりと火が通っているのに、やわらかさと、生っぽさが残っている。白身を煮汁にからませて口に運ぶと、醤油と砂糖が混ざり合った金眼鯛のうまさが広がった。

「おいしい……」

角隠しをした身を忘れて、ひのきは思わず言葉を漏らした。仲居がうなずきながら、笑いかけた。

ジャン、ジャン、ジャン。

ジャン、ジャン、ジャン。

突然、仲町の火の見やぐらが三連打を鳴らし始めた。沸き返っていた宴席のざわめきが、一気に鎮まった。

ジャン、ジャン、ジャン。

三度目の三連打で、鉄太郎が立ち上がった。末席にいた大川亭の面々も、その場に立ち上がった。

勘八が銑太郎に向かって軽い辞儀をした。銑太郎は小さくうなずき返し、羽織の紐を結び直した。

「あとのことは頼んだぜ」

新婦に言い残した新郎は、大股の歩みで百五十畳の広間から出て行った。駆け出さないのは、せめてもの婚礼への礼儀だった。

ひのきは角隠しをしたまま、母親の姿を目で追った。

広間を出て行く火消したちに、おひさは放心したような目を向けていた。

七十八

ゴオーン……。

五ツ（午後八時）を報せる永代寺の鐘が、長い韻を引いて深川の町に響き渡った。

祝言のさなかに三連打を叩いた半鐘は、ついさきほど鎮火の知らせを打った。真冬の夜の町は、火が湿ったことに安堵して静かになった。

凍てついた冬の夜には、ときを報せる鐘の音が町の隅々にまで響き渡る。五ツの報せを聞いて、おきぬは洗い物の手をとめた。

「あんなことになって、ひのきさんはびっくりしたでしょう」

嫁に話しかけるおきぬの声には、いたわりが強く含まれていた。

「祝言が中途半端なものになって、さぞかし檜屋さんもおひささんも、気落ちなさったでしょうね」

ひのきは、肩を落とした母親の姿を思い出した。

新郎が大広間から出て行ったことで、宴席は出し抜けにお開きとなった。しかし顔を揃えていた客は、ほとんどが火消しにかかわりのある者たちだ。

「火消しの宴会はよう、半鐘が鳴ったら、そこでおジャンだ」

古くから言い古された戯言を口にして、お開き口へと向かい始めた。

火事はいつ生ずるか分からない。宴の途中でジャンが鳴ることを、火消し連中はだれもが覚悟しているのだろう。

「いい祝言でやした」

「金眼鯛の美味さは、まだ口のなかに残ってやすぜ」

「かしらには、くれぐれもよろしくと、そう言ってくんなせえ」

大組十組のかしら衆は、新婦とおきぬ、それに檜屋枡之助とおひさに、満足げな会釈をしてお開き口から出て行った。

「ありがとう存じます」

おきぬはひとりずつに、深い辞儀をした。

「これからも、なにとぞ大川亭をよろしくお願い申し上げます」

礼を口にしたひのきは、江戸紫に染めた風呂敷包みの引き出物を手渡した。

宴席が途中でお開きになってしまい、出し漏らしの料理が幾品も出た。江戸屋ではこんなこともあろうかと、前もってカラの折を用意してあった。

引き出物の風呂敷包みには、料理の折詰も入っていた。

招待客が大広間から出払ったのちに、おきぬは枡之助・おひさと向かい合わせに座った。まだ角隠しをとっていないひのきは、おきぬのわきに並んだ。

「晴れの宴席が、このような始末となってしまいましたが、本日はまことにおめでとうございます」

ひのきの両親に向かって、おきぬはていねいに礼を伝えた。しかし、宴席が途中でお開きになったことについては、一切、詫びたりはしなかった。

おひさには、さぞかし言いたいこともあったに違いない。が、詫びを口にしない婚家先の姑の様子から、察することがあったようだ。

「ふつつかな娘でございますが、なにとぞよろしくお願い申し上げます」

おひさも、ていねいな物言いで応じた。ひのきは三つ指をついて、実家の両親にあたまを下げた。

思うところを胸に仕舞ったおひさの顔つきが、ひのきには切なかった。しかし、ひのきはもはや、檜屋の娘ではなく、大川亭かしらの女房である。

実母を想う気持ちを胸の奥底に仕舞い込んで、しっかりと畳に三つ指をついていた。

「祝言の場で火事騒動になったのは、なによりだったと思います」

ひのきは思ったままを口にした。

「ほんとうにひのきさんは、そう思ってるの？」

おきぬに問われて、ひのきはきっぱりとうなずいた。

「実家の両親も、これであたしがどんな家に嫁いだのかを、しっかりとわきまえたはずですから」

ひのきは本心から、そう思っていた。

嫁の顔を黙って見詰めていたおきぬは、不意に目元をゆるめた。

「今夜は、あたしが夜食を拵えます」

おきぬはひのきに、長い柄のついた大きなタワシを手渡した。

「おまえはこれで、お風呂場の掃除をしてちょうだい」

ひのきへの呼びかけ方が、おまえに変わっていた。

「分かりました」

ひのきは明るい声で答えた。

「あたしもこの家に嫁いでの初仕事は、お風呂場の掃除でした」

「はい」

タワシを手にしたひのきは、ぺこりとあたまを下げて流し場を出た。

大川亭には、二十畳大の大きな湯殿があった。湯船は、厚さが一寸五分（約四・五センチ）もある分厚い杉板である。

誂《あつら》えてからすでに二年が過ぎているのに、湯殿にはまだ杉の香りが立ち込めていた。

火消しには、宿に戻ってきたときの温かい湯が、なによりのご馳走である。銭湯よりも大きな湯船を洗いながら、ひのきはどんな家に嫁いできたかを嚙み締めていた。

七十九

火消し人足は、相撲取り同様の厳しい序列社会だ。最下層の人足は、相応の歳月を経ないことには掛矢や手鉤の組には上がれなかった。

相撲取りは、番付一枚違えば上の者には一切口答えができない。ひたすら、言われたことに従うのみである。

火消し人足も同じだった。火事場では、ひとつの判断違いが仲間全員の命を危うくする。ゆえに現場の状況が読める格上の者には、断じて口答えは許されなかった。

「壁を壊せ」

「瓦を剝がして、屋根を落とせ」

指図をされたものは、問い直しはしない。

「がってんでさ」

短く答えて、ただちに動く。これが火消し社会の絶対の掟である。

火事場においては、大川亭も他の組と同じだ。上の者の指図には絶対服従。このことが、きつく定められていた。

しかしひとたび火が湿ったあとは、歳の差も役目の上下も取り払われた。いわゆる無礼講となるのが、大川亭の決め事なのだ。

鎮火後、組に帰って湯につかるときに、他の組では見られない大騒ぎが、大川亭では毎度のように生じた。

鉄太郎の祝言のさなかに炎をあげた火事は、火元となった民家三軒は丸焼けになったが、ほかには飛び火をしなかった。

焼けた三軒と他の民家の間には、幅五間（約九メートル）の小さな堀が横たわっていた。幸いにも堀の水は枯れておらず、火消しに使うことができた。飛び散った火の粉に勢いはなく、堀に落ちるとジュジュッと鳴いて呆気なく消えた。

上首尾に火を退治できたときの火消しは、宿に戻る足取りが軽い。大川亭に戻ってきた面々は、手早く火消し道具を整理するなり、風呂場へと駆けた。

最初に湯殿に飛び込んだのは、人足の龍助だった。

二十三歳の龍助は、二十一歳の鉄太郎を除けば、大川亭で最年少で、一番の下っ端だ。他の組で下っ端が一番風呂に飛び込んだりしたら、年長者から袋叩きに遭わされるだろう。が、大川亭では、早い者勝ちなのだ。

火消し装束を脱ぎ捨てて、素っ裸になって湯船に飛び込む。杉の香りに充ちた、サラサラの湯を湯船からあふれさせた者が、そのあとの夜食も最初に給仕を受けることができる。

毎度繰り広げられる大騒ぎとは、この一番風呂の奪い合いだった。

「また龍助だぜ」

「あの野郎、きちんと火消し装束を着込んで火事場に向かってるのか」

先を越された年長者が、ぶつくさ文句をこぼした。しかし龍助はなにもずるいことをしておらず、敏捷さゆえの一番なのだ。それは、仲間のだれもが分かっていた。

「おいっ、龍の字」

遅れて入ってきた勘八が、きつい口調で龍助を呼んだ。よだれを垂らして凄んでいた狂い犬ですら、尻尾を巻いて遠ざかるといわれるのが、勘八のきつい声だ。

湯船の湯をあふれさせていた龍助は、ビクッと背中を震わせて立ち上がった。

「今夜は、なんのさなかに飛び出したか、おめえだって忘れたわけじゃあねえだろう」

「へっ？」

「なんだ、そのへってえのは」

勘八は湯船の端まで龍助を呼び寄せた。

「おめえはまさか、分かりませんてえんじゃねえだろうな」

勘八が薄笑いを浮かべた。

強い目で睨まれる以上に、この笑いには凄みがある。前も隠さないで立っている、龍助の顔つきがこわばった。

自慢の一物が縮んだ。

「今夜はかしらの祝言のさなかだった」

「あっ……そうでやした」

「なにが、そうでやしただ、ばかやろう」

薄笑いを消した勘八は、龍助のあたまをゴツンと小突いた。

「このあとのかしらの一大事を思ったら、今夜ぐれえは一番風呂を譲るのがひとの道じゃあねえか」

勘八は、わざと嚙んで含めるような物言いをした。勘八に続いて入ってきた面々が、ぷっと噴き出した。

銕太郎も一緒になって笑っている。

「気が利かねえことをしやした」

銕太郎にあたまを下げた龍助は、湯船から出ようとした。五尺八寸（約百七十六センチ）を超える大男たちが、湯船に飛び込んで龍助を押し倒した。

どたばた騒ぎが収まったときには、湯が半分近くにまで減っていた。

「湯が減った分だけ、龍の字の魔羅が伸びやがるぜ」

湯から出ようとした龍助を見て、掛矢持ちの吉蔵がはやし立てた。

「お先にあがりやす」

湯船のほうに振り向いた龍助は、わざと腰を振った。すっかり元通りになった一物が、ゆっくりと、そして大きく左右に揺れた。

湯殿が静まり返った。

八十

五ツ半（午後九時）過ぎから、夜食の給仕が始まった。おきぬとひのきは、龍助が一番風呂だったことを聞かされていた。

「このたびも、ごくろうさまでした」

おきぬは盆のうえで強い湯気を立ち昇らせているどんぶりを、龍助に差し出した。

「今夜の一番は、あっしじゃあなしに……」

龍助は声をくぐもらせて、受け取るのをためらった。

「大丈夫ですよ。かしらには、ちゃんと行っていますから」

おきぬは目元をゆるめて、銑太郎のほうを見た。ひのきからどんぶりを受け取った銑太郎が、新造に笑いかけていた。

「そういうことなら、遠慮なしに」

口調に威勢が戻った龍助は、両手でどんぶりを受け取った。

「あちちっ」

素っ頓狂な声を出すと、慌ててどんぶりを箱膳に載せた。どんぶりの中身は、おきぬが一番得手とする鴨うどんである。

醤油と味醂で濃い口の味付けがされたつゆには、鴨の脂がたっぷりと浮かんでいる。うどんをすすると、旨味に富んだ鴨の脂がまとわりつき、身体の芯から暖まった。

真冬の夜食には、一番の献立である。

「今夜のうどんは、ことのほかうめえ仕上がりですぜ」

「ありがとう」

龍助に微笑みかけてから、おきぬは大鍋のそばに戻った。まだ給仕のできていない火消しが、群れになって待っている。おきぬがどんぶりによそったうどんを、ひのきが運んだ。

広間一杯に、鴨うどんのつゆの香りが満ちている。どんぶりを運びながら、ひのきはおきぬから教わったことを思い返した。

「火消しのかしらに嫁いだら、その夜から夜食を拵えるのが女房の務めです」

おきぬが夜食作りの伝授を始めたのは、銑太郎たちが湯殿で大騒ぎを始めたころだった。

「火消しは身体を張る稼業です。三度の食事も、夜食も、なににも増して身体の滋養になる献立が肝心ですよ」

冬場は身体の芯から暖まるもの。

暑気負けして食が細くなる夏場は、少し食べただけで滋養のつくもの。

「おまえが気持ちをこめて拵えれば、なにを出してもみんなは気持ちよく平らげてくれますから」

目先の変わったものや、気の利いたものを拵えようなどと、小ざかしいことは考えるなと、おきぬは強く釘をさした。

「そういうものは、相手を思うこころから拵えるわけではありません」

あたしが、あたしがと、自分を訴えている。食べ残しを見ると、こんなに懸命に拵えているのになんでと、つい相手を恨んでしまう。

「自分を主役にして、ものを考えてはいけません。火消し稼業は、おのれを捨てることが大事です。おれがおれがと思っていては、たちまち火に取りつかれて、焼け死んでしまいます」

まだ、嫁いだばかりの初夜である。

おきぬの物言いは優しいが、口にしていることは相当にきつい。二十一になったばかりのひのきには、すぐには呑みこみにくい話が続いた。

実家のおっかさんが案じていたのは、こんなこともあったのかしら……。

おきぬの諭しを聞きながら、ひのきはあたまのなかで、あれこれと考えをめぐらせた。

「あたしが話していることを、すぐに分かってというほうが無理でしょうね」

ひのきが胸のうちで思っていることを、おきぬはすっかり見通している。虚を衝かれたひのきは、はっと息を呑んだ。

「いいんですよ」

おきぬは両目に慈愛の光をたたえて、ひのきを見た。

「祝言のさなかに火事騒ぎが起きて、わけも分からないまま婚家先で大きな湯を張ったり、夜食の仕度をしたりと、今夜のおまえは大変な思いをしています」

おきぬは、ひのきが胸中に抱えている思いをことごとく言い当てた。驚きで棒立ちになったひのきの手に、おきぬは自分の手をそっと重ねた。

「おまえはついさっき、祝言の場で火事騒動になったのは、なによりだったと思いますと言ったでしょう」

「はい」

気の動転がおさまらないひのきは、不安げな声で返事をした。

「おまえは本心からあの言葉を言ったのだと、あたしは信じました」

ひのきの手に重ねた手のひらに、おきぬはわずかに力をこめた。

「あの言葉を正味で言えたのは、おまえが賢いあかしです。おまえなら、銑太郎と一緒に大川亭を切り盛りできます」

大川亭をお願いね。

　おきぬはこう言って、嫁にあたまを下げた。ひのきは姑の想いを、しっかりと受け止めた。

「なんべん食っても、あねさんの拵えるうどんの美味さは変わらねえ」

　吉蔵がしみじみとした物言いで、鴨うどんを誉めた。周りの火消したちが、てんでにうなずいている。

　大きな息をひとつ吸い込んだひのきは、盆を手にしたまま立ち上がった。なにごとが起きたのかと、火消したちはうどんを食べる手をとめた。

「今夜の火消し、お疲れさまでした」

　はっきりとしたひのきの物言いは、広間の隅にまで届いた。

「あたしもおっかさんにしっかりと教わって、みなさんに喜んでもらえるごはんを拵えます。今日から、大川亭の仲間に加えてください」

　深い辞儀をしたあとで、ひのきは火消しの面々を順に見た。

　酒肴を楽しんでいた火消したちの動きが止まった。

　やがてひとりが立ち上がった。続いて両脇が立ち上がり、その波が広間の隅々まで行き渡った。

　おきぬが最後に立ち上がり、汗押さえを目にあてた。

「よおおうっ」

引けの声が揃い、ひのきを受け入れた。

八十一

ひのきが嫁いで一年が過ぎた、二月二十七日。元号が元文から寛保《かんぽう》へと改元された。

徳太郎が殉職したのは、享保九（一七二四）年である。過ぎる十七年のなかで、享保から元文、寛保へとふたつも元号が変わった。

が、八代将軍吉宗はいまだに健在だった。

「いつまでもお元気な将軍さまにあやかって、おまえたちも達者でいてくださいね」

改元から数日が過ぎた、三月三日の朝。おきぬは将軍を引き合いに出して、息子夫婦の達者を願った。

「なんでえ、その物言いは」

味噌汁をすすっていた銑太郎が、いぶかしげな顔を母親に向けた。

「今朝のお味噌汁は、ことのほかおいしいわね」

おきぬは息子に返事をする前に、ひのきが拵えた味噌汁を誉めた。いまでは火消し衆の食事も、おきぬ・銑太郎・ひのきの三人の食事も、ひのきが受け持つようになっていた。

おきぬは、ひのきの手が足りないときにしか、台所に立たなかった。

「あたしの物言いがどうかしたの？」

おきぬは味噌汁を食べ終わってから、銑太郎の問いに、問いで応じた。

「どうかしたのじゃねえよ」

銑太郎は椀を膳に戻して、母親を正面から見詰めた。

「おっかあはこのところ、なにかてえと、おまえたちは達者でいろみてえなことを言うじゃねえか」

「そう言ってはいけないの？」

「別に、いけなかあねえさ」

銑太郎は膳をわきにどけると、母親のほうににじり寄った。

「いけなくはねえが、おっかあの物言いは、なんだか暇乞《いとまご》いをしているみてえでさ。聞いてて、妙な心持ちになっちまうぜ」

そうだろう、ひのきと、銑太郎は女房に同意を求めた。

「そうねえ……」

ひのきはあいまいな返事をしただけで、台所へ立った。

「暇乞いだなんて、妙な言いがかりはよしてちょうだい」

おきぬは口調を変えず、やんわりと息子をたしなめた。

「いまの吉宗さまは、今年でもう二十五年も将軍の座にお就きだと、江戸中の評判です。

そんなお元気な将軍さまに、ぜひにもおまえたちにもあやかってもらいたいと、そう言ったまでです」

「だったらいいけどよう」

鉄太郎は、母親の顔を強い目で見詰めた。おきぬを心底から大事に想っていることが、目の光にあらわれていた。

「いつまでも達者でいてもらいてえのは、将軍さまよりもおっかあだぜ」

「そうですよ、おっかさん」

いつの間にか台所から戻っていたひのきが、はっきりとした口調で言い切った。

「あたしはいっぱしの顔をして、朝から晩まで台所に立っていますが、正味のところは不安で仕方がないんです」

五日に一度でいいから、おきぬに台所をみてもらいたいと、ひのきは姑に頼み込んだ。

「おっかさんの身体がきつくなければ、ほんとうは一日交替でお願いしたいくらいです」

ひのきが、口先だけのことは言わない性分であるのは、おきぬも充分にわきまえている。

「考えておきましょう」

嫁の目をしっかりと見詰めて、おきぬは答えた。

「陽気がよさそうだから、大川端まで出かけてきます」

息子夫婦に言い残して、おきぬは大川亭を出た。今日は桃の節句である。佐賀町の通りには、白酒の甘い香りが漂っていた。

徳太郎を亡くして十七年。一日として、連れ合いのことを思わない日はなかった。

一日も早く、あのひとに会いたい。

仲のよい息子夫婦を見るにつけ、おきぬはその思いを強くしていた。

八十二

桃の節句の大川を、高い空から陽光が照らしていた。ときどき川面に水音が立つのは、威勢のよい魚が跳びはねるからだ。

魚が拵えた水紋を見て、おきぬは川面を見詰めたまま、吐息を漏らした。

あの日から、もう二十年近くになるのかしら……。

まだ小さかった銑太郎と、存命だった徳太郎。親子三人で大川端を歩いた日のことを、おきぬは思い出していた。

五月になると、大川にはボラが大挙して上ってきた。徳太郎は、川を泳ぐボラを見るのがことのほか好きだった。

「ボラは出世魚だからよ。見ているだけで縁起がいい」

まだ三歳の銑太郎とおきぬを連れて、時季になると徳太郎は毎日のように大川端へと出かけた。

ボラは一寸ほどの稚魚をハクと呼ぶが、小魚に成長すれば『オボコ』と呼び名が変わる。さらに一尺(約三十センチ)ほどの大きさに育つと『イナ』『ボラ』と呼ばれるのだ。

育つに従って名を変える出世魚ゆえに、なによりも縁起を重んずる徳太郎は、ボラを好んだ。

時季になると大川の川面近くを、イナが群れになって泳いだりする。それを見つけると、徳太郎は素早く銑太郎を肩にのせた。

「見ねえ、あのきれいな背を」

右手で銑太郎をしっかりと摑みながら、あいている左手で川面を指した。おきぬはそのたびにハラハラしたが、銑太郎は弾んだ顔で父親の指先に目を向けた。

「あれはもうオボコなんかじゃねえ。立派なイナだぜ」

「青くてきれいだね」

「おめえもはやく、鯔背《いなせ》銀杏《いちょう》の結えるわけえモンになってくんねえ」

徳太郎は、銑太郎の足を強く握った。

ボラの背に似せて、魚河岸の若い衆が結った髷が鯔背銀杏である。まだ三歳でしかない銑太郎には、鯔背銀杏がなんのことかは分からなかった。

それでも父親の肩にのったまま、ウンと答えてうなずいた。

こども時分の銑太郎を思い出したことで、おきぬは気を取り直した。

「ばかなことを考えたりして……あたしは、どうかしていたのね」

早く徳太郎のもとに行きたいと思ったおのれを、小声で叱った。

孫の元気な顔を見るまでは、あたしも達者でいなくては……。

そう自分に言い聞かせたおきぬは、急に魚河岸に行ってみる気になった。

遠い昔に徳太郎が口にした、鯔背銀杏を思い出した。そのつながりで、魚河岸に行ってみる気になった。

今日は桃のお節句。魚河岸に行ったら、ひのきに桃の花を買ってあげよう……。

日ごろからひのきには、深い感謝の思いを抱いていた。息子の銑太郎が達者でいられるのも、嫁がしっかりと支えてくれているからだ。

とはいえ、面と向かって嫁に礼を言うのも、どこか照れ臭かった。口に出せない思いを、桃の花に託して……。

いい思いつきだと感じたおきぬは、足取りを弾ませて船着場へと向かった。

佐賀町から日本橋までは、四半刻ごとに乗合船が出ている。空はきれいに晴れているし、風もなく穏やかな陽気である。

船で日本橋に向かうのも、いい気晴らしになるような気がした。

「船が出るよう」

船頭が大声で船出を告げている。

「お待ちください」

おきぬは大きく手を振って船をとめた。

「乗るんなら、急いでくんねえな」

「分かりました」

船着場へと駆けるおきぬの背に、晩春の陽がやさしく降り注いでいた。

八十三

買い物を終えたおきぬが魚河岸の船着場に戻ったのは、九ツ（正午）の鐘が鳴っているときだった。

日本橋から佐賀町に向かう船は、鐘が鳴り終わると舫《もや》い綱《づな》をほどく。

「お待ちください」

往きも帰りも、おきぬは船出を告げる船頭を呼び止めることになった。

「どうもお世話さま」

船出を待ってくれた船頭に礼を言い、おきぬは中腰になって舳先《へさき》まで進んだ。

魚河岸では桃の花のほかに、真鯛を三尾買い込んでいた。

「この鯛は、今朝届いたときにはまだビチビチと跳ねていたんでさ。一尾七十文なら、買い得の値打ちもんですぜ」

イナセな髷を結った若い衆に勧められて、おきぬは迷わずに買い求めた。

「あたまはカブト煮にすりゃあ、滅法な美味さでやすから」

「ほんとうに美味しそうだこと」

真鯛を買い込んだおきぬは、久々に銑太郎大好物の、真鯛のカブト煮も拵えようと思案を定めた。両手一杯に買い物を抱えたおきぬは、相客の邪魔にならぬようにと、ひとの座っていない舳先へと進んだ。

佐賀町から魚河岸へと向かったときには、空は真っ青に晴れていた。ところが買い物をしていた四半刻ほどの間に、空模様はすっかり変わっていた。

分厚い雲が、空一面にべったりとおおいかぶさっている。陽光は、雲にさえぎられて地上には届かなくなっていた。

まだ正午を過ぎて間もないというのに、七ツ（午後四時）どきを思わせるような薄暗さである。

しかしそんな頼りない明るさのなかでも、桃の花も三尾の真鯛も、しっかりと明るい彩りを見せていた。

乗合船が江戸橋に差しかかったとき、いきなり強風が吹きつけてきた。

大川に出るまで、船頭は棹を使っている。強い風に吹かれて、二十人乗りの大型船の舳先が、石垣のほうへと流された。

船が急に動いたことで、おきぬは船端に押しつけられた。手にしていた桃の花の花びらが、風にあおられて幾ひらも飛び散った。

せっかく買い求めた品である。おきぬは船に揺られつつも、桃の花と真鯛をしっかりと両手で摑んでいた。

「こいつあ、ひでえ風だ」

半纏の襟元をあおられた客が、慌ててたもとを押さえつけた。船頭は江戸橋をくぐった先で、棹から櫓に変えた。

江戸橋を過ぎると、八丁堀である。堀の南岸には、南北両町奉行に勤める与力・同心の組屋敷が塀を連ねている。

高さ一丈（約三メートル）もある塀が風をさえぎり、堀をわたる風の勢いが弱くなった。

「どうやら風も落ち着いたらしいぜ」

「よかったじゃねえか。船の揺れもおさまってよう」

乗合船の大揺れが鎮まり、船客たちはほっと息をついた。船頭は再び櫓を棹に持ち替えて、船を巧みに操った。

川に比べて、堀は幅が狭い。櫓よりも棹のほうが、船頭には楽なのだ。棹で堀の底を突くと、大型の乗合船が音も立てずに水面を滑った。

八丁堀の先に架かっているのは、湊橋である。この橋をくぐれば、大川までは四町（約四百三十六メートル）余りだ。船の前方には、大川の大きな流れが見えていた。湊橋から大川までの南岸は、霊岸島河岸である。ここには廻船問屋の荷揚げ広場が構えられていた。

秋になれば灘から新酒が運ばれてきて、広場を酒の香りが埋める。しかし三月のいまは、銚子から積み出された醤油が、大量に荷揚げされる季節である。

「しょっからいけどよう。なんともうまそうなにおいだぜ」

「ちげえねえ」

鼻をひくひくさせる客を乗せて、船は大川へと向かった。

大川と堀とが交わる根元には、豊海橋が架かっている。豊海橋は、霊岸島に荷揚げされた荷物を満載した荷車が行き交う橋だ。

ゆえに荷車が通りやすいように、真ん中はさほどに盛り上がっていない。

「豊海橋をくぐりやすぜえ」

船頭は大声で、橋が近いと知らせた。船客が、背をかがめた。船頭も棹を置き、櫓を差し込んだ。

乗合船の全員が背をかがめて豊海橋をくぐった。橋のすぐ先は大川である。

船の舳先が大川に差しかかったとき、一旦は息をひそめていた風が、牙を剝いて襲いかかった。

「キャッ」

舳先にいたおきぬが、悲鳴を発した。船が強風を浴びて、いきなり横転したからだ。

おきぬは短い悲鳴を漏らし終わる前に、大川に投げ出された。

嫁に買った桃の花。

息子のために買い求めた、真鯛。

大川に投げ出されながらも、おきぬはふたつを手から放さなかった。それで動きが鈍くなり、たちまち沈んだ。

船頭も投げ出された。

「みんな、でえじょうぶかい」

大声で問いかけたが、どの船客もおのれが浮かぶことで精一杯である。舳先から大川に放り出されたおきぬは、船頭にも気づいてもらえずに沈んで行った。

大川の対岸では、擂半が鳴り出した。しかしそれは、乗合船の転覆を報せる半鐘ではなかった。

門前仲町の方角から、真っ黒な煙が昇っている。仲町辻の火の見やぐらが打ち鳴らす、火事を報せる擂半だった。

八十四

仲町辻の火の見やぐらとほぼ同時に、大川亭の半鐘も擂半を鳴らした。大川亭のなかが、慌しい動きに包まれた。

ジャラジャラジャラ……。

辻の半鐘とも自前の半鐘とも違う音が、大川亭に流れてきた。

「あれは豊海橋たもとの半鐘でさ」

勘八が迷いなく言い切った。大川両岸の半鐘をすべて聞き分けられるのが、勘八の自慢である。

「なんだって豊海橋が、擂半を打ったりしてるんだ」

「待ってくだせえ」

火消し装束に着替えている若い者に、勘八はあごをしゃくった。

「へいっ」

着替えを続けながら、若い者は火の見やぐらへと駆けた。戻ってきたときには、すっかり火消し半纏を着込んでいた。

「霊岸島の方角には、火の手はめえねえそうでさ」

「だったらあの擂半は、なにを報せようとしてるんでえ」

勘八に問われても、若い者は答えられなかった。が、擂半はジャラジャラと鳴り続けている。

辻の半鐘と大川亭の半鐘は、ともに仲町方面の火事を報せていた。それらに、大川の対岸の擂半が重なっている。しかし勘八にも銑太郎にも、見当のつけようがなかった。

「かしら、うちは仲町に行きやしょう」

勘八の言い分を銑太郎も受け入れた。

いまは対岸のことよりも、地元仲町の火消しが大事だ。しかも火の手が上がっている方角には、ひのきの実家、檜屋もあるのだ。

着替えを手伝うひのきは、ひとことも実家のことは口にしていない。が、胸のうちで火元はどこかと案じているのは、銑太郎には痛いほど分かった。

「一番組、仕度はできやした」

「二番組、仕度はできやした」

一番組、二番組に続いて、三番組も仕度ができたと組がしらが大声で伝えてきた。

勘八と銑太郎が、互いにしっかりとうなずきあった。

「列を拵えろ」

号令を発したのは、いつも通り勘八だった。三貫（約十一キロ）のまといを手にして、勘八が先頭に立った。まとい持ちは、火消しの花形である。すでに三十九歳となった勘八だが、いまだにまとい持ちを続けていた。

本所・深川十六組のなかで、不惑を目前にしたまとい持ちは、勘八ただひとりである。他の組は年長者といっても、せいぜいが三十路の手前までだった。

勘八は何度も、まとい持ちを譲りたいと銑太郎に申し出た。が、銑太郎は受け入れなかった。銑太郎のみならず、大川亭のだれもが勘八のまとい持ちを望んだ。

火の暴れる方角の見極め方。

風の吹く方角と、風の強さの見極め方。

火の粉の飛ぶ高さと、方角の見極め方。

屋根を落とす範囲の見当づけ。

まとい持ちに求められる素質のすべてにおいて、勘八はいまだに抜きんでている。大川亭のみならず、本所・深川十六組のなかでも、勘八の技量は図抜けていた。

しかも三貫まといを抱えたまま、半里（約二キロ）を走り抜く脚力と体力を、いままでも保っている。勘八が後進に座を譲りたいと望んでも、後釜に座れる者はいなかった。

「火元は冬木町の藤川でやす」

火の見やぐらから駆け下りてきた当番が、勘八に火元の見当を伝えた。しっかりとうなずいた勘八は、あとに続く火消したちのほうに振り返った。

「冬木町の藤川まで、一気に行くぜ」

「おうっ」

火消し全員の声が揃った。銑太郎も一緒に声を発していた。

勘八が、大まといをひと振りした。馬簾が風切り音を発した。しっかりと大まといを抱えた勘八が、息を詰めて大川亭から飛び出そうとしたとき。

「大変だあ」

佐賀町の船着場から、若い船頭が大川亭に駆け込んできた。勘八は大まといをまとい立てに立てかけた。

「なにが大変なんでえ」

「豊海橋の先の大川で、日本橋からの乗合船がひっくり返った」

船頭は喉をぜいぜいと鳴らしながら、なんとか伝えた。

「豊海橋の擂半は、その報せか」

船頭は苦しそうな顔でうなずいた。

「どうしやす、かしら」

問われた銑太郎は、一瞬も迷わなかった。

「冬木町の火消しが先だ」

大川の西岸には、幾つも火消し宿がある。いまは深川地元の、冬木町が焼けているのだ。船が転覆したのは大変だが、豊海橋は西側の火消し組に任せるほかはなかった。

「冬木町の火を湿らせたあとで、助けに向かうからと、そう言ってくれ」

船頭に言い置いた銑太郎は、勘八に目配せをした。

「行くぜ」

「おうっ」

大川亭の全員が、冬木町に向かって駆け出した。後ろ姿に、ひのきは両手を合わせた。

八十五

冬木町には、多くの材木問屋が軒を連ねている。そんな町の真ん中には、道幅七間（約十三メートル）の大路が南北に通っていた。

銘木商や材木商が、この通りの両側に店を構えている。いずれも、江戸では名の通った大店だ。

藤川は大店揃いの冬木町のなかでも、抜きんでた身代の大きさを誇る檜問屋である。仙台堀に架かった亀久橋たもとに、自前の船着場と、千坪の材木置き場を持っていた。置き場に積み重ねられているのは、いずれも檜の大木である。差し渡し一尺五寸、長さ五丈（約十五メートル）の木曾檜は、一本の値が三十両を下らない。

藤川の材木置き場には、こんな高値の檜が、常に百本は山積みにされていた。材木代だけでも三千両である。

昼火事は、藤川が火元だった。

「藤川から火が出たぞう」

深川中が大騒ぎとなった。

大川亭の火消しはひたすら藤川を目指して駆けた。しかし大川亭から藤川の材木置き場までは、半里（約二キロ）近くも隔たりがあった。

その長い道のりに加えて、出がけに足止めを食らったのだ。火事場に着いたときには火元に近い火消し組が、すでに何組も消火に当たっていた。

「なんでえ、いまごろきやがって」

「おめえたちは、いってえどこから駆けてきやがったんでえ」

先に着いていた組の道具持ちたちは、勘八に向かって怒鳴り声を発した。

「まといはいらねえ」

深川南組四組のまとい持ちが、千坪もある材木置き場の端を指で示した。背中に藤川と染め抜かれた印半纏を着た男たちが、船着場から材木置き場までの間、三つの列をなしていた。

一列あたり三十人、都合九十人の男たちである。

大柄な男が、調子を取って声を発している。その声に合わせて、仙台堀から汲み上げられた水の桶が、三列とも順に手渡されていた。

列の端に立っている男三人は、火に向かって水をぶっかけている。手渡される桶の速度は速い。炎にぶっかけられる水には、途切れがなかった。

「てえした手並みだぜ」

火事場に駆けつけた火消し人足たちが、感心したという声を漏らした。

三千両もの檜を山積みにしている藤川は、自前の火消し組を擁していた。しかも、ただ火消し組を抱えていたわけではない。

常日ごろから、火消し稽古には怠りなく励んでいたのだ。

いま堀の水で消火に当たっているのは、藤川の火消し組と奉公人たちである。日ごろの稽古の賜物だろう、息遣いにはいささかの乱れもなかった。

火元は、藤川の流し場だった。

火事の始まりは、賄い料理に使う油に火が回ったことだった。立ち上がった大きな炎は、たちまち流し場の天井を燃やし始めた。

凄まじい勢いで昇った黒煙を見て、仲町辻の火の見やぐらは擂半を叩いた。しかし半鐘が鳴り出す前から、藤川の火消したちは消火に取りかかっていた。

藤川には四カ所に板木が吊るされている。分厚い樫板を乾かして磨いた板木は、一枚叩いただけでも店の隅々にまで響く。その板木が四枚同時に打たれたのだ。

火消し組の差配から指図を受ける前に、手代たち全員が半纏を羽織って庭に出た。

「手桶を持って、堀に向かえ」

差配の指図で、手代と火消しの全員が材木置き場を駆け抜けた。そしてただちに列を拵えると、桶を手渡して火元に水をぶっかけ始めた。

冬木町にもっとも近いのは、本所・深川南組の四之組である。この組の火消しが駆けつけたのは、流し場の屋根がそっくり焼け落ちたときだった。

三十坪もある流し場は、油の炎で丸焼けにされていた。が、藤川の面々は、流し場の周囲を水で湿らせていた。それゆえ、他所への延焼は免れていた。

「こっちはわしらで消し止める。あんたらは、野積みになっている檜を守ってくれ」

藤川の火消し差配の言い分に、四之組のかしらはうなずいた。玄人の目からも、流し場の火事は消し止められると判断できたからだ。

駆けつけた火消したちは、だれひとりまといを振ることもなく、藤川の火は湿った。


「まことに、ごくろうさんでした」

火が完全に湿ったのを見届けた藤川の番頭は、駆けつけた火消し衆にあたまを下げて回った。

「みなさんのおかげで、大事にいたらずにすみました」

「ただの一本もくすぶることなく、消し止めることができました」

藤川の奉公人と火消し組の全員が、すすに汚れた顔のまま、銑太郎たちに深い辞儀を繰り返した。

「そちらさんこそ、お見事でやした」

藤川の火消し差配に会釈を返してから、銑太郎はきびすを返した。

「豊海橋が気がかりだ。急いでけえろう」

「がってんでさ」

歯切れよく答えた勘八は、足を速めた。

「それにしても、大した動きだったぜ」

「さすがは冬木町の藤川だ。正味のところ、あの動きには舌を巻いた」

若い衆たちは早足に戻りながらも、口々に藤川の手並みを褒め称えた。

帰り道を急ぐ銑太郎も、胸のうちでは若い者と同じことを思った。

野積みの檜がくすぶりもしなかったのは、おれたちの働きというよりは、藤川さんの火消し衆が見事に働いたからだ……。

敏捷で、息の揃った手桶の手渡しは、まだ銑太郎のまぶたの裏に焼きついていた。

藤川さんにあんな火消しができると分かっていたら、豊海橋の助っ人に出張ったほうがよかったかもしれねえ……。

胸のうちで思ったことが、すぐ後ろにいる勘八にも通じたらしい。

「かしら」

呼びかけた勘八は、まといを担ぎ直した。

「辻を渡ったら駆けやしょう」

目の前に、仲町の辻が見えていた。

黒塗りの火の見やぐらに、八ツ（午後二時）前の陽がまともに当たっている。艶々と黒光りしているやぐらを見て、銑太郎はなぜか胸騒ぎを覚えた。

辻の先には、富岡八幡宮一ノ鳥居が建っている。勘八よりも先に、銑太郎が駆け出した。三貫まといを担いだ勘八が追い始めたときには、銑太郎はすでに一ノ鳥居をくぐっていた。

火消し衆も全力で走り出した。

火消し半纏の派手な裏地が、彩を競い合っていた。

八十六

大川亭は、佐賀町大路の北端を東に折れた突き当たりである。火を湿らせて帰ったとき、いつもなら大路の辻で、ひのきとおきぬが出迎えた。

ところが、辻にはだれも立ってはいなかった。

駆け足で辻を東に折れながら、銕太郎は胸騒ぎを一段も二段も強くした。駆ける足が、さらに速くなった。

勘八も、異変を察知したらしい。銕太郎にぴたりとくっついて、大川亭へと駆けた。

辻から大川亭までは、わずか半町（約五十五メートル）ほどだ。尋常に駆けてもすぐに着く道のりを、銕太郎と勘八は息を詰めたまま駆け抜けた。

目の前に大川亭が見えたとき。

銕太郎は胸騒ぎが当たったと察した。ひのきの顔から、血の気が失せている。瞳は定まってはおらず、駆けつける銕太郎を見てもいなかった。

「おいっ、ひのき」

呼びかけても、ひのきは銑太郎に瞳を合わせようとはしない。魂を抜き取られたかのような、うつろな様子で大川亭の前に立ち尽くしていた。

「ひのき……なにがあったんでえ。しっかりしねえかよ」

ひのきの両肩を強く摑み、身体をゆさぶった。うつろなままのひのきの両目から、いきなり涙があふれ出た。

銑太郎の顔色が変わった。母親の姿がどこにも見えないことに気づいたからだ。

「おっかさん」

ひのきの肩を強く摑んだまま、銑太郎は土間に声を投げ入れた。返事がない。

「おっかさん……おっかさんよう」

大声で母を呼びながら、銑太郎は土間に飛び込んだ。何度呼びかけても、母親の返事はなかった。

「おい、ひのきっ」

駆け戻ってきた銑太郎は、ひのきの顔を強く張った。パシッと、鋭い音がした。

「銑太郎さん、ごめんなさい」

ひのきの瞳に力が戻った。

「詫びなんざ、どうでもいい。なにがあったんでえ、ひのき。おふくろはいってえ、どこにいるんでえ」

不安にかられた銑太郎は、矢継ぎ早に尖った言葉をひのきにぶつけた。

「おっかさんは、乗合船に乗っていたんだそうです」

ひのきがここまで話したとき、鉄太郎はすでに駆け出していた。火消し半纏を羽織ったまま、永代橋に向かっている。

「船はどこに上がってやすんで」

「永代橋の西詰です」

ひのきの答えを聞き取った勘八は、全力で鉄太郎のあとを追い始めた。駆け足では、勘八のほうが大きく上回っている。

永代橋東詰の手前で、鉄太郎に追いついた。

「橋の西詰でさ」

鉄太郎に言い置き、勘八が先に立って走り始めた。ふたりとも、火消し半纏を羽織ったままである。

「どきねえ、どきねえ」

大柄な勘八が、怒鳴り声を発した。

橋の上には、乗合船転覆現場を見下ろす野次馬が群れになっている。が、怒気をはらんだ勘八の声で、ひとが左右に割れた。

鉄太郎は勘八のあとについて走った。

なんだっておふくろが、乗合船に……。

走りながら、あれこれと考えた。しかし、どう思案しても、おきぬが日本橋からの乗合船に乗船していたわけは思い当たらない。

おふくろが乗ってるわけがねえ。

ひのきが言ったことは勘違いだと、強くおのれに言い聞かせた。

どこの野郎だ、おふくろが乗ってたなどと言いやがったのは。ただじゃあ、おかねえ。

走りながら、胸のうちで毒づいた。

目の前に、西の橋番小屋が見えてきた。

八十七

永代橋は、橋の東西両側に橋番小屋がある。

東側の橋番親爺とは、大川亭の連中は四六時中顔を合わせていた。しかし格別の用がない限り、銑太郎は橋を渡ることはなかった。暮らしの用は、大川の東側でほとんど足りた。

大川を渡って日本橋や京橋、尾張町などに出向くのは、十日に一度あるかないかだった。

ゆえに銑太郎も勘八も、西詰の橋番親爺とは馴染みがなかった。

「どきねえ、邪魔だ」

勘八がひとを払って、西詰の橋番小屋を通り過ぎたとき。小屋から五十見当の親爺が飛び出した。

『永代橋』の名が、襟元と背中に染め抜かれた濃紺の半纏を羽織っていた。紛れもなく、永代橋の橋番である。親爺は年配者の見かけに似合わず、敏捷な動きを見せた。

「おっと待ってくれ」

親爺は両手を大きく広げて、勘八の前に立ちふさがった。勘八はつんのめるようにして立ち止まった。全力であとを追っている鉄太郎は、勢いが止まらず勘八の背中に強くぶつかった。

「なにをやってやがるんでえ」

母親の安否が気がかりな鉄太郎は、荒い声を橋番にぶつけた。

「なにをじゃねえ。ふたりとも、渡り賃を払ってくれ」

橋番は右手を差し出した。

間のわるいことに、刻は八ツ（午後二時）前だった。九ツ（正午）から八ツまでの一刻（二時間）は、東の橋番は昼休みである。その間の渡り賃は、西詰の橋番が徴収する定めだった。

半鐘が鳴っているさなかの火消し人足は、渡り賃を払わない。火を湿らせて戻るときも同様である。

ところがいまは、半鐘は鳴っていなかった。どれほど懸命に駆けていようが、消火にかかわっていないときの火消し人足は、ひとり四文の渡り賃を払うのが筋だった。

尋常なときの銑太郎なら、橋番との掛け合いは勘八に任せただろう。しかしいまは、豊海橋のたもとに駆けつけることしかあたまになかった。

「ひとの生き死にがかかってるんでえ。たかが四文ぐれえのことで、うるせえことを言うんじゃねえ」

銑太郎は怒鳴り声を橋番にぶつけて、駆け出そうとした。親爺は両腕を突き出して、銑太郎を押しとどめた。

銑太郎はその腕を払いのけた。はるかに背丈の低い親爺は、血相を変えて銑太郎に組みついてきた。

勘八が止めに動く間もなかった。

銑太郎は親爺を身体から引き剝がすと、地べたに叩きつけた。気が立っている銑太郎は、力の加減を忘れていた。

地べたにぶつかった拍子に、親爺のひたいが裂けたらしい。滲み出した血が、ひたいを伝わり落ちた。

大した怪我ではなくても、ひたいから血が流れているのだ。親爺の様子を見た通行人たちが、どっと勘八と銑太郎を取り囲んだ。

勘八も銑太郎も、火消し装束である。橋番と揉めているふたりの身なりを見て、通行人たちは性根のよくない臥煙だと勘違いしたらしい。

「なんてえやつらだ」

「渡り賃を払わないうえに、橋番のとっつあんを投げつけたりしやがって」

「いい按配に、豊海橋のところに目明しが出張ってきていた」

お店者風の男が、声を張り上げた。

「だれかすぐに、あの目明しを呼んできてくれないか」

「まかせてくんねえ」

職人身なりの男が駆け出そうとした。その男の胸元を、勘八がぐいっと摑んだ。

「余計なことをするんじゃねえ」

勘八は職人を睨みつけた。

「上等じゃねえか、その言い草は」

勘八に凄まれた男は、精一杯の声で言い返した。周りの男たちが職人の加勢に加わり、勘八にきつい目を向けた。

「かしらっ」

ひとの群れの後方から、大川亭の若い者が差し迫った声で呼びかけた。通行人が、左右に散った。

「こんなところで……いってえ、なにがありやしたんで」

若い者が銑太郎に駆け寄った。

「先に行ってくだせえ」

勘八は銑太郎の背中を押した。銑太郎は後ろも見ずに走り出した。

八十八

転覆した乗合船は、豊海橋のたもとに引き上げられていた。船のすぐわきには石で炉が組まれており、焚き火が強い炎をあげていた。

さまざまな身なりの男女が、焚き火にあたっている。乗合船に乗っていた船客で、だれもがずぶ濡れになった衣服を焚き火で乾かしていた。

息を切らした銑太郎が焚き火に向かうと、十手を手にした目明しが寄ってきた。

「おめえさんが、大川亭のかしらかい」

「へい」

銑太郎の身なりから、察しをつけたようだ。

「おめえさんがくるのを、いまかいまかと待ってたところだ」

目明しは十手で船を指し示した。

「こっちにきてくんねえ」

目明しが連れて行ったのは、引き上げられた船の舳先である。一枚だけ敷かれた戸板には、厚手のむしろがかぶせられていた。

「先に断わっとくが、まだ調べのさなかだ」

目明しは、十手の先を銑太郎に向けた。

「勝手な真似をするんじゃねえぜ」

目明しが話をしている途中だったが、鉄太郎は戸板に駆け寄った。しゃがみこむと、むしろに手をかけた。

「勝手なことをするんじゃねえと、そう言っただろうが」

目明しが鋭い声を発した。鉄太郎は耳をかさず、むしろを肩のあたりまでめくった。

血の気が失せて、蒼白になった顔のおきぬが横たわっていた。

「おっかさん」

鉄太郎はおきぬの両肩を強く摑んだ。

「おっかさん……返事をしてくれ」

鉄太郎はおきぬの肩を揺さぶろうとした。背後に近寄った目明しが、鉄太郎の肩を十手で打った。

振り返った鉄太郎は、勢いをつけて立ち上がった。目明しの背丈は、五尺三寸（約百六十一センチ）で、鉄太郎よりは四寸（約十二センチ）も低い。

怒りに燃えた目で、鉄太郎は目明しを睨みつけた。目明しは胸を反り返らせて、鉄太郎を見上げた。

「あのほとけは、おめえのおふくろかもしれねえが、まだ八丁堀の旦那のお調べを受けてねえんだ」

同心の検視がすむまでは、死体に触るのは御法度だという。

「気が立ってたもんで、勘弁してくだせえ」

鉄太郎は素直に詫びた。

目明し相手に揉め事を起こしては、母親の遺体を引き渡してもらえない……と、先を案じたからだ。

「分かりゃあいいさ」

目明しは十手を帯にさして、目つきを和らげた。

「おぼれたひとは、大勢で？」

「気の毒だが、おめえのおふくろだけだ」

「えっ」

「ほかの客は……そこにいるが……」

目明しは、焚き火にあたっている船客のほうに、あごをしゃくった。

「男も女も、みんな助かったらしい」

「だったら、どうしてうちのおふくろだけがおぼれたりしやしたんで」

「おれに向かって、そんな顔をするんじゃねえぜ」

鉄太郎の詰問口調に、目明しはまた目つきを険しくした。

「申しわけありやせん」

詫びたあとで、鉄太郎は小さな舌打ちをした。目明しの耳にも届いたようだが、文句は言わなかった。

「こっちにきねえ」

目明しはおきぬに近寄った。銑太郎が見ている前で、むしろが大きくめくられた。

おきぬは両手で、風呂敷包みを摑んでいた。

「おふくろさんは、鯛の包みを後生大事に握ってたそうだ」

「鯛を？」

「いまも摑んでる、その包みには、三尾の真鯛がへえってたぜ」

目明しはすでに、風呂敷包みの中身を調べていた。

「どんなわけのある鯛だか知らねえが、命と引き換えることもねえだろうに」

むしろを元通りにかぶせた目明しは、銑太郎を焚き火のそばに連れ戻った。

「旦那がくるまで、ここで火にあたって待っててくんねえ」

目明しは焚き火を勧めた。

「ほとけさんは、鯛のほかに桃の花も持ってたそうだが、そいつはどこにも見当たらなかった」

目明しの言った言葉に、船客たちがうなずいた。どの顔にも、深い同情の色が浮かんでいた。

哀れみの表情が、銑太郎にはこたえた。

「おふくろのそばで待ってやす」

「そいつあ構わねえが、勝手な振舞いはするんじゃねえぜ」

「へい」

短く答えた銑太郎は戸板に近寄り、おきぬの枕元にしゃがみ込んだ。

おきぬは四十四歳のいまでも、鼻筋の通った『いい女』である。

しかし顔にかぶせられたむしろは、相当に分厚い。銑太郎はむしろを凝視したが、母の顔かたちを透かし見ることはできなかった。

それでも銑太郎は、むしろを見詰めた。そしてあたまのなかで、昼過ぎからの出来事をあれこれと思い返した。

仲町の辻の擂半を聞くなり、銑太郎はいまも着たままの火消し装束に、手早く着替えた。

大川亭を飛び出そうとした、まさにそのとき。佐賀町の船頭が飛び込んできた。大川の対岸では、半鐘が打ち鳴らされていた。

「乗合船がひっくり返った」

船頭の報せを聞いても、銑太郎はいささかも迷わなかった。

「行くぜ」

勘八に指図をしたのは、冬木町の火消しに向かうということだった。

もしもあのとき、豊海橋に駆けつけていたら……。

そう考えると、胸が切り裂かれたかのように痛んだ。その痛みを、銑太郎はしっかりと受け止めた。

母親が握ったままの鯛の包みは、三尾。ひのきを含めた三人で、一緒に食べようと思ったに違いない。

桃の花も、ひのきを喜ばせようとして買ったはずだ。

そこまで息子と嫁を思ってくれていたおふくろを、おれは見殺しにした。おふくろがおぼれて、苦しんでもがいているとき、おれは他人の火事を消していた。

そんな親不孝者だから、ここにくる途中で橋番と揉めたり、岡っ引きとやりあいそうになったりしたんだ。おふくろが死んでから駆けつけたって、なんの役にも立たねえ……。

むしろを見詰めながら、鉄太郎はおのれを責めた。責めることで、なんとか正気を保っていた。

哀しいのに。

胸が切り刻まれているかのように、激しくて、鋭い痛みなのに。

ひと粒の涙も出なかった。そのことが、たまらなくつらかった。

バチが当たって、涙も出ないのか。

鉄太郎は乾いた目で、むしろを見詰め続けた。目の前に横たわっているのに、むしろで隠された母親の顔を、まったく思い描けなくなっていた。

八十九

「大川亭の話てえのを知ってるかい」

「なんでえ、それは」

「なんでえって……この話を知らねえで、よくも深川を歩けるもんだぜ」

「もったいぶってねえで、とっとと聞かせてくんねえな」

三月三日の夕暮れ前には、深川じゅうに銑太郎の話が広まっていた。

「かれこれ二十年近くもめえの話だが、てめえの身体を火にくべて、油まみれの火事を鎮めた火消しがいたんだ」

「それなら知ってるさ。徳太郎てえ火消しのかしらだろうが」

「そのかしらの息子の銑太郎が、またまたどえらいことをやってくれたのさ」

自分の母親が大川でおぼれていた、まさにそのとき。銑太郎は冬木町の藤川で、命がけの火消しを続けていた。

てめえのおふくろを助けることよりも、他人様の火消しをとった。おかげで銑太郎は、親の死に目にもあえなかった。

親不孝をお許しくださいと、詫びた涙が火を消した……。

銑太郎の評判は、深川の隅々にまで届いた。三月五日のとむらいには、参列者が群れをなして押し寄せた。

おきぬの葬儀は、大島屋の隠居が取り仕切った。徳太郎の葬儀を先頭に立って差配した、大島屋善右衛門である。

徳太郎の葬儀は、仲町の両替商嶋田屋勘兵衛とふたりで差配をした。その勘兵衛は、五年前に他界していた。

善右衛門は上下合わせて八本しか、自分の歯が残っていなかった。しゃべっても、息が漏れて聞き取りにくい。

そんな善右衛門が、百人を超える参列者を背に従えて、おきぬに情のこもった手向けのあいさつをした。

「七十五のわしは、すぐにあとを追いかける。そのときは徳太郎と一緒になって、わしの道案内に立ってくだされ。この世で、山ほど功徳を積んだあんたらのことだ。ふたりに手を引いてもらえたら、わしも極楽に連れて行ってもらえる」

祭壇に向かって、善右衛門が合掌した。

参列者の漏らす嗚咽は、長い間、やまなかった。

初七日が明けた三月十日、八ツどき。材木問屋藤川の当主・藤川与左衛門は番頭を従えて、大川亭に顔を出した。

今年で五十五歳となった与左衛門だが、五尺三寸の身体は、いささかのたるみもない。

とりわけ太ももからふくらはぎにかけては、はがねのように堅く引き締まっていた。

一年に二度、四月中旬と十月初旬に与左衛門は木曾檜の江戸廻漕のため妻籠《つまご》宿まで出向く。

『妻籠宿行きを難儀に思ったときには、すみやかに家督を譲るべし』

杣《そま》との談判は藤川当主の務めである旨、家訓の第一条に定められていた。

春の旅立ちを数日後に控えて、もっとも気ぜわしい時期だが、与左衛門は大川亭に出向いてきた。

「なんでもする。なんでも言ってくれ」

開口一番、与左衛門はこう言い切った。

九十

大川亭を出た藤川与左衛門は、その足で大島屋の隠居所をおとずれた。佐賀町の大御所、大島屋善右衛門に折り入っての頼みごとを伝えるためである。

「このたびは、まことにお世話さまになりました」

善右衛門の前で深々と辞儀をした与左衛門は、四十九日法要の差配をさせてもらいたいと願い出た。

「てまえどもがおもてに出ることは、一切いたしません」

与左衛門は、話の始めにこれを確約した。

「すべて裏方に回らせていただきますが、なにとぞ仕切りのほどは、てまえどもにお任せくださりますように」

母親がおぼれていた、まさにそのとき。鉄太郎は藤川の火事場に駆けつけた。その一事を、与左衛門は身体の芯でしっかりと捉えていた。

「わしがいいのわるいのと、うんぬんすることでもないが……」

前歯が痛んでいる善右衛門は、しゃべるのもつらそうだ。が、与左衛門の思いは、呑み込んでいるようだった。

「あんたがそうしたいという思いは、わしにも分かる」

鉄太郎の了解をとりつけようと、善右衛門は請合った。

「ありがとうございます」

聞き届けてもらえたあとは、命がけで仕度を進めますと、与左衛門は深々とあたまを下げた。

ひとにあたまを下げられることはあっても、みずから深い辞儀をするのはまれな男だ。

その与左衛門が、いささかのためらいもなく、善右衛門にあたまを下げた。

そうしないことには、身体の内から突きあげてくる気持ちを、鎮めることができなかったのだろう。

歯の抜けた唇をしっかりと閉じ合わせて、大島屋善右衛門はうなずいた。

おきぬの四十九日法要の日は、夜明けから富岡八幡宮の鳩が空を舞った。

「見ねえ、あの空を。こんな朝早くから、鳩が飛んでるぜ」

夜明け直後から屋根に登っている瓦葺き職人が、空を見上げて驚きの声を漏らした。

「そりゃあそうさ。今日がなんの日だか、鳩には分かっているんだろよ」

瓦を手にした相方が、したり顔で応じた。

「なんでえ、それは。今日はなにか、わけありの日なのか」

「大川亭の大おかみの、四十九日法要じゃねえか」

「そうかっ」

合点のいった職人は、空の鳩に目を戻した。

「八幡様の鳩は、深川の住人にそれを告げているのかしれねえ」

職人のつぶやきが聞こえたのか、鳩の群れは佐賀町の空へと向きを変えた。

法要は徳太郎の菩提寺で執り行われた。

寺の山門から本堂正面の焼香台までは、およそ半町（約五十五メートル）の敷石が続いている。その敷石の両側を、桃の造花の列が飾った。

与左衛門みずから尾張町まで足を運び、誂えを頼んだ造花である。晩春の陽差しを浴びた桃の花は、本物以上に美しい色味を見せていた。

四十九日の法要を差配したいと思い定めたとき、与左衛門は桃の花で山門から本堂までの道を飾ろうと決めた。

すぐさま出入りの絵師を呼び寄せると、あたまに思い描いている情景を口にした。絵師は、その場で絵を描き始めた。

「いや、そうじゃない。もっと、桃の花の群れを描いてくれ」

何度も描き直させたのちに、一枚の絵図を仕上げた。

「竹籠に挟んで持ちなさい」

仕上がった絵を小僧に持たせた与左衛門は、冬木町の船着場から三原橋の桟橋まで、屋根船を仕立てて出向いた。三原橋から尾張町までは、わずか二町（約二百十八メートル）の隔たりでしかない。

小僧を従えた与左衛門は、足を急がせて尾張町の吉田屋へと向かった。

深川冬木町の藤川といえば、江戸の商家では名を知らぬ者はいない檜の大問屋だ。その当主が前触れもなしに、深川から尾張町まで出向いてきたのだ。

吉田屋のあるじは、慌てて紋付に着替えた。

「折り入っての頼みごとがあって、深川から出向いて参りました」

与左衛門はていねいな物言いで、誂えたい中身を話した。話の途中で、持参した絵図を吉田屋に示した。

当主が吐息を漏らしたほどに、絵図の出来栄えは見事だった。

「てまえどもの職人が総がかりで、拵えさせていただきます」

与左衛門から事情を聞かされた吉田屋は、きっぱりとした物言いで誂えを請負った。

中村座・市村座・森田座は、江戸三座と称される歌舞伎小屋の大どころである。吉田屋は、この三座の小道具造りを一手に引き受ける老舗だ。

長さ半町の敷石の両側を、一寸の透き間もなしに埋める桃の花の群れ。拵えの期日には定めがあるが、費えは青天井で、限りはつけない。

腕自慢の職人たちには、願ってもない大仕事の注文である。

「一世一代の仕事だ。吉田屋ののれんにかけて取りかかろうじゃねえか」

職人たちは三原橋の水垢離《みずごり》場に出向き、沐浴をしてから仕事を始めた。

吉田屋のなかでも、腕利きで通っている職人を厳選して仕上げた桃の花である。山門をくぐった参列者たちは、本堂に向かう途中で思わず足を止めた。

そして、香りを求めて、思わず鼻をひくひくとさせた。

桃の造花は、それほどに見事な仕上がりを見せていた。

焼香を終えて山門に戻ると、大川亭の半纏を着た火消し人足が、一列に並んであたまを下げた。そして、参列御礼の引き出物を差し出した。

熊野杉で拵えた一合枡がふたつ、厚手の紙箱に収まっていた。箱に納めたまま、流し場に置ける工夫が加えられた厚紙作りである。

枡には砂糖と塩が盛られていた。

砂糖は薩摩特産の黒砂糖の塊で、塩は播州赤穂の焼き塩である。

砂糖・塩ともに極上物で、枡・紙箱の費えと合わせれば、一式二朱（五百文）はする高価な引き出物だ。

その品を藤川は、五百人分も用意していた。おきぬの葬儀に参列した、焼香客の人数を元にして誂えた数である。

四十九日の焼香は、一刻（二時間）以上も続いた。藤川が用意した引き出物は、ひとつも余ることがなかった。

裏方の準備は、藤川の奉公人たちが総出でこなした。しかし与左衛門が約束した通り、当日は藤川の者は表舞台から引っ込んだ。

法要の場で立ち働いたのは、大川亭の火消し人足と、佐賀町の町内半纏を着た若い衆たちである。

「あんたが力を尽くしてくれたのを見て、おきぬさんも徳太郎も、さぞかし大喜びをしているじゃろうよ」

「大川亭のかしらがしてくれたことに比べれば、いかほどでもありません」

謙遜ではなしに、与左衛門は正味からこの言葉を口にしていた。

法要の引き出物の費えだけでも、ざっと六十三両。吉田屋が拵えた桃の造花代は、じつに二十五両もかかっていた。

その他の諸掛も含めれば、藤川が負った費えは優に百両を超えている。

それだけを支払いながらも、かしらがしてくれたことに比べれば……と、与左衛門は口にした。まだまだ、なにかをしなければ気がすまないと言いたげだった。

数日後に、与左衛門の口調のわけが明らかになった。

九十一

四月二十五日の昼間は、初夏を思わせる暑さとなった。

「まるっきり、夏の暑さじゃねえか」

手拭いでひたいを拭う石工たちが、大鳥居下に列を拵えていた。四月下旬から、富岡八幡宮大鳥居下では、冷水《ひやみず》売りが商いを始めた。

御茶ノ水渓谷で汲み入れた湧水を、わら包みの水桶に汲み入れる。分厚いわらは、水がぬるくなるのを防ぐ役目を果たすのだ。

その湧水を素焼きの茶碗に注ぎ、砂糖を薄く混ぜた冷水が、一杯四文。白玉を浮かべたものは六文で、砂糖の量を倍にすると一杯八文である。

冷水売りは夏が盛りの商いだ。しかし四月二十五日は、八ツ（午後二時）前には売り切れとなった。

「なんでえ、もう売り切れだてえのか」

「あいすみませんです」

店仕舞いの手をとめて、親爺は道具箱を担いだ大工に詫びを言った。

「もっともこう暑くちゃあ、みんなが冷水を呑みたくもなるだろうさ」

「まことに、そのようでして」

「命がけで火消しをやってくれてる、とっつあんの息子も、これからの時季は楽ができるんじゃねえか」

「火事が減ったのは、ありがたいことです」

親爺はしわのよった顔をほころばせた。

「威勢のいい息子に、夏場もよろしくと言っといてくんねえ」

大工は道具箱を載せていた肩を替えた。

「火消し衆がいてくれるおかげで、おれっちは安心して寝てられるからよう」

道具箱をしっかりと摑んで、冷水売りの屋台から離れようとした。その大工を、親爺は引き止めた。

「どうかしたのかよ」

「あたしが呑もうと思ってとっておいたのが、底に一杯分だけ残ってますから」

「おれに呑ませてくれるてえのか」

「へい」

「こいつあ、ありがてえや」

大工は顔をほころばせて、道具箱を肩からおろした。

「とっつあんの分を売ってくれると聞かされたんじゃあ、こっちも安いことはできねえ」

「なにも、そんなことを……」

「なんてえことはねえ。砂糖は倍づけで、白玉をたっぷり浮かべてくんねえ」

腹掛けのどんぶり（小袋）に手を突っ込んだ大工は、一文銭をひと摑み取り出した。手早く十枚を数えると、茶碗が重ねられた卓のわきに置いた。

「とっつあんの心意気が嬉しいからよう。そんだけ、取っといてくんねえ」

「ありがとうございます」

十文を目にした親爺は、耳掻きですくっていた砂糖を、一杯余計に加えた。冷水は売り切ったが、白玉はまだ水桶に残っている。それを網ですくうと、茶碗の冷水が隠れるほどに白玉をよそった。

「お待ちどうさま」

「おっ……」

茶碗を見て、大工は目を見開いた。

「こいつあまた、豪勢じゃねえか」

相好を崩した大工は、冷水の半分をぐいっと呑んだ。茶碗には、まだたっぷりと白玉が浮かんでいる。

「なんだってとっつあんは、おれにでえじな一杯を呑ませてくれる気になったんでえ」

「お客さんが、息子の仕事を誉めてくれたからですよ」

大川亭の火消し、龍助は、冷水売りのひとり息子だった。親爺が暮らす裏店は、深川黒江町の木兵衛店である。長屋と大川亭とは、わずか三町（約三百二十七メートル）の隔たりでしかなかった。

しかし住み込みの龍助は、十日に一度しか長屋には戻ってこない。昨日帰ってきたばかりの龍助は、目と鼻の先に暮らしながら、九日後でなければ長屋に戻ってこないのだ。

龍助の役目は、一番格下の人足だ。それでも、息子がひとの役に立つ火消しでいることが、親爺には自慢だった。

息子の生業を誉められた親爺は、嬉しくなって自分の呑み分を大工に供した。

「そういやあ、とっつあんよう」

「なんでしょう」

「冬木町の藤川は、大川亭のかしらや火消し衆に、大した礼を尽くしていると聞いたぜ」

「その通りですよ」

親爺は屋台の引き出しからキセルを取り出すと、煙草を詰め始めた。

「おれも一服させてもらうぜ」

まだ冷水が半分も残った茶碗を置き、大工もキセルを取り出した。煙草を吸いたくてうずうずしていたが、火種がなくて我慢していたのだ。

「よかったら、藤川が火消しにどんな礼を尽くしたのか、おれにも聞かせてくんねえな」

大工が吐き出した煙が、真っすぐ上に立ち昇った。陽差しはまだ強かったが、そよとも風は吹いてはいなかった。

吸い終わった大工は、首に巻いた手拭いでひたいを拭った。

「ゆんべ帰ってきた、せがれから聞いた話ですが……」

親爺も煙草を吸い込んだ。煙草が燃えて、火皿が真っ赤になった。


藤川は、大金を遣って四十九日法要の趣向を凝らしただけではなかった。

大川亭の火消し全員の寸法を測り、真新しい火消し装束を誂えた。

「日本橋の内山に誂えを出したいのだが、それでかしらに差し障りはありませんかな」

与左衛門に問われた銑太郎は、ありませんと即答した。

内山は、火消し装束の専門店である。この店が半纏に使う布は、内山秘伝の薬草に十日間浸してから裁縫に回した。

薬草には火を防ぐ効能があった。他所で拵えた半纏がくすぶり始めても、内山の半纏は焦げ目すらつかなかった。

その秘伝の布を二枚重ねにして半纏にした。しかも間に詰める綿には、別の塗り薬が吹き付けられている。

布と綿が強いのに、重たくはない。大川亭が使っている火消し半纏に比べれば、およそ三割近くも軽かった。

が、内山の半纏は目の玉が飛び出るほどに高い。半纏・頭巾・足袋一式で、ひとり二両もした。火消し組の実入りは、町内篤志家からの寄付と、火を消し止めた相手からの礼金である。まれに御上から褒美をもらうこともあったが、大した額ではなかった。

命を守る火消し装束ではあっても、内山で揃えるのは『夢の、また夢』も同然だった。

藤川は費えに糸目はつけず、火消し全員の装束を内山で誂えた。

銑太郎は半纏の裏地に、桃の花を描いた。

「そいつあ豪気な話だ」

藤川の太っ腹ぶりに、大工は感嘆の声を漏らした。

「藤川さんだけではなしに、久世の殿様からもお誉めをもらったんです」

親爺は新しい煙草を詰め始めた。

九十一

「いま安兵衛さんが言った久世様てえのは、あの久世様のことかい？」

冷水売りの親爺が口にしたことに、大工はよほどに驚いたのだろう。それまではとっつあんと呼びかけていたのが、安兵衛さんに変わっていた。

「その通りでさ」

「突き当たりまで確かめるみてえで、心持ちがよくねえが、久世大和守様のことに間違いはねえんだよな」

「へい」

安兵衛がしわの寄った顔でうなずくと、かぶっている笠が大きく揺れた。


久世大和守下屋敷の場所は、仙台堀海辺橋北詰である。敷地は一万二千九百坪。仙台堀を隔てた対岸では、わずか五十坪の地べたに三棟もの長屋が軒を重ね合わせていた。いわゆる裏店が密集している土地柄だ。狭い土地に、安普請の長屋が軒と軒とをくっつけて建っている。そんな暮らしの町人からみれば、一万二千九百坪という久世大和守下屋敷は、途方もない大きさだった。

「でえみょうが、でけえつらをして地べたをひとり占めするから、こっちはこんな狭い裏店暮らしをさせられるんでえ」

大名屋敷を見るたびに、町人たちは陰では口を尖らせた。が、町人が業腹に思ったのは、大名屋敷が広い土地を占めているからだけではなかった。

土地の広さうんぬんのほかに、町人が大名屋敷に不平・不満をいだく大きなわけがふたつもあった。

ひとつは、下級藩士たちの振舞いがひどかったということだ。

たとえ石高数万石の小身大名といえども、上屋敷・中屋敷・下屋敷の三種屋敷を構えていた。

上屋敷は、在府中の藩主が起居する公邸である。残る中屋敷・下屋敷には、江戸勤番の藩士が暮らした。まれにくつろぎを求めて藩主がお忍びでおとずれることもあるが、通常は藩士のみが起居していた。

格は低い下屋敷だが、地所は少なくても二千～三千坪の広さはあった。そしてどこの家の下屋敷も、高さ一丈（約三メートル）もある屋根つきの塀が敷地を囲っていた。塀の下部は石垣組みで、中央部は漆喰の白壁だ。そして塀の上部には、最下級藩士が暮らす長屋が設けられていた。

この『下屋敷の長屋塀』に、町人が大名屋敷をきらう大きなわけが潜んでいた。

藩主の出府に国許からついてきた勤番藩士の多くは、江戸では格別の用務はなかった。いわば、毎日が非番も同然なのだ。

ふところ具合が豊かであれば、江戸見物に出かけたりもした。が、毎日、そんなことをしていては、カネが続くわけがなかった。

手元不如意の藩士たちは、塀の上部の長屋でごろ寝を決め込んだ。

ひまを持て余した藩士には、塀の下を歩く町人は、格好のからかいの的である。

「そこの町人。何用あって、当家下屋敷のそばを通行いたすのか。ありていに申せ」

「この塀がどこの屋敷のものであるか、分かって通っておるのか」

高い塀の上から怒鳴り声を投げつけられた町人は、その場に立ち竦んでしまう。婦女子のなかには、怖さのあまりに泣き出す者も少なからずいた。

「あのお屋敷の近くを、うかつに通ったりしてはいけないよ」

たちのわるい藩士が住む下屋敷のそばは、町人も通行しないように心がけた。が、先を急ぐ者のなかには、脅かされるのを承知で塀の下を行き来した。

そして、まんまと下級藩士の脅しの餌食となった。

「まったくひとのうえに立つお武家のくせに、なんてえやつらだ」

町人は大名屋敷というよりは、長い長屋塀を嫌った。

大名屋敷が嫌われたもうひとつのわけは、大名火消しの不人情なことだった。

場所によっては、大路を挟んで大名屋敷と商家や民家が向き合っていたりもする。

大名の多くは、屋敷内に自前の火消し組を抱えていた。そして火消しに熱心な大名の屋敷では、日々、火消し稽古に精を出した。

なにしろ、格別に用務のない藩士が屋敷にはごまんといるのだ。火消し人足の数には、いささかも不足はなかった。

それに加えて、公儀は大名諸家に火消し組の整備を強く求めた。火事の怖さは、明暦の大火で江戸城天守閣を焼失した公儀も、骨身に染みていた。

「もしも御城より出火いたしたときは、すみやかに火消しに参上いたすべし」

老中は文書でもって、これを諸家に通達していた。すみやかな火消し出動のためには、日ごろの火消し稽古が肝要である。

稽古は、諸家の差配にゆだねられていた。しかし江戸城出火を想定しての手順は、老中配下の奉行が『火消し手続書』に詳細を定めていた。

諸国大名が屋敷内に構える火消し組の目的は、一に御城消火出動で、次いで自家屋敷の火消しという順である。手続書には、町場の火消しに出動すべしとは、一行も書かれてはいなかった。

大名屋敷がどれほど商家や民家と近接していても、大名火消し設置の目的には、町場の火消し出動は含まれていなかった。

通りを隔てた目の前の民家が燃えていても、大名火消しは手伝いをしない。飛んでくる火の粉が自家屋敷に落ちないようにと気を配るのみである。

「立派な火消し組がいるのに、なんの役にも立ちやしねえ」

「まったくだ。あんな火消しなら、いっそのこと、この町から出て行ってもらいてえ」

町場の消火を手伝わない大名屋敷の火消しに、町民は顔をしかめて不満を漏らした。

下級藩士の、不届きな振舞い。

町場の消火を手伝わない、大名火消し。

このふたつの理由があったがために、町人は大名諸家の中屋敷・下屋敷をこころよく思ってはいなかった。

ところが、深川の久世大和守下屋敷だけは別だった。

広大な屋敷だが、久世家下屋敷には長屋塀が設けられていなかった。久世家は下総関宿が国許である。江戸に近いことで、江戸詰藩士の数は少なくてすんだ。それゆえ、下級藩士の長屋普請は不要だったのだ。

藩主は他家とは異なり、この下屋敷に美しい庭と築山を造園した。そして諸大名を招き、園遊会を催した。

そのために下屋敷の庭には、森もかくやと思われるほどの樹木が植えられていた。

美しい庭園の眺めには、無骨な長屋塀は似合わない。久世家下屋敷は高い長屋塀ではなく、丈が一間（約一・八メートル）しかない築地塀で囲まれていた。

一間の高さなら、塀のわきを通っても気おされる感じはしない。しかも季節ごとに彩りを変える樹木や花木を、塀の外からでも楽しむことができる。

久世家下屋敷の眺めの美しさは、土地の住民たちも大いに誇りにしていた。しかも下屋敷の火消し組は、土地の消火に出動することも一再ならずあった。

そのことも、久世家が地元で人気の高いわけのひとつだった。

「久世様のお屋敷に招かれたてえのは、例のあのことが聞こえたのかい？」

「せがれの話だと、その通りのようで」

あのこととは、鉄太郎が母親の救助ではなしに、火消しに出向いた一件である。

「あちらのお屋敷に招かれるんなら、大川亭も周りの火消し組に幅が利くてえもんだ」

「なんでも二十七日の八ツ（午後二時）には、大川亭のかしらが、下屋敷の頭取様からお招きをいただいてるそうでして」

「二十七日といやあ、あさってじゃねえか」

「このまま上天気が続いてくれれば、それほど火事を案じなくてもいいんですが……」

火事がなければ、息子の龍助の身を案ずることはない。冷水もよく売れる。

安兵衛は、心底から晴天続きを望んでいる口調だった。

九十三

銑太郎が久世家下屋敷の正門前に着いたのは、四月二十七日の八ツよりも四半刻（三十分）は早かった。

「そなたのことは、三浦様よりお指図を受けておる」

正門の門番は、銑太郎と同じ背丈のある武家奉公人だった。三浦様とは、いまの下屋敷頭取三浦雅彦のことである。

「八ツになれば、案内の服部様がそなたを迎えにこられる。それまでは詰所にて待たれるがよろしい」

三浦からの指図が行き届いていたのだろう。門番の物言いは親切だった。

「ありがとうごぜえやす」

鉄太郎は軽くあたまを下げた。

門番は、詰所に向かって六尺棒を上下に振った。すぐさま控えの門番が出向いてきた。やはり五尺七寸（約百七十三センチ）はありそうな、大柄な中間である。

「どうぞこちらへ」

控えの門番は、ていねいな口調で鉄太郎を詰所に案内した。小屋に入ると、驚いたことに門番は座布団を勧めた。

「とんでもねえことで」

鉄太郎は強い口調で辞退をした。

「お迎えにこられる服部様から、そうするようにとお指図を受けておりますので」

門番も強く勧めた。久世家家臣の指図だと聞かされて、鉄太郎は座布団に腰をおろした。

「大川亭さんなら、きっと刻限よりも早くお見えになるだろうと、服部様から言われておりましたので」

門番は小屋の七輪で、湯まで沸かしていた。供されたのは焙じ茶である。よく沸騰した湯でいれたらしく、茶の熱さが焙じ茶の味を引き立てていた。

「こいつあ、まことに縁起のいい茶をいただきやした。見てくだせえ」

鉄太郎は、門番に向かって湯呑みを差し出した。

「おおっ」

門番は素直に驚きの声を漏らした。湯呑みのなかでは茶柱が二本、並んで立っていた。

「さすがは大川亭のかしらだ。二本の茶柱とは、並のことじゃありません」

門番は、いささかも勿体ぶった物言いはしなかった。それどころか、鉄太郎に対する深い敬いが感じられた。

「そんなに誉めてもらったら、尻のあたりがむずむずしてきやす」

鉄太郎は居心地わるそうな顔で、腰を浮かそうとした。門番は手を前に出して、その動きをとめた。

「かしらほどの器量の方は、男を売る火消しのなかにも、そうざらにいるもんじゃありません」

神妙な顔つきの門番は、平太郎だとみずから名乗った。

「おれも二年前までは、二番組の梯子持ちをやってました」

「えっ……」

心底から驚いた鉄太郎は、思わず立ち上がった。湯呑みが揺れて茶がこぼれ出た。が、鉄太郎は熱そうな顔をしなかった。

「二番組の何組におられやしたんで」

「め組です」

め組と口にした平太郎の答え方には、隠しきれない誇りが感じられた。

十の大組に再編された火消し組のなかで、二組には『ろ』『せ』『も』『め』『す』『百』

『千』の七組が属している。

なかでも火消し人足二百三十九人を擁する『め組』は、威勢のよさで名が通っていた。

そのわけは、め組が守っているのは御府内でも格式の高い町が多かったからだ。

わけても将軍家菩提寺のある芝増上寺周辺を守っているというのが、め組の自慢だった。

「将軍様を守るのは、め組なんでえ」

これを言われると、他の火消し組は口惜しそうな顔で口をつぐんだ。

「め組の梯子持ちでやしたか……」

驚いた銑太郎は、手にした湯呑みをまたもや揺らした。二本の茶柱が揺れた。

九十四

「梯子持ちだったのは、もう二年も昔のことです」

平太郎は、すっかり武家奉公人らしい物言いに変わっていた。

「いまでは大名屋敷の門番ですから、昔のことで感心したりしないでください。おれは銑太郎さんに感心してもらえるような、自慢できる身の上ではありません」

言い切った平太郎は、静かな目で銑太郎を見詰めた。黒くて大きい瞳の奥には、言い知れぬ哀しみの色が感じられた。

「そうでやすか……」

梯子持ちをやめて門番になったことには、深いわけがある……そう察した銑太郎は、余計な問いかけをせず、茶柱二本の立った茶に口をつけた。

平太郎も口を閉じたままである。

門番の詰所が静まり返っているが、気まずい気配は漂ってはいなかった。平太郎と銑太郎が、互いに相手を敬っていたからだ。

銑太郎が茶柱を気遣いながら、茶を飲み干したとき。

カン、カン、カン。カン、カン、カン。

板木を叩く三連打の乾いた音が、詰所に飛び込んできた。

火消し組のかしらを務める銑太郎は、素早く湯呑みを置いて身構えた。われ知らぬ間に、身体が勝手に応じてしまうのだ。

「大丈夫です」

平太郎の口調は、板木の音とは不似合いに落ち着いていた。

「あれは、火消し稽古がまだ続くことを報せる板木ですから」

久世大和守は、火消しに熱心な大名で知られている。広大な下屋敷には、百五十人を数える大名火消し人足が常駐していた。

「いま打たれた板木は、稽古の終わりまでには、まだ四半刻はかかるということを告げています」

平太郎は、新たな茶を銑太郎に勧めた。

「差配の服部様がお見えになるまでには、まだまだひまがかかりそうですが、銑太郎さんは大丈夫ですか」

「今日一日の火消し差配は、下の者にまかせてあります」

「そうですか……」

平太郎は自分の湯呑みにも茶を注いでから、銑太郎に目を戻した。

「おれが梯子持ちをやめたのは、火事場の火が怖くなったからです」

平太郎は、真正面から銑太郎を見詰めていた。瞳の奥に宿されていた哀しみの色は、すっかり消えていた。


芝源助町は『め組』が守る町である。

表通りには乾物屋、履物屋、太物屋、青物屋、雑穀屋などの商家が軒を連ねていた。

大店は一軒もなかったが、どの商家も寛永時代の創業である。

「はばかりながら、うちののれんには百年以上の重みがある」

奉公人が十人にも満たない小さな所帯ながら、どの商家ものれんには誇りを持っていた。ゆえに店先の掃除は小僧や手代に言いつけて、日に三度も念入りに行った。

自家火を出さないこと。

店先は常にきれいに掃き清めておくこと。

このふたつを、芝源助町の商家は家訓として大事に守っていた。

二年前の元文四（一七三九）年四月一日。この日は朝から、夏を思わせるような強い陽差しが、地べたを焦がしていた。

「こう暑くては、あっという間に打ち水が乾いてしまう」

四ツ半（午前十一時）を過ぎたころ、履物屋の手代はこの日二度目の打ち水を始めた。陽は空の真上から照りつけていた。

白い光がまばゆくて、手代は通行人に気づかぬまま、ひしゃくの水を通りに振り撒いた。

「無礼者」

水は、通りがかった武家の袴にかかった。しかも拍子のわるいことに、武家が佩いた太刀の鞘にもかかってしまった。

「とんだ粗相をいたしまして、まことに申しわけございません」

動転した手代は、店先に干してあった雑巾で太刀の鞘を拭おうとした。使い込まれた雑巾は色味が真っ黒で、しかも方々が擦り切れそうになっていた。

「なんだ、その不浄な布は」

水をかけたうえに、雑巾で太刀を拭おうとしている。武家は怒りを破裂させた。

「貴様のようなうつけ者は、この場で成敗いたす」

その場に座れと、武家は大音声を発した。なにごとが起きたのかと、周囲の商家からひとが飛び出してきた。

　履物屋の隣の雑穀屋で、よもやま話にふけっていた平太郎も、武家の怒鳴り声を聞くなり店から飛び出した。

「わるぎがあっての不始末ではございません。粗相でございますので、なにとぞご勘弁くださいまし」

　履物屋の手代は、立ったままの姿で詫びの言葉を重ねた。

　慶長八（一六〇三）年に江戸が開府されてから、はや百三十六年が過ぎていた。つまり泰平の世が、百年を大きく上回って続いていたわけだ。

　開府から間もないころの江戸には、まだ色濃く戦国時代の風習が残っていた。武家は往来の真ん中を、肩をそびやかして歩いた。

　もしも町人が武家に粗相をしでかしたときは、問答無用で斬り殺されても文句は言えなかった。

『斬り捨て御免』は、武家の特権だった。

　しかし元禄時代を境にして、いかに町人に非があろうとも、奉行所の詮議もなしに斬り捨てることは御法度となった。

　むやみに往来で抜刀したりすれば、武家のほうがきつい咎めを受けた。

　それを分かっていたがゆえに、手代は武家に詫びながらも、土下座はしなかった。

　しかも『め組』が守る町々は、いずこも町人の気位が高かった。

「わるぎがあってしでかしたことでは、ございませんので」

詫びを言う手代は、次第に口調がぞんざいになった。たかが水をかけただけじゃないかと、手代の態度が強く物語っていた。

「勘弁してやればいいじゃないか」

「たかが、ひしゃく一杯の打ち水をかけられただけだろうに」

「許してやんねえな」

通りを埋めた源助町の住人たちも、遠慮のない物言いで武家を咎めた。

ところが野次馬たちの勝手な言い草が、武家の誇りを大きく傷つけた。

「その場になおれ」

怒鳴った武家は、怒りで顔色が蒼白になっていた。

人垣の後ろで見ていた平太郎は、武家が放つ強い殺気を感じ取った。火事場で命がけの火消しを繰り返しているうちに、平太郎はひとが放つ殺気を、感じ取ることができるようになっていた。

こいつは、うまくねえ……。

どうしたものかと思案している間に、武家はいきなり抜刀した。そして、目の前の手代を袈裟懸けに斬り斃した。

「うわっ」

町人の悲鳴が、幾つも重なりあった。

首の太い血筋を斬られた手代は、鮮血を噴出しながら、その場に崩れ落ちた。

平太郎は、なにもできずに棒立ちになっていた。

「わしの名は森田善右衛門である。用があるなら、南槙町まで出向いてまいれ」

武家は姓名と住所を言い残して、その場を立ち去った。

南槙町はめ組同様の二番組で、『せ組』に属する町である。源助町の肝煎と、め組のかしらの訴えを聞き届けた奉行所は、すぐさま官吏を差し向けて森田を捕縛した。

往来での抜刀に加えて、町人を斬殺している。吟味の末、森田は死罪と処断された。

武家を死罪に処すための吟味は、入念をきわめた。その場に居合わせた平太郎も、何度も奉行所に呼び出された。

「手代の近くにいながら、め組の火消しがなにもしなかったのか」

「命がけで武家に飛びかかっていれば、手代さんも殺されずにすんだだろうに……」

ときが経つにつれて、平太郎をそしる声が大きくなった。

「おめえがわるいわけじゃねえ」

め組で一番大柄な掛矢持ちの久助が、平太郎をかばった。組でだれよりも人望のある久助が支えたことで、平太郎はめ組にとどまることができた。

ところが……。

火消しに出張った火事場で、平太郎は足が竦んで動けなくなった。

手代の斬殺騒動が起きるまでは、平太郎は肩で風をきって町内を歩いていた。上背もあり、様子のいい平太郎には、源助町のみならず、め組各町の娘たちが岡惚れをしていた。

四月一日の騒動以来、住人はさげすみを含んだ目で平太郎を見はじめた。通りで平太郎を見かけると、娘たちは鼻で笑った。

往来の真ん中を我が物顔で歩いてきた平太郎が、生まれて初めて味わった苦味である。やり場のない挫折感が、平太郎の身体のなかで大きく膨らんだ。

そして、火に怯えはじめた。

「おめえのこころの病が治るまで、深川の久世様の屋敷に奉公してみろ」

門番奉公の口利きをしたのは、め組のかしらである。

「久世様は、火消しにことのほか熱心なお大名だ。そこでしっかり奉公していれば、お屋敷の火消し人足に、取り立ててもらえるかもしれねえ」

かしらと久助に付き添われて、平太郎は久世大和守下屋敷の門をくぐった。

源助町の騒動が起きてから、すでに丸二年が過ぎていた。が、平太郎はいまだに下屋敷の火消し人足に、取り立ててもらえてはいなかった。

「あのときのおれが、亡くなられた徳太郎かしらのように、命を惜しまずに、刀を抜いたお武家に飛びかかっていたら……」

平太郎は、手に持っていた湯呑みを置いた。

「おれはてめえの命を惜しんだばっかりに、死ななくてもいい手代さんを死なせてしまいました」

め組の梯子持ちだったなどと、自慢できる身ではありません……物静かな口調で、平太郎はおのれの身の上を話し終えた。

半端な返事はできないと感じたのだろう。銕太郎は吐息を漏らしただけだった。

話に夢中だったふたりは、服部が詰所の戸口に立っているのに気づいていなかった。

「待たせたようだな」

声を発した服部は、平太郎の話をすっかり聞き取っていた。

九十五

元文から寛保へと改元されたのは、二月二十七日だ。改元日の翌々日に、久世家下屋敷の火消し差配には、服部清作が就任した。

服部が火消し差配に就くなり、前任者は国許へと帰任した。下屋敷火消し差配から、本国の作事奉行へと大昇進を果たしての、いわば凱旋帰国である。

江戸在府の諸大名のなかでも久世大和守は、代々の藩主全員が、火消し活動には熱心だった。

「大名火消しといえば、東西の横綱は加賀様と伊達様」

これが江戸町民の間の評価だった。毎年三月に売り出される『諸大名火消し番付』でも、東の横綱は加賀藩、西の横綱は仙台伊達藩が、ともに不動の位置を占めていた。

加賀藩は百万石、伊達藩は六十二万石で、いずれも群を抜いた大身大名である。東西の大名火消し横綱が不動であることには、江戸庶民のだれもが得心した。

番付でひときわ目を惹くのは、下総関宿藩五万八千石の久世家が、東の関脇に座っていることだった。

「関宿藩は、心構えが違う」

「なにしろ殿様ご当人が、火消し装束を枕元において寝るてえじゃねえか」

「久世家の下屋敷は、町場の火事にも出張ってくれる、ありがてえ大名火消しだぜ」

江戸町民のなかでも、とりわけ深川の住民たちは、久世家が大名火消し番付上位にいることを喜んだ。

町民の評判は、久世家当主の耳にも届いていた。ゆえに深川下屋敷の火消し差配には、家臣のなかでも選りすぐりの人物が就任した。そして火消し差配には、帰国後の大きな出世が確約されていた。

服部清作は、今年三十五歳の中堅家臣である。

「他のお歴々は別として、わしの前ではもっと楽にいたせ」

畳に両手をつき、神妙に顔を伏せている銑太郎に向かって、服部は親しみのある口調で話しかけた。

「わしもおまえも、ともに火消しに一命を賭しておる。それに加えて、大勢の火消し人足を預かる身であることも同じだ」

服部の物言いは、張り詰めた鉄太郎の気持ちを解きほぐす、不思議な力を秘めていた。

「おもてを上げて、気を楽にいたせ」

服部におだやかな口調で言われた鉄太郎は、ひと息おいてから顔を上げた。目の前に立っていた服部は、鉄太郎のすぐ前であぐらを組んだ。

「おまえの親仁殿《おやじ》がみずからの身体を火に投じ、猛火を鎮めた一件は、当家代々の火消し差配が語り継いでおる」

服部は鉄太郎に向かって、「おまえ」と呼びかけた。武家は目下の者に対しては、「そのほう」と呼びかけるのが尋常である。

「おまえ」は「そのほう」よりも、はるかに親しみをこめた呼びかけ方だった。

しかも服部は、徳太郎を「親仁殿」と敬称をつけて呼んだ。大名の家臣が、町人を敬称つきで呼ぶなどは、異例中の異例である。

おまえという呼びかけも、親仁殿と敬称をつけて呼んだことも、服部が鉄太郎と徳太郎を深く敬っていることのあかしと言えた。

徳太郎を尊敬しているのは、命を賭して猛火を鎮めたがゆえである。

年下の鉄太郎に対しても敬いの念を抱いているのは、母親の救助よりも、藤川の火消しを優先した振舞いを称えていたからだ。

「徳太郎殿のように、鎮火と、おのれの命とを引き換えにできるかと、わしは毎日のように問いかけておるが、いまだ答えは出せぬままだ」

服部の物言いには、いささかも気負ったところがなかった。それゆえに、服部は正直におのれの胸の内を語っているのだと、鉄太郎には察しがついた。

「覚悟はできておるつもりだが、いざとなったときには、ひとは弱気になり、おのれの命を惜しむものだ」

泰平の世が長く続いているがため、武家は『命を捨てる覚悟』が甘くなっている、と服部は強い口調で断じた。

「その覚悟を忘れさせぬためにも、当家ではおまえの親仁殿の話を語り継いでおる」

口を閉じた服部の目は、湧き上がる思いに押されて潤んでいた。

九十六

四月二十七日の八ツ（午後二時）過ぎ。鉄太郎が服部清作と、初の顔合わせに臨んでいたとき。

ひのきは本郷二丁目の『梅鉢』を出たところだった。梅鉢は加賀金沢に本店のある、香道屋である。

間もなく五月三日で、おきぬが亡くなって二度目の月命日がやってくる。生前のおきぬは、本郷梅鉢の線香をことのほか気にいっていた。

ひのきは、朝夕の仏壇のお守りをかかさなかった。そしてその都度、線香を供えている。線香に火を灯すための種火も、一日として絶やしたことはなかった。

銑太郎とひのきは毎日四本ずつ、ふたり合わせて日に八本の線香を仏壇に供えた。

生前のおきぬは、買い置きの線香が少なくなると梅鉢まで出向き、新しい一箱を買い求めてきた。

ひのきはおきぬのしてきたことを、忠実に守っていた。おきぬが買い求めていたのは、『ゆらぎ』という名の線香である。

金沢から取り寄せる品はいずれも高価だが、なかでもゆらぎは、一箱二百本入りで銀十五匁（銭で千文）もした。

一本の線香が五文という高値である。墓参りに供える並の線香であれば、ひと束が十文で買えた。

そんな高値の線香を、ひのきも銑太郎も、惜しまずに供えた。毎日毎夕、好みの香りを供えることが、なによりの供養だと心得ていたからだ。

生前のおきぬは、この線香の話を何度もひのきに聞かせていた。

徳太郎が三十、おきぬが二十三だった享保五（一七二〇）年の八月二十七日に、江戸の火消しは『いろは四十七組』に組織替えされた。このお触れにより、火消し人足たちは火事場でまといを持つことが許された。

「これで深川の火消しも威勢がよくなる」

いろは組の制定を喜んだ芳三郎は、徳太郎とおきぬに加賀料理を振舞うことにした。

「加賀の殿様は、江戸でも抜きんでた大名火消しを屋敷内に抱えていなさる」

いろは組ができた祝いを、加賀藩上屋敷近くの料亭、浅田屋で祝おうという運びだった。

「ことによると、火消し稽古を見ることができるかもしれねえ」

芳三郎が本郷・浅田屋を選んだわけには、行き帰りの道で、大名火消しの稽古が見られるかもしれないということも大きくあった。

芳三郎・徳太郎・おきぬの三人が本郷まで出張ったのは、八月下旬のことだった。おなかに産み月の銑太郎を抱えていたおきぬのために、芳三郎は船と駕籠とを用意した。佐賀町から大川を屋根船で上り、柳橋をくぐったあとは神田川伝いに水道橋の船着場まで向かった。

そこで船を下りたあとは、橋のたもとの駕籠宿で一挺の宿駕籠を仕立てて、本郷二丁目へと向かった。

浅田屋への上り道では、あいにく加賀藩の大名火消しには出会えなかった。が、おきぬは浅田屋で供された加賀料理には目を見開いて喜んだ。

身重のおきぬを気遣って、仲居は座敷で香を焚いた。香りをきく（嗅ぐ）ことで、汗はひく。少しでも肌に感ずる暑さが和らげば、おきぬの身体が楽になる……そう考えての、浅田屋の心遣いだった。

「ありがとうございます」

初めて口にした加賀料理の美味さが、おきぬを至福の気分にさせてくれた。それに加えて、焚かれた香が産み月の張り詰めた気持ちを、大きくほぐしてくれた。

「このお香は、なんという名でしょうか」

堪能した味覚以上に、おきぬは香に強く惹かれていた。

「加賀の香で、ゆらぎと申します」

答えを聞いたおきぬは、重たい身体をいとわず、仲居のほうへとにじり寄った。

「この香をかがせていただいて、臨月の張り詰めた感じが、大きく和らぎました」

江戸で買えるものなら、ぜひとも分けてほしいと、おきぬは仲居に頼み込んだ。

「少々、お待ちくださいまし」

帳場に立った仲居は、一枚の書付を手にして戻ってきた。浅田屋の女将がしたためた、梅鉢への添状だった。

「てまえどもから五軒先の梅鉢さんでこれをお示しになれば、香でも線香でも分けていただけます」

「ありがとうございます」

大喜びしたおきぬは、駕籠にも乗らず、歩きで梅鉢に向かった。

梅鉢江戸店は、加賀藩江戸屋敷と、浅田屋のような加賀商人の江戸店を相手に商いをしていた。

国許から廻漕される品数には限りがあるために、売り先は馴染み客に限っていた。

「大川亭さんのお名前を、帳面に控えさせていただきました。これからも、どうぞごひいきを賜りますように」

浅田屋の添状の効き目は大きかった。おきぬたち三人が店を出たときは、手代と小僧が店先で辞儀をした。

辻を曲がれば、水道橋につながる下り坂である。

「ここからは駕籠に乗ったほうがいい」

徳太郎は右手を大きく上げて、浅田屋前に待機していた宿駕籠を呼び寄せた。駕籠舁きが長柄に肩を入れたとき、加賀藩上屋敷のほうから火消し人足の群れが駆けてきた。日に三度、加賀藩の大名火消し組は本郷の町を駆けた。上り下りのきつい坂道を全力で走ることで、火消し出動のなによりの稽古になるのだ。

火消し人足たちが着用しているのは、鹿皮の火消し半纏である。こげ茶色の皮は艶々と輝いていた。

「見てみろ、あの色味を」

芳三郎は、目で火消し人足が着用している半纏を示した。夕暮れが近くなっているが、陽差しはまだ強い。

斜め彼方の空からさす夕陽が、鹿皮の色味を際立たせていた。

「いい按配に光っているだろうがよ」

「見たこともねえような艶ですぜ」

「あれは鹿皮の表面に、燃えにくくなる秘薬を塗ってあるからだといううわさだ」

「そんな秘薬があるんですかい」

「加賀百万石のことだ、なにを持っていても不思議はねえだろうさ」

小声を交わす芳三郎と徳太郎の前を、火消したちは全力で走り抜けた。

「なんだか、妙にぎくしゃくした走り方をしてやしたぜ」

「あれが加賀藩ならではの、加賀走りだ」

手と足とを同時に出す走り方を、芳三郎は真似て見せた。

「こうして走りゃあ、身体がねじれずに済むてえんだ」

身体の動きにはかなった走りかたらしいが、すぐには真似できそうになかった。

「それにしても加賀様の上屋敷には、いってえ何人の火消しがおりやすんで」

「控えまで加えたら、五百人とも千人とも言われてるようだ」

「さすがは百万石のお大名だ……」

この日の徳太郎は、加賀藩の大名火消し組に心底から感心した。

おきぬは加賀料理の美味さに舌鼓を打った。それ以上に、梅鉢で買い求めた線香『ゆらぎ』に、大きくこころを奪われた。

ひのきが抱え持った風呂敷包みには、ゆらぎが二百本詰まった桐箱がふたつ納まっていた。ひと箱は買い求めたものだが、もうひとつは梅鉢から託された徳太郎とおきぬの供養線香だった。

「徳太郎さんもおきぬさんも、なんとも早過ぎましたなあ」

江戸店をあずかる番頭が、わざわざ店先にまで顔を出してきた。

「加賀様の火消し組は大したものですが、若い鉄太郎さんが束ねる大川亭もまた、大した働きぶりです」

「ありがとうございます」

「大川亭の評判は、本郷にまで聞こえておりますぞ」

ひのきが店を出るときには、番頭が辞儀をして送り出してくれた。

大川亭の名を、しっかりと守らなければ。

坂道を下りながら、ひのきは胸の内で強く思い定めた。

九十七

「おまえたちにはわるいと思ったが、ついふたりの話を最後まで聞いてしまった」

鉄太郎と話が進むなかで、服部はくだけた口調で明かした。

「当家奉公人の平太郎は、火が怖くなったと申したであろう」

「ですが、あれは……」

鉄太郎は取り成しを言おうとして、口を開いた。その鉄太郎の口を、服部は目で閉じさせた。

大川亭の火消し人足を束ねる鉄太郎が、思わず口をつぐんだほどに、服部の眼光は鋭い。口を閉じながら、鉄太郎はあらためて武家の凄さを肌身に覚えた。

「わしは平太郎を咎めているのではない。むしろ、その逆だ」

服部がふっと目元をゆるめた。

今し方まで見せていた眼には、斬りかかろうとする太刀をも弾き返すような、強さと鋭さを宿していた。

光を消した眼差しには、打って変わって、ひとを引き込む優しさと深さがうかがえた。

「逆てえと……平太郎さんを誉めておられるんで？」

「誉めはせぬが、咎めることではない」

火が怖くなったとか、命を捨てるのが惜しくなったというのは、まことに正直な言い分だ。それを初対面の鉄太郎に、隠さずに言えたということは、言葉とは逆に、平太郎には強さが戻ったということだ……服部は、平太郎が口にしたことを、こう判じていた。

「臆病な者は、言葉でおのれの弱さを隠そうとする。畢竟《ひっきょう》、それは空元気の大口を呼び起こす」

ところがおのれの弱さを正直にさらけ出せる者は、肚のうちに覚悟がある。肝が据わっているがゆえに、身に抱えもつ弱さを隠さずに口にすることができる。

「いままでの平太郎であれば、断じておのれが火を怖がっているなどとは、口にはしなかったであろう」

とりわけ、火消しで男を売っている銑太郎には、対抗心からも弱味を見せるなどは思案の埒外だったに違いない。

しかし今日の平太郎は、火消しをやめたいきさつを正直に話した。そのかたわらでは、おのれの命と引き換えに火を鎮めた徳太郎を、心底から敬っていた。

「いまの平太郎ならば、いささかの迷いもなく、火事場で火のなかに飛び込むであろう」

あのような男なれば、いつにても当家火消し組に編入いたすと、服部は言い切った。

「おまえたちにはわるかったが……」

またもや同じ言葉を口にした服部は「これは、もう言ったの」と言って、大きく目元をゆるめた。

「しっかりとうかがいやした」

銑太郎も胸を張って応じた。

「すべてを戸口で聞いたがゆえに、平太郎なる肝の据わった火消しを知ることができた」

「へい」

「それに免じて、武家にはあるまじき立ち聞きなる振舞いを許せ」

「がってんでさ」

「よい響きだの」

わしにも言わせろと断わったうえで、服部は「がってんだ」と大声を発した。

「これからも、互いに命がけで火消しに邁進いたそうぞ」

「へい」

「もしも武家屋敷より出火いたしたときは、おまえの助太刀をわしはあてにする。それを肝に銘じておいてくれ」

「がってんでさ」

銑太郎の返事が、座敷に響き渡った。

九十八

四月二十八日の四ツ前に、一杯の屋根船が佐賀町の船着場に横付けされた。障子戸を開いて船着場に降り立った男ふたりは、ともに火消し半纏を羽織っていた。

菱形を縦に連ねた柄で、背中には『め』の一文字が描かれている。火消し二番組の、め組半纏である。

ひとりはめ組かしらの源三郎で、供をしているのはまとい持ちの常太郎である。常太郎は金文字でめ組の名が描かれた、黒塗りの角樽を提げていた。

「少々、ものをうかがいやすが」

常太郎は船着場の若い者に、大川亭の場所をたずねた。

「あの船で、芝からわざわざお越しになりやしたんで」

船着場に着けられた屋根船と、常太郎たちが着ている半纏の両方を、若い者は目ざとく見取っていた。

「大川亭なら、あっしが案内させていただきやす」

若い者は先に立って、源三郎と常太郎を大川亭まで案内した。宿に着いたあとは、若い者が大声で呼びかけた。

「お待ちどうさま」

土間に出てきたのは、ひのきである。上背のあるひのきが着込むと、大川亭の半纏は見栄えがした。

「芝からめ組のかしらが、屋根船を仕立てておみえでさ」

「それは案内をごくろうさまでした」

突っかけを履いたひのきは、急ぎ足で宿の前に出てきた。め組のふたりとひのきが互いにあいさつを終えたのを見届けて、若い者は船着場に戻ろうとした。

「お待ちください」

ひのきは半纏のたもとから、ぽち袋を取り出した。一匁（六十七文相当）の小粒ひと粒が入った、小さな祝儀袋である。

小粒銀入りのぽち袋をたもとに仕舞っておくのは、鳶宿の女房のたしなみだ。が、当節、それのできる女房は数が減っている。

年若いひのきの振舞いを見て、源三郎は目を細めていた。

「わざわざ大川の東側まで、かしらにお越しいただきやして」

客間で源三郎と向かい合った銑太郎は、畳に両手をついてあたまを下げた。

源三郎は、今年で四十五歳だ。その歳になったいまでも、源三郎は火事場に出張っている。火の動きと風向きを読むのは、二番組でも源三郎が抜きんでて一番だとされていた。

「あたまを下げるのは、あっしのほうでさ」

銑太郎にあたまを上げさせた源三郎は、供の常太郎が提げてきた角樽を差し出した。

「かしらの口利きで、平太郎が久世様の火消し人足に取り立てられやした」

ぜひとも今後は、大川亭とは兄弟付き合いをさせてほしい……め組のかしらが、畳に両手をついた。

「ありがてえお申し出でやす」

銑太郎は源三郎よりもさらに低く、またもやあたまを下げていた。

九十九

延享《えんきょう》四（一七四七）年四月十六日。

いつもの朝より半刻（一時間）以上も早く、銑太郎は目を覚ました。

「どうしたの、銑さん」

寝床のなかから、ひのきが声をかけてきた。

「いいから、おめえは寝てな」

やさしい口調で言い置いた銑太郎は、半纏を羽織って立ち上がった。

チーン、チーン……。

部屋の隅に置かれた時計が、鈴を鳴らした。夜明けには、まだ間がある。夜の名残の暗さが、寝部屋には居座ったままだった。

銑太郎は部屋の常夜灯の瓦灯《かとう》を手に取ると、時計の文字盤に近づけた。長い針が指しているのは、七ツと六ツの中間である。

まだ七ツ半（午前五時）じゃねえか。道理で暗いわけだ。

瓦灯を床に戻してから、銑太郎は時計のぜんまいを巻き始めた。一日の始まりで時計のぜんまいを巻き上げるのは、銑太郎の仕事と決まっていた。

力を加減して巻かないと、ぜんまいを傷めてしまう。時計を拝領した直後に、銑太郎は巻き加減が分からずに壊した。

それに懲りて、しっかりと巻きながらも、巻く力は加減をしている。

ギュウ、ギュウ、ギュウ。

勇魚《いさな》（クジラ）の太いヒゲと、薄い鉄板とで拵えたぜんまいは、巻かれるたびに軋み音を立てた。最後のひと巻きを終えると、振り子の動きが威勢を取り戻した。

時計の前に座り込んだ銑太郎は、煙草盆を引き寄せた。四年前に久世大和守から時計を賜ったとき、銑太郎は煙草を覚えた。

夜明けまでには、まだたっぷりと間がある。暗い部屋のなかで、銑太郎はキセルに煙草を詰め始めた。

ギュウギュウと堅く詰めるのが、銑太郎の流儀である。堅く詰めれば詰めるほど、煙草の味が引き締まるというのが、銑太郎の言い分だった。そして、火持ちもよくなった。

キセルの煙草は、一服吹かせば燃え尽きるのがふつうだ。ゆえに一服吸うごとに吸殻を叩き落とし、新たな煙草をキセルに詰めた。

ところが銑太郎が詰めた煙草は、三回続けて吸うことができた。

「かしらが煙草を覚えたのは、随分とあとになってのことでやしょう」

「それはそうだが、どうかしたか」

「始めたのが遅かった割には、吸い方の工夫は大したもんでさあ」

配下の火消したちは、銑太郎の詰め方の上手さに感心した。

いまも暗い部屋で、銑太郎は存分に刻み煙草を詰めた。詰まり方を親指の腹で確かめて、堅さに満足がいったのだろう。銑太郎は煙草盆を引き寄せた。

ところが種火が消えていた。

昨夜は眠さに我慢ができず、うっかり種火をいけずに眠ってしまったのだ。

銑太郎は常夜灯の瓦灯を手にすると、灯心にキセルの火皿をくっつけた。燃やしている油は、安価な魚油である。生臭さが煙草に移るため、瓦灯で火をつけることはさけてきた。

が、種火のないいまは、仕方がなかった。

吸い口を強く吸うと、火皿の煙草に火が回った。暗がりのなかで、煙草の火だけが赤く見えた。

正月の松飾りに用いる、千両の実のように赤かった。

三年前の寛保四（一七四四）年二月二十一日に、寛保から延享へと改元された。

改元が行われると、武家・商家を問わずに祝賀の宴が催される。わけても寛保から延享への改元祝賀は、ことのほか盛大に催された。

八代吉宗が将軍の座に就いたのは、享保元（一七一六）年八月十三日である。以来、元文・寛保・延享と三度の改元を果たした。

延享元年は、吉宗の八代将軍就任からじつに二十八年目に当たった。これは延宝《えんぽう》八

（一六八〇）年から宝永《ほうえい》六（一七〇九）年まで将軍の座にあった、五代綱吉の在位二十九年に次ぐ長さである。

しかし長かった綱吉は、かならずしも世の評価は高くなかった。なかでも天下の悪法『生類憐みの令』は、江戸庶民に多大なる負担と犠牲を強要した。

八代将軍吉宗は、『名将軍』の誉れが高かった。銑太郎たち火消しにとっても、吉宗と大岡越前守のふたりは、大いに恩義のある人物である。

吉宗が強く後押しをしたことで、南町奉行であった大岡越前守は、強い指導力を発揮できた。大岡越前守が二度の火消し組大改革を成し遂げ得たのも、将軍の強力な後押しと、越前守に対する揺るぎなき信頼感があったればこそである。

その吉宗が成した、三度目の改元だ。武家・商人を問わず、江戸御府内では祝賀の宴が盛大に催された。

久世大和守は、この改元祝賀にあわせて、上屋敷の時計を新調した。将軍家より、公儀お抱えの土圭師《とけいし》を差し向けられたがゆえのことだった。

「長年にわたり、久世家は江戸の火消しに多大なる尽力をいたしておる」

それをねぎらっての、土圭師差し向けだった。大和守は将軍の計らいをありがたく受け止めた。その結果、従来使ってきた時計を、下賜することになった。

「なにとぞその時計の儀、大川亭銑太郎にご下賜くださりますように」

下屋敷頭取三浦雅彦、同火消し差配服部清作両名からの強い推挙が通り、時計は大川亭に下げ渡された。

「久世様から時計を賜るとは、火消しにとってこれ以上の誉れはない」

御府内大組十組と本所深川三組のかしら衆が寄り集まり、銕太郎の時計拝領を祝った。

めでたごとは続くという。

元文五（一七四〇）年に娶ったひのきが、延享三（一七四六）年の十月に、めでたく身ごもった。

「子宝ばっかりは、授かりもんだからよう。余計な口は控えていたが……」

「時計の拝領に続いて、今度は神様から子宝を授かったじゃねえか」

「そのツキに、江戸中の火消しみんなが、ぜひともあやからせてもらうぜ」

火事場で命がけの消火を続ける火消し人足は、だれもが強い縁起担ぎである。ゆえに仲間内のめでたごと・祝いごとは、わがことととして大喜びをした。

大名から時計を拝領した翌々年には、女房が子宝を身ごもった。

大川亭の銕太郎が元気な限り、どこの火消しも命を落とすことはない……。

江戸中のかしら衆が、銕太郎のツキの強さを喜んでいた。

「どうでえ、ひのき。つらくはねえか」

つわりがひどくて起き上がれないひのきを、銕太郎は心底からいたわっていた。

「そう言ってもらうだけで、すごく元気がわいてくるから」

ひのきは暗がりのなかで、目を潤ませた。

「それよりも、どうして今朝の銕さんは、こんなに早起きをしたの？」

「十一日の朝とおんなじで、身体に妙な震えを感じたからよう」

「だったら、また今朝も季節はずれの霜がおりたのかしら」

ひのきは掛け布団を首のあたりまで引き上げた。

五日前の四月十一日の朝、江戸の御府内と本所深川は、どこもが時季はずれの霜に見舞われた。

「よくないことの起きる、いやな前触れでなければいいが……」

江戸のあちこちで、ひそひそ話が交わされた。幸いなことに、五日が過ぎたいまも、格別の異変は生じていなかった。

「生まれてくる子のためにもよう。お江戸には、妙なことは起きてもらいたくねえぜ」

銕太郎は、またもや煙草を詰め始めた。

詰めている途中で、ぶるるっと背中に強い震えを感じた。

「どうなってやがんでえ」

寝部屋を出た銕太郎は、雨戸を開いて外に出た。どこにも霜はおりていなかった。

「寒くもねえし、目いっぱい気持ちのいい朝じゃねえか」

銕太郎は両腕を伸ばして、深呼吸を重ねた。

いつの間にか、永代橋のあたりが明るくなっていた。

百

四ツ半（午前十一時）を過ぎたころに、め組の久助が大川亭をたずねてきた。

「格別の用向きがあったわけじゃあ、ねえんでさ」

火消し半纏を着用していたが、この日の久助は非番だった。

「久しぶりに、平太郎のツラを見たくなったもんでやすから」

ひのきがいれた焙じ茶を、久助はひと息で飲み干した。

三十を大きく過ぎたいまでも、久助はめ組で一番の掛矢使いだ。重さ六貫（約二十三キロ）の掛矢を振り回すには、なににも増して、強い腕力が入用である。

久助はいまでも朝夕二回、腕力鍛えの稽古を続けていた。半荷（約二十三リットル）入りの水桶を天秤棒の両端から提げて、三十回上げ下げを続けるという荒行である。

久助よりひと回りも年下の力自慢の若者が、十回試して腰を痛めた。それを久助は、季節にかかわりなく、朝に夕に続けているのだ。

「あのひとは、仁王様の生まれ変わりだから逆らっちゃあいけねえ」

め組のみならず、二番組の掛矢持ち全員が久助を深く敬っていた。そんな久助が、だれよりも可愛がっているのが、平太郎である。

平太郎が久世屋敷の火消し組に取り立てられたのは、銑太郎の働きがあったからだ。

それゆえに久助は、銑太郎には深い尊敬の念を抱いていた。

「今日はおれも非番ですから、久助さんと一緒に久世様の屋敷に行きやしょう」

「そいつあ、なによりだ。平太郎も、さぞかし喜びやす」

久助はカラになった湯呑みに手を伸ばした。

「ひのき……」

茶の代わりをいれさせようとして、銑太郎はひのきを呼んだ。久助は大きな手を振って、それを押し止めた。

「身重の姐さんには、余計なことをさせねえでくだせえ」

久助は真顔だった。

「かしらに跡取りが授かるかもしれねえてえんで、火消し人足は寄ると触ると、大騒ぎをしておりやす」

ひのきが元気な赤ん坊を産むことを、江戸の火消しは人足のみならず、かしら連中までもが、いまかいまかと待ち焦がれている……。

久助はこれを、ひと息で言い切った。

「ありがとうごぜえやす」

銑太郎は両手を膝に載せて、あたまを下げた。

大川亭をあずかるかしらが、め組とはいえ、道具持ちにあたまを下げた。

久助は、ひと一倍長幼の序にはうるさい男である。銑太郎よりも年長だが、かしらと道具持ちとでは格が違う。

「そんな……勘弁してくだせえ」

久助は正味でうろたえた。銕太郎の顔が、大きくほころんだ。

「おれはそんなふうに慌てる久助さんが、なにより好きなんでさ」

久助は、真っ赤になってうつむいた。

「久世様のお屋敷に行く前に、仲町で昼飯を食って行きやしょう」

門前仲町の近くを流れる大横川には、これから真夏にかけて、大川からうなぎが流れ込んでくる。

「蒲焼をどんぶり飯に乗っけて食う、うなどんが近ごろの名物でやしてね」

「そいつあ、美味そうでやすね」

うなぎが大好物の久助は、話を聞いただけで生唾を飲み込んだ。

「昼の鐘が鳴ったら、ひとが押し寄せて店は大騒ぎになりやすから」

ふたりは足を急がせて、仲町の辻に向かった。富岡八幡宮の一ノ鳥居が、ふたりの行く手に見え始めたとき。

カン、カン、カン、カン。

辻に立つ江戸で一番高い火の見やぐらが、忙しない四連打を打ち始めた。

ふたりの足が止まった。

百一

仲町の火の見やぐらは、高さが六丈（約十八メートル）もある。他所は高くても四丈（約十二メートル）どまりだ。

高さで二丈（約六メートル）も違えば、やぐらから見張る範囲は大きく異なる。ゆえに仲町のやぐらは、他所が気づかない火事を何度も報せてきた。

いまも四連打を打っているのは、仲町だけである。銑太郎がかしらを務める大川亭は、仲町からさほどに遠くない大川端だ。その大川亭のやぐらからも、半鐘は聞こえなかった。

昼飯のうなぎを食いに向かっていた銑太郎と久助は、半鐘を聞くなり、その場に立ち止まった。ふたりとも、顔つきが尋常ではなかった。

「やぐらが、さっきから妙な半鐘を打ってるじゃないか」

「いわれてみれば、その通りだ。あんな鳴り方は聞いたことがない」

「カン、カン、カン、カンと四つ続けて鳴らすのは、いったいなにが起きたときなんですかねえ」

やぐら下に集まってきた土地の者が、半鐘を見上げた。だれもがいぶかしげにしているが、格別になにかを案じている様子ではない。差し迫った顔つきなのは、銑太郎と久助のふたりだけだった。

「なんだ……うまい具合に、かしらがそこにいなさるじゃないか」

大川亭の半纏を着た鉄太郎を見つけると、集まっていた連中が寄ってきた。

「あの半鐘は、いったいなにを報せているんですか？」

「御城の火事でさ」

鉄太郎の答え方は素っ気なかった。問いに応じてはいるものの、あたまのなかではまるで違うことに思いを走らせていたからだ。

「聞いたかね、いまかしらが言ったことを」

「もちろん、聞きましたとも」

商家の番頭と手代が、互いの驚き顔を見合わせた。

「御城が燃えているとは、尋常な火事じゃあない」

顔色の変わった番頭は、さらに鉄太郎に問いかけた。が、鉄太郎のこころはすでに大川亭に飛んでいた。

なにを問われても、鉄太郎から返事はなかった。その間にも、四連打の半鐘は鳴り続けている。

「ここでぼんやりは、していられない」

やぐら下の者は、てんでに持ち場へと急ぎ戻り始めた。バタバタとひとが散り始めたが、思案をめぐらせている鉄太郎は、やぐら下から動こうとはしなかった。

鉄太郎と向き合って立っている久助も、あたまのなかを思案が走り回っているようだ。地べたを見詰めて考え込んでいた久助のほうが、先に答えを出した。

「久世様のお屋敷に出向くのは、日延べにしやしょう」

久助の物言いに、ためらいはなかった。

「がってんだ」

鉄太郎もこのあとの段取りを、手早くあたまのなかでまとめていた。

「おれはここのやぐらに昇って様子を見定めるが、久助さんは？」

「一刻も早く、め組にけえりやす」

「気をつけてけえってくだせえ」

「かしらも」

互いに、火消しに命を張っている男だ。短い言葉のやり取りだけで、思いは通じ合った。永代橋に向かって、久助は全力で駆け出した。その背をひと息見詰めてから、鉄太郎はやぐら下の黒塗りの扉を開いた。

高さ六丈の仲町のやぐらは、台座の大きさも他所の倍以上、一間半（約二・七メートル）もあった。

手入れの行き届いている扉は、蝶番にもしっかりと油をくれている。扉は軋み音も立てず、滑らかに開いた。

火の見やぐらの階段は、真上に向かってほぼ垂直に拵えられている。階段というよりは、梯子段に近かった。

四方を分厚い杉板で囲われた火の見やぐらの階段には、まったく明かりが届いていなかった。手すりを摑んでいるおのれの指先も、爪すら見えない闇である。

が、鉄太郎は苦もなく昇った。闇に目が慣れているわけではない。身体が階段の昇り方を覚えており、手と足とは勝手に動いていた。

火消したちが昇降する階段は、民家の階段とは拵えがまったく違っていた。住居の階段は、一段の高さがせいぜい五寸（約十五センチ）である。

一刻でも速く駆け昇りたい火の見やぐらの階段は、倍の一尺の高さがあった。駆け昇るというよりも、よじ登りに近かった。

しかも階段は、昼間でも闇に包まれている。

そんな六十段の階段を、鉄太郎は息遣いを乱さずに昇りきった。

「あっ……かしら」

見張り番が目を丸くして驚いた。仲町辻の火の見やぐらを差配しているのは、大川亭ではなかったからだ。

「たまたま、やぐら下を通りかかっていたときに、四連打を聞いたからよう」

手短にわけを話してから、鉄太郎は見張り番から遠眼鏡を受け取った。たとえ差配違いであっても、かしらの半纏を着た者はどこの火の見やぐらにでも昇ることができた。

鉄太郎が見張り番から受け取ったのは、南蛮渡来の品を真似て本郷の眼鏡屋が拵えた遠眼鏡である。

火の見やぐら設置を、御府内と本所・深川のおもな町に求めたのは、享保時代の南町奉行大岡越前守である。

「これを用いて役目に励め」

越前守はすべての火の見やぐらに、遠眼鏡を下げ渡した。

「火元は、御城のどこだ」

遠眼鏡を目にあてる前に、銑太郎は見張り番に問い質した。

「二ノ丸の見当でやす」

火元はまさしく、御城の二ノ丸だった。

高さを誇る仲町の火の見やぐらといえども、肉眼では二ノ丸の煙を見つけるのは無理だ。しかし遠眼鏡で見ると、立ち上る煙がはっきりと見て取れた。

火元を見定めた銑太郎は、遠眼鏡を永代橋の方角に向けた。そして、背中に大きく『め』の字の描かれた半纏を探した。

驚いたことに、久助はすでに霊岸島河岸のあたりを走っていた。

「しっかり駆けてくれ」

つぶやいた銑太郎の真横で、四連打が鳴り続けていた。

百二

大川亭に戻った銑太郎は、火の見当番を除く全員を座敷に呼び集めた。

非番で遊びに出ている五人も、行き先は分かっている。下働きの小僧が、五人の呼び戻しに差し向けられた。

「火元は御城の二ノ丸だ」

銑太郎は辻の火の見やぐらから見た状況を、かいつまんで話した。

「あの調子で燃え続けたら、一刻（二時間）のうちに大奥が焼け落ちる」

かもしれないとは言わず、銑太郎は焼け落ちると言い切った。

火消しの物言いには、「だろう」「思います」「かもしれない」などのあいまいさは皆無だ。見たものを瞬時に判断し、自分の言葉で言い切る。たとえ見当に誤りがあったとしても、それは許された。

火事の状況を伝えるときに、あいまいな物言いはきつい御法度だった。

「おめえたちに言うまでもねえが、町方の火消しは御城にはへえれねえ。さりとて大名火消しだけでことが足りるわけがねえ」

銑太郎は、遠眼鏡越しに火事を見ただけだ。が、およそ四半刻（三十分）近く見張っていたうちにも、方々から黒煙とともに炎が立ち上った。

「御城の二ノ丸が火元となりゃあ、大名火消しが束になってかかっても、消し止めるのは無理でさあ」

勘八が断言したことに、火消したちは大きくうなずいた。大川亭の面々が、おのれの技に自惚《うぬぼ》れているわけではない。

町方火消しと大名火消しとでは、消火の力量が違い過ぎたのだ。

「二ノ丸が相手じゃあ、加賀様の火消しでも難儀をしやすぜ」

燃え盛る炎を思い描いて、勘八は深いため息をついた。

二ノ丸には大奥もあるし、御城の膳部も普請されていた。なにしろ千人からの幕臣の食事を賄う膳部である。

御城が備蓄している薪炭、油などの燃料も桁違いの量だ。もしも、それらに火が回ったとしたら……。

尋常なことでは火を消し止めることはできないだろう。

しかも消火にあたるのは、御城火消し組と、御城周辺の大名火消しである。

加賀藩を筆頭として、大名火消しの装束は見事である。火消し人足の動きも、統制がとれてきびきびとしていた。

しかしそれらは、あくまでも火消し稽古の場での話だ。町方の火消しとは異なり、大名火消しが火事場で消火にあたるのは、多くても月に一度ぐらいのことだ。

町場の火事には、大名火消しは手を貸さない。しかし御府内で生ずる火事の大半は、町場の民家・商家が火元だった。

半鐘が鳴るなり、大名火消しも即座に隊列を整えた。が、武家屋敷に火が回らぬ限りは、火消しに当たることはしないのだ。

消火の力量の優劣は、装束・装備の差ではない。どれだけ多く、火事場で火と対峙したかで決まるのだ。

どこで火を食い止めるか。そのためには、どこまでは燃えるにまかせるのか。

それの正しい見極めは、場数を踏まない限りは無理だ。たとえ一年中、毎日火消しの稽古を積んだとしても、それは所詮、稽古だ。

「稽古場大関は、本割で鍛えられた幕下にも勝てない」

町方の火消し人足たちは、相撲力士になぞらえて、こんな陰口を叩いていた。が、あながち的外れとは言えなかった。

「佐助、ここにきてくれ」

「へいっ」

鉄太郎に呼ばれた佐助は、座敷の一番後ろから前に出てきた。大川亭の序列のなかで、佐助はもっとも格下の人足だったからだ。

「すぐにも久世様お屋敷に出向いて、この書状を服部様にお渡ししてこい」

「返事をいただいてくるんでやすね」

人足だが、佐助は大川亭一番の韋駄天である。走りの速さに加えて、気働きにも優れていた。

「行ってきやす」

佐助が立ち上がったとき、御城で打つ大太鼓が大川を越えて響いてきた。

「急げ」

「へいっ」

答えた佐助は、土間に飛び降りた。

百三

御城で打つ大太鼓は、御府内四カ所の太鼓屋敷で引き継がれて、市中にあまねく響き渡る仕組である。

ドン、ドン、ドン、ドン。

打たれているのは、半鐘と同じ四連打だ。

半鐘の四連打が鳴るのは、きわめてまれである。仲町辻の火の見やぐらで打たれても、その意味を知っている者がいなかったほどだ。

太鼓屋敷が繋ぐ四連打は、半鐘以上に稀有なことだった。

「御城の火消し手伝いに、諸大名は直ちに参ずるべし」

これが四連打の意味である。大名・町方の枠を超えて、火消したちは太鼓の意味を正しく判じた。

佐助が飛び出したのと入れ替わりに、芳三郎が大川亭に顔を出した。

「この火事は、尋常なことでは湿らねえ」

銑太郎を見るなり、芳三郎は断言した。

同じ見当をつけている銑太郎は、何度も深くうなずいた。

大太鼓の四連打は、一向に鳴り止む気配がなかった。

「たったいま、佐助を久世様のお屋敷に差し向けたところでさ」

「大太鼓の鳴り始める前か」

「いや」

銑太郎の顔色が、わずかに曇った。

「佐助の飛び出しと、太鼓は同時でやした」

「間に合ってくれればいいが……」

あごに手をあてた芳三郎は、すぐに顔つきを明るくした。

「佐助の走りに勝てるのは、早馬ぐらいのもんだろう」

芳三郎の目元がゆるんでいるのを見て、銑太郎も同じような笑みを浮かべた。

江戸城を取り囲むようにして、諸大名の上屋敷が普請されている。ひとたび御城から出火すると、真っ先に駆けつけるのが、これら上屋敷の大名火消しである。

太鼓屋敷が四連打を打たない限り、中屋敷・下屋敷の大名火消しが御城に駆けつけることはなかった。御城周辺上屋敷の火消しだけで、千人に届く数の火消し人足がいる。いかに御城が広いとはいえ、無闇に火消しばかりが集まっても、逆に消火の邪魔になる。ゆえに四連打が打たれることは、ほとんどなかった。

久世家下屋敷の火消しは、動きが機敏なことで諸大名に知れ渡っていた。しかも折に触れて町場の消火にも出動しており、火消しの技でも町方の火消しと互角だった。

とはいえ、下屋敷は深川平野町である。御城まで三里（約十二キロ）の道のりは、相当な隔たりといえた。

御城の出火を知ったあとも、出動せずに待機の姿勢を保っていた。

ところが今日は、太鼓屋敷が四連打を市中に響かせたのだ。火消し差配の服部清作は、直ちに火消し出動に及んだに相違なかった。

平野町から御城に向かうには、永代橋を渡るのが一番の近道である。佐助は太鼓が鳴り始めると同時に大川亭を飛び出した。たとえ服部がすぐさま下屋敷を飛び出したとしても、佐助なら途中で行き会えるだろう。

芳三郎が口にした通り、佐助の疾走に勝てるのは、早馬ぐらいしかいない。服部が御城に向かう道筋を、佐助は知り尽くしていた。

「どれほど服部様が早く駆けたとしても、佐助は仙台堀の手前で行き会うはずでやす」

「分かっている」

得心顔の芳三郎の前に、ひのきが茶を運んできた。芳三郎好物の、熱々の焙じ茶である。

「どうだ、おなかの坊主の様子は」

芳三郎は、ひのきの胎内で育ちつつある赤子を、男児だと決めていた。

「このごろは、朝から暴れまわっています」

「威勢がいいのは、火消しにはなによりだ」

顔をほころばせたとき、大太鼓の響きが座敷に流れてきた。湯呑みを手にした芳三郎が、顔を引き締めた。

「御城に出張るんですね」

ひのきはすでに、消火出動を覚悟している顔つきだった。

百四

佐助はやはり、小名木川の手前で服部清作と行き会っていた。駆け戻ってきた佐助は、息遣いひとつ乱してはいなかった。

「服部様には、お読みいただけたか」

「へいっ」

銑太郎の目を見詰めて、佐助はうなずいた。

一刻を惜しんで御城に向かっていた服部だが、銑太郎の書状はしっかりと読んだ。しかし返事は口頭のものとなった。

「いつでも出動できるように、抜かりなく備えをしておくようにとのことでやす」

言わずもがなのことだったが、あえて口にしたのは服部もそれだけ気が急《せ》いていたのだろう。

「町方の手助けがほしいと決まったときには、太鼓を打って報せるてえことでやした」

佐助は、口で太鼓の打ち方を示した。

ドン、ドン、ドンと短く三連打をしたのちに、ドオーーーンと長い一打を続ける。
ド、ド、ド、ドーーン。
佐助は調子をつけて、太鼓の響き方をあらわした。これまで、一度も聞いたことのない響き方である。

「服部様は、その場でこの打ち方を思いつかれたのか」

「へい」

芳三郎に問われた佐助は、しっかりとうなずいた。

「どんな打ち方をするか、口のなかで幾つも試したあとで、これがいいと言われやした」

「こんな奇妙な鳴り方なら、他の報せと勘違いをする気遣いはねえ」

鉄太郎は何度も、ド、ド、ドーンと声に出して繰り返した。

「これほどの大事をその場で即決されるとは、いかにも服部様らしいお指図だ」

芳三郎が強い口調で服部を誉めた。

御城から太鼓屋敷へと報せる打ち方のことである。いかに久世家下屋敷火消し差配といえども、大名の家臣が勝手に決められることではなかった。

さりとて町方の火消し組に御城の消火手伝いを頼むなどは、幕閣のだれひとり考えたこともない事態に違いない。

ゆえにそれを城下に伝える太鼓の打ち方も、当然のことながら決めてはいなかったはずだ。

もしも町方に助けを求めるとなったときには、それを報せる鳴らし方が入用となる。服部はそこまで思案をめぐらせたうえで、ド、ド、ドーンの調子を即決したのだ。

「他の大名火消しの差配には、とてもここまでの知恵は回らなかっただろうよ」

芳三郎のつぶやきに、鉄太郎が深くうなずいた。

太鼓屋敷は、いまだに四連打を打ち鳴らしている。町方の火の見やぐらは、もはや半鐘を打ってはいなかった。

百五

「おまえにも、御城の太鼓は聞こえているでしょう?」

白木綿の襦袢一枚になったひのきは、膨らみが目立ち始めたおなかをさすった。

ひのきが立っているのは、流し場裏手の井戸端である。飲み水や煮炊きには使えないが、大川亭には水量の豊かな井戸が三本も掘られていた。

「今日は、おまえのおとっつあんが御城に出張っていくかもしれないからね」

おなかの子に話しかけるひのきは、すっかり火消し宿の女房の口調だった。

「しっかり水を浴びて、おとっつあんの無事をおっかさんと一緒にお祈りしてね」

井戸端にしゃがんだひのきは、手桶を井戸におろそうとした。水面までは、わずか二丈(約六メートル)の浅井戸である。綱をおろす滑車が、カラカラと軽やかな音を立てて回っていた。

「ほら、また太鼓が鳴ったでしょう」

左手でおなかをさすりながら、ひのきははっきりとした声で話しかけた。

「太鼓が四つ鳴っているのは、御城がお大名の火消しを呼び集めているのよ」

汲み上げた桶を井戸端に置いて、ひのきはその場に立ち上がった。

痩せ気味だったひのきだが、いまは尻と腹がふくよか模様である。豊かになった両の乳房は、わずかに垂れ気味になっていた。

立ち上がったひのきは、御城の方角を見た。庭に植えた杉が、外からの目隠しになっている。濃緑の葉が生い茂った枝の透き間から、佐賀町の蔵の屋根が見えていた。

太鼓の四連打の響きは、その蔵の向こう側から流れてきた。

「おとっつあんたちの助けを、きっと御城は求めてくるからね」

ひのきは、ド、ド、ド、ドーンと口で調子をとって、手のひらで膨らんだおなかを軽く叩いた。

「おとっつあんたちが出張る前に、しっかりと水垢離をしないとね」

桶を手にしたひのきは、息を詰めて水を浴びた。バシャンと音を立てて、白木綿に水がかぶさった。

水に濡れて、肌が透けた。

尖った乳首が、白木綿を突き上げている。水を強く浴びて、ひのきのおなかが威勢よく動いた。

「やっぱりおまえは、火消しの子なのね」

水を浴びて喜ぶこどもの様子に、ひのきは目元を大きくゆるめた。

カラカラと綱がおりたあと、たっぷりと水の入った桶が上がってくる。それを手にしたひのきは、あたまから浴びた。

なにとぞ、御城の火消しが上首尾でつとまりますように。

口のなかで一心に唱えると、おなかのこどもが調子を合わせて動いた。

太鼓はいまだに四連打を打ち続けていた。

百六

め組のかしら源三郎は、火消し宿で神棚を背にして腕組みをしていた。

源三郎の前には、二番組の面々が顔を揃えていた。

左内町、ろ組の芳三。七町・二百四十九人の人足を束ねる四十三歳のかしらだ。

南槙町せ組の佐吉の隣には、三十間堀の俊蔵が座っていた。六町・百八人の火消しを束ねる、も組のかしらである。

背中に『す』の字と描いた半纏を着ているのは、南小田原町す組のかしら東助である。木挽職人が多く暮らす木挽町も抱えるす組は、火消し人足百五十九人の威勢のよさで知られていた。

南茅場町の伸吉は、六町・百四十一人の火消し人足を配下に持つ百組を束ねていた。

かしら衆の右端に座っているのは、箱崎町千組の與助である。二番組のなかで最年長の與助は、今年で五十歳だ。しかし分厚い胸板をした與助は、六町・百九十七人の火消しを従えて、常に先頭を駆けていた。

今月は二番組が、江戸火消しの当番組である。二番組の当番世話役を務めるのは、め組の源三郎だった。

四連打が鳴り始めたのと同時に、二番組のかしら衆全員が、め組の宿に参集した。一番乗りは、め組からもっとも離れている箱崎町の與助だった。

「つい今し方、大川亭から使いがきた」

源三郎に書状を届けたのは、韋駄天の佐助だった。

「町方の助けを御城が求めるときには、ドン、ドン、ドンと短い三打のあと、ドーーンと長いのを打って報せるそうだ」

源三郎は佐助から聞かされた通り、ド、ド、ド、ドーーンと口太鼓を打って聞かせた。

「いったいだれが、そんな太鼓の報せ方を決めたんだ」

箱崎町の與助が、いぶかしげな口調で問い質した。御城が町方に助けを求める太鼓の鳴らし方などは、だれも聞いたことがなかったからだ。

「久世様のご家来の、服部様とおっしゃる大名火消しの差配役様だ」

源三郎は久世家・大川亭・め組という、三者のかかわりをかいつまんで話した。服部清作についても、格別に詳しく話したわけではなかった。

が、源三郎の前に居並ぶのは、いずれも火消し人足を束ねるかしら衆である。手短な話だけで、服部の器量のほどを酌み取っていた。

「服部様がそういう肚でいなさるんなら、こっちも相応に身構えてなきゃあいけねえ」

二番組のかしら衆全員が、源三郎に向かって大きくうなずいた。

「常太郎っ」

源三郎が静かな調子で、まとい持ちの名を口にした。まばたきもしないうちに、常太郎が顔を出した。

「烽火《のろし》の仕度だ」

「どんな烽火なんで」

「出張りの待機を報せろ」

「がってんでさ」

短い返事を残した常太郎は、あらわれたときよりも早く部屋を出て行った。

「そうと決まりゃあ、わしらも急ぎ宿にけえろうじゃねえか」

「そうしてくだせえ」

年長者の與助に向かって、源三郎が軽くあたまを下げた。

「みんなには手間をかけてすまねえが、服部様の言伝を、近間の火消し組に報せてやってくだせえ」

火消し出動の待機は、烽火で伝えることができる。しかし服部が定めた太鼓の鳴り方の意味は、だれも知らないのだ。

源三郎がかしら衆に頼んだのは、ド、ド、ド、ドーンの意味を、二番組以外の火消し組に教えてやってほしいということだった。

「本所・深川三組には、大川亭がすでに若い衆を走らせておりやすから」

「がってんだ」

「まかせてくれ」

かしら衆全員が、きっぱりとした口調で源三郎の頼みを引き受けた。

「三番組の各組には、常太郎の指図で若い者を報せに出しやしたから」

め組を出て行くかしら衆に向かって、源三郎は三番組への報せはまかせろと請合った。

白金台全域を含む『て組』。芝田町から麻布にかけての『あ組』。芝松本町から三田全域を受け持つ『さ組』。品川台町を中心とする『き組』。高輪から泉岳寺一帯の『ゆ組』。金杉町や芝田町を抱える『み組』。

そして、寺町を一手に守る『本組』。

三番組七組への報せは、かしら衆がめ組の宿を出る前に差し向けられていた。

百七

四月中旬ともなれば、昼のほうが夜よりも相当に長くなっている。

「お天道さんがあすこに居なさるんじゃあ、まだ七ツ（午後四時）てえ見当だな」

大川亭の火の見やぐらに上がっていた勘八は、西空を見て刻の見当をつけた。勘八の物言いが、いつもとはまるで違っていて、妙にやさしい。

「随分と昼間が長くなりやした」

わきにいた当番の若い者は、当たり障りのない応え方をした。

まとい持ちは、かしらに次ぐ大事な役職である。役目の重さからいっても、勘八に火の見当番がめぐりくることはなかった。

それに加えて、勘八はすでに四十五歳である。それでも、いまだに火事場に向かうときには先頭を切る。走りにかけても、若い者の大半は勘八にかなわなかった。

とはいえ、歳は着実に重なっていた。

「勘八に無理をさせねえように、みんなで気をつけようぜ」

「うちのまとい持ちは、深川の宝物だからよう」

勘八の知らないところで、若い者たちは勘八に無理をさせぬようにと気遣っていた。

稽古の場では、勘八は容赦のない怒声で若い者を叱りつけた。

「まだ分からねえのか、このドジが」

口よりも先に手が出るのも、いまだに変わらない。それも平手ではなしに、堅く握ったこぶしが飛んでくるのだ。

殴り方は、勘八なりに手加減はしていた。とはいえ、腕はこどもの太ももよりも太いのだ。少々の加減をされたところで、痛みも、あとにできるこぶの大きさも、半端なものではなかった。

そんな容赦のない鍛えられ方をされても、若い者全員が、勘八を心底から慕っていた。

「勘八兄いが達者でいてくれることで、おれたちは命を落とさずにすんでるからよう」

「殴られてこぶができても、怪我をするわけじゃねえ」

「勘八兄いはなによりも、おれっちの命を大事に思ってくれてるぜ」

きつい叱り方も、ゴツンとなぐるこぶしも、すべては火消し人足の命を守るための手段。

そのことを、若い者は全員が分かっていた。幾日も続けて出動がないときは、勘八の物言いが妙にやさしくなったりした。

「手に持ってた総楊枝《ふさようじ》を、思わず落っことしそうになったぜ」

「どうしたよ、なにがあったんでえ」

「おれと目があった勘八兄いが、泉吉さんと呼びかけてきたんだ」

「なんだとう」

「あの兄さんから、さんづけで呼ばれてみねえな」

「たしかに気味がわるくて、総楊枝も落っことすだろうさ」

「やさしい物言いをするときの兄さんは、肚のなかが苛々しているときだからよう。うっかり近寄らねえほうがいいぜ」

これが、大川亭の若い衆の合言葉だった。その勘八が、やさしい口調で問いかけてきたのだ。火の見番はやぐらの上で、思わず身体をこわばらせた。

「御城から煙が出っぱなしだてえのに、太鼓はいったいどうなってやがるんでえ」

やぐらから半身を乗り出した勘八は、目を凝らして肉眼で御城を見た。ときどき、二ノ丸のあたりから赤い炎が見えたりもする。

煙の色は九ツ半（午後一時）どきと同じで、いまだに真っ黒に近かった。煤を含んだ黒い煙は、火事場の勢いがまったく衰えていないあかしである。

「はええとこ町方の火消しを御城にいれねえと、ほんとうに手遅れになっちまうぜ」

西日を浴びている部分の甍は、艶々と光っている。ところが黒煙に包まれているあたりの屋根は、遠目にも焼けただれているように見えた。

「まだまだ方々から、新たな炎が立ってるじゃねえか」

遠眼鏡で御城を見た勘八は、火勢が衰えていないことに声を尖らせた。

「もしも本丸に火が移ったりしたら、江戸中の火消しが束になっても、もう消し止めることはできねえ」

遠眼鏡を膝元に戻してから、勘八は深いため息をついた。

「御城の一大事だてえのに、お大名連中は、いったいなにを考えてやがる」

鳴らない太鼓に苛立った勘八は、つい大名の悪口をこぼした。が、すぐさま口に手をあてて、軽はずみな言動を反省した。

「遠眼鏡を……」

火の見番が、おずおずとした口調で遠眼鏡を求めた。

「こいつあ、すまねえ」

膝元の遠眼鏡を若い者に返した。

「失礼しやす」

若い者は遠眼鏡をあてて、御城の見張りに戻った。

「またひとつ、二ノ丸の端に火の手が上がりやした」

若い者が、張り詰めた声で見張りの様子を伝えた。

「なにをやってやがるんでえ」

再び勘八から、苛立ちの声が漏れた。

「いい加減に呼びやがれてえんだ」

勘八は、ありとあらゆる火事を憎んでいた。モノを焼き尽くし、ひとの命までも奪う火事を、心底から憎んでいた。

いま勘八が声を苛立たせているのは、御城が燃えていると分かっていながら、火消しの手伝いができないからだ。

火事には大名も町方もねえ。

これが勘八の強い信念である。

炎が立ったら、その場に行って消し止める。それが火消しの本分だと、勘八は確信していた。火事は武家だの町人だのと、区別をして燃えるわけではなかった。

それなのに。

いま、御城が燃えているのが分かっているのに、火消しに駆けつけることができない。そのことが勘八を苛立たせるのだ。

「たいがいに鳴りやがれ」

思わず怒鳴り声を発したとき、仲町の火の見やぐらが擂半を鳴らした。

「なんでえ、あれは」

勘八の問いには答えず、火の見番は遠眼鏡で周囲を見渡した。

「冬木町から火が出てやす」

ただちに大川亭の半鐘も、擂半を鳴らし始めた。

火元を遠眼鏡で確かめた勘八は、火の見やぐらから滑り下りた。垂直に近い階段の手すりを摑み、スルスルッと滑り降りるのだ。

地べたを踏んだときには、若い者が何人も勘八の周りを取り囲んでいた。

「冬木町の薬屋が火元だ、仕度を始めろ」

遠眼鏡で確かめた火元である。勘八は強い口調で言い切った。

「がってんでさ」

若い者は仕度に飛び散った。

「いつ御城から呼び出しがかかるかも分からねえてえのに……」

ぼそりと勘八が本音を漏らした。そのつぶやきが、太鼓屋敷に聞こえたのかもしれない。

ドン、ドン、ドン、ドオーーーン。

初めて聞く鳴り方だが、御府内と本所・深川の火消しが待ちに待っていた太鼓が鳴った。

仲町の辻の火の見やぐらと大川亭の火の見やぐらは、太鼓の音に負けない強さで、擂半を鳴らし続けていた。

百八

仲町の辻が打つ擂半を聞くなり、銑太郎は火消し半纏に帯を回した。いつでも飛び出せるように、半纏は羽織ったままでいた。

銑太郎の前にひざまずいたひのきが、キュキュッと音をさせて帯を締めあげた。

「できました」

ひのきは威勢のよい声で、帯の締め上げを伝えた。

火消しに飛び出す銑太郎の半纏に、消火の上首尾を念じながら長い帯を締める。これは縁起かつぎを込めて、ひのきの役目だった。

「鳴っているのはやぐらの擂半で、太鼓じゃないけど……」

「分かってらあ」

答えるのももどかしげに、銑太郎は部屋から飛び出した。土間には一番から三番までの人足たちが、すでに勢揃いをしていた。

「冬木町の薬屋です」

勘八から火元を聞いていた若い者が、銑太郎に報せた。

「分かった」

威勢を込めて返事をしたつもりだったが、こころなしか強さが薄かった。

銑太郎は勘八以上に、御城への出動を待っていたのだ。ところが思いもしなかった地元から火事が出た。

擂半を聞いた以上は、出動しないわけにはいかない。しかも今月の大川亭は、南組の当番を担っていた。

小名木川南岸の海辺大工町、霊巌寺門前仲町から、永代橋東詰までの八十の町が、本所・深川十六組の南組が受け持つ区域だ。

四月の大川亭は、南組四百七十人の火消し人足の先頭に立って、地元の消火にあたる当番組だった。

御城の火事は気がかりだが、いまは地元の消火が最優先だった。出動に手間取って火事場への到着が遅れたりしたら、当番組としての面子が丸潰れである。

ぐっと丹田に力をこめて、銑太郎は配下の者を見回した。勘八の姿が見えなかった。

「勘八はどうした」

「やぐら下で、半纏を羽織ってやした」

若い者が銑太郎に答えた、その刹那。

ドン、ドン、ドン、ドオーーン。

手伝い要請の報せが、太鼓屋敷から響いてきた。

土間にいた火消し人足全員が、息を詰めた顔を銑太郎に向けた。

「うちは冬木町が先だ」

銑太郎はためらいなく指図を発した。

「がってんでさ」

土間の人足が、声を揃えた。

勘八が、土間に駆け込んできた。

「行くぜ」

銑太郎の指図で、勘八が真っ先に飛び出した。御城とは真反対の、冬木町に向けて駆け出した。

百九

冬木町に向かう大川亭の一行は、佐賀町の百本桜並木をまっすぐ東に走った。

通りの名の由来は、幅二十間（約三十六メートル）の大路の両側に、桜の古木が百本植わっていることだった。

大路に軒を連ねる店は、雑穀問屋、太物屋、口入屋、馬具屋、鍛冶屋など、十三業種・三十一軒である。

商いはさまざまだが、いずれも江戸開府から二十年を経たころに創業した老舗ばかりだ。佐賀町河岸が近いことで、早朝はひとと荷車が通りを行き交った。

道を拵えた知恵者は、当初からいまの賑わいを思い描いていたのだろう。二十間幅の大路は、仲町の辻の道幅と肩を並べるほどに広かった。

冬木町に向かうには、永代橋から富岡八幡宮へと続く表参道を走ったほうが早い。しかし常に参詣客が行き交う表参道は、ひとを追い払いながら駆けなければならない。

百本並木はいささか遠回りになるが、走りやすさでは表参道の比ではなかった。

大路を東に一町（約百九メートル）ほど走ると、堀に架かった緑橋を渡ることになる。堀幅は三間（約五・四メートル）と狭いために、木橋ではなく石橋が架けられていた。

大川亭が緑橋の手前に差しかかったとき、反対側から南組四之組と六之組が走ってきた。

材木町、万年町、平野町、海辺大工町など二十三の町を受け持つ四之組は、火消し人足百十八人の大所帯である。

六之組は海辺裏町、清住町など四町を守っている。火消し人足は五十五人の小ぶりな所帯だが、人足の気性が荒いことでは南組のなかでも飛び抜けていた。

前方から四之組と六之組が走ってくるのは、大川亭の全員が見ていた。人数の多寡に即していえば、大川亭が橋を譲るべきだった。なにしろ相手は二組、百七十三人もの火消し人足がいたからだ。

しかも梯子、掛矢、手鉤などの火消し道具を手にしているし、大まといがふたつも見えていた。

しかし銑太郎は足をゆるめずに、緑橋へと駆けた。

四之組と六之組が向かっているのは御城である。銑太郎は地元の火事を消し止めに、冬木町を目指しているのだ。大川亭が先に橋を渡り冬木町に急ぐのが、理にかなっていた。

銑太郎は先頭に立ち、勘八以下の火消しを引っ張った。緑橋まで、あと四半町（約二十七メートル）。銑太郎は、駆け足をさらに速めた。

銑太郎が駆け足を速めたのを、四之組のまとい持ちが察した。

四之組のまといは、船の錨を象《かたど》った大型の五貫（約十九キロ）まといである。持ち上げるだけでも並の男には骨だが、その大きなまといを担いで全力で疾走するのだ。

まとい持ちの腕力は尋常ではなかった。

「うおおーーー」

四之組のまとい持ちは、気合を発しながら緑橋に向かってきた。先に橋を渡ろうと考えたのだ。

まとい持ちは、だれよりも早く火事場に向かうのが役目だ。橋に向かってくる銑太郎を見て、負けてはならじと駆け足を速めたのだ。

橋まで残り八間（約十四メートル）の地点で、銕太郎は急ぎ足をとめた。このまま突っ込んでは、怪我人を出すと判じたからだ。

銕太郎が突っ込めば、勘八を筆頭にして全員が従うのは分かりきっていた。百本並木の道幅は広いが、緑橋は幅が五間（約九メートル）しかない。そんな狭い橋に火消し同士が突っ込んだら……。

互いに先を急いでいるし、全員が道具も持っている。気性の荒い男たちが、面子にかけて場所争いをしたら、怪我だけではおさまらない。

先頭を切って向かってくる四之組のまとい持ちは、わきまえのない男だ。大川亭が冬木町の火事場に急いでいるのは、分かりきっていることだ。

わきまえのある者なら、橋を譲るだろう。それをせずに、先に渡ろうと駆けてくるまとい持ちには、ことわりを分けて話しても通じないに決まっている。

銕太郎は、一瞬の間にこれらのことに思いを巡らせた。それゆえに足を止めた。

一番を取るのは、火消しの面子である。しかしいまは、冬木町の消火が大事だ。

そして一刻も早く消し止めて、すぐさま御城に向かわなければならない。

面子にこだわっているときじゃねえ。

そう断じた銕太郎は、ためらいなく足を止めた。勘八も、たちどころに銕太郎の思いを察した。

た。

「足をとめろ」

火消したちのほうに振り向いた勘八は、大声で足を止めさせた。

四之組の錨のまといが、緑橋を駆け渡った。音を立てて、火消し人足たちが橋を渡った。

百十

大川亭の面々は、緑橋西のたもとに立ち、御城に向かう火消し衆に道を譲った。

四之組と六之組を合わせれば、総勢百七十三人の大所帯である。しかもだれもが生まれて初めて御城に入り、消火に当たるのだ。

威勢の見せ所と考えた火消したちは、持てる限りの道具を手にしていた。

御城に向かう火消し人足を、銑太郎は敬いをこめた目で見送った。橋を譲った口惜しさは捨てて、御城の消火に命をかける面々に、心底からの敬いを示しているのだ。

かしらの様子を見て、勘八以下の大川亭火消したちも、慎み深い眼差しを緑橋を渡る連中に向けていた。

錨形を抱えた四之組のまとい持ちは、雄叫びをあげて橋を渡った。あとに続いた連中も、まとい持ちと同じ声を発した。

ところが四、五十人が渡ったころから、様子が変わった。緑橋の西に立った銑太郎たちの表情がどうであるかを、火消し人足は一瞬にして察したのだ。

火事場で猛り狂う炎を相手にする火消したちである。気配の変化を察することには、並の者とは比較にならぬほどに敏感だった。

道具を手に抱えて駆けながらも、雄叫びを引っ込めた。

はあん、ほう。はあん、ほう。

雄叫びの代わりに、江戸市中を駆ける駕籠舁きと同じ息遣いで走り始めた。長い道のりを走るには、もっとも理にかなった息遣いなのだ。

定まった息遣いをしながら、百人を超える火消したちが、緑橋を渡っている。多くの火消しが、駆けながらも銑太郎たちに目であいさつをした。

銑太郎はその都度、会釈で応じた。大川亭の面々も、かしらに倣った。

四之組・六之組の火消し全員が橋を渡り終えたとき、ふたつの組のかしらが列から外に出た。そして橋のたもとに整列した大川亭の火消しに向かって、深々と辞儀をした。

銑太郎は、より深い辞儀で応じた。

大川亭の面々が辞儀をしたのを受けて、百七十三人が再び永代橋に向かって走り出した。

はあん、ほう。はあん、ほう。

調子の揃った息遣いの声が、百本桜の下から聞こえてくる。

「うおーーーーっ」

大川亭の火消しは、手鉤や鳶口を振って、走り行く火消しの背中を後押しした。

仲町の火の見やぐらは、いまも擂半を鳴らし続けていた。

百十一

本所につながる大路を走ってきた銑太郎たちは、仙台堀に架かった海辺橋の手前を東に折れた。

火元の薬種問屋大島堂は、仙台堀を背にして建っている。川沿いの道には、薬草がいぶされたような、強いにおいが漂っていた。

さまざまな薬草が燃えているのだろう。先頭を駆ける銑太郎の足取りが早くなった。

「ありがたい、きてくれたよ」

大島堂の店先に立っていた手代が、安堵の声を漏らした。

「こっちだ、こっちだ」

何人もの奉公人が、てんでに手を大きく振って大川亭を呼んだ。

大島堂の前には、火消し用の水桶が散乱していた。一荷は入りそうな天水桶も、店の両側に据え置かれている。火事の真っ只中だというのに、天水桶はあふれそうなほどに水をたたえていた。

奉公人たちはうろたえるばかりで、天水桶の水をぶっかけることすらできずにいたらしい。大島堂の店先に到着するなり、銑太郎は大声を発して奉公人を静まらせた。

「差配はだれだ」

ざっと三十人近い男衆から、ざわめき声が漏れた。が、差配は名乗りを上げない。

「とっとと出てこい」

銑太郎は声を荒らげた。火消しはだれに限らず、日ごろから大声を発するために喉を鍛えている。銑太郎のひと声で、男たちのざわめきは静まった。

奉公人たちは、だれもが火消しに備えた厚手の半纏をまとっていた。頭巾をかぶっている者もいれば、手拭いを重ねてあたまに巻いている手代もいる。

ひと目見ただけで、火事への備えは大してできていないのが察せられた。

「火事のさなかに、こんな店先に集まってなにをやってやがんでえ」

銑太郎が怒鳴っている途中で、番頭の七兵衛が男衆のなかから飛び出してきた。厚手の半纏を着ているが、六十に手の届きそうな七兵衛には重たそうだった。

「間のわるいことに旦那様ご一家が、年に一度の江島神社に詣でておいでで」

七兵衛が事情を話し始めた。銑太郎は右手を突き出して、番頭の口を抑えた。

「いまは話をしているときじゃねえ」

手を突き出したまま、番頭に詰め寄った。

「火元には、どっからへえりゃあいいんでえ。それをおせえろ」

年若い銑太郎に怒鳴られた七兵衛は、むっとした顔で頰を膨らませた。

「そんなつらをしてねえで、火元へのへえり方をおせえねえか」

銑太郎の右手が、番頭の肩を強く摑んだ。番頭はその手を払いのけようとした。

「半鐘が大げさに鳴っているだけで、火はあらかたうちの連中で消し止めた」

「なんだとう」

銑太郎の後ろにいた勘八が、我慢を切らして声を荒らげた。

「半鐘が大げさとは、なんてえ言い草をしやがるんでえ」

怒りが収まらない勘八は、さらに声の調子を荒くした。いきなり大島堂の勝手口が、音を立てて開かれた。

「また、くすぶり出した」

飛び出してきたのは、大島堂出入りの町内鳶だった。

「これ以上は、素人の手には負えねえ」

鳶が全部を言い終わらないうちに、大川亭の火消したちは、勝手口から敷地内に傾《なだ》れ込《こ》んでいた。

大島堂は、仙台堀沿いに横長の五百坪の敷地を有していた。敷地内に構えられているのは奥（当主家族）の暮らす母屋、薬種を納めた土蔵が二蔵、調度品を仕舞う蔵が二蔵に、小さくて堅固な金蔵がひとつ。

あとは店舗と奉公人の住居を兼ねた二階屋が一棟に、大型の納戸が三戸である。

「火元はあれだ」

最初に飛び込んだ梯子持ちの龍助が、蔵の壁際を指差した。むしろの上に干した薬草が、強い炎をあげていた。

「金蔵に梯子をかけろ」

「がってんだ」

勘八の指図に、龍助が大声で応じた。

大川亭の梯子は、高橋の道具屋に誂えさせた特注品である。一台の長さは一間（約一・八メートル）の小型だが、五台まで繋ぎ合わせて使える工夫が凝らされていた。

長さ一間であれば、抱え持って駆けるのはひとりでできる。それを五台も繋げば、長さ五間（約九メートル）の大型梯子に生まれ変わる仕掛けである。

小型の金蔵は、屋根までおよそ二間半（約四・五メートル）の高さだ。龍助たちは、三台をしっかりと繋ぎ合わせた。

番頭の七兵衛が口走った通り、蔵の壁際のほかには炎は見えなかった。カラカラに干された薬草は、ひとたび燃え始めると枯れ草のように勢いの強い炎を上げる。

仲町の火の見やぐらは、燃え上がった薬草を見て、擂半を鳴らしていた。

「台所の隅と、納戸のわきに小さな炎が立ってる」

「風呂場の周りにも、念入りに水をぶっかけろい」

金蔵の屋根に上った勘八は、まといを手にしたまま消火の指図を下した。

大島堂の裏手は石垣造りで、仙台堀に面している。火消しに使う水は、幾らでも手に入った。

「おめえら、手桶を持って集まってきねえ」

店先に群れていた奉公人に向かって、鉄太郎は大声で怒鳴った。が、声の調子にはゆとりがあった。火事はボヤに近いもので治まると判じて、安心したのだ。

奉公人・火消し人足・町内鳶の三者が一緒になって、仙台堀の川水をたっぷりと汲み上げた。炎はすっかり消し止めたし、家屋の壁板も充分に湿らせた。

大島堂に駆けつけて四半刻（三十分）も経たないうちに、火はすっかり退治できた。

「打ち上げろ」

鉄太郎の指図で、掛矢持ちの吉蔵が一発の煙火を打ち上げた。四方の火の見やぐらに、鎮火を報せる煙火である。

暮れ始めていた冬木町の空に、純白の煙と轟音が散った。

「カアーーーン、カアーーーン」

煙火が放った轟音が消えると、鎮火を報せる鐘が仲町の辻から流れてきた。

「ありがとうございました」

奉公人たちが深々とあたまを下げた。

「旦那様の留守中に、ひどいことにならずに本当に助かりました」

鎮火で気が落ち着いたのだろう。七兵衛の物言いがていねいになっていた。

ドン、ドン、ドン、ドーーン。

カアーーン、カアーーーン。

暮れなずむ深川の町に、助けを求める太鼓と、鎮火を報せる鐘とが、もつれあうようにして流れていた。

「行くぜ」

「がってんだ」

銑太郎の声に、火消したちが応じた。

銑太郎が真っ先に勝手口から飛び出したら、冬木町のかしらが両手を広げて行く手をさえぎった。

「待ってくんねえ」

かしらは銑太郎の元に駆け寄ってきた。

「これから御城に行きなさるんで？」

銑太郎よりも年長のかしらが、ていねいな口調で問うた。

「へいっ」

銑太郎は短く応じた。

「だったら、銭瓶橋《ぜにがめばし》まで船で行きなせえ」

かしらは仙台堀の船着場を指し示した。

「おめえさんたちも御城に向かうだろうてえんで、二挺櫓の早船を舫《もや》ってある」

大川亭が火消しに駆けつけたのを見て、かしらはすぐに川船の手配りをしていた。

仙台堀を西に進めば、上之橋で大川と交わる。永代橋をくぐれば、すぐ先に豊海橋が架かっている。

豊海橋をくぐれば、鉄太郎の母親、おきぬを乗せた船が転覆した場所だ。

鉄太郎の母親、霊岸島河岸から八丁堀へと続く。さらに堀を進むと、日本橋、一石橋とくぐり抜けて、御城の外堀となるのだ。

銭瓶橋は外堀の一角、道三堀《どうさんぼり》に架かる橋である。この橋のたもとには、御城の大番所が構えられていた。

太鼓で呼び集められている火消したちが集結するのが、この大番所前の広場だった。

「陸を駆けるよりも二挺櫓の早船で銭瓶橋に向かうほうが、はるかにはええ」

「そいつあ、かしらの言われる通りだが」

鉄太郎は返事を渋った。わけはふたつあった。

ひとつは、見た目の船が小さかったことだ。かしらが用意した船は、三十人乗りの乗合船だ。艫《とも》に据えつけた二挺の櫓を漕げば、駆け足よりもはるかに速い。

しかし三十人というのは、大した荷物もない船客を相手にしたときの人数である。いまは持てる限りの道具を抱えた人足が、群れをなしていた。

もうひとつのわけは、道三堀に船で乗りつけるのは、きつい御法度だということである。

いまは火消しの非常時だが、大番所の役人の出方は推し量りようがなかった。せっかく銭瓶橋まで向かっていながら、御法度破りだと咎められるかもしれないのだ。

「かしら、船で行きやしょう」

勘八は、いささかもためらわずに銑太郎の背中を押した。

「船には、どうとでも詰めて乗りやすから」

勘八の迷いのなさが、銑太郎に伝染した。

「行くぜ」

「がってんでさ」

火消したちは、船に向かって駆け出した。

百十二

冬木町のかしらが仕立てた二挺櫓の船は、飛び切り腕の立つ船頭ふたりが、艫で櫓を摑んでいた。

腕のわるい船頭だと、ギイッ、ギイッと櫓を軋ませるだけで、船はさほどに進まない。ところが銑太郎たちを乗せた船頭ふたりは、互いの息遣いがピタリと合っていた。

櫓はほとんど軋み音を立てないのに、船は滑らかに仙台堀の水面を走る。道具を抱えた火消したちは、船頭の見事な櫓さばきに感じ入っていた。

「おい、そこの若いの」

右舷の櫓を漕ぐ船頭が、梯子を抱えて舳先《へさき》に立っている龍助に言葉を投げた。二挺櫓の船では、右舷を受け持つ船頭が親である。

「なんでやしょう」

艫のほうに振り返った龍助は、ていねいな口調で問いかけた。龍助のすぐ後ろには、三之組のまといを抱えた勘八が座っていた。

「周りが暮れてきたもんで、先がうまくめえねえんだ」

言葉を続けながらも、船頭は櫓を漕ぐ手を休めない。船は変わらずに、仙台堀を疾走していた。

「すまねえが舳先にかがんで、船の舵取りをやってくんねえ」

「がってんだ」

龍助は威勢のいい声を、船頭に返した。

舳先に低い姿勢でかがみ、前方に目を凝らす。そして右、左と声を発して進路を船頭に伝えるのが舵取りである。

二挺櫓の船は、火消しが早駆けするよりも速く川を走ってゆく。その船の舵取りを口で伝えるのは、素人にはできない芸当である。が、乗っているのは全員が火消しだ。

火事場で風向きを読むのは、火消しにはお手のものである。なかでもまとい持ちと梯子持ちは、風読みの達人が揃っていた。

まとい持ちは、火事場で消火に動く人足たちに、的確に火の粉の飛ぶ方角を伝えなければならない。

梯子持ちは、炎に炙られない場所を見極めて、火消しが駆け上る梯子をかけるのだ。

龍助は梯子持ちのなかでも、図抜けて風読みには長けていた。それに加えて、夜目が利いた。

「あすこの犬は、次は右足を踏み出すぜ」

星明りしかない暗がりでも、半町（約五十五メートル）先の野良犬の歩みを、龍助は見定めることができた。

船頭と龍助とは、今日が初顔合わせだった。しかし舳先の立ち姿を見て、船頭は龍助の技量を見抜いたようだ。

「一町半先の左舷に、猪牙舟《ちょきぶね》二杯」

「あいよう」

「二町走った先が大川」

「あいよう」

初顔合わせとは思えないほどに、船頭と龍助は呼吸が合っていた。

火消し人足を満載した乗合船は、すっかり暮れた永代橋をくぐった。

「右舷二町先に豊海橋」

「あいよう」

船頭が応じたとき、銑太郎が背筋を伸ばした。火消したち全員が、シャキッと背筋を張った。

「豊海橋に向かって、黙礼」

勘八の号令で、火消し全員が一斉に黙礼をした。舳先の龍助も梯子を片手に持ち替えて、みなに倣った。

寛保元年におきぬが没して、すでに六年が過ぎていた。それでも大川亭の火消しは、豊海橋で起きたことを全員が覚えていた。

寛保元年にはまだ組にいなかった若い者も、年長者から聞かされている。ゆえに勘八の号令で、見事に息の揃った黙礼をした。

驚いたことに、二挺櫓を漕ぐ船頭ふたりも勘八の指図に従った。おきぬのことは知らない船頭たちだが、敬いに満ちた火消しの動きに、つい身体が応じたのだろう。

「黙礼、直れ」

勘八の号令で、火消しが座り直した。

船は大川を右に折れて、御城に続く堀に入った。霊岸島河岸から八丁堀を過ぎれば、すぐに江戸橋、日本橋である。

御城を間近に感じて、大川亭の面々が顔つきを引き締めた。

百十三

日本橋が近くなると、堀の両岸が騒々しくなった。

「どきねえ、邪魔だ」

「おめえらこそ、わきの道にへえったらどうなんでえ」

堀沿いの道は、道具を抱えた火消し人足であふれ返っていた。

御城の消火を手伝う火消したちは、銭瓶橋南詰の御城大番所広場に集結する段取りとなっていた。

日本橋から銭瓶橋に向かうには、品川町裏河岸を西に進み、常盤橋《ときわばし》を西に渡るのが順路である。常盤橋を渡れば、そこはもう御城のなかだった。

常盤橋の西詰を南に折れて、一町半（約百六十四メートル）も進めば、道三堀に架かった銭瓶橋に出る。御府内の市中に張り巡らされた水道の余水は、銭瓶橋のたもとからこぼれ落ちていた。

その余水を水船の水槽に汲みいれて、深川の町々に売り歩くのが水売りだ。が、水船が銭瓶橋のたもとに集まるのは、明け六ツ（午前六時）を過ぎてからだ。

日が落ちた道三堀を船で行き来するのは、きつい御法度である。うっかり堀に川船で迷い込んだりしたら、御城の警固役人にその場で縄を打たれた。

それほどに、御城の警固は厳しかった。

「道三堀が正面にめえやした」

銭瓶橋まで一町の場所に差し掛かったとき、龍助が大声で船頭に知らせた。

「がってんだ」

船頭ふたりが櫓を漕ぐ手をとめた。火消しの手伝いとはいえ、道三堀に勝手に船を漕ぎいれるのは、大いにはばかられた。

様子見のために、船は堀の真ん中でとまった。石垣から離れていることで、不審な船ではないことを示したのだ。

「なにをやってやがんでえ」

とまっている船に、石垣の上から怒鳴り声が届いた。道が込み合っていて、うまく前に進めないらしい。

「前をどきねえ。おめえらが邪魔で、常盤橋を渡れねえじゃねえか」

「ふざけんじゃねえ、あとからきやがったくせによう」

先を急ぐ火消したちが、血相を変えて怒鳴りあっていた。

どの火消し組も、一刻も早く大番所前に行き着きたくて殺気だっている。ところがまといだの梯子だのの道具が多すぎて、うまく前に進めないのだ。

「ぐずぐずしやがると、手鉤で引っかくぞ」

「なんだとう、このやろう」

焦れた火消したちは、本気で怒鳴り声をぶつけあっている。手にしている手鉤だの掛矢だのは、喧嘩となったらひとを殺《あや》める凶器になりかねない。

怒鳴りあいを放っておいては、火事場に着くまえに、大騒動を引き起こしそうだ。さりとて、火消し人足たちは、全員が殺気だっている。騒動をとめに入る者は皆無だった。

「おい、勘八」

鉄太郎が鋭い声で、勘八を呼んだ。

「へいっ」

「まといを振って、木遣り唄を歌いねえ」

鉄太郎の指図に、一瞬だけ勘八はいぶかしげな顔を見せた。が、すぐに鉄太郎の意図を察した。

「がってんでさ」

堀の真ん中に、乗合船がとまっている。その舳先近くで、勘八はまといを抱えたまま勢いよく立ち上がった。

「歌うのは、滅法威勢がよくて、めでてえやつにしやすぜ」

「構わねえ。思いっきりやってくれ」

鉄太郎の許しを得た勘八は、力一杯に三之組の三貫まといを振り回した。暗がりのなかで馬簾が回って、風切り音が立った。

「祝いえー、めでたのよう」

勘八が最初の一節を張り上げた。

「よーい、よーい、若松様よう」

大川亭の火消しが、声を揃えて合いの手をいれた。暗い堀から聞こえてきた木遣りを耳にして、石垣上の騒動が一気に静まった。

「枝が栄えて、ああ、こりゃあ、こりゃあ」

勘八は、続けてふた節目を歌った。

「お庭が暗いよ、ああ、こりゃあ、こりゃあ」

大川亭の若い衆と一緒になって、品川町の裏河岸を埋めた火消し全員が声を発した。

木遣りの一番を歌い終わったところで、鉄太郎は船の真ん中で立ち上がった。

「大番所は目の前でさ」

鉄太郎は目の前の銭瓶橋を指差した。暗くてほとんど見えないが、火消したちは気配で示された方角を察した。

「火事場を目の前にして、仲間内で揉めてもしゃあねえ。先を譲り合って、常盤橋と銭瓶橋を渡ってくだせえ」

「ありがとうよ、三之組」

暗がりのなかでも、勘八の抱えたまといはぼんやりと見えたのだろう。

「大番所で会いやしょう」

石垣の上に声を投げてから、鉄太郎は船を出せと船頭に合図をした。

「がってんでさ」

威勢よく答えた船頭は、ゆっくりと櫓を漕ぎ出した。船が静かに走り始めた。

「暗きゃあ、おろしゃれ　よい、よーい」

鉄太郎が木遣り唄を続けた。

「あの一の枝、あー、よいよい」

常盤橋に向かう火消したちが、声を揃えてあとの節を追った。

騒動は、きれいに治まっていた。

百十四

銭瓶橋南詰の船着場には、六尺棒を手にした中間が群れになって待ち構えていた。

陽が落ちたあとで、道三堀に乗り込んできた川船である。本来ならば船頭もろとも、その場で縄を打たれるところだった。

しかしいまは御城が燃えている非常時で、乗り込んできたのは火消し人足だ。しかもいまだに太鼓はドン、ドン、ドン、ドーーンと響き続けていた。

しかも銭瓶橋を渡ってくる火消したちは、声を揃えて木遣り唄を歌っている。大番所前の広場に詰めている火消しも、一緒になって歌っていた。

中間たちは、咎めるきっかけを失くした。

「早く上がりなさい」

船着場に着いた銑太郎たちは咎められもせず、広場へと追い立てられた。

「深川南組三組、到着しやした」

三貫まといを振り回して、勘八が到着を告げた。

「待っていたぞ」

火消し装束に身を固めた服部清作が、人ごみをかき分けて大川亭に近寄ってきた。

「お待たせしやした」

服部の前で、鉄太郎は深々とあたまを下げた。大川亭の全員が、鉄太郎に倣った。

「本所・深川から到着したのは、おまえの組が一番だ」

鉄太郎は冬木町の火事のこと、消火の後は二挺櫓で駆けつけたことを、手短に話した。

「船で駆けつけるという手段は、わしも思い至らなかった」

冬木町のかしらの思案を誉めたあと、服部は鉄太郎と勘八を大番所の詰所へと連れて行った。

「待ってたぜ」

詰所に入るなり、野太い声が飛んできた。

裸火を嫌ってのことなのか、詰所のなかには頼りない瓦灯が三基しか置かれていない。

鉄太郎は暗がりに向かって目を凝らした。

「二番組の源三郎だ」

詰所の卓には、すでに到着していた一番組、二番組、三番組の組頭がついていた。

「こののち、いかにして火消しをするか、しっかりと手はずを整えておかねばの」

卓を囲んだ組頭を前にして、服部は消火作業の手順を詰めるという。

「そんな、のんびりしたことを言ってねえで、すぐにも火消しに向かわねえと」

一番組の組頭亮助が、服部に食ってかかった。服部は組頭たちに、おのれの身分を明かしていたようだ。

二番組の源三郎は久世屋敷をおとずれた折に、服部の人柄に触れている。それゆえに、口を閉じていた。

「そうじゃねえか、三番組の」

亮助は三番組のかしら佐太郎に同意を求めた。

「あんたの言い分は分からないでもないが、ここは御城のなかだ」

武家の指図に逆らうなどは、平時ではありえないことだ。しかし火事場を目の前にして、しかも町場の火消しに助けを求めているさなかである。

亮助の無礼を、服部は咎めなかった。

そんな服部の心中を、佐太郎は察していたようだ。

「服部様のお指図に従うのは、町方のつとめだろうが」

佐太郎は落ち着いた口調で、亮助をたしなめた。

「どうぞ、服部様のお考えのほどを聞かせてくだせえ」

佐太郎の言ったことに、源三郎も銕太郎も強くうなずいた。

「武家の火消しと、町方のそのほうらとでは、火消しの流儀がまるで異なる。それゆえに、火事場に向かう前に、しっかりとすり合わせをしておかねばの」

御城が燃え盛っているというのに、服部の口調は落ち着いていた。亮助は苛立ちを隠そうともせず、服部を強い目つきで凝視している。

鉄太郎は、まるで逆だった。

火事場にいながらもこの落ち着きを保っていられるのは、服部の器量の大きさをあらわしている。

服部様になら、命を預けられる……。

鉄太郎は、あらためて服部に感服した。

「そのほうらの火消しは、ここまでは燃えても仕方がないと見切る、いわば壊しの消火であろう」

服部が口にした通り、町方の消火は『破壊消防』である。火を水で消し止めるのではなく、延焼の境界線を拵えるのだ。そして火が境界線を越えないように、境目の建物を壊した。そうすることで、破壊した家屋から先への延焼を防いだのだ。

武家の消火には、この破壊という考えがなかった。先祖伝来の家屋は、一棟といえども燃やしてはならぬ……これが武家の考え方だった。

江戸城は、武家の総本山である。消火にあたっているのも、いまは武家の大名火消しのみだ。

燃え盛る炎に手がつけられなくても、大名火消しの面々は、無力な消火を続けていた。

そのために延焼が食い止められず、かえって火事を大きなものにしていた。

「二ノ丸に上がったあとは、そのほうらが大名火消しを差配してくれ。そして適宜、建家を壊してもらいたい」

それ以外にこの火事は消し止められないと、服部は言い切った。

「幸いにも加賀藩は、そのほうらの味方だ」

加賀藩と一緒に火消しをするというのが、服部が組み立てた手はずだった。

百十五

大番所前は、五千坪を超える桁違いに大きな広場である。

登城する大名のなかで、官位が高い家の従者は、この大番所前に詰めることを許されていた。雨天・荒天時は大番所建家に入り、藩主の退出を待つこともできた。名のある大名が重なり合ってもいいように、広場にも建家にも、充分なゆとりがあった。

しかしいま集結している火消しの人数は、すでに五千人を超えていた。江戸御府内の各所から、さらに五千人以上の者が大番所を目指して駆けつけているさなかである。

これだけの人数が一度に集まるとは、公儀は考えたこともなかっただろう。広くてゆとりあるはずの広場が、手狭になっていた。

「いつまで待ってろてえんだ」

「おれたちは、広場でのんびりするために駆けつけてきたわけじゃねえ」

「いまも方々から、火の粉が飛んできてるじゃねえか」

方々から、尖った声が漏れた。

気性の荒い火消し人足の本来からいえば、怒鳴り声を発したいところだ。が、城内であることを思い、物言いは尖っていても、大声を発することは差し控えていた。

とはいえ、火の手は一向に治まる気配を見せてはいない。広場に足止めをされている火消したちは、苛立ちを顔に浮かべて二ノ丸の方角を見上げていた。

暮れ六ツを過ぎた空は、もはや墨色のような暗さである。飛び散った火の粉は、我が物顔で赤い光を放っていた。

「おっ……」

火消しの群れの先頭に立っていた五番組や組のまとい持ちが、ぐいっと腕に力をこめた。

「どうしやした」

「かしらたちが、詰所から出てきた」

や組の面々が、うおうっと雄叫びを上げた。広場を埋めていた火消したちが、一気に詰所のほうに向かって間合いを詰め始めた。

今月の当番、二番組め組の源三郎が、高さ五尺（約一・五メートル）の台の上に立った。

「これから二ノ丸に向かうが……」

源三郎の声が、火消したちの歓声に埋もれた。話を続けようとしたが、五千人からの火消しがてんでに声を発していて、ひとことも聞き取れない。

様子を見かねた銑太郎が、台に駆け上った。首から斜めに、富岡八幡宮の懸守《かけまもり》を掛けている。その御守の紐に重ね合わせて、銑太郎は呼子をぶら下げていた。

竹製の呼子を吹かせれば、深川で一番の音が立てられる銑太郎である。

ピイーーーー。

鋭いなかにも艶のある音が、大番所の広場に響き渡った。火消したちが、いきなり静まった。

銑太郎は源三郎に会釈をして、場を渡した。

「これから二ノ丸にあがるが、大名火消しとおれたちとでは、火消しの段取りも手立ても、まるっきり違う」

静まり返った大広場に、源三郎の声が響き渡った。

武家や大名火消したちとの間に、余計な揉め事は起こしたくない。そう考えた源三郎たちは、服部清作と幾つかの取り決めを交わした。

第一に定めたのが、重さ三貫（約十一キロ）の大まといは、火事場には持ち込まないことだった。

大まといは、町方火消しの命である。一度抱えたまといは、火が湿るまでは地べたにおろさないというのが、まとい持ちに課せられた責めであり、また身上でもあった。

火事場の屋根に上って風向きを読み、どの方角に火が燃え広がるかを教える。また、延焼を食い止めるための、破壊の境界線もまといを振って指図をした。

まとい持ちの大まといは、火事場の指揮杖である。消火活動を差配するために、まとい持ちは命をかけて屋根取りの先陣争いを繰り広げた。

ところが今回は、御城の消火手伝いである。主力はあくまでも大名火消しで、町方は手伝い役にすぎないのだ。

もしもまとい持ちが先陣争いを始めたら、消火活動の大きな邪魔になる。それに加えて、武家との間に無用なあつれきを生じることにもなりかねない。

「ここの消火に限り、大まといは火事場には持ち込まねえ。それぞれが、大番所詰所のまとい立てにかけておいてもらう」

源三郎が言い終わるなり、広場には怒号が飛び交い始めた。

「ふざけんじゃねえ」

「命よりもでえじなまといなしで、火消しができるかてえんだ」

「いくら当番おかしらの指図だろうが、こればっかりはきけねえ」

火消しは、厳格な縦社会である。かしらの指図に逆らうのは、一番の御法度だった。

しかし源三郎は、火消し人足の魂も同然の大まといを、火事場に持ち込むなと言ったのだ。素直に従う人足は、ひとりもいなかった。

源三郎配下のめ組のまとい持ちも、大川亭の勘八も、その場から動こうとはしなかった。

「勘八っ」

台の上に立った銑太郎は、大川亭のまとい持ちの名を呼んだ。

「へいっ」

人ごみのなかから、深川南組三組のまといを抱えた勘八が返事をした。答え方には、いつもの張りがない。火消したちが、再び静まった。

「台の前に出てきてくんねえ」

勘八は指図に従い、火消したちをかき分けて台の前まで進み出た。広場が静まり返っているのは、勘八がどう振舞うかを、だれもが固唾をのんで見守っているからだ。

四十をとうに越えた勘八が、いまでも三之組の大まといを担いでいる。そのことは、江戸中の火消しに知れ渡っていた。

「大したおひとだ」

「あの歳で、いまだに二里（約八キロ）を走り抜くてえじゃねえか」

まとい持ちたちには、勘八は神様のような男に映っていた。

「おめえが先陣を切って、その大まといを詰所に預けてくれ」

指図をされた勘八は、ひと息だけためらった。が、深呼吸をしたあとは、銑太郎の顔を真正面から見詰めた。

「がってんでさ」

いつくしむかのように大まといを抱えた勘八は、ゆっくりとした歩みで詰所へ向かい始めた。そのあとに、錨形の深川南組四組が続いた。

二番組め組が、錨のあとを追った。

さまざまな形の大まといが、一斉に詰所へと向かい始めた。

二ノ丸の上空では、いまだに赤い火の粉が飛び舞っていた。

百十六

町方の火消しが火事場の二ノ丸に上がったときには、六ツ半（午後七時）が近くなっていた。

大番所前に最初の火消しが到着したのは、暮れ六ツ前である。火消したちは、半刻（一時間）以上も足止めをされていた。

しかしかしらたちは、ただ無駄に留め置かれていたわけではなかった。

源三郎、銑太郎などの町方火消しと、久世家服部清作・加賀前田家吉田久太、仙台伊達家大下義仲の武家たちが、消火の段取り、手立て、町方と武家との役割分担を念入りに談判していた。

ゆえに火事場に着いたあとの町方火消しは、敏捷に立ち回ることができた。

深川十六組は、銑太郎の指図で二ノ丸に池を掘り始めた。掘削の道具は、御城作事組の蔵から入用なだけ運び出された。

　穴掘り作業がはかどるように、現場の周囲にはかがり火が焚かれた。消火しなければならない火事の炎と、明かりのためのかがり火とが、二ノ丸に同居していた。

「池の深さは一尺（約三十センチ）で充分だ。縦横ともに三丈（約九メートル）ある池を、火元に近い場所に七つ掘るんだ」

「がってんだ」

　深川十六組の火消し人足千二百八十人が、一斉に穴掘りを始めた。


　池を掘る思案は、銑太郎の発案だった。

「御城を壊しただけじゃあ、ここまで大きくなった火は消し止められねえでしょう」

「その通りだが、なにかそのほうに妙案はあるのか」

　この日初めて顔を合わせた前田家吉田久太は、落ち着いた声音で問いかけた。吉田は久世家服部同様に、前田家下屋敷の火消し差配役を担っていた。

「あります」

　銑太郎は町方の火消しらしい、歯切れのよい物言いで応じた。

「あっしが暮らす深川には、富岡八幡宮がありやして」

　言葉を区切った銑太郎は、吉田の目を正面から見詰めた。

「三年に一度の本祭には、宮神輿と町内神輿が一緒になって大川を渡りやす」

「待て待て」

伊達家の火消し差配大下義仲が、色をなして銑太郎の話に割り込んだ。

「この火急の折に、本祭だ神輿だと、なにをたわけた話をいたしておるのだ」

「火急の折の、火消しに役立つからこその話でやすんで」

銑太郎は顔色も変えず、話の続きに戻った。

「神輿が通りかかると、土地の者は手桶で思いっきり水をぶっかけやす。深川に暮らす者は、だれもが手桶で水をぶっかけるのは得手なんでさ」

神輿に掛けるのは、井戸から汲み上げた水と、濁りのない川水である。あらかじめ通りの地べたに穴を掘る。その穴には、松葉や棕櫚の葉を敷き詰めて、水が濁らない工夫を加えた。

「神輿が近寄ってきたら、おとなもガキも、娘もばあさんも一緒になって、手桶でその水を神輿と担ぎ手にぶっかけやす」

富岡八幡宮の本祭は、別名を『水掛け祭』という。強烈な日差しで焦がされた神輿も担ぎ手も、水を浴びて大喜びをした。

わっしょい、わっしょい。

水を浴びて喜ぶ神輿は、上下に大きく揉まれる。うねる神輿は、祭の大きな見どころなのだ。

「あっしら深川の火消しは、ガキの時分から水をぶっかけることには慣れてやす。二ノ丸には、井戸はありやすんで？」

「豊かな水の湧き出る井戸が、都合十二本も掘られておる」

即答したのは大下である。銑太郎の話に、大下はすっかり魅せられていた。

「でしたら、火元に近い地べたにでかい池を掘りやしょう。そこに井戸水を汲み入れたあとは、深川モンが思いっきり火に向かってぶっかけやす」

「火消し水の池とは、まことに妙案である。すぐさま作事組と掛け合い、蔵の道具を貸し出してもらおう」

作事組との談判も、大下が受け持った。


深さ一尺、縦横三丈の池が仕上がったのは、四ツ半（午後十一時）を過ぎたころだった。穴には松葉が敷き詰められた。たとえ消火に使う水であっても、泥で濁らせては畏れ多いという、武家の言い分を酌んでのことである。

穴に敷き詰めた松葉は、源三郎の指図で根こそぎ引き抜いた老松十五本の葉を使った。

この老松を抜くにおいても、武家とは大きな悶着《もんちゃく》を起こした。

「権現様《ごんげん》（初代家康）よりの松を引き抜くなどの狼藉は、断じて許さぬ」

「放っておいて松葉に火の粉がまとわりついたら、御城中の松が焼けちまいやすぜ」

「それを防ぐのが、そのほうらの役目ではないか。なんのための火消しか」

散々に揉めたが、久世家・前田家・伊達家三家の火消し差配が源三郎の味方についてケリがついた。

十二本の井戸から七つの池までは、火消し人足三千人が並んで桶を手渡しした。江戸城の什器《じゅうき》蔵には、手ごろな大きさの手桶が、じつに五千個も仕舞われていた。御城で使う品は、手桶といえども漆塗りで、しかも葵の御紋が描かれている。

「はいよっ」

「あらよう」

火消したちは、声を弾ませて御紋入りの手桶を手渡しした。水はひっきりなしに、池に注がれた。が、どれほど注ぎいれても、あふれ出ることはなかった。深川十六組の火消したちが、あっと言う間に池をカラにしたからだ。

「今度は、四之組と六之組がぶっかけに回るぜ」

「がってんだ」

「三之組に負けるんじゃねえぜ」

「あたぼうさ、仕上げを見てくんねえ」

手桶を持った深川四之組と六之組の火消し七十三人が、息をする間も惜しんで勢いよく水をぶっかけた。

城を焼き尽くさんばかりに燃え盛っていた炎が、方々で湿りはじめていた。

終章

七ツ（午前四時）を過ぎたころには、火勢は大きな衰えを見せていた。飛び散る火の粉は姿を消していたし、新たな炎が燃え立つこともなくなっていた。

とはいえ、井戸水汲みの手渡しは続いていた。火がすべて湿るまで手加減をしないのは、火消しの鉄則だった。

「わしも手伝わせてもらおう」

七ツを過ぎたころには、武家の多くが手渡しの列に加わった。町人と武家が入り乱れて、井戸水を汲んだ手桶を手渡しした。

「あいよう」

「うむ」

「ほいさ」

「むむっ」

武家と町人とでは、発する声が違う。葵御紋入りの手桶の扱い方も、武家はまことにていねいだった。

芝・増上寺が撞く、明け六ツ（午前六時）の鐘が二ノ丸に流れてきたとき。

「あれが最後の火でやすから」

大川亭の面々が、銑太郎の周りを取り囲んだ。その動きを見て、火消し連中が群れになって寄ってきた。

手桶を手にしているのは、銑太郎ただひとりである。正面の壁板に、消し炭のような小さな火が残っていた。

葵御紋の描かれた黒塗りの手桶には、水があふれんばかりに入っている。壁板を見詰めて、銑太郎は深い息を吸い込んだ。

火事場で殉職した父親、徳太郎。

火消し宿の女房として銑太郎を育て、嫁に作法を教えた、亡母おきぬ。

ふたりの名を口にしたあとで、銑太郎の無事を願っているひのきの名を、胸の内でつぶやいた。

そうだったのか……。

残った炎を消そうと身構えた、そのとき。銑太郎は不意にひとつのことに気づいた。

夜明けとともに、周りは明るくなっている。しかし火消しを続けていたさなかは、火の勢いが弱まるにつれて、辺りは暗くなった。水をぶっかけるたびに、配下の者の顔が見えにくくなっていた。

明かりは夜の闇を追い払ってくれる。明かりがあるからこそ、日暮れたあとも暮らしを営むことができるのだ。

その明かりの元は、火だった。

火がなければ、闇を切り裂くことはできない。モノの煮炊きにも、火が入用だ。炎のぬくもりは、真冬のなによりのご馳走である。

毎日息災に生きていられるのも、火があればこそだった。その大事な火を、いまはひたすら消そうとしている。

火がわるさをしているわけじゃねえ。うかつに火を扱って、ひどいしくじりをおかすのは、ひとのほうだ。

あっ……。

銑太郎は、もうひとつ思い当たった。

父の徳太郎はみずから炎のなかに入って、火を鎮めた。

親父はあのとき、火に詫びを言ってたにちげえねえ。火がわるいわけじゃねえ、粗末に扱ったおれっちを勘弁してくれ……と。

ひとがどれほど、火から恩恵を授かっているか。

ありがとさんでやす。

目の前の小さな火に、小声で礼を唱えた。息を大きく吸ったら、銑太郎の胸が膨らんだ。ふうっと音を立てて、その息を吐き出した。

「いくぜっ」

短い気合とともに、銑太郎は手桶の水をぶっかけた。かぼそい音を立てて、火は湿った。

「ようう、千両役者」

「まとい大名」

方々から掛け声が投げられた。

カアーーーン、カアーーーン。

鎮火を報せる半鐘が、掛け声に重なった。

（了）

単行本　二〇〇六年十二月　毎日新聞社刊
文庫化にあたり、大幅に加筆しました。

文春文庫

まとい大《だい》名《みよう》

定価はカバーに
表示してあります

2010年1月10日　第1刷

著　者　山《やま》本《もと》一《いち》力《りき》
発行者　村上和宏
発行所　株式会社　文藝春秋

東京都千代田区紀尾井町3-23　〒102-8008
TEL 03・3265・1211
文藝春秋ホームページ　http://www.bunshun.co.jp
落丁、乱丁本は、お手数ですが小社製作部宛お送り下さい。送料小社負担でお取替致します。

印刷・凸版印刷　製本・加藤製本
Printed in Japan
ISBN978-4-16-767010-8

（　）内は解説者。品切の節はご容赦下さい。

諸田玲子
あくじゃれ
瓢六捕物帖
知恵と機転を買われて牢から解き放たれた粋な悪党・瓢六と、不承不承お目付役を務める堅物同心・篠崎弥左衛門の凸凹コンビが、難事件解決に活躍する痛快時代劇。（鴨下信一）
も-18-2

諸田玲子
犬吉
「生類憐れみの令」から十年。野良犬を収容する「御囲《おかこい》」を幕府が作った。そこで働く娘・犬吉は一人の侍と出会う。赤穂浪士討入りの興奮冷めやらぬ一夜の事件と恋を描く。（黒鉄ヒロシ）
も-18-3

諸田玲子
こんちき
あくじゃれ瓢六捕物帖
色男・瓢六は今日も大活躍。高価な茶碗を探し出したり牢名主の跡目争いを解決したり。弥左衛門と八重との関係にも進展が……。粋で愉快でほろりとする、シリーズ第二弾。（高部　務）
も-18-4

山本一力
損料屋喜八郎始末控え
上司の不始末の責めを負って同心の職を辞し、刀を捨てた喜八郎。知恵と度胸で巨利を貪る札差たちと丁丁発止と渡り合う。時代小説シーンに新風を吹き込んだデビュー作。（北上次郎）
や-29-1

山本一力
あかね空
京から江戸に下った豆腐職人の永吉。己の技量一筋に生きる永吉を支える妻と、彼らを引き継いだ三人の子の有為転変を、親子二代にわたって描いた直木賞受賞の傑作時代小説。（縄田一男）
や-29-2

山本一力
蒼龍《そうりゅう》
借金を背負う若夫婦が、貧しい暮らしの中で追いかける大きな夢。どうか、今年こそ——。著者の原点を描いてオール讀物新人賞を受賞した表題作他、感動の時代小説全五篇。（縄田一男）
や-29-3

山本一力
草笛の音次郎
今戸の貸元の名代として成田、佐原へ旅する音次郎。待ち受ける試練と、器量ある大人たちが、世の中に疎い未熟者を一人前の男に磨き上げる。爽やかな股旅ものの新境地。（関口苑生）
や-29-4

（　）内は解説者。品切の節はご容赦下さい。

山本一力
梅咲きぬ
深川の料亭「江戸屋」の娘、玉枝は女将である母・秀弥や周囲の人々の温かく、時に厳しい目に見守られながら立派に成長していく。江戸深川に生きた女たちの波乱万丈。（田中美里）
や-29-6

山本一力
赤絵の桜
損料屋喜八郎始末控え
不況の嵐が吹き荒れる江戸に現れた湯屋「ほぐし窯」。その裏側を探るうち、喜八郎は公儀にそむく陰謀に気づく。そして江戸屋の女将秀弥との、不器用な恋の行方は？（細谷正充）
や-29-7

山本音也
ひとは化けもん　われも化けもん
江戸を代表する作家、井原西鶴。しかし彼が実際に書いたのは「好色一代男」しかない!?　真の作者は誰か。西鶴の抱え持つ数々の謎を解く歴史ミステリー小説。第九回松本清張賞受賞作。

や-34-1

山本兼一
火天《かてん》の城
天に聳える五重の天主を建てよ！　信長の夢は天下一の棟梁父子に託された。安土城築城の裏に秘められた想像を絶する創意工夫。松本清張賞受賞作。（秋山　駿）
や-38-1

徳川慶朝《よしとも》
徳川慶喜家にようこそ
わが家に伝わる愛すべき「最後の将軍」の横顔
江戸開府四百年に、徳川家の秘密が明かされる。「最後の将軍」徳川慶喜の曾孫にしか書けなかったひいおじいさん慶喜のこと、徳川慶喜家のその後、そして徳川家の秘宝や自分のこと。
と-18-1

徳川宗英
徳川家に伝わる
徳川四百年の内緒話
八代将軍吉宗のときに創設された御三卿のひとつ「田安徳川家」第十一代当主が、徳川幕府にまつわる「面白い話」「へぇーな話」を収集。徳川一族だからこそ知っている秘密も明らかに。

と-19-1

徳川宗英
徳川家に伝わる
徳川四百年の内緒話
ライバル敵将篇
大好評の「徳川四百年の内緒話」第二弾。今度は徳川家のライバル、織田信長、豊臣秀吉、武田信玄、毛利輝元から、坂本竜馬、西郷隆盛、勝海舟まで、「面白い話」「へぇーな話」を収集。
と-19-2